KB081635

한미수필문학상 작품집 다섯 번째

외과의사 엉덩이 노출사건

이 책은 한미약품㈜의 지원으로 제작되었습니다.

한미수필문학상 작품집 다섯 번째

외과의사 엉덩이 노출사건

지은이 한치호 외 41명의 의사들

청년의사

한미수필문학상 작품집 다섯 번째

외과의사 엉덩이 노출사건

지 은 이 한치호 외 41명의 의사들

펴 낸 날 1판 1쇄 2015년 7월 27일

펴 낸 이 양경철
주   간 박재영
편   집 김하나
디 자 인 김지영

발 행 처 ㈜청년의사
발 행 인 이왕준
출판신고 제313-2003-305호(1999년 9월 13일)
주   소 (121-829) 서울시 마포구 독막로 76-1 (상수동, 한주빌딩 4층)
전   화 02-3141-9326
팩   스 02-703-3916
전자우편 books@docdocdoc.co.kr
홈페이지 www.docbooks.co.kr

ISBN 978-89-91232-62-4 03810

책값은 뒤표지에 있습니다.
잘못 만들어진 책은 서점에서 바꾸어 드립니다.

한미수필문학상은 날로 멀어져 가는 환자—의사 관계의 신뢰 회복을 희망하는 취지에서 제정되었다. 신문 〈청년의사〉가 주최하고, 한미약품㈜이 후원하는 본 상은 수필 공모전으로서 지난 2001년부터 매년 하반기에 작품을 공모해 왔다.

대한민국 의사 면허 소지자라면 누구나 응모할 수 있으며, 자신이 진료한 환자를 소재로 하여 원고지 20매 내외로 작성된 수필이 공모 대상이다. 심사는 시인 정호승이 심사위원장을, 소설가 한창훈과 문학평론가 홍기돈이 심사위원을 맡아 진행한다. 시상식은 다음 해 1월 말경에 있다. 대상 1인에게는 상금 500만 원과 상패, 우수상 3인에게는 상금 200만 원과 상패, 장려상 10인에게는 상금 100만 원과 상패가 각각 수여된다.

의사가 자신이 진료했던 환자를 소재로 쓴 수필을 대상으로 하는 본 상은, 환자와 의사 사이의 이해관계를 돕고 올바른 환자—의사 관계 재정립에 기여하고 있다.

제12회
한미수필문학상

대상

크리스마스 선물

[손춘희]

내게 세상을 보여 준 보이지 않는 것들에게

보이는 것과 보이지 않는 것에 대해 생각합니다.

의료 행위는 보이지 않는 것을 위해 보이는 것을 다루는 일인 듯합니다. 하지만 건망증이 심한 저는 어느새 보이는 일에만 집중하게 됩니다.

무의미한 연명치료 중단의 사례를 신문에서 봅니다. 무의미한 연명치료, 무의미한 삶……. 시험 시간이 끝나 가면 어쨌든 빈칸은 채워서 내야 하듯이, 우리는 여러 위원회를 구성해서 만나고 얘기하고, 무언가를 결정합니다. 그리고 제 삶이 언제까지 의미 있는 것이고 언제부터가 무의미한 것인지 그 경계도 알지 못한 채. 저는 오늘 누군가의 삶이 무의미한 것인지 여부를 결정해야 됩니다. 보이지 않는 것도 보이도록 하는 일은 의료 행위의 연장입니다.

잠시 제게 보였다가 이제는 보이지 않게 된 얼굴들을 생각합니다. 그리고 제게 보여 준 보이지 않는 선물들도 기억합니다. 고맙습니다. 그들을 통해 저는 조금씩 세상을 볼 수 있게 되었습니다.

오늘은 보이는 주변 사람들에게 보이지 않던 말을 해야 될 것 같습니다.

사랑합니다. 저를 길러 주시고 멀리서도 걱정해 주시는 부모님, 무뚝뚝한 사위도 아껴 주시는 장인 장모님, 좌충우돌 남편을 믿고 따라 준 아내, 저희들이 필요할 때엔 언제나 병원에만 있었던 아버지였지만 수상 소식에 같이 기뻐해 주던 석영이와 성민이.

보잘것없는 글을 뽑아 주신 심사위원님들 감사합니다.

손춘희

크리스마스 선물

손춘희 (동아대병원 호흡기내과 교수)

'귀하의 원고가 우리 학술지에 실리게 된 것을 알릴 수 있어 기쁘게 생각하며…….'

최종 수정 논문에 대한 답신이 도착했다. 2년에 걸쳐 진행됐던 폐암 백신 연구 결과를 이제는 마무리 짓게 되었다. 송곳처럼 찔러 대는 심사위원들의 질문에 답하느라 처음 보낸 원고의 양보다 더 많은 답변을 하면서 여름과 가을이 지났다. 그리고 이제는 잠시 내가 만났던 한 젊은 여자에 대해 얘기할 수 있을 때이기도 하다.

처음 K를 본 것은 늦은 봄이었다. 병원 뒷산은 여린 연둣빛으로 반짝이고 있었다. 그리고 K도 그렇게 반짝이는 잎사귀처럼 내 앞에 나타났다. 삼십 대 후반, 고령의 폐암 환자들이 대부분인 내 진료실에서는 창문 사이로 흘러 들어오는 아카시아 향 같은 나이다. 하지만 계절보다 조금 앞선 푸른 물방울무늬 원피스를 입고 남편과 같이 진료실에 앉은 K의 얼굴은 봄바람처럼 맑지만은 않았다.

11

"저 회색 반점들이 안 좋은 것인가 보죠?"

컴퓨터 모니터에 보이는 이전 병원의 CT 영상 속, 그녀의 폐와 대장에는 주먹만 한 크기에서 쌀알 크기까지 셀 수 없을 정도로 종양이 퍼져 있었다.

"예, 조금 안 좋아 보이네요."

이미 CT 촬영실의 튜브 속에 홀로 누워서, 그리고 말을 아끼며 큰 병원으로 가라고만 했을 이전 병원 의사의 굳은 표정에서 느꼈을 나쁜 예감. 아무런 덕담도 나는 해 줄 수 없었다.

"조직검사를 해 보는 것이 좋겠습니다. 항상 최악의 가능성까지 대비는 해야 되니까요."

그렇게 K의 폐암 투병은 시작되었다. 하지만 항암치료 얘기가 나오자 K는 탈모에 대해 걱정하기 시작했고, 치료를 거절했다.

"항암치료를 한다고 완치될 것도 아니라면서, 왜 권하는 거죠?"

"더 오래 살도록 해 보는 거죠."

"얼마나 더 오래 사나요? 어차피 죽을 거라면서."

하긴 사람은 다 죽는다. 얼마나 더 살게 될까. 1년 혹은 2년, 때론 그보다 더 길어질 수도 있지만 아무도 모르지 않는가.

"나중에 후회할 수도 있겠죠……."

얼마나 더 살아야 죽어도 후회 않을 때가 올지는 나도 모른다. 1년 뒤에는 흔쾌히 죽음을 받아들일 수 있을까, 저 나이에. 하지만 K는 짧고, 간단히 대답했다.

"아니요."

그리고 다시 말했다

"절대로. 그런 식으로는 살고 싶지 않아요."

죽기보다 싫은 '그런 식'은 무엇일까 하는 생각이 다음 병실로 옮겨 가는 짧은 시간 동안 잠시 내 머릿속을 비추다가 사라졌다.

K는 조금 특별한 환자였다. 아침 회진은 보통 7시에 시작되었지만, 그녀는 그 시간에도 완벽한 화장을 하고 있었다. 대부분 환자들은 앓고 있는 병만으로도 힘겨워하다가, 환자복을 입고부터는 본격적으로 무기력해진다. 그 속에서 아침마다 선홍색의 립스틱까지 바르고 있는 모습은 진기한 풍경이기도 했다. 같이 회진을 도는 여자 주치의 선생도 민낯으로 있는데, 부지런하기도 하지. 그녀는 립스틱 하나로 다인실 환자 중 한 명이 아닌, 여전히 아름답게 보이기를 원하는 한 여자로 대해 주기를 우리 의료진에게 요구했는지도 모른다. 우리에겐 여전히 고집 센 말기 폐암 환자 중 한 명이었지만.

며칠이 지나지 않아 종양 때문에 장이 막히기 시작하고 복통이 심해졌다. 우리는 다시 증상 완화만을 위해서라도 수술을 하거나 항암치료를 해야 될 것이라고 권할 수밖에 없었다. 하지만 그녀는 완고했다. 어쩌면 진지했다는 것이 옳겠다. 죽음과 동일한 무게로 탈모증을 걱정하는 모습, 하지만 심해지는 복통 때문에 무서워하는 모습은 누구와도 다르지 않은데. 이해할 수 없는 진지함. 죽음과 비교하면 언제나 사소한 일상사에 대한 나의 집착과 진지함을 그때는 보지 못했기에, 나는 아무것도 이해할 수 없었다.

적절한 합의점을 찾지 못하던 우리는 임상 시험으로 얘기를 옮겼다. 면역치료. 큰 부작용은 없겠지만, 효과 면에서 확신할 수 없는 방법이다. 하지만 K는 하루를 고민하더니 의외로 선선히 동의서에 서명하였다.

혈중 백혈구에서 수지상세포만을 체외로 골라내어, 본인의 암세포를 인식시키고 증식 후 다시 피하 주사하는, 일련의 복잡하고 까다로운 치료 과정을 준비하는 동안에도 복통은 심해졌다. 마침내 첫 번째 면역주사를 맞던 2주일 후에는 대장 내 전이암이 촉지되기 시작했다. 그동안 나는 모르핀 주사를 맞는 말기암 환자가 립스틱까지 바르고 누워 있는 병실을 회진하는 이상한 경험을 하게 되었다. 그리고 매일 아침 이 병실에서 저 병실까지 가는 수초 동안 죽기보다 싫은 '그런 식'은 무엇일까, 짧은 고민을 했다.

다시 한번 고백한다면, 면역주사 2주 후 복부에서 만져지던 암이 사라지고 모르핀을 끊어도 복통이 없어지기 전까지 이 치료법에 대한 확신은 없었다. 실험용 쥐에 인공적으로 만든 암에서만 효과가 입증된 치료법, 앞선 여덟 환자 중 오직 한 명이 CT로 봐야 겨우 구분이 될 정도로만 종양의 크기가 줄어들었던 치료법은, 손 놓고 있을 수만은 없다는 내 스스로의 위안이었다. 임상시험이 시작된 후 첫 번째 성과에 백신 제조사도 들떴다. 입원 후 처음으로 무언가 의사다운 일을 한 듯한 뿌듯함에 나 역시 그랬지만.

12주간의 치료가 끝났다. CT 확인을 위해 외래로 온 K는 퇴원 당시 빠졌던 체중이 회복되어 처음 봤던 향기로운 모습이었고, 장마철의 끈적한 더위였지만 나쁘지 않은 오후였다. 여전히 복통도 없고, 촉지되는 종양도 없었다. 가벼운 마음으로 복부 CT 촬영을 점검하며 거의 다 사라진 대장

내 전이암을 확인했다. 하지만 컴퓨터 화면을 넘기다 비장에 좁쌀같이 흩어진 십여 개의 결절들을 발견했을 때는 더 이상 좋기만 한 오후는 아니었다. "체외로 추출한 수지상세포에 전달된 종양항원은, 전이되면서 돌연변이가 계속 진행된 종양세포를 인식시킬 수 없었기 때문에 원 종양은 줄이지만 새로 전이되는 암에는 효과를 나타내지 못했던 것으로 추론된다."라고, 나는 논문에 이 일을 적었다. 그리고 그날 오후 장맛비가 끝도 없이 내렸다고 적고 싶었다.

담담히 CT 결과를 듣고 있던 K는 아무런 말없이 고개를 끄덕이다가 진료실을 나갔다. 보통의 환자들이 하던 질문들, "이 다음 치료는 어떻게 하나요?"라든지 "얼마나 더 살 수 있나요?"라는 말은 한마디도 하지 않고 "그동안 수고하셨어요."라는 짧은 인사만을 남긴 채. 그날 진료는 더 없었기에, 나는 잠시 창밖으로 쏟아지는 장맛비를 보고 있었다.

임상연구 코디네이터 간호사가 연락을 했지만, 그날 이후 K는 병원으로 오지 않았다. 가끔씩 '다시 배가 아플 텐데…….' 하던 생각도 가을이 지날 때쯤에는 잊혔다. 응급실에서 그녀를 다시 보게 된 것은 송년회를 알리는 메일이 쌓이기 시작할 때였다. 남편의 말로는 일주일 전부터 머리가 아팠지만, 병원은 가지 않겠다고 버티다가 그날 아침 일어나 보니 혼수상태였다는 것이다. 급히 촬영한 뇌 MRI에서 보이던 호두알만 한 전이암 하나, 둘, 그리고 여러 개의 작은 종양들.

방사선치료를 의논했지만, 알고 있었다. 그녀는 원하지 않았으리라는 것을. 뇌압을 떨어뜨리는 부신피질호르몬 제제를 투여하고 이튿째, 주치의가 조금씩 의식이 회복된다고 했다. 회진을 가서 이름을 부르니, 마치 선잠을 자다 덜 깬 듯 K가 잠시 나를 쳐다봤다.

"아, 선생님……. 그런데 내가 왜 여기 있지?"

그리고는 마저 잠을 자야 된다는 듯이 다시 눈을 감았다.

"조금 정신이 들었지만 오래가지는 못할 겁니다. 만나실 분이 있으면 지금 연락하시죠."

남편은 아무 말도 하지 않았다.

사흘 뒤 연구실로 주치의가 연락을 했다.

"K 환자가 사망했습니다. 오후 세 시 십육 분 심장이 멈췄고, 가족들은 심폐소생술을 거절하였습니다."

아마도 K는 잠자듯이 죽었을 것이다. 우리가 영화에서 보듯이. 마지막까지 익명의 말기 폐암 증례가 아니고, 젊은 나이에 사랑하는 사람들과 사별하는 한 여자로서.

나는 아직 K가 말한 '그런 식'이 어떤 것이었는지 알지 못한다. 얼마나 더 오래 살면 후회가 없을지도 여전히 모른다. 측정할 수 없는 것은 아무 학술지에서도 묻지 않았다. 탈모와 생존 기간의 무게를 어떻게 비교할지를 고민하는 것은 자연과학자의 태도가 아니다. 어쩌면 K에게는, 헤어지는 날까지 아름다웠던 엄마의 모습을 남겨 주고픈 딸이 있었을지도 모른다. 아이가 자라나서도 임종의 기억에 아파하지 않도록, 병원에 못 오게 한 아들이 있었을지도. 그리고 슬픔과 희망과 아픔이 엉겨 있는 한 사람으로 존중해 주기를 바란 간절함이 있었을지도.

의사가 되기 전 영화와 소설 속에서 보았던 병원의 모습은 어디에 있을까를 생각하며 거리로 나섰을 때, 벌써 캐럴 송이 들렸다. 크리스마스가 다가왔구나. 오래전 시계 끈과 머리빗을 선물하던 연인들 이야기를 읽었지. 그리고 얼마 전 면역치료제가 나의 선물이었다고 착각했었지. 하지만 무채색의 병실에서 립스틱처럼 선명하게 살아 있던 K의 고집이야말로 더 큰 선물이었다. 어쩌면 서로의 선물은 소설 속에서처럼 도움이 되지 못했던 것 같다. 적어도 내가 사랑하는 계측 가능한 세상 속에서는.

면역치료 임상연구 중 가장 효과가 좋았던 그녀의 복부 CT 사진은 학술지에 익명으로 게재되어 있다. 논문을 읽는 누구도 줄어든 암의 크기 외에는 보지 않겠지만, 나는 흑백 CT 사진에서 붉은 립스틱 색깔을 본다. 그녀는 내가 이해할 수 없는 고집스러움으로, 잠시 눈을 뜨고 말한다.

"얼마나 더 오래 사나요? 어차피 죽을 거라면서."

너무너무 고맙습니다

이석우 (고려정형외과 원장)

70세 노인 여자분이 허리를 전혀 쓸 수가 없다고 내원했다. 처음 본 환자다. 남편으로 보이는 노인은 그저 부인의 뒤에 간격을 두고 서 있기만 했다.

"다치신 건 아니죠?"

"네. 그런데 갑자기 꼼짝을 못하겠어요."

환자는 아픈 허리를 손으로 꼭 붙잡고 있으면서 내 손이 닿는 것조차 불편해했다. 그럼에도 남편은 무표정하게 우리를 지켜보고만 있었다.

"사진 한번 찍어 보시죠."

엑스선 사진이 나온 후 환자를 호명했더니 이번엔 진료실에 환자만이 들어왔다.

"사진이 크게 나빠 보이진 않네요. 혹시 힘든 일을 하신 것 아닌가요?"

"네. 사실 모내기 하고 나서 아프기 시작했어요."

"그럼, 어머님. 조금 쉬면서 약 드시고 물리치료 몇 번 하시면 좋아질 겁니다."

"아, 그래요. 바깥에 있는 우리 영감에게 말 좀 해 주세요. 쉬어야 한다고요."

"네? 왜요. 직접 하시지요."

"아니에요. 저 칠십 평생 쉬어 본 적이 없어요. 우리 영감은 손 하나 까 딱도 안 하는 양반이구요. 직접 말을 해 주셔야지 그러지 않으면 저에게 면 박만 줄 겁니다."

약간은 분노 어린 대답에 나는 적잖이 의아해하며 말을 이어 갔다.

"이제 사실 만큼 사셨는데 아직도 바깥 분 눈치를 보세요?"

"그러게요. 제가 봐도 너무 한심해요."

"그러지 마시고 무조건 주부 파업을 해 보세요. 밥도 하지 마시고 빨래도 미루시고 가만히 누워만 계세요."

"아이쿠, 그랬다간 난리가 납니다. 제게 '이 개 같은 년아, 밥 안 해 주고 뭐해?'라는 말은 기본이고 약간 대들기라도 하거나 굼뜨면 물건을 던지거 나 때리기도 하는 걸요."

이 말을 하면서 일흔 노인의 입술은 떨리기 시작했고 약간의 울먹거림이 느껴졌다. 대기실에 환자들이 많이 기다리고 있음에 평소 같으면 대충 수 습해서 돌려보냈겠지만 이 환자만은 이야기를 끝까지 들어 주고 문제를 해 결해 주고 싶은 욕심이 생긴 것은 인자하고 평화스러워 보이는 환자의 얼 굴과 그냥 순진하기만 해 보이는 남편의 얼굴로는 그런 험난한 결혼사가 있었다는 것이 믿기지 않았기 때문이리라.

"선생님, 제발 우리 그이에게 직접 말 좀 해 주세요. 쉬어야 한다고요. 부탁입니다."

이때부터 난 이 환자의 동역자가 되기로 맘먹게 됐고 일면식도 없는, 이 환자의 남편이라는 사람과 일전을 치를 각오를 다지게 됐다.

"알았습니다. 일단 나가서 기다리시고 바깥 분 들어오시게 하세요."

일전의 대상인 환자 남편이 엉거주춤 진료실로 들어왔다.

남편은 부인의 말과 달리 마치 도살장에 끌려가는 소처럼 풀이 죽어 있었고 무슨 처분이라도 달게 받겠다는 표정으로 나를 바라봤다.

이미 기싸움에서 내가 이긴 것이라고 생각하고 머릿속에 떠오르는 온갖 작전을 헤아리며 장황하게 느껴질 정도로 길게 환자의 상태를 과장되게 설명하기 시작했다.

"어르신. 어머님 상태가 많이 안 좋습니다. 자, 여기 엑스레이 사진을 보세요. 요추부 전체의 뼈 상태가 너무 약하고요, 조금만 건드려도 금방 무너질 정도로 약해져 있습니다. 지금까지 버텨 오신 것이 신기할 정도입니다."

나는 모니터 사진을 여기저기 가리키며 남편이 의학 지식이 전무함을 적절히 이용하면서 설명을 이어 나갔다.

"그동안 많이 아프셨을 텐데 왜 한 번도 병원에 모시고 오지 않았나요? 아님, 어머님이 참을성이 많아서 아프다고 말을 한마디도 안 하셨던지요. 어머님 성격이 무던하신가 봐요. 어르신이 아프다고 했는데 안 모시고 오실 리는 없지 않습니까?"

남편은 내 설명에 한마디 질문이나 대꾸도 없이 그저 묵묵히 듣기만 하였고 난 이런 분위기를 십분 이용해 본격적으로 진짜 하고 싶었던 말을 꺼내기 시작했다.

"이왕 이렇게 아프신 거 과거는 어쩔 수 없고요, 지금부터가 문제라면 문제인데요. 당분간 무조건 어머님은 누워 계셔야 합니다. 식사 준비나 방 청소는 물론이구요, 심지어 설거지조차도 하시면 안 됩니다. 당분간은 어르신이 집안일을 거의 다 하셔야 하는데 그러실 수 있겠어요?"

나는 다소 강경한 어투로 목소리 피치를 올리며 요구 사항을 전달했다.

"어르신, 제가 잘은 모르지만 남자는 나이가 들수록 옆에 누군가 있어야 사람같이 지내고 편하게 지낼 수 있다고 하더라고요. 늘그막에 남자 혼자인 것만큼 서러운 것이 없다대요. 그런데 어르신, 어머님이 몸져누워 버리거나 병들어 쓰러지기라도 한다면 제일 갑갑한 사람은 어르신 아니겠어요? 그러니 힘드시더라도 이번만큼은 어르신이 집안일을 대신하시는 것이 좋을 것 같네요. 아시겠죠?"

난 어조를 바꾸어 이번엔 약간의 사정 조로 남편을 압박했다. 남편은 역시 무표정에 아무 말이 없었다.

"그럼 충분히 이해하신 줄로 알고 그만하겠습니다. 2일분 약 처방했으니까 약 잘 드시게 하시구요, 물리치료 매일 하시면 좋으니까 가능하면 모시고 나오세요. 제가 당부드린 것 잊지 마시고요."

남편은 아무 말 없이 진료실 밖을 나갔다. 말이 먹힌 건지 아닌지 잘 모를 정도로 무표정이었다.

조금 있다가 진료실 문이 빼꼼 열리더니 환자가 얼굴만 삐죽 내밀었다. 환자의 얼굴에 이전의 아픔은 다 어디로 가 버렸는지 행복에 겨운 얼굴로 말했다.

"선생님, 너무너무 고맙습니다. 너무너무 고마워요."

"아! 무슨 말씀이세요?"

"밖에서 다 들었어요. 너무너무 고맙습니다."

밖까지 들리는 원체 큰 목소리 덕분에 환자는 내 말을 듣고 있는 동안 너무너무 행복했었나 보다. 당신이 평소 하고 싶었던 말을 내가 대신 해 주는 동안 그동안의 서러움이 말끔히 해소됐나 보다. 문틈 사이로 빠끔히 내민 환자의 얼굴은 행복하고 천진스러워 잊을 수가 없을 정도였다.

"다 들으셨어요? 어머님 원하시는 대로 말씀 올렸으니 집에 가서 푹 쉬고 약 잘 드세요. 제 말발이 얼마나 먹힐지는 잘 모르겠지만요. 내일 봬요."

진료실 문이 닫힌 후 마음은 요동치기 시작했고 눈가에는 눈물이 맺혔다. 왜일까?

요사이 내가 하고 있는 의업의 길, 특히 개원의의 길에 대해 회의감이 부쩍 많이 생겨났었다. 이런 회의감을 느끼는 것이 처음은 아니고 잊어버릴 만하면 생겨나던 것이기에 매번 마음의 훈련을 해 온 터이고 한동안 잊고 지냈기에 마음의 단련이 된 걸로 치부하고 지내 온 것이 사실이었다. 여러 전문 직종 중 유일하게 직분에 선비 사士자가 아닌 스승 사師자를 붙이는 의사임에도 존경은커녕 비난과 질시의 대상이 돼 버린 현실과 그런 세태에 기생하는 것 같은 나 자신에 대한 무력감과 실망감이 교차하고 있던 즈음 이 칠십 세 노인의 천진스럽고 해맑은 웃음과 '고맙습니다.'라는 말 한마디가 나를 괴롭혀 왔던 마음의 혼란스러움을 한 방에 날려 버린 것이다.

'그래, 이 맛이야. 이런 맛을 느끼게 해 주는 직업이 또 어디 있겠어? 원래 이런 건데……'

마음속의 읊조림과 함께 뭉클해지는 감정의 파도에 잠시나마 그 환자 이상의 카타르시스를 맛볼 수 있었다.

다음 날 여느 때와 다르지 않게 진료는 시작됐고 어제의 짧은 감동은 잊히면서 꾸역꾸역 접수되는 환자들과 씨름하는 일상이 재현됐다.

"아무개 환자님, 진료실로 들어오세요."

기계적으로 반복하는 환자 호명 소리에 잠시 후 한 환자가 진료실 문을 열고 들어왔다. 어제 그분이다. 들어오자마자 만면에 함박웃음을 지으며 빠른 걸음으로 내게 달려와 당신의 두 손으로 내 손을 꽉 부여잡았다.

"너무너무 고맙습니다. 칠십 평생 처음 해 본 호강이에요."

"아니, 어머님, 무슨 말씀이세요?"

"글쎄, 저희 영감이 완전 딴 사람이 돼 버렸어요. 밥도 다 하구요, 청소도 하더라고요. 밥상을 들고 제 앞에 갖다 주는데 이런 호사가 어디 있나 싶더라고요. 이게 다 선생님 덕분입니다."

"그래요. 다행이네요. 그나저나 허리 아픈 것은 좀 어떠세요?"

"다 나은 것 같아요. 허리도 쭉 펴지고 다 나았어요. 너무너무 고마워요."

정말 어제 아파서 펼 수조차 없었던 허리가 쭉 펴지고 더 이상 환자가 아닌 것처럼 보였다.

"그래도 어르신이 본심은 순하신가 봐요. 대번 달라지게요."

"그런가 봐요. 예전엔 상상도 못 할 일이에요."

"어머님이 어르신에 대해 너무 과장되게 말씀하신 것 아닌가요?"

"아니에요, 아니고말고요."

환자는 손사래를 치며 말을 이어 나갔다.

"우리 영감은 누워서 이것저것 가져오라고 시키는 건 기본이고요, 앉아서 텔레비전이라도 볼라치면 이리 틀어라, 저리 틀어라, 제가 리모콘이에요. 제가 보고 싶은 것은 맘대로 볼 수도 없고요. 뭐라고 하면 득달같이 성질을 내면서 험한 말이 입에서 막 나와요."

"아, 그 정도시구나. 아무튼 다행입니다. 어르신이 얼마나 이렇게 호강을 시켜 주실지 몰라도 당분간만이라도 이 호사를 잘 누려 보세요, 어머님."

"네. 선생님. 너무너무 고마워요."

연신 고맙다고 말하는 환자의 얼굴에 처음부터 끝까지 함박웃음이 떠나가지 않았고 그런 환자를 보는 내 마음에도 함박꽃이 활짝 피어났다.

 수상 소감 중에서 • • •

봉사 활동 와중에 전해 들은 수상 소식이기에 '앞으로도 천직으로 받은 의업으로 남을 먼저 생각하는 자세로 평생을 살아가라.'는 하나님의 계시인 것만 같습니다. 제게 큰 기쁨을 안겨 준 이 수필의 주인공 노부부께 진심으로 감사드립니다.

중환자실 의사

조용수 (전남대병원 응급의학과 전공의)

"깨어날 가능성이 없습니다."

여자의 물음에 단호하게 못을 박았다. 나의 의료는 늘 보호자의 기대를 무너뜨리는 데서 시작한다. 주변에서 빙빙 도는 법 없이, 바로 핵심으로 들어간다. 다소 잔인해 보이겠지만 가장 효과적인 방법.

환자를 살려 내지 못했다고 멱살을 잡혀 본 의사는 안다. 보호자에겐 일말의 여지도 남겨 두지 말아야 한다는 것을.

쓸데없는 우려였을까? 여자는 환자가 사느냐에 관심이 없다. "언제쯤……." 하며 오히려 죽는 데 관심이 더 크다. 그러면서 머뭇머뭇 병원비를 물어 온다. 나도 모르게 인상이 찌푸려졌다. 남겨진 가족의 경제적 고민을 매도할 생각은 없다. 다만, 앙칼지게 쏘아붙이던 여자의 모습이 떠올라서였다. 여자도 그걸 의식했는지 "아깐 미안했어요."라고 운을 뗀다.

환자는 얼마 전 이혼한 남편이란다. 가족도 친척도 병원비가 부담돼 선뜻 치료를 결정하지 못하고 있었다. 뒤늦게 소식을 듣고 나타난 여자는, 두 아이 앞에서 호기를 부리지 않을 수 없었다고 한다. 어쨌거나 아이들에겐

아버지가 아닌가? "의사로서 최선을 다하라!"며 나를 향해 으르렁거렸던 이유란다. 사정을 듣고 보니 마음이 조금 누그러졌다.

하지만 여자의 주머니 사정도 넉넉지는 못했다. 게다가 이혼한 전남편의 병원비까지 대려니 억울한 맘이 오죽했으랴.

"여기서 조용히 치료를 중단할 수는 없을까요?"

여자의 한마디. 예상은 했지만, 너무도 직접적이다. 하긴, 이 말을 하려고 일면식도 없는 내게 구차한 얘기를 들려줬던 걸 테지.

사람의 존재 의미는 그가 맺은 주위 사람들과의 관계에 있다. 그리고 그 관계의 마지막 한 올이 끊어진 지금, 환자는 사회적으로 사망한 셈이었다.

남은 건 추상적 가치만 남은 생명 자체뿐. 이 생명의 유지에 대해 옳고 그름을 속 시원히 나눠 줄 수 있는 사람은 없을 것이다. 하지만 환자의 치료는 지속해야만 한다. 우습게도 판단은 의사도, 보호자도, 환자 자신도 아닌 국가가 내렸다.

무의미한 연명치료라도 중단할 수 없다. 우리나라에서 안락사는 법으로 금지돼 있기 때문이다. 소신을 위해 살인자의 명예를 뒤집어쓸 의사는 없다. 나도 마찬가지다.

말로 표현치 않은 그녀의 심정이 손에 잡힐 듯했지만, 그 기대에 응해 줄 수 없었다. 한참을 실랑이했지만, 내 단호한 태도에 결국 여자는 한숨을 내쉬었다. 그리곤 고개를 푹 숙인 채 한동안 말이 없었다. 질식할 듯한 침묵을 못 이겨, 난 결국 사족을 달고 말았다.

"어떻게 받아들이실지는 모르겠지만, 현재 상태론 어차피 며칠 버티지 못할 겁니다."

그제야 여자는 고개를 들어 가벼운 묵례를 남겼다.

다음 날 새벽. 사망한 환자의 옆으로, 이제 막 철이 들 무렵일 두 아이가 보였다. 그리고 여자는 무엇이 슬퍼서인지, 애달프게 울고 있었다. 울음이 주는 청각적 자극보다, 죽은 환자의 머리맡 풍경이 주는 시각적 자극이 더욱 슬펐다. 괜히 나도 눈물이 났다.

중환자실은 응급과는 다르다. 응급실이 삶과 죽음의 경계선에 서 있다면, 중환자실은 삶과 죽음이 혼재된 느낌이랄까?

응급실에서 갑작스러운 죽음을 쉽게 받아들이는 사람은 없다. 그것은 환자뿐 아니라 의사조차도 마찬가지다. 응급실에서는 마지막 순간까지 환자를 포기하지 않는다. 꺼져 가는 생명을 붙잡기 위해, 삶의 이편으로 끌어오기 위해, 늘 긴장되고 항상 급박하다.

중환자실은 좀 다르다. 고된 싸움에 승리해 일어날 환자도 있고, 여전히 치열하게 전투 중인 환자들도 있다. 반면에 이미 의학적으론 죽어 버린 환자도 적지 않다. 인공호흡기에 의지한 채 하루하루 숨만 붙어 있는 환자들을 보노라면 사람의 존재 의미를 고민하지 않을 수 없다. 생명의 가치를 두고 분에 안 맞는 철학적인 고뇌를 계속해야 한다.

누가 그랬던가? 모든 사람은 죽음 앞에 평등하다고. 하지만 죽음은 삶보다 더욱 불공평하다. 죽음에 이르는 길도, 죽음을 맞이하는 방식도 천양지차. 이 중환자실에서 환자는 그 인생을 압축해 보여 준다.

수많은 가족의 기도를 받는 사람이 있는가 하면, 단 한 명의 배웅도 받지 못하는 사람이 있다. 그들이 살아온 발자취가 능히 짐작되고도 남는다. 삶보다 죽음 앞에서 차별은 오히려 극단적이다. 심지어 이것은 의료의 기회마저 불공평하게 만든다.

이미 한 달째 보아 온 30세의 젊은 남자. 그리고 이틀 전 입원한 92세의 할머니. 나란히 누운 둘 사이의 극명한 대비. 죽었지만 살아 있는 남자. 그리고 살았지만 죽어 버린 할머니. 그 딜레마 속에서 나는 한동안 혼란스러웠다.

남자는 작업 도중 기계에 깔려 심정지가 발생해, 한 시간 가까이 심폐소생술을 받았다. 모두가 포기할 무렵, 기적적으로 심장이 뛰었다. 가족들은 환호했다. 하지만 그것은 희망고문의 시작이었다. 저산소성 뇌 손상. 생명은 유지되었지만, 의식 회복의 가능성이 전혀 없었다. 삶과 죽음 사이에서 영원한 수면에 빠진 것이다.

본래 병사보다 외인사는 가족들이 받아들이기 어렵다. 예기치 못한 갑작스러운 사고를 쉽게 받아들일 수 없는 건 당연하다. 게다가 젊고 건강한 사람이라면 더욱. 상상만으로도 가슴을 애끓게 하는, 자식을 잃은 어미의 오열. 전염력 가득한 눈물을 뿌리며 내 옷자락을 부여잡았다.

"살려주세요."

최루성 영화보다 슬픈, 진짜 현실이었다.

그리고 환자의 예비 신부가 나타났다. 두 달 후 결혼 예정이라고 한다. 남편의 영혼을 부르는 여자의 애절함에 아찔해졌다. 심지어 임신 중이라고 한다. 배 속의 아이마저 아버지를 찾는 소리가 들리는 것 같았다. 참을 수 없는 무거움이 나를 덮쳤다. 환자는 삶과 죽음 사이에 있었고, 나는 현실과 영화 사이에서 헤매고 있었다.

슬픈 사연 때문에, 간호사들도 유난히 신경을 썼다. 모두 손 모아 회복을 간절히 기도했다. 하지만 현실은 영화와 달리 녹록치 않았다. 냉정한 현실은 있을지언정, 따뜻한 기적은 당연히 없었다. 저체온 치료가 끝났음에도 환자는 깨어나지 않았다. 그렇게 한 달이 흘렀다.

맞은편의 할머니는 농약을 음독했다. 워낙 고령이다 보니 병원 내원 시 상태가 좋지 않았다. 치료가 쉽지 않겠다며 보호자들에게 난색을 표했었다. 연세 때문일까? "어쩔 수 없지요."라며 의외로 순순히 받아들였다.

아직 못다 한 일이 있었던 건지, 할머니는 이틀 만에 급격히 호전됐다. 검사 결과 음독한 농약도 치사율이 낮은 것이었다. 금방 인공호흡기를 떼고 재활치료를 시작할 수 있으리란 판단이 섰다. 소식을 전하자 이제는 오히려 보호자들이 난색을 표했다.

노망난 지 오래됐다고 한다. 돈도 없다고 한다. 가족 친지들 모두, 호상이라며 묫자리까지 이미 알아봤다고 한다. 살아나면 곤란하다고 나보고 어떻게 좀 해 달라고 한다.

노망난 할머니가 어째서 농약을 마시는 극단적인 선택을 했는지 알 것도 같았다. 누구도 그가 살아 있기를 원하지 않는다. 이제 보니 할머니의 눈빛이 무척 애처로워 보였다.

남자에겐 매일 수많은 보호자가 찾아왔다. 가족들은 눈물로 기도했다.

"깨어날 가능성이 없습니다."

예의 그 말을 수차례 던졌음에도 누구도 꿈쩍하지 않았다. 헛된 희망일지라도 놓으려 하지 않았다. 지치지도 않고 내 팔을 붙잡고 살려 달라고 애원을 했다.

할머니의 보호자들은 깨끗이 보내 드리고 싶다며 수많은 방안을 내게 제시했다. 할머니는 이미 사회적인 사망 상태였다. 하지만 멀쩡히 살아 있는 사람의 숨통을 끊을 수는 없는 노릇이었다. 그들은 내 반대편 팔을 붙잡고 죽여 달라고 애원을 했다.

지난 1년간 중환자실 주치의로 살면서, 삶과 죽음, 생명의 가치, 사람의 존재 의미 따위에 나만의 대답을 얻기 위해 부단히 노력했다. 나란히 누운 남자와 할머니 사이에서 혼란스러워하며, 난 여전히 어떤 해답도 얻지 못했음을 알았다. 처음부터 불가능했던 일이었다.

누가 살아 있고 누가 죽어 있는 것인지, 누가 더 가치 있고 존재 의미가 있는지를 의사가 판단한다는 것 자체가 무모했다. 나는 정밀한 천칭도 날선 칼도 들고 있지 않았다. '감히 타인의 생명의 무게를 평가하려 했던 건가?'

하지만 의사로서 내가 해야 할 일이 무엇인지만큼은 확실했다. 누가 죽었고 누가 살았으면 어떤가? 모든 환자는 각자의 사연이 있는 법. 안타깝지만 나까지 거기에 머물러 있어서는 안 된다. 내 소임은 의사이지, 가족이 아니다. 딱 그만큼만 하면 된다. 난 의사로서 환자를 보면 된다.

다음 날 할머니는 연고지 병원으로 전원을 갔다. 그 빈자리를 보니 쓸쓸했다. 만감이 교차했지만, 더 고민하지 않기로 했다.

고개를 돌렸다. 한 달째 같은 모습의 남자. 어쩌면 필요한 건 환자가 아닌 남겨진 가족에 대한 치료인지도 모르겠다. 그것이 내가 의사로서 치료해야 할 대상인지도 모르겠다. 오늘도 여전히 울고 있는 보호자들을 향해, 입을 열었다.

"깨어날 가능성이 없습니다."

수상 소감 중에서・・・

조야한 글이 큰 상을 받게 된 건, 전적으로 소재 덕분이겠지요. 올 한 해 아픈 사람들을 참 많이 봤습니다. 환자도 보호자도, 몸도 마음도. 그때마다 느끼는 건 환자를 보는 그 큰 무게감을 짊어지는 건 제겐 너무 벅찬 일이 아닌가 싶습니다. 환자들 못지않게 저도 많이 부서지고 만들어지길 반복했습니다. 내년에도 노력하는 헌터가 되겠습니다.

(저자는 현재 전남대병원 응급의학과 전임의로 재직 중입니다.)

박시제중

김대겸 (효촌푸른의원 원장)

개원 때 선물로 받은 액자가 있다. 친척이 잘 아는 서예가에게 글을 받아 정성스레 만들어 준 것이다. 거기에는 '박시제중博施濟衆'이란 글귀가 담겨 있다. 은혜를 베풀어 사람들을 구한다는 논어의 한 구절이다.

'박시제중'은 의업과 인연이 참 깊은 말이다. 구한말 혼마 규스케本間久介가 《조선잡기》에서 전한 내용을 보면, 수백 년 동안 조선에서 의료를 도맡았던 한약방 문 앞에는 어김없이 이 글이 걸려 있었다고 한다. 요즘 녹십자처럼 병원의 표식이었던 셈이다.

고전적인 한문이 현대식 진료실에는 어색해서일까. 조선시대처럼 대문 앞에 걸려 있는 것은 아니지만 우리 병원 액자는 쉽게 눈에 띈다.

농묵으로 쓴 흑백의 글씨는 묵묵하고 덤덤하다. 표구는 소박하고 글은 말이 별로 없지만 사람의 눈을 끈다. 글을 보며 생각해 본다. 글만 걸어 놓았지 나는 누구에게 한 번이라도 은혜를 베푼 적이 있었던가?

전이까지 있었지만 모르고 있던 갑상선암을 발견해서 치료해 준 어느 집 며느리가 있었다.

"선생님은 우리 집의 은인이십니다."

시아버지는 나를 찾아와 몇 번을 고마워했다. 누군가의 병을 발견해서 낫게 해 준다는 것은 의사로서 큰 보람이요, 기쁜 일이다. 하지만 그 어떤 의사라도 했을 일로 은혜를 받았다는 말을 듣기에는 분명 쑥스러운 일이다. 병을 고치고 생명을 구한다고 모두 '박시제중'은 아니기 때문이다.

오래전에 들었던 의사 한 분의 얘기가 떠오른다.

50여 년 전 일이다. 어두운 거리에서 한 청년이 굳게 닫힌 병원 문을 힘껏 두드리고 있었다. 이른 새벽이라 대전 W산부인과 앞에 지나는 사람은 없고 '철철' 문 두드리는 소리만 더 크게 들렸다. 한참을 두드리고 나서야 잠이 덜 깬 간호사의, 문사이로 빼꼼 내비친 얼굴을 볼 수 있었다.

"무슨 일이에요?"

"지금 환자가 죽어 갑니다. 원장님 좀 뵙게 해 주세요."

간절히 애원하는 이 청년에게 지금은 원장님이 주무신다는 대답뿐, 간호사는 원장님을 결코 만나게 해 주지 않았다.

청년의 어머니는 심한 천식을 앓고 있었다. 막내딸을 출산한 지 얼마 되지 않아 온몸이 붓기 시작했고 숨 쉬는 것을 점점 힘들어했다.

그날 밤 어머니는 밭은 숨을 쉬며 참기 힘든 고통을 큰아들인 청년에게 호소했다. 청년은 혹여 출산의 후유증 때문일지 모른다는 생각을 하고 산부인과를 찾아 시내까지 달려간 길이었다. 하지만 열어 주지 않는 병원 문에 청년은 발길을 돌릴 수밖에 없었다. 그냥 돌아갈 수는 없어 주위에 병원 간판이 걸린 곳은 차례로 문을 두드려 보기 시작했다.

문을 열어 주는 곳은 없었다. 병원을 찾아 길을 훑으며 외곽에 있는 인동

시장 근처까지 내려왔다. '대동외과'라는 곳이 있었다. 문을 두드리자 다행히 이번에는 불이 켜지고 의사가 직접 나왔다. 청년의 사정을 들은 의사는 왕진가방을 바로 챙겼다.

"어서 가 봅시다."

통행금지가 막 풀린 시간이어서 택시를 잡아 탈 수 있었다. 의사와 청년은 보문산 자락에 있는 '가늠골'이라는 작은 동네로 향했다. 지금에야 포장이 잘돼 바로 갈 수 있지만 당시는 신작로를 벗어나면 비포장으로 고불고불한 길을 따라 청년의 집에 도착했다. 좁은 두 칸 방 집에는 노부모를 모신 부부와 육남매가 살고 있었다. 어두운 방 안은 쌕쌕거리는 여인의 숨소리와 갓난아이가 보채는 울음소리만 들렸다.

얼굴이 매우 부어 있는 여인은 숨이 차서 이불을 덮지 못한 채 헐떡거리며 누워 있었다. 의사는 왕진가방을 열어 진찰을 하더니 주사를 놓았다. 여인의 숨소리는 조금씩 편해져 갔다. 의사는 약 처방을 몇 가지 적어 주고는 딱한 이 집을 나왔다. 청년은 몇 번이고 머리를 조아리며 감사하다 인사를 드렸다. 그리고 손목에서 시계를 풀어 의사에게 내밀었다.

당장 가진 왕진비는 없고 대신 맡기려던 시계였다. 그가 가진 것 중 유일하게 값어치가 있는 물건이었다. 의사는 청년의 시계를 받지 않고 되돌려 줬다.

"시계는 넣어 두고, 나중에 돈이 되면 가져다주시오."

의사는 청년이 내민 약간의 차비마저 받지 않고 기다리고 있던 택시를 타고 돌아갔다. 어머니는 그날을 무사히 넘겼다. 편안하게 숨을 쉴 수 있었던지 그녀는 며칠 이룰 수 없던 잠이 들었다.

참 오랜만에 오는 평화였다. 그러나 산욕에 환절기까지 겹친 계절고개는 그녀가 넘을 수 없었다. 며칠 뒤 그녀는 다시 찾아온 고비를 넘기지 못한 채 숨을 거두고 말았다.

유품은 고사하고 남긴 사진조차 없을 정도로 가난한 집안의 홀며느리였다. 무능한 남편에 고질병까지 있던 그녀였다.

천식이라고 알고만 있을 뿐 병원은 가 보지도 못하고 약방에서 약 몇 술사 먹는 것이 고작이었다. 삶의 마지막에서 비록 짧은 순간이나마 그녀는 숨이 막히는 고통에서 해방될 수 있었다. 그녀에게 그의 왕진은 천사의 축복이었을 것이다.

청년은 왕진비를 바로 가져다 갚지는 못했다. 어머니도 돌아가시고 어려운 형편에 동생들을 먹여 살리던 와중, 청년도 모진 폐결핵에 걸렸기 때문이었다. 그래도 청년은 의사의 은혜를 잊을 수 없었다. 얼마씩의 돈을 차차 모았다. 수년 뒤 '대동외과'를 다시 찾았다. 그런데 병원 문이 닫혀 있는 것이었다. 근처 가게에 가서 이유를 물었다.

안타까운 소식이었다. 원장님은 그만 심장마비에 걸려 갑자기 돌아가셨다는 말을 들을 수 있었다. 청년이 찾아가기 불과 얼마 전의 일이었다. 결국 왕진비를 갚지는 못했다. 청년은 돌아가신 원장님의 존함만을 묻고 돌아왔다. 은인의 이름이었다.

세월이 흘렀다. 청년은 백발의 노인이 됐고 청년의 아들은 그 원장님처럼 외과 의사가 됐다. 청년은 내 아버지다. 내가 의대에 합격하던 날, 아버지는 이 얘기를 해 주셨다. 당신이 어려웠던 시절 얘기는 평소 하지 않으셨던 분이었다. 아버지는 내가 그분 같은 의사가 되길 바라셨다.

이제 옛 기억이 조금씩 흐려지는 노인이시지만 그분의 함자만은 또렷이 기억하고 계신다. 평생을 기억할 이름이신 게다. 김용언 원장님.

가난하고 불쌍한 환자들에게 간혹 의사로서 주는 작은 정이 있다 해도 나는 감히 인술이라는 말을 쓰지 못한다. 그것은 작은 선행일 뿐 인술은 다른 것이다. 공자는 '박시제중'에 대해 이르길 어진 것을 넘어선 성스러운 것이라 했다. 막연한 사랑도 아니고, 막연한 희생도 아니고, 크게 알려지지 않았던 베풂이었지만 한 의사의 실천은 한 사람이 평생을 간직할 은혜가 됐다. 그것은 인술이요, '박시제중'이었다.

아침에 출근하면 액자를 바라보곤 한다. 액자에는 글이 아닌 길이 있다. 나는 그 원장님이 걸었을 길을 본다.

액자는 찾아가야 할 길을 보여 주기도 하며 간혹 내가 길을 잃을 때면 알려 주기도 한다. 길을 가는 데 있어 좋은 길벗을 만나는 것은 큰 인연이자 복이리라. 나는 그를 길벗으로 삼아 본다.

수상 소감 중에서···

'박시제중'은 아버지의 소박한 마음이었습니다. 줄 것은 없고 단지 아들이 올바른 길을 가길 바라던 당신의 마음이었습니다. 중년이 된 지금에서야 조금은 알 수 있을 것 같습니다. 제가 받았던 그것은 무엇보다 더 값지고 소중한 재산이었다는 것을.

정 노인의 마지막 바람

이행우 (부산성모병원 신경외과 과장)

아버지가 입원해 계신 J요양병원을 나설 때마다 마음은 늘 무겁다. 눈도 뜨지 않고 내가 찾아가도 아는 기척을 않은 지는 벌써 몇 달째이다. 이제는 얇아져 버려 잠시만 체위변환을 게을리해도 피부 색깔이 변해 버리곤 하는 귓바퀴와 엉덩이, 그리고 피부 여기저기를 살펴봤다.

몇 달 전 우리 병원에 입원시켰을 때 내가 만들어 놓은 쇄골하 정맥천자의 흔적은 아직도 고스란히 남아 있다. 오늘도 역시 조용히 손만 잡았다가 잠시 얼굴만 살펴보고 나서는 길이지만 바쁘다는 핑계로, 와 봤자 별다른 변화가 없더라는 구실로 발걸음이 뜸해진 자신을 질책하며 바라본 하늘은 가을답지 않게 잔뜩 찌푸리고 있다. 간밤에 내린 비로 아직도 하늘은 원래의 그 높고 눈부신 자태를 보여 주지 않고 있다. 문득 내일 내원하기로 예약된 정 노인이 떠올랐다.

정 노인이 처음 내 진료실을 찾은 것은 이른 여름이었다. 치매와 관련해 신경과를 방문했다가 MRI에서 뇌경막하 혈종이 있어 의뢰된 아흔두 살의 환자였다. 협의진료기록지를 살펴봤을 때만 해도 아흔이 넘은 노인에게 발

37

생한 두개강내 혈종을 어떻게 해야 하나 하는 막연한 심정이었는데, 뜻밖에도 문을 열고 걸어 들어온 정 노인은 비교적 정정한 모습이었다. 보호자의 손을 꼭 잡은 채 불안한 기색이기는 했지만. 신경외과를 찾은 것은 경막하 혈종의 치료에 대한 것이었지만 정작 신경과를 방문했던 이유는 법원 제출용 진단서를 발급받기 위해서라는 보호자 K의 설명은 장황했다. 정 노인의 고향은 경남 남해라고 했다. 스무 살이 되기 전 일제강점기이던 그 시절에 노인은 형님을 따라 일본으로 건너갔다고 했다. 조그만 가방공장을 일궈 시작했던 사업이 번창해 돈도 많이 벌었고 슬하에 자식들도 잘 자랐다. 하지만 늘그막에 아내가 암에 걸렸고 투병하던 아내를 수년 동안 간병하던 K는 자연스럽게 가족이 되다시피 했다.

　아내의 사망 이후 사업을 정리하고 귀국한 정 노인은 자신이 죽을 때까지만 같이 살자며 간병인 K와 함께 조그만 아파트를 얻어 부산에 살기 시작했고 그것이 어느덧 21년째라고 했다. 칠순이 넘어 홀아비가 된 아버지가 고국으로 돌아가고 싶다는데 혼자 보낼 수 없었던 자식들은 어머니를 오랫동안 간병하고 별다른 퇴직금도 챙겨 주지 않았던 K가 한시적이나마 함께 있어 주겠다는 데 토를 달지 않았을 법도 했다.

　설 명절에 고향인 남해에 다녀왔던 정 노인은 감기 끝에 합병된 폐렴으로 늦봄 무렵 우리 병원 호흡기 내과에서 입원치료를 받게 되고 급성기 질환으로 입원 중인 고령 환자들에게 흔히 나타나는 지남력 장애와 섬망으로 폐렴이 완치되지 않은 채 W요양병원으로 옮겨 가게 됐다고 했다. 요양병원에서 사망하게 될 거라 예상했던 자식들은 K가 정 노인의 재산을 처분할까 봐, K에게는 접근금지를, 정 노인에게는 금치산의 소송을 제기했다고 한다.

요양병원에서 사지가 묶여 있던 정 노인은 어느 순간 사태를 파악하고 K에게 혼인신고를 부탁했고, K는 이내 혼인신고를 했지만 일본의 자식들은 또다시 혼인무효소송을 제기했다고 한다. 그리고 요양병원 담당 의사는 치매에 걸린 정 노인이 동의한 혼인은 인지기능 결손에 의한 것이라는 취지의 진단서를 발급했다고도 했다.

요양병원에서 투여된 항생제와 해열제로 인해 심한 피부합병증이 나타나자 정 노인은 다시 인근 I대학병원으로 옮겨 치료를 받았고 전후관계 파악에 시간이 걸리는 대학병원에서는 간병인의 역할을 훌륭히 수행했던 K의 도움으로 피부합병증은 물론 호흡기 질환으로부터 회복됐다고 했다. 지남력이나 인지력이 회복됐음은 물론이고. 이제는 법적 문제를 해결하기 위해, 치매에 걸렸다는 것이 사실이 아님을 입증하기 위해 우리 병원 신경과를 방문했다가 MRI에서 덜컥 뇌경막하 혈종이 발견되자 나에게까지 오게 된 것이었다.

K가 기나긴 사연을 구술하는 동안 정 노인은 마음의 안정을 찾은 것인지, 내가 묻는 말에 대답도 잘했고 나이와 MRI 결과로는 믿어지지 않을 정도의 판단력과 기억력을 보이고 있었다. 질문에 가끔 일본어로 대답하는 점은 아마도 일생 대부분을 보낸 곳이 일본이었기에, 그리고 보나마나 귀국해서 부산에 살던 20여 년 동안 K와 함께 살면서 일상적인 대화는 일본어와 한국어를 뒤섞었던 까닭이리라. 경막하 혈종의 양이 그다지 많지 않았고, 뚜렷이 확인되는 두부 외상의 병력이 없었거니와 무엇보다도 신경학적 장애가 거의 없는 상태였으므로 입원이나 수술적 치료는 배제하고 주기

적인 영상검사를 하며 경과 관찰만 하기로 했고, 법원 제출용 진단서에도 인지기능 결손은 회복될 수 있을 것으로 예측된다고 기재했다.

처음에는 1주일 간격으로, 그러다가 2주일 간격으로 추적한 정 노인의 CT검사 결과는 혈종도 조금씩 소실됐고, 보행이나 발음, 기억력과 판단력도 눈에 띄게 좋아졌다. 약물에 의한 피부 발진이 있었으나 별다른 처방을 하지 않았고 올 때마다 정 노인과 K가 하는 얘기를 말없이 고개만 끄덕여 가며 들어 주기만 하였다. 변호사 사무실이며, 검찰청과 법원을 갔었다는 얘기, 새로 만나는 사람이나 처음 가게 되는 장소에서는 주눅이 들어 선뜻 대답하지 못한다는 사연, 게다가 무심코 튀어나오는 일본어 등으로 소송 과정이 어렵고 힘들다는 등의 얘기는 주로 K의 입을 통해 전달됐지만 가끔 K의 기억이 부정확한 부분에서는 정 노인이 적극 나서서 다시 설명하는 모습은 도저히 금치산의 처분을 받을 상태가 아님을 나에게 확신시켜 주었다. 자연스럽게 정 노인에게 할애되는 진료 시간은 이삼십 분을 넘기기 일쑤였고, 올 때마다 이런저런 소견을 적어야 하는 진단서는 매번 법원 제출용으로 발급됐다.

J요양병원에서 폐렴이 악화된 아버지는 정 노인이 처음 나에게 오고 얼마 지나지 않아 우리 병원으로 옮기게 되었는데, 쉽게 나아지지 않는 아버지의 병세와 달리 정 노인은 정말 뚜렷이 좋아지고만 있었다. 어머니께서 암으로 세상을 떠나시던 무렵부터 아버지의 상태는 좋지 않았다. 췌장암으로 여생이 얼마 남지 않았음을 알았던 어머니는 나를 불러 말씀하셨다. 아버지는 내가 세상 떠나거든 함께 모시고 살 생각하지 말고 어디 조

용한 사찰 같은 곳에서 요양하시도록 해라. MRI를 몇 번이나 찍고도, 나 자신이 신경외과 의사이면서도 도무지 증상을 설명할 수 없었던 아버지의 운동장애는 지금으로부터 꼭 10년 전 어머니가 세상을 뜨시자 눈에 띄게 악화됐다.

이런저런 시행착오 끝에 급기야 어머니의 유언을 저버리고 집에 모시고 살게 됐지만 처음에는 잘 걷지 못하시더니 이내 삼킴장애가 나타나고 그러다가 아무 이유 없이 떼를 쓰기도 하셨고, 혼자 외출하지 마시라고 말려도 친구분 만나러 나선 길에서 넘어져 다치시고는 근무하는 병원으로 연락이 오곤 하는 것도 여러 차례였다. 하는 수 없이 의논 끝에 요양병원으로 입원시키게 됐는데 그것도 벌써 6년이나 지난 일이다. 처음엔 면회를 갈 때마다 같이 집으로 가자고 하시는 통에 돌아서는 길의 발걸음이 떨어지지 않았던 적도 있었지만, 몇 년 지나고 나서는 입을 닫고 아무 말씀도 하지 않으시더니 올해 들어선 삼킴장애도 심해지고 눈도 잘 뜨지 않으셨다. 이따금 요양병원에서 상태가 좋지 않으시면 우리 병원으로 옮겨 치료를 하기도 했지만 잠시 좋아질 뿐이었다. 몇 차례 우리 병원과 요양병원을 옮겨 다니는 동안 이제는 아버지의 고생도 얼마 남지 않았구나 하는 불안한 느낌은 늘 머리 한구석을 떠나지 않고 있었다.

봄 무렵에 J요양병원에서 연락이 왔다. 흡인성 폐렴이 자꾸 재발하고 음식을 삼키는 데 너무 힘들어하셔서 경비관을 꽂아서 유동식으로 식이를 드려야 하겠다고. 그렇게 하라고 대답했다. 언젠가는 닥치게 될 일이라고, 벌써부터 예상하고 있었던 일이 아닌가.

내가 돌보는 환자들에게 기계적으로 경비관 삽입에 대한 처방을 내던 모습처럼 아버지의 경비관 삽입에 대한 동의 역시 기계적이었다. 하지만, 그래도, 처음 아버지를 요양병원에 모시던 그 순간, 병실에 입원 중이던 환자들 다수가 경비관을 꽂고 누워 있던 모습은, 솔직히 말해서 좀 충격이었다. 급성기 환자들이나 수술 환자들에게 경비관 삽입을 늘상 지시하곤 했지만 내 환자들은 곧 회복돼 입으로 식이를 섭취하게 되거나, 그다지 내 곁에 오래 머물지 못하고 다른 병원으로 옮겨가거나, 아니면 세상을 떠나곤 했기에 한꺼번에 그렇게 많은 환자들이 경비관을 꽂은 채 누워 있던 모습을 목격한 것은 전공의 시절 이후로는 처음이었기 때문이었다. 결국 아버지도 그렇게 그때의 그 환자분들처럼 그런 모습으로 누워 계시게 된 것이었다.

폐렴이 쉽사리 낫지 않았고 우리 병원으로 모셔서 경피적 위루술이라도 해야겠다 싶어서 옮겨 왔었는데 그것마저 뜻대로 되지 않았다. 쇄골하 정맥을 천자하고 비급여 영양제를 붓다시피 투여했더니 금세 폐부종이 생겨버려 폐렴이 오히려 악화되더니 급기야 늑막삼출로 늑막 배액을 유지해야하는 상황을 겪었고, 기관지 내시경까지 동원해서 호흡기 상태가 좀 나아지려나 싶더니 이번엔 장골동맥 폐색이 합병돼 오른쪽 다리가 부어올라 최악의 상황까지 가는 것이 아닌가 싶은 순간도 있었다. 경비관을 꽂은 채 누워 눈도 뜨지 않는 아버지를 쳐다보며 내가 괜한 짓을 하는 것이 아닌가 하는 생각도 들었다. 항생제를 이것저것 하도 오래 쓰다 보니 이번엔 콩팥 기능이 급격히 떨어졌다. 이젠 정말 마지막이구나 싶던 순간에 조금씩 회복되시더니 우리 병원으로 옮긴 지 두 달이나 지나서야 겨우 경피적 위루술을 시행할 수 있었다.

정 노인이 외래로 오시던 날은 유달리 아버지가 안쓰러웠다. 아니 안쓰럽다기보다는 일흔다섯의 아버지보다 훨씬 정정한 아흔둘 정 노인에 대한 일말의 질투였는지도 모른다. 두세 달가량 자연스럽게 두 노인이 비교됐기 때문이리라.

아버지를 다시 J요양병원으로 옮긴 후 찾아온 정 노인과 K의 얼굴에는 화색이 돌고 있었다. 접근금지에 대한 소송과 혼인무효소송이 승소했다는 것이었다. K는 내가 발급한 진단서 덕분이라고 연신 고마워했다. 판사도 정 노인의 상태를 직접 보고는 제대로 된 판단을 했던 것이겠지. 또 K는 소송을 제기한 정 노인의 자식들에 대한 서운함도 얘기했다. 강산이 두 번 넘게 변하는 세월 동안 자식을 대신해서 보살펴 드렸는데, 그깟 몇 푼도 되지 않는 재산 때문에 노인네를 이렇게 힘들게 만드는 거냐면서. 내가 정 노인에게 물었다. 어쩌자고 자식들에게 간섭하지 말라고 하지 않으셨냐고, 왜 미리 혼인신고를 하지 않으셨냐고. 정 노인이 대답했다. 나도 이렇게 오래 살게 될지 몰랐다고. 일본에서 귀국할 때까지만 하더라도 그냥 한두 해 살다가 가겠거니 싶었다고.

누구나 몇 살까지 생존하라고, 어느 순간까지는 살아 있고 또 어느 순간 이후에는 이 세상을 떠나게 될 거라고 정해져 있는 것인지는 모르겠다. 아니, 뇌수술을 하더라도 생존 가능성이 매우 희박하다고 판단했던 환자가 목숨을 보전하고 조금씩 의식을 회복하는 경우도 있었고, 전혀 예상하지 못했던 합병증으로 갑자기 세상을 달리하는 환자도 있었다. 모두 내가 직접 경험했던 일들이 아니던가.

교과서나 논문에는 예후를 불량하게 만드는 인자와 그 반대의 요인에 대해 열거하고 있지만 임상에서 경험하는 모든 증례가 그런 것만은 아니었다. 정 노인 역시 일흔이 넘어 홀아비로 남았으니 얼마 살지 못하겠다는 추측에 주위 사람들을 번거롭게 만들지 않겠다는 판단이었으리라. 그렇게 우여곡절 끝에 정 노인과 K의 혼인은 법적인 보호를 받게 됐지만 정작 중요한 것은 금치산이었고 그 소송은 아직도 결론에 다가가지 못하고 있었다.

판단력에 결손이 있다는 W요양병원 의사 소견과 그렇지 않다는 내 소견이 상반되긴 했지만 정 노인을 직접 만나 본 판사는 내가 발급한 진단서에 좀 더 신뢰를 갖는 듯했다. 그러자 딸은 K가 기독교 신자이고 우리 병원이 천주교 병원이므로 종교적 결탁으로 진단서가 발급됐다며 정 노인에 대한 감정이 필요하다고 주장하고 나왔다. 하기야 일본에 거주하고 있는 자식들이 정 노인을 직접 만나 본 것은 지난 봄 처음 W요양병원에 입원하던 순간이 마지막이었다고 했다. 혼인무효소송에 패소한 자식들은 항소를 준비한다고 했다.

약물 발진으로 치료를 받았던 I대학병원이 아닌 다른 P대학병원에서 감정을 받으라는 법원의 명령은 정 노인을 다시 피폐하게 만들었다. 대학병원에 예약이 잡힌 후부터 밥도 제대로 못 들고 수면을 이루지도 못한다고 했다. 아침에는 K더러 K를 찾아오라고 했다가 K를 만나러 가겠다고 했다가 저녁이 되면 K에게 미안하다는 말을 한다고 했다. 또 어떤 날에는 K를 사정없이 때리기도 한다고 했다. 정 노인은 다시 수척해진 모습이었고 내가 건네는 안부 인사에 일본어로 무슨 말인가를 중얼거리기도 했다. 이래서는 제대로 된 감정이 진행되지 않을 것 같아 대학교수에게 전하라며 장

문의 소견서를 써 주었다. 그날은 외래 진료를 마치는 순간까지 기다리다 지쳐 진료실로 들어온 다른 환자들에게 많이 기다리게 해서 미안하다는 말로 진료를 시작해야만 했었다.

P대학병원에서 다시 찍은 MRI에서도 소량의 경막하 혈종이 일부 남아 있는 소견이 있었던 모양이었다. 정 노인은 다시 신경외과로 의뢰됐고 나는 또다시 소견서를 써야 했다. 낯가림이 심한 정 노인은 여러 차례에 걸쳐 이 교수 저 교수의 진료를 받았고 K는 감정 결과도 형편없을 것이라며 걱정 어린 한숨을 내쉬었다. 대학병원을 가는 날이면 정 노인은 이제는 병원에 가지 않겠다고 떼를 쓴다고도 했다. 나쁜 일만 있었던 것은 아니었다. 대학병원에서는 일본어 통역까지 동원하며 제법 검사를 했다 한다. 어지간하면 한두 달씩 걸리기 일쑤인 감정 과정도 일사천리로 진행되었다. 그 결과는 법원으로 전달될 것이라는 설명을 들었다고 하고, 이제는 소송 결과만 기다릴 뿐이라고 했다. 정 노인은 다만 자신 명의의 통장에서 매달 일정액씩 인출해서 죽는 날까지 생활비를 충당하고 남는 돈은 K에게 주는 것이 마지막 바람이라고 했다. 그 정 노인이 외래로 방문하기로 약속된 날이 바로 내일이다.

정 노인이 처음 내 진료실을 찾은 지 어느덧 반년의 시간이 지나가고 있다. 아버지는 그동안 우리 병원으로 입원했다가 지금은 다시 J요양병원에 계신다. 우리 병원에 계시는 동안은 그나마 매일 아버지의 얼굴이나마 볼 수 있었기에 마음의 짐이 좀 덜어지는 듯했지만, 지금은 겨우 한 달에 한두 번 잠시 찾아가 볼 뿐이다.

아버지는 일흔 다섯이지만 침상을 떠나지 못하고, 정 노인은 아흔 둘이어도 독립적 보행이 가능하다. 두 분 다 언제 어떻게 이 세상을 떠나실지 모르는 일이다. 일흔이 넘어 홀아비가 되던 순간에 이렇게 몇 년 살다 가겠구나 하던 정 노인은 오래 살게 되면서 자식들과 편치 않은 관계가 돼 버렸다. 어쩌면 정 노인의 마지막 바람은 이뤄지지 않은 채 세상을 떠나게 될지도 모를 일이다. 아버지 건강과 관련해서 이런저런 일을 겪은 지도 벌써 10년을 지나고 있다.

지난 몇 달 동안 두 노인의 삶이 왠지 모르게 겹쳐지는 이유는 나 역시 자식인 때문인지 아니면 주로 노인 환자를 많이 접할 수밖에 없는 의사인 까닭인지 모를 일이다. 내일도 정 노인과 K는 진료실에 머무는 시간이 길어질 것이다. 아버지는 내가 다녀갔는지조차 모른 채 그 침상에 그렇게 누워 계시겠지. 가슴속 짐 한 덩어리만큼이나 무겁게 보이는 구름은 육중한 존재감으로 가을 하늘을 짓누르고 있다.

수상 소감 중에서 · · ·

개인적으로는 청년의사 가요제 예선에도 나가 봤고, 독후감 감상문 공모에서도 상을 탔고, 정말 참여하고 싶었던 신춘문예급 행사에도 참가했다는 사실이 조금은 대견스럽기도 합니다. 심사를 맡아 주신 분들, 문학상을 만들어 주신 분들, 아내와 아이들, 동생들과 인증조사 준비하느라 함께 고생해 준 병원 식구들에게도 무한한 감사를 보냅니다.

진료 끝난 후에 보죠

이관식 (강남세브란스병원 소화기내과 교수)

"아, 무슨 검사가 이렇게 많아? 얼마나 더 검사할거야?"

"어제 입원하셨잖아요. 검사는 아직도 많이 남았어요."

"검사는 이제 그만 하고 빨리 치료나 해 줘."

"아니, 그런데 이 사람이 말끝마다 반말이야? 내가 당신보다 열 살도 더 먹었어."

"나 검사 못 해. 퇴원할 거야."

이렇게 그는 씩씩거리며 막무가내로 퇴원했고, 이를 말리지 못한 나는 조금만 더 참을 걸 하는 후회가 밀려왔다.

그는 광대뼈가 튀어나온 검은 얼굴에, 작고 초췌했고 말이 별로 없었다. 항상 우울해 보였고 B형 간염 환자임에도 불구하고 매번 입에서 술 냄새가 났다. 어머니가 간암으로 돌아가셨고, 형제들도 모두 B형 간염으로 고생하고 있다고 했다. 40세인데 아직 결혼은 하지 않았고, 진료할 때도 늘 혼자 와서 그동안 그의 가족을 본 적이 없었다. 경제적으로도 어려운지 검사를 줄여 달라고 짧게 말하곤 했다. 때로는 진료 예약일을 몇 달씩 넘겨 올 때도 많아서, 약도 검사도 불규칙하게 처방할 수밖에 없었다. 그러한 그는 많은 환자 중에 잘 기억나지 않는 환자 중 한 명일뿐이었다.

이미 간경변증으로 진행한 상태였기 때문에, 간암 발생 가능성이 높아서 가능한 한 규칙적으로 검사하려고 노력했다. 그런데 그는 한참만에야 나타났고, 초음파검사에서 어느 정도 진행한 간암이 발견됐다. 입원해서 검사하면 조금 더 저렴하고 어차피 치료하려면 입원해야 하므로 입원을 결정했는데, 제대로 검사도 치료도 하지 못하고 더구나 의사와 환자의 신뢰 관계가 깨진 상태로 퇴원해 버린 것이다. 마치 더운 먼지 구덩이 속에 있는 것같이 찜찜하고 답답했고, 또 정리가 안 된 지저분한 책상에서 일을 하고 있는 느낌, 그리고 죄책감. 그러나 이 일은 잠시 나를 괴롭혔지만, 언제나 그렇듯이 시간이 지나고 그는 까맣게 잊혔다.

6개월쯤 지났을까? 그가 더 초췌해진 모습으로 다시 진료실에 나타났다. 나도 지은 죄가 있으므로 관계 회복을 위해 최대한 낮은 자세로 부드럽게 말했다. "상태가 어떤지 모르니 지금이라도 다시 입원하시죠? 경우에 따라서 진행이 빠르지 않을 수도 있어요." 그러나 그는 대뜸 "지금은 환자가 많으니까, 진료 끝난 후에 보죠. 얘기할 게 있습니다."라고 평소와 같이 짧고 무뚝뚝하게 얘기하고 진료실을 나가 버렸다.

아니 '지금 말하면 안 되는 얘기인가? 도대체 무슨 얘기를 하려고 하나?' 생각하다가 갑자기 불안해졌다. 그 즈음에 어느 대학병원에서 비뇨기과 진료에 불만을 가진 환자가 의사를 살해했던 충격적인 사건이 보도된 적이 있었다. '혹시 이 환자도?'라는 생각이 들자, 마치 실제로 일이 벌어진 것같이 그 짧은 순간에 가족이 생각났다. '아! 이 일을 어떻게 수습하나? 나도 가족을 먹여 살려야 하는데'라는 생각이 들고 초조해져서, 일단 환자 진료는 잠시 멈추고 대책을 세우기로 했다.

병원 안전요원에게 연락해 진료가 거의 끝나갈 즈음에 진료실 밖에서 대기하라고 했고, 그 환자와 얘기할 때 간호사는 반드시 방 안에 같이 있고 진료실 문은 활짝 열어 놓으라고 지시했다. 그리고 내 스스로 방어하기 위해서 몽둥이를 찾았지만 없어서 우산을 대신 갖다 놓았고, 환자가 혹시 칼을 휘두를 것에 대비해서 방패용으로 환자와 나 사이에 놓아둘 두꺼운 책자를 준비했다. 그리고 칼이 오는 방향도 미리 예측해 보았다. 오른손잡이였던가? 마치 영화 촬영을 준비하고 있는 것 같은 느낌이었다. 그것도 기분 나쁘고 비극적인 영화! 이 상황을 피할 수 있었으면 좋겠지만 그러지도 못하고, 단지 갑옷과 방패가 있었으면 하는 생각만 간절했다. 그런데 단지 우산과 책뿐이라니!

어떻게 진료했는지 모르게 시간은 빠르게 흘러 마지막 환자를 진료했다. 이때처럼 영원토록 끝없이 환자를 진료하고 싶었던 적은 지금까지 없었다. 진료가 아쉽게도 끝나고 드디어 그가 들어왔다. 나는 잔뜩 긴장했지만 겉으로 나타내지 않고 가능한 부드럽게 대하려고 노력했다. 혹시 그가 마음을 바꿀 수도 있지 않을까? 지금이라도 이 사람을 설득할 수 있지 않을까? 관계가 회복되면 별 일 없겠지? 일이 최악의 상황으로 벌어져도 내 덩치가 더 크잖아. 생각들이 머리를 어지럽혔고, 비장하게 대화에 임했다.

병원 안전요원이 이미 밖에 와 있는 것을 보고 어느 정도 안심했는데, 아뿔싸! 그는 간호사에게 나가 달라고 얘기하고, 또 문도 닫아 달라고 부탁하는 것이 아닌가! 부탁을 안 들어주면 더 이상하게 생각할까 봐 어쩔 수 없이 간호사에게 눈짓을 해서 나가 있으라고 하니, 망설이다가 나가고 문도

닳았다. 이처럼 야속할 수가! 상황을 다 알면서 나가란다고 나가다니! 드디어 단 둘이 남았다. 올 것이 왔구나 생각하고 왼손은 책 위에 얹고, 책상 밑에서 오른손으로 우산을 강하게 움켜쥐었다.

드디어 그가 비장하게 그리고 차분하게 얘기를 꺼냈다.

"제가 얼마 못 살죠? …… 시신을 기증하려면 어떻게 해야 하나요?"

"……"

전혀 예상치 못한 말에 갑자기 머리를 얻어맞은 듯 멍해졌고, 안도감과 함께 긴장이 풀리며 모든 것이 허탈해졌다. 아니 이렇게도 철저히 오해할 수가 있는 것인지? 도대체 내 안에 무엇이 들어 있기에 이토록 오만하게, 약하고 선한 사람을 악한 쪽으로만 생각했던 것인지? 뭐 눈에는 뭐만 보인다고, 의사로서 자격은 있는 것인지? 내 자신이 너무나도 부끄럽고 초라하게 느껴졌다. 적어도 좋은 의사는 아니야. 나에 대한 실망감과 함께, 죽음을 앞두고도 어려운 결정을 한 그의 선한 마음에 울컥해졌다. 이후 그는 가장 기억나는 환자 중 한 명이 됐다.

"의사, 판사, 검사, 교수, 선생, 공무원 등의 공통점은 뭘까?"

"사람을 상대하는 직업 아닌가요?"

"그래, 그런데 특히 상대적으로 약한 사람들을 접하기 때문에 우월적 지위에 있는 직업들이야. 그래서 스스로 인식하고 있지 않으면, 자신도 모르는 사이에 겸손치 못하고 오만해질 수밖에 없는 고약한 속성을 갖고 있지. 의사는 특히 더 그래. 몸과 마음이 다 약한 사람들을 상대하잖아."

"의사가 존경받는 직업 같아?"

"아니요."

"왜일까? 일 자체가 남을 위한 직업인데?"

"일은 그런데요. 이기적이고 건방지고, 밥그릇 싸움이나 하고……."

"그렇지? 또 너무 사무적이고, 권위적이어서 그렇지 않을까? 나도 의사가 싫어. 교만한 내 모습이 겹쳐 보여서 그런 것 같아. 사실, 지금까지 나는 환자를 사람이 아니라 병명으로만 봐 왔어. 인격체로 보지 않았던 거지. 그들도 한 가족 내에서 서로 사랑하는 부모와 자녀, 남편과 아내잖아. 인간적으로 따뜻하게 보려고 노력한 게 얼마 되지 않아. 부끄러운 일이지. 직업의 속성을 알면서도 겸손해지기가 너무 힘들어. 그동안 너무 높아져 있었나 봐. 의사의 한계를 절감하면 조금 더 겸손해질까? 진료를 하다 보면 실제로 해 줄 수 있는 게 많지 않은데 말이야."

그 사건 이후 병원에 실습 나온 학생들과 나누는 자조 섞인 대화다. 나는 물론이고, 그들도 아름다운 초심을 잃지 않고, 같이 아파하며, 사랑하고, 기도하는 따뜻한 의사가 되기를 간절히 기원하며…….

수상 소감 중에서 · · ·

의사는 상대방에게 초점이 맞춰져 있는 직업입니다. 그래서 제 자신만 잘 다스린다면 정말 이상적인 직업일 것 같습니다. 나이가 들어서 이런 생각을 한다는 것이 쑥스럽기도 하지만, 지금이라도 이런 자책을 할 수 있다는 것이 다행인 것 같습니다. 워낙 인간이 신통치 않아 노력해도 잘 안되겠지만 그래도 이런 생각을 하고 있다는 것으로 만족해야겠죠. 많은 의사들이 아름다운 초심으로 돌아가기를 기도하겠습니다.

칠중철궁의 하루

정만진 (경북북부(청송)교도소 부속의원 원장)

은은한 음악이 흘러나온다. 고르고 골라서 지정한 스마트폰 알람, '숲속을 걸으며Walk in forest'이다. 60여 년 넘게 살았지만 아직도 기상 때의 게으른 습성은 여전하다. 15분 후에 맞춰 둔 두 번째 알람의 음악소리가 들릴 때까지 비몽사몽으로 상념과 오늘의 할 일을 생각하며 이불 속에서 달콤한 게으름을 즐긴다.

창문을 연다. 대한민국에서 가장 맑은 청송 아침 공기가 폐부로 스며든다. 관사 앞 산등성이에 푸른 소나무들이 인사를 한다, '오늘도 즐겁고 행복한 하루가 되라고.' 그러나 태평스런 아침의 서정은 이것으로 끝나고 인내심이 필요한 현실의 하루가 시작된다.

나는 단정하고 멋스런 모양으로 출근하려고 한다. 모두가 벌거벗었는데 유일하게 팬티를 입은 목욕탕 때밀이처럼 모두가 유니폼을 입은 교도관 집단에서 유일하게 사복을 입은 사람으로서 시선을 받을 수 있으니까. 그래서 넥타이와 와이셔츠 선택은 물론 옷매무새에 신경을 쓴다. 너무 야하지도 너무 천박하지도 않게.

특별한 일이 없으면 걸어서 출근을 한다. 관사에서 아침 회의를 하는 청사 건물까지 5분이면 족하다. 도로 옆으로 잘 만들어진 빨간색 인도를 따라 마치 사관생도처럼 어깨를 쭉 펴고 힘차고 씩씩하게 걷는다. 주머니에 손을 넣고 어깨를 움츠리고 걸어가는 젊은 사람 여러 명을 추월한다. 걷기 속도는 나이순이 아니라는 것을 증명이나 하듯이.

정문을 통과하면 왼쪽으로 광덕산 중턱에 다섯 개의 커다란 암벽이 보인다. 이 암벽과 두 개의 천(川)으로 둘러싸여 있기에 청송교도소가 '빠삐용 요새'라는 별명을 얻었나 보다. 좌측 화단 너머로 교도소의 높다란 담장이 보이고 그 안에서 수용자들이 운동을 하며 시끄럽게 고함을 지른다. 그것은 단순한 고함이 아니다. 그 속에는 자신의 삶에 대한 회한과 자유를 갈망하며 가슴에 맺힌 응어리를 분출하려는 높은 옥타브의 음색도 포함되어 있다.

출근할 때마다 높은 담장 안 교도소 건물을 쳐다보며 자유와 편안함에 감사하며 행복을 느낀다. 수형자들은 저 담벼락 안에 갇혀 있으나 나는 마음만 먹으면 우리나라는 물론 세계 어디라도 갈 수 있고, 그들은 주어진 음식만 먹지만 나는 국밥을 먹든 스테이크를 먹든 내 마음대로 고를 수 있고, 그들은 추운 공간에서 불편하게 지내야 하지만 나는 따뜻하고 편안하게 생활할 수 있으니 이 얼마나 즐겁고 행복한 삶인가?!

아침 간부 회의가 끝나면 칠중철궁(七重鐵宮)의 셋째와 넷째 철문을 통과해 아무나 들락거릴 수 없는 교도소 담장 안으로 들어간다. 이곳에 들어오는 방법은 크게 두 가지다. 죄수가 되든지 교도관이 되든지. 교도소 담장 위를 걷는 정치인이 되면 교도소에 들어올 확률이 50%는 되니 그것도 한 방법이 되겠다. 처음 교도소를 방문하는 교정위원이나 예술 공연자들은 다시는 나가지 못하는 것이 아닌가 두려워한다. 처음으로 교도소 위문을 왔던 연주자 한 분은 들어와서 나갈 때까지 계속 뒤를 돌아보며 식은땀을 흘렸다고 한다.

청송교도소. 옛날 한때는 삼청교육대 교육장이었고 '청송감호소'라 불리던, 이름만 들어도 겁나고 오싹함이 느껴지는 곳이다. 청송 사람들이 청송이 마치 범죄자 지역처럼 불리는 것이 싫다고 해서 지금은 경북북부교도소로 개명한 곳이다. 그렇지만 지금도 이곳의 수용자는 옛날과 다를 바 없이 대부분 별(전과)이 많은 중범죄자들이다. 암으로 따지면 4기 중에서 3기 이상의 중환자들이라 할 수 있다.

쇠창살과 철문으로 치장한 청송교도소, 그 깊은 곳에 나의 집무실이자 진료실인 '칠중철궁'이 있다. 칠중철궁은 왕이 사는 구중궁궐九重宮闕을 패러디하여 내가 만든 신조어이다.

청송군 진보면 광덕산 아래 반변천과 서시천으로 둘러싸인 대단히 넓은 터에 울타리를 치고 출입문을 만들었으니 그것이 제1문이다. 거기서 1km 정도 오면 아파트 단지가 있고 뒤이어 정문이 나타나니 그것이 제2문이고, 또다시 닫을 때 꽝 하고 쇳소리가 나는 철문 다섯 개를 통과해야 도달할 수 있으니 칠중철궁이다.

결재를 비롯한 통상의 행정적인 아침 업무가 끝나면 의사 본연의 업무가 시작된다. 진료 대기실에서 교도관의 계호戒護를 받으며 아픈 수형자들이 기다리고 있다. 교도관들이 진료받을 수용자들을 한 사람씩 진료실로 데리고 들어온다. 전공과 관계없이 옛날 시골 의사처럼 모든 과 환자들을 진료한다. 오랜 의사 생활에서 얻은 다양한 경험이 큰 도움이 된다. 진료는 신중하고 꼼꼼하게 해야 한다.

수형자들은 모든 것을 자의적으로 생각하고 인내심이 부족해 즉흥적이고 까다롭게 질문을 하고, 때로 신문에서 읽은 얄팍한 의학 상식을 늘어놓으며 과도하게 증상을 나열하거나 말도 안 되는 꾀병을 호소하는 경우도 적지 않다. 그러나 과장과 꾀병 속에 행여나 숨어 있을 진짜 중환자를 놓치지 않기 위해 긴장을 늦출 수 없다.

당뇨와 고혈압은 기본이고, 부정맥과 배뇨곤란으로 사흘이 멀다 하고 의료과를 찾는 사람, 외부 병원에 가고 싶어 안달이 난 사람, 수형 생활을 좀 더 편하고 따뜻하게 하고 싶어 입원시켜 달라고 애원하는 사람, 말하는 증상과 이학적 소견이 전혀 맞지 않는 꾀병 환자들, 향정신성 의약품을 먹고 싶어 정신과 진료를 원하는 사람, 피부 보습제를 쓰게 해 달라는 등 의료과장의 권한을 최대한 이용하려는 징역살이 도사들을 대하는 것이 나의 일상사다.

내가 진료하는 환자의 3분의 1 이상은 몸 어딘가에 문신이 있다. 영화 〈가문의 영광〉에서 김수미와 아들 둘의 등에 새겨진 전신 호랑이 문신은 물론 가슴, 등, 허벅지, 엉덩이, 성기, 손가락 등 생각지도 못하는 곳에 별별 모양의 크고 작은 문신들이 있다.

문신뿐만 아니라 상흔도 많다. 팔다리와 얼굴에 난 스카scar, 다양한 이물질을 넣은 성기, 복부를 가로로 여러 번 그은 가로무늬 칼자국, 자해가 분명해 보이는 손가락 마디 절단도 심심찮게 본다. 바깥세상에서라면 이런 것 하나만 봐도 오늘 특별한 환자를 봤다고 호들갑을 떨었으리라.

처음 이런 사람들을 대했을 때는 두렵고 섬뜩했으나 교도관(?) 생활 1년에 문신과 칼자국에 익숙해졌고 이들과 농담도 하고, 죗값을 치르고 있는 사람들에게는 금기로 돼 있는 범죄 얘기도 물어보고, 정곡을 찌르는 충고까지 할 정도가 됐으니 내 간덩이가 많이 커졌나 보다. 전과가 20개가 넘는 상습범, 조폭이나 무기수, 불식不食*이나 자해로 말썽을 일으키는 문제 수형자들도 마음을 열고 진심으로 대하면 생각보다 순진하다. 단순 무식한 이들이 진심 어린 충고에 목말라 있었는지도 모르겠다.

때로 "더 말썽부리고 싶지만 의료과장 때문에 참는다."고 했다는 얘기를 담당교도관으로부터 전해 들었을 때, 비록 그것이 막다른 상황에서 퇴로를 찾는 그들의 얕팍한 수단일지 몰라도 나에게는 작은 보람으로 느껴진다.

수용자를 진료하다 보면 자주 듣는 말이 "잘못되면 책임질 겁니까?"라는 항의다. 교도소에서는 외부진료를 원하는 대로 시켜 줄 수 없고, 완벽한 검사를 해 주기 어렵기 때문이다. 눈동자를 좌우로 굴리며 똑바로 쳐다보고 대들 듯이 말하면 속으로 화가 나고 큰소리로 꾸짖고 싶어진다. 그러나 퇴임을 눈앞에 둔 어느 교도소장이 했다는 "말은 부드럽게, 처리는 법대로"라

---

* 고의로 밥을 먹지 않음.

는 말을 떠올리며 얼굴에는 미소를 짓고 나직하고 부드러운 목소리로 "내가 왜 책임져요, 잘못되면 국가가 책임지지."라고 대답한다. 그리고 "치료받으러 온 사람이 꼭 그렇게 막말을 해야 되겠소? 그렇게 말하면 누가 좋아하겠소. 내 열심히 치료해 줄 테니 말은 부드럽게 합시다." 하며 여러 가지 질병과 연관된 얘기와 인생사를 곁들여 20~30분 길게 하고 나면 아주 독종을 제외한 거의 모든 환자가 수긍한다.

큰소리로 꾸짖었으면 싸움이 될 텐데 조용히 타이르면 의외로 머쓱한 모습으로 "죄송합니다." 하며 돌아간다. 이런 설득과 인내가 가능한 것은 내 나이도 크게 한몫하는 것 같다.

칠중철궁은 직장이자 놀이터(?)이다. 애먹이는 수형자들이 있기에 존재 가치를 느낄 수 있고, 누군가가 해야 할, 조금은 힘든 일을 하고 있으니 봉사는 아니라도 봉사적인 의미는 부여할 수 있지 않은가.

풍파가 없으면 세상이 아니다. 어려운 일이 생기면 그것을 풀고 대처해 나가는 것이 우리네 삶이다. 문제를 일으키는 사람들을 미워하고 귀찮아하면 못 견딘다. 그들은 내 놀이터에 장난감과 같다고 생각하면 용서가 되고 참을 수 있다. 여기 청송교도소는 가장 말썽피우고, 가장 거칠고, 가장 교활하고, 가장 폭력적인, 막 가는 사람들과 마주하는 곳이다. 그렇기에 여기만큼 이해와 인내와 인술이 필요한 곳이 없다.

우리 사회에는 반드시 죄를 짓는 사람이 있고 그들을 수용해야 할 교도소가 필요하다. 그들이 비록 악랄한 범죄를 저질렀다 해도 아프면 진료를 받아야 하고 그러기 위해서는 교도소에 경험과 이해심이 있는 의사가 필요하다. 2003년 휴전 직후 이라크 의료봉사단원으로 이라크에 간 것이 계기가 돼 이후 울릉의료원장 4년을 비롯해 아프리카와 몽골 의료봉사에도 참여하고 우리나라에서 가장 오지이자 가장 중범죄자를 수용하고 있는 청송교도소에 자원했다.

이곳에서 나는 내 의학적인 지식은 물론 다양한 사회적 경험을 최대한 활용하며 정말 즐겁고 의미 있게 생활하고 있다. 의사로서 그리 빛나는 자리는 아니지만 꼭 맞는 자리에 온 것 같다. 그래서 회의하고, 회진하고, 까다로운 환자들을 대하면서도 웃음을 잃지 않고 힘차게 행동한다. 그래서 내 웃음과 긍정적인 생각이 수형자들에게도, 그들을 교정·교화하는 교도관들에게도 널리 퍼져나가기를 기대하며 즐겁게 칠중철궁의 하루를 보낸다. 꼭 필요한 곳, 꼭 필요한 사람들에게 질병뿐만 아니라 마음까지 치료하는 의사가 되려는 어설픈 흉내를 내면서.

오후 다섯 시가 되면 스피커를 통해 하루 일과를 마치는 노랫소리가 흘러나온다. 그러면 수용자들은 일터에서 자신의 방으로 돌아간다.

그들은 자신의 죗값 중 하루분을 치러 형기가 하루 줄었으니 나름대로 의미 있는 하루였으리라. 오후 여섯 시, 교도관들이 교도소 철문을 통과하며 하루 일과에서 방면된다. 나도 그들 틈에 끼어 교도소 담장을 벗어난다. 수형자들이 그렇게도 바라는 바깥세상으로.

천천히 걸어서 관사로 돌아온다. 아침의 밝은 햇살과 달리 어둠이 깔린 교도소 담장과 높다란 감시대를 쳐다보며 인간의 삶을 생각해 본다. 죄는 무엇이고 속박은 무엇이며 수형자와 나는 무엇이 다른가? 담장 밖에 있어도 마음의 울타리를 치고 있으면 감옥이고, 감옥에 있어도 마음이 열려 있으면 자유인 아닌가? 수형자는 하루의 죗값을 치렀다는 보람과 수확이 있었는데, 나는 오늘 무엇을 했고 무슨 수확을 얻었던가? 호구지책糊口之策의 다람쥐 쳇바퀴 같은 하루는 아니었는지?

칠중철궁에서 살면 저절로 철학자가 되는가 보다.

수상 소감 중에서 · · ·

저는 육지의 섬과 같은 청송교도소에서 중범죄자들과 함께 하는 일상과 그들을 대하면서 심연에서 일어나는 사랑과 미움의 양가감정을 표현하고 싶었습니다. 또한 인생의 가을에 접어든 의사로서, 변주곡처럼 약간은 의사의 정도를 벗어난 최근의 삶을 통해 만족할 수 있는 인생, 행복한 인생의 새로운 모형을 그려 보고 싶었습니다.

연보라 옷, 저칼로리 라면

서미혜 (강북삼성병원 내분비내과 전임의)

1. "아빠의 마지막 45분"

외래 진료를 들어가기 전 휴대전화로 잠깐 보게 된 기사 제목.

산소마스크를 낀 채 신생아인 아기를 안고 있는 어느 남성에 대한 이야기로 죽음이 일주일 정도 남은 아이 아버지가 자신의 아이와 만난 지 45분 후에 사망했다고 전해지는 짤막한 기사가 사진과 함께 소개됐다.

아기 아버지는 아기가 태어나기 전까지 얼마나 힘겨운 시간을 보냈을까? 아기를 본 45분 동안 무슨 생각을 하며 삶을 마감했을까? 누구보다 절실하고도 따뜻하게 안아 줬던 아버지가 있었음을 아기는 기억할 수 있을까?

외래 진료실에 들어가는 내 발걸음이 오늘은 유난히 무겁기만 하다.

2. 일과 사람에 치이던 수련의 시절

중환자실에 패혈증과 간경화로 입원 중인 장기 환자가 있었다. 내과 여러 분과를 수련하는 시스템에 따라 할아버지 환자 한 분이 내 중환자실 환자가 됐다. 할아버지는 의식이 없었고 인공호흡기에 의지하고 계셨다.

60

참으로 놀라운 것은 할머니가 할아버지 면회를 아침과 저녁 시간에 하루도 빠짐없이 꼭 오신다는 것이었다. 중병에 효자 없다는 말처럼 중병인 장기 환자의 경우에는 가족 관계가 와해되고, 면회도 잘 오지 않는 경우가 다반사였는데, 이 할아버지와 할머니가 이룬 가족은 달랐다.

할머니도 여든이 가까우신 노령이었는데, 항상 할아버지 만나러 오실 때면 연보라색 계통의 옷을 입고 오시는 게 궁금해서 물어봤다.

"할머니~ 매번 뵐 때마다 옷 색깔이 너무 고와요."

"할아버지 만나러 올 땐……, 항상 설레요. 할아버지가 의식 있을 때 좋아하셨던 옷이에요."

할머니는 면회하는 30분 동안 대답이 없는 할아버지와 대화를 하시며 다리도 주무르고 손도 만지셨다.

"이 양반은 내 목소리를 들으면 행복해했어요. 눈을 뜨지 않아도, 먹을 수 없어도 내 목소리를 알아듣고 있을 거예요."

50여 년을 같이 지내셨는데, 이 노부부는 어떤 아름다운 추억을 간직하셨기에 이렇게 애틋하신지 참으로 부럽고 감동적이었다.

그리고 이들 노부부에게는 아드님 한 분과 따님 두 분이 계셨는데, 오십대 중년이 된 아드님도 아침 면회를 거르지 않고 오셔서 자주 눈물을 흘리셨다. 할아버지가 너무 행복해하실 거 같다고 말씀드렸다.

"젊었을 때 아버지 속을 많이 상하게 해 드렸어요. 그래서 제가 오면 화가 나셔서라도 눈을 뜨실 것 같아 이렇게 매일 옵니다."

두 달의 분과 수련 과정을 마칠 때쯤 영국에 사는 따님도 오셔서 할아버지 곁에서 눈물을 흘리시기도 하고 미소를 지으시기도 하며 곁에 머무르다 가셨다.

하루하루가 전쟁 같았던 그 시절, 환자의 죽음과 아픔 속에서 힘겨워하던 내게 연보라색 옷을 입고 늘 병원에 오시던 할머니와 가족들이 머릿속에 각인돼 잊히지 않는다.

3. 전임의 1년차 시절

A는 전문의 시험을 마치고 내분비과 전임의 1년차를 처음 시작할 무렵 진료실로 찾아온 환자였다. 그녀는 이십 대 후반의 회사원으로 회사에서 일하던 중 갑자기 오른쪽 눈이 잘 보이지 않았고, 안과를 찾아갔을 때는 이미 당뇨병성 증식성 망막병증으로 오른쪽 시력을 잃을 수도 있는 위험한 상황이었다.

환자 대부분이 당뇨 환자이지만, 젊은 나이에 당뇨가 발병한 십 대나 이십 대 환자는 아무래도 더 관심을 갖고 보게 된다. 사실 내가 A를 더 잘 기억하는 이유는 그녀의 어머니 때문이었다. 매우 걱정스런 눈빛인 어머니와 동반한 그녀는 거의 질문에 대답하지 않았고, 진찰을 위한 질문에 어머니가 딸을 대신해 답하곤 했다. 병으로 몸과 마음이 약해진 딸을 대신해 본인의 몸이 아픈 것보다 더 힘들고 마음 아파하시는 것이 내게도 전해질 정도였다.

A는 당일 입원을 했고 인슐린 치료를 했다. 환자와 보호자는 치료에 잘 따라와 줬으며, 당뇨 교육과 운동에도 열심이었다. 하지만 오른쪽 눈은 실명됐고, 왼쪽 눈도 좋지 않은 상태가 돼 안과 치료를 병행했다.

회진을 가면, A는 동그랗게 뜬 눈으로 나를 봤고, 엄마는 여전히 대신 내 질문에 모든 답을 했다. 그녀에게는 홀로 서는 시간이 필요한 것 같았다. 그래서 그 다음부터는 A가 말하도록 독려하고, 검사 결정도 본인이 하도록 유도했다.

A가 스스로 의사 결정도 하게 되고, 혈당 조절도 잘될 때쯤, 초음파 검사로 갑상선에 종양이 있음을 알게 됐다. 조직검사에서 갑상선 암세포가 관찰됐다. 며칠 뒤 환자가 외래에 오는데 어떻게 설명해야 할지 머릿속이 복잡했다. 우리 둘이 같은 팀이 돼서 열심히 하면 당뇨도 잘 조절할 수 있다고 말했었는데…….

열심히 혈당을 조절하고 운동을 했노라며 다시 찾아온 모녀에게, 나는 담담히 갑상선 조직검사에서 암세포가 나온 것을 설명했다. 수술하면 괜찮을 거라는 말을 덧붙였지만, 예상대로 그녀와 어머니는 눈물을 흘렸다. 그리고 나도 울었다. 그녀의 어머니는 내 가슴도 아플 만큼 많은 눈물을 흘리셨다.

하지만, 헌신적인 어머니 때문이었을까? 그녀는 어려운 여건 속에서도 상황을 긍정적으로 받아들였고, 엄마의 도움 없이 혼자 치료를 받으러 병원을 다니는 모습을 볼 수 있었다. 시간이 지나 당뇨 치료뿐만 아니라 갑상선암 수술을 잘 마쳤다는 얘기를 들은 뒤로는 마음의 짐을 덜게 되었다.

4. 나의 이야기

A처럼 내게도 특별한 어머니가 있다. 어머니는 학업에 대한 열정이 깊으셔서 고등학교 졸업 후 결혼하시고 지내시다 오빠와 내가 초등학생이 됐을

무렵 방송통신대학교에 다니셨다. 엄마의 손길이 아직은 필요하던 시절 엄마가 좀 더 곁에 있어 줬으면 하고 소망했었다.

어느 날 어린 내가 "엄마 학교 왜 다녀?" 하고 물으면 배우는 게 즐겁고 무엇보다 사랑하는 아들과 딸에게 당당한 엄마가 되고 싶다고 말하셨다. 그래서 아침에 눈을 뜨면 엄마가 책상에 혼자 앉아 공부하는 모습을 보곤 했다. 내가 학창 시절을 보낼 당시 엄마는 내가 관심을 보이는 것이면 가정 형편이 넉넉지 않았음에도 배우게 해 주셨다.

그때는 몰랐지만 내가 나이가 들고 엄마가 나를 키웠을 나이에 점점 가까워지면서, 그리고 아기를 키우는 친구들을 보면서, 나는 엄마처럼 내 아이에게 정성을 다해 믿고 도와줄 수 있을까 하는 생각이 들었다.

제주에서 자라 의대를 다니고 서울에서 인턴 생활을 시작하면서 너무도 힘이 들었다. 새로운 환경에서 마음 둘 곳도 없고, 집에 와도 나를 기다리는 건 차갑고 텅 빈 방뿐이었다. 힘들고 외로웠다. 매일매일 그만두고 싶었다. 하지만, 나를 위해 기도하고 기뻐하고 눈물 흘리는 엄마를 위해서, 그리고 오롯이 스스로 서고 싶은 내 자신을 위해서 견뎌 내야 했다.

내 아버지는 키가 180센티가 넘는 거구에 전형적인 경상도 남자다. 고등학교 때까지만 해도 가부장적 권위로 가득 찬 아버지의 의사 결정에 가족은 암묵적으로 따라야만 했다. 그리고 가끔은 그러한 상황들에 숨이 막혔다. 대화도 없었다. 그러던 어느 날, 엄마에게 연락이 왔다. 아버지가 혈압이 갑자기 오르면서 두통이 심해 코피를 쏟아 집 근처 병원에 입원하셨는데, 혈뇨가 있어 큰 병원에 가 보라고 했다는 것이다.

내가 시험 기간이어서 부모님은 혹시나 공부에 방해가 될까 자세한 이야기를 않으셨고 시험이 끝나자 아버지는 병원에 다시 입원하시고 혈뇨에 대한 여러 가지 검사와 CT 촬영을 받았다. 엄마가 자리를 비운 사이 비뇨기과 의사 선생님이 나를 부르셨고, "방광암이에요."라고 짤막히 말하셨다.

아직도 그날의 충격과 슬픔은 기억만으로도 가슴이 절절하게 아프다. 권위적이고 가부장적인 아버지를 불편해했던 나는 슬프지 않을 거라 생각했는데, 아버지를 사랑하지 않는다고 생각했는데, 암이라는 진단을 듣는 순간 눈물이 나기 시작했다.

다행히 수술은 잘됐고, 아버지가 수술을 하고 나서 나와 아버지 사이에 많은 변화가 있었다. 아버지가 먼저 다가오기 시작하셨다. 매일 문자로 안부를 묻고, 이메일을 하셨다. '사랑한다, 내 딸.'이라는 조금은 어색한 표현도 종종하셨다. 서서히 내 마음도 변해 갔다.

내가 아버지를 이해하지 못했던 건, 내 아버지도 가장이기 전에 사랑받고 싶고, 이해받고 싶은 한 남자였는데 나는 아버지로서만 역할을 강요하고 바라봤던 것이었다. 어느 날 아버지에게 이러한 내 생각을 메일로 보냈는데, 엄마 말에 따르면 아버지는 내 편지를 보고 눈물을 흘리셨다고 했다.

5. 부재중 전화 2통, 문자메시지 2통

엄마 010 5052 xxxx / 오후 8시 34분

'미혜 저녁 잘 챙겨 먹었니? 전화 안 받네.'

아빠 010 4815 xxxx / 오후 9시 16분

'우리 딸 집에 왔니? 아빠는 엄마랑 마트 다녀와서 산책하고 있단다.'

외래 진료를 마치고 간단히 저녁 식사를 하고 내일 있을 발표 준비를 하다가 가방에서 꺼낸 휴대전화를 보니 부재중 전화와 문자메시지가 와 있다.

나는 여느 때처럼 '식사했어요. 내일 발표 준비하느라 전화 온지 몰랐네.'라고 짧막한 문자를 보낸다. 아빠의 문자에는 '아직 병원이야. 이제 집에 가려구요.'라고 쓰고는 전송 버튼을 누른다.

서울 생활 벌써 8년째. 늦은 밤 지친 몸을 이끌고 집에 가는 지하철 안은 여전히 낯설지만 익숙하다. 사람들은 나처럼 지쳐 있고, 무표정하다.

스마트폰을 보니 외래 진료 전에 보았던 "아빠의 마지막 45분"이라는 기사가 그대로 웹페이지에 남아 있다. 문득 생각한다. 나는 그동안 부모님을 위해 45분 동안이라도 내 온 마음을 바쳐 감사하는 마음과 사랑을 표현해 본 적이 있었나? 아니면 최소한 45분 동안 무엇을 같이 해 본 적이 언제였나? 도무지 기억나지 않는다. 내릴 때가 됐을 무렵 연보라색 옷을 입고 의식 없는 할아버지를 만나러 오시던 할머니와 당뇨로 고생한 A와 그녀의 어머니가 실타래처럼 엮여 제주에 계신 부모님을 떠올린다.

엄마에게 전화를 건다.

"엄마, 이제 지하철에서 내렸어. 집에 들어왔어요?"

"응, 니 아빠랑 두 바퀴 돌고 들어왔어. 서울은 안 추워?"

"네. 괜찮아. 엄마 다음 달에 나 제주도 내려가면……, 엄마가 좋아하는 색 있잖아, 연보라색. 연보라 옷 사러 가자?! 알았지? 엄마 손 잡고 오랜만에 걸어 다니고 싶네. 아빠 좀 바꿔 봐요.…… 아빠, 요새 체중은 좀 줄었어요? 당뇨 안 생기게 조심하고 있지? 운동장 세 바퀴 돌라고 했는데 두 바퀴만 돌았다며? 한 달에 라면 몇 번 먹고 있어요? 내가 아빠랑 같이 먹으려고 저칼로리 라면 사 놨어. 내려가면 끓여 줄게, 같이 먹어요."라고 오랜만에 제법 긴 통화를 한다.

통화를 끝내고 미소를 지으며 휴대전화 일정표에 체크를 해 둔다.

2012년 12월 15일 / 제주도
'연보라 옷, 저칼로리 라면'

많은 사람들이 진료실에 들어와 의견을 구하고 의사는 약을 처방하거나 조언을 해 주고 수술을 하기도 한다. 하지만, 병을 대하는 환자들의 자세에서 오히려 세상을 어떻게 살아가야 할지를 배우게 된다. 그리고 유한한 삶 속에서 부모님의 사랑에 감사함을 느낀다.

수상 소감 중에서 · · ·
감사하게도 제가 진료만 해 줘도 "고맙습니다."라는 말을 들을 수 있는 직업을 갖게 됐지만 어딘가 모가 나 있었습니다. 그러나 진료 현장에서 다양한 사람들을 만나면서, 혹은 동료와 여러 선배님들과의 관계에서 점점 다듬어지는 제 모습을 발견하게 됐습니다. 한미수필문학상에 응모할 글을 준비하면서, 전공의와 전임의 시절의 저와 다시 만날 수 있었고, 그때의 추억들을 생각할 수 있어서 행복했습니다.
(저자는 현재 순천향대학교구미병원 내분비내과 조교수로 재직 중입니다.)

기억

오승원 (서울대병원 강남센터 가정의학과 교수)

'응급실에 가야겠어요. 지환이가 혈변을 봤어요.'

아내의 문자에 찬물을 끼얹은 듯 정신이 확 들었다.

새벽에 깬 아이는 다시 긴 잠을 자지 않고 울며 보챘다. 태어난 지 두 해
가 되도록 큰 병치레는커녕 심하게 보채 본 적도 없는 아이였다. 어딘가 불
편한지 자지러지듯 울음을 터뜨리길 몇 차례, 설사를 하길래 장염이구나
싶었다. 아내가 변 색깔이 좀 이상하다고 했지만 대수롭지 않게 생각했다.
아이 때문에 평소보다 출근 준비가 늦어 마음이 조급해진 아침이었다. 아
이를 봐주는 아주머님이 오시자 동네 소아과에 아이를 데리고 가 보도록 부
탁하고 집을 나섰다. 아내의 문자를 받은 건 사람들 사이에 꽉 끼어 한 발짝
옆으로 내디디기도 힘든 출근길 2호선 지하철 안에서였다.

아주머님의 연락을 받은 아내는 출근 도중에 집으로 다시 돌아간 상황이
었다. 왜 좀 더 주의 깊게 살펴보지 않았을까. 기저귀 색깔이 평소와 다르다
고 했을 때 바로 확인했어야 했다. 휴대폰 액정에 선명하게 찍힌 '혈변'이란
단어는 후회와 함께 한동안 잊고 있었던 기억을 다시 떠올리게 했다.

10년쯤 전이었다. 나는 전공의 1년차였고, 그날은 첫 파견 병원에서 한 달간의 소아과 근무를 마치는 마지막 주말이었다. 병동 당직 근무를 하며 응급실에 오는 소아 환자에 대한 호출을 받아야 했다. 2차병원의 특성상 병동엔 폐렴이나 장염 등의 단기 입원 환자들이 많았고 몇 번의 응급실 당직 근무 때에도 상태가 위중한 아이는 없었다. 비교적 평온한 한 달이었다. 적어도 그날 응급실에서 그 아이를 만나기 전까지는.

봄날의 토요일 오후였고, 바깥의 날씨는 너무나 좋았다. 응급실은 여느 때와 같이 환자들로 가득했지만, 날씨 때문인지 고즈넉하게 느껴졌다. 철제 침대에 누운 여자 아이는 초등학교 3~4학년쯤 되어 보였고 단발머리에 나들이 복장을 하고 있었다. 감기 기운이 있는 채로 학교 야외 활동을 했는데 열이 나고 구토를 해서 데려왔단다. 창백한 얼굴에 약간 졸려하는 것 빼고는 진찰과 초기 응급 검사 결과 아이에게 큰 이상 소견은 없었다. 탈수가 심한 상태여서 해열제와 수액을 처방하고 입원을 시켰다.

오후 늦게 병실을 찾았을 때 아이의 상태엔 변화가 없었다. 뭔가 잘못되어 가고 있다는 것을 느낀 것은 병동 스테이션에 돌아와 입원 시 시행한 검사 결과를 확인했을 때였다. 신장 기능을 나타내는 수치가 정상을 크게 벗어나 있었다. 윗년차 전공의에게 전화로 상태를 보고하고 걱정되는 마음에 병실로 돌아가는데, 병실에서 아이의 부모가 뛰쳐나왔다. 병실 침대에 누워 있던 아이가 혈변을 본 것이었다. 침대 시트가 선홍색으로 물들어 있었다.

*

"엑스레이 찍었는데 장중첩증 같대요."

전화기 너머로 들리는 아내의 떨리는 목소리엔 불안이 가득했다. 아이는 몇 차례 더 보챘고, 그만큼 혈변을 더 보았다. 소아 환자를 안 본 지 오래되었다지만 왜 미리 생각을 못했을까 하는 후회와 자책이 다시 한번 밀려왔다. 항문을 통해 압력을 주어 장을 풀어 주면 대부분 나아지지만, 막상 내 아이의 문제가 되었을 땐 그런 교과서적 지식과 통계는 의미가 없는 법이다. 도통 집중을 할 수 없는 상태에서 외래 진료를 보면서도, 머릿속에선 이미 좋지 않은 상황을 가정하고 있었다. 초기 치료가 잘 안되어 수술을 해야 했던 몇몇 사례들이 떠올랐다.

10년 전 그날 병실에 있던 아이 아빠의 마음은 어땠을까. 의식은 응급실에서 확인했던 것보다 확실히 나빠져 있었다. 더 이상 이곳에서 관찰하는 것이 어렵다는 판단하에 모병원으로 전원하기로 했다. 검사 결과를 확인하며 소견서를 쓰기 시작했을 때, 아이는 온몸을 덜덜 떨기 시작했다. 짧은 파도처럼 지나간 몇 차례의 경련 이후 찾아온 심한 발작은 항경련제를 최대 용량까지 올려 주사를 해도 멈추질 않았다. 아이의 부모는 패닉 상태였고, 시시각각 급속도로 악화되는 상태를 곁에서 지켜보는 나도 당황스러움을 넘어 공포감에 떨고 있었다. 서둘러 아이를 앰뷸런스에 실어 보내고 나니 바깥은 이미 어둠이 걷히고 동이 튼 뒤였다.

전원 이후 아이는 곧바로 모병원의 중환자실에 입원했고, 며칠 뒤 확인된 병명은 전격성 바이러스 뇌염이었다. MRI로 본 뇌는 폭격을 맞고 난 폐허처럼 끔찍할 정도로 여기저기 얼룩이 져 있었다. 파견 병원에서 돌아와 새로운 일을 시작한 상태였지만 일이 손에 잡힐 리 없었다. 매일 아침 중환자실 환자 명단을 확인했고, 아이의 이름이 남아 있으면 일단 안심을 했다. 아이는 힘겹게 버티고 있었고, 나는 처음 본 의사가 내가 아니었다면 결과가 달랐을지 모른다는 자책감에 시달리고 있었다. 중환자실 주치의는 병세가 워낙 빠르게 진행되어 일찍 전원되었다 해도 결과가 크게 다르지 않았을 거라 했지만 그 말이 위안이 되진 않았다. 소아중환자실은 일부러 피해다녔고 밤이면 악몽을 꾸기도 했다.

용기를 내어 아이를 보러 간 건 한 달 쯤 지난 뒤였다. 하지만 공교롭게도 내가 방문한 그 시간은 부모의 면회 시간이었고, 침대 곁에 있는 그들의 모습을 발견하고 더 이상 가까이 갈 수 없었다. 아빠는 마스크 위 텅 빈 시선으로 아이의 손을 쓰다듬고 있었다. 그의 어깨가 몇 번쯤 들썩거렸던 것 같기도 하다. 먼발치에서 바라보던 나는 면회 시간이 끝나기 전에 그 자리를 도망치듯 떠났다.

다시 두 달간의 지방 병원 파견을 마치고 돌아왔을 때, 중환자실 환자 명단에서 그 아이의 이름은 찾을 수 없었다. 순간 가슴이 철렁 내려앉았지만, 한편으로는 마음속에 얹혀 있던 무거운 돌덩어리를 내려놓은 것 같은 기분이 들기도 했다. 그 아이가 집으로 돌아갔는지, 다른 병원으로 전원되었는지, 아님 그 힘겨운 싸움을 영영 그만둔 것인지는 모르는 일이었다. 남아 있는 의무기록을 확인하는 것은 그리 어렵지 않은 일이었지만 나는 기록을 찾아보지 않았다. 그날의 공포스런 기억과 일부러 다시 맞닥뜨리고 싶지 않았고, 그 아이가 어떻게 병원을 나갔는지 알게 되는 걸 피하고 싶었다. 수면 부족에 시달리는 눈코 뜰 새 없이 바쁜 나날이었다. 새로운 환자들이 입원하고 퇴원했고, 그 아이에 대한 기억은 자연스레 조금씩 묻혀 갔다.

*

아이는 제 엄마 품에 안겨 잠들어 있었다. 택시에서 내려 아내와 아이의 얼굴을 보는 순간 왈칵 눈물이 나왔다. 미안할 따름이었다. 미안한 마음은 대수롭지 않게 무시했던 내 아이와 아내를 향한 것이기도, 10년 전 그 아이와 부모를 향한 것이기도 했다. 그 아이의 기억은 문득문득 신경통증을 일으키는 오래된 흉터처럼 그동안에도 여전히 남아 있었지만, 그 부모의 마음은 이제서야 조금 더 이해하게 된 것 같았다.

환자들에 대한 기억 중엔 흐뭇하고 뿌듯한 것도 많지만 아프고 안타까운 순간들도 있다. 어느 의사나 마찬가지일 것이다. 뿌듯한 것이든 안타까운 것이든, 의사로서의 삶을 지속해 가는 데 도움이 되는 기억들이다. 그 아이와의 만남 이후에도 또 다른 아프고 안타까운 순간들이 있었다. 그 순간에 대한 기억은 가슴에 생채기를 남기고, 시간이 지나면서 꾸덕꾸덕 굳어진 상처는 예기치 못한 순간에 다시 아련한 통증을 일으키곤 한다. 한동안 잊고 있던 10년 전 기억이 헤집어져 뿌옇게 떠올랐다가 가라앉던 오늘처럼.

10년 전 그 봄날의 오후와 같이 환자와 가족들, 그리고 그들을 만나야 할 의사들로 북적이는 응급실에서의 일이었다.

수상 소감 중에서 · · ·

사람들이 글을 쓰는 데는 나름의 이유가 있을 것입니다. 제게 있어 글을 쓰는 시간은 나이를 먹으며 이제는 점점 사라져 가는, 무언가에 몰입하는 경험을 재현할 수 있는 시간이었으며, 온전히 스스로를 돌아볼 수 있는 시간이기도 했습니다. 타계하신 소설가 박완서님은 글을 쓰면서 위로와 치유를 받았다 했는데 저 역시 이번 글을 쓰면서 조금은 비슷한 경험을 한 것 같습니다. 이번 수상이 제게 글 쓰는 것의 어려움보다는 그 의미를 좀 더 느낄 수 있는 계기를 만들어 준 것 같습니다.

"저기,
나가 아무래도 침해 같아서……"

하주원 (강북삼성병원 정신건강의학과 임상강사)

치매가 의심된다는 이유로 가족들이 어르신을 모시고 오는 경우는 숱하게 보았지만, 김 할머니처럼 혼자서 오셔서 당신이 치매라고 하는 경우는, 특히 정신건강의학과에서는 더 드물었다.

새카맣게 염색한 머리에 마치 소녀처럼 생글생글 웃고 계셨지만, 뿌리에는 백발이 고르게 솟아나 있었고, 얼굴살이 없고 주름진 까닭에 차트에 적힌 일흔보다는 조금 나이 들어 보였다. 총기 있고 촉촉한 눈동자만은 충분히 젊어 보였으나 그마저도 처져 있는 눈꺼풀이 대부분을 덮고 있었다.

기억력이 예전 같지 않다고 하시는 것도 아니고 스스로 치매라는 진단명을 갖고 오시다니, 요즘 중요한 기억이 잘 나지 않아서 답답해하고 있는데 사람들이 치매 검사를 받아 보라고 했단다.

고흥에서 장녀로 태어난 김 할머니는 막내 동생을 낳고, 이틀 만에 돌아가신 어머니의 마지막 모습을 또렷하게 기억하고 있었다. 열다섯 살 때부터 광주 솜틀집에서 일하며 남동생 학비를 보냈다. 당시로는 늦은 나이인

74

스물셋에 시집가서 자녀 넷을 키우면서 악착같이 모아 10년쯤 일한 후 마침내 자기 이불집을 차렸다. 광주 어딘가 지금도 있다는 그 이불집 덕분에 자녀들 시집가고 장가가는 데 조금은 도와줄 수 있었다. 몇 년 전, 아들이 사업을 한다고 해서 가게를 다른 사람에게 넘겨주고 사업 자금을 보태 줬는데, 결국 평생 모은 그 돈이 어디로 가 버렸는지 모르고, 3년 전부터 서울 아들 집에 살게 됐다. 할아버지는 계시는지 여쭙자 "저기" 하며 그냥 웃을 뿐이다.

"침해, 그거 안 걸리는 약만 주면 되지 그라고 물어본다요? 그거 걸리면 사람도 못 알아보고 똥오줌 못 가리고 그런다며? 난 아직 그라지는 않는디 기억력이……."

침. 해. 라고 똑 부러지게 발음하시는 것을 보니 어디서든 읽은 것이 아니라 듣고 기억하신 것이 분명했다. 아니 어쩌면 치매라는 글자를 한 번도 읽어 보지 못했을 수도 있다. 학교를 다니셨는지 궁금했지만 검사하기 전에 여쭤 볼 경우 주눅이 들 수도 있어서 검사 후에 여쭙기로 했다.

사실 기억력도 전에 잘 알던 사람 이름이 금방 생각나지 않고 몇 초 있다가 생각난다거나, 장을 보러 가서 사오려 했던 것을 잊고 사오지 못할 때가 있다 정도였다. 그래서 일단 간이 정신상태 검사K—MMSE*부터 했다. 김 할머

---

* 치매를 확진할 수 있는 검사는 아니지만 어느 정도로 인지 기능이 떨어져 있고, 추가적인 검사가 필요한지 정보를 줄 수가 있고 간단하므로 치매 선별 검사로 가장 널리 쓰이고 있다. 현재 우리나라 의료 보험 기준으로는 의사가 K—MMSE를 시행해 어느 정도 이하의 점수가 나와야만 치매 관련 약제인 인지기능 개선제에 대해서 처방이 허용된다.

니는 시간과 장소에 대한 인식이 분명했고, 말씀과는 달리 기억력도 좋았다. 자신 없어 하시면서도 100에서 7을 차례로 빼는 계산마저 그 연세의 다른 어르신들보다 훨씬 잘하셨다.

끝으로 읽기 능력을 보는 검사 차례였다. 문제지에 크게 써 있는 '눈을 감으세요.'를 읽어 보라고 했더니 아무 말씀이 없으셨다. 역시 김 할머니는 글을 못 읽으시는 것이다. 학교 문턱에도 가 본 적이 없고, 글을 가르쳐 준 사람도 없지만 어떻게 숫자는 배워서 돈도 세고 가게도 하셨다고. 다만 단 세 글자 당신 이름만 쓸 줄 아셨던 것이다. 하지만 '눈을 감으세요.'라는 그 쉬운 글자를 못 읽었다며 당황하시기에 내가 오히려 진땀을 빼며 그 시절에는 형편이 어려워 딸은 공부시키지 않는 집이 부지기수 아니었냐고 되물어야 했다. 할머니 얘기로는 치매 증상도 전혀 관찰되지 않았다. 하지만 자기가 보기에는 치매 같으니까 자꾸 치매 약을 달라고 하신다. 그런데, 치매에서는 대부분 최근 기억을 집어넣고 꺼내는 과정에 먼저 문제가 생기고 옛날 기억으로 그걸 메우려는 경우가 대부분인데 김 할머니는 오히려 옛날 기억이 안 나서 답답하다고 하시니 좀 이상할 노릇이었다. 정말 다른 불편한 것이 없느냐고 했더니 뒤숭숭한 꿈이 너무 많은데 옛날에 알던 남자가 나와서 같이 밥도 먹고 산책도 하고 몸도 섞는다고 한다. 그 얘기를 털어놓고선 창피하다며 진료실을 나간 김 할머니는 금세 다시 들어와 불쑥 이런 말씀을 하신다.

"선생님 이름이 뭐라 하던데, 뭐시기 선생님 이름 좀 써 주시오."

메모지에 내 이름을 써 드렸더니 게다가 한 글자씩 읽어 달라고 하신다.

전에도 환자분들께 내 이름을 써 드린 적은 몇 번 있었지만, 다른 의사를 만나서 속사정 얘기를 하기 싫어서 꼭 나를 다시 만나고 싶다거나 아니면 치료를 통해 좋아져서 내 이름을 기억하고 싶다는 경우였다. 하지만 김 할머니는 내 질문도 귀찮아하시고, 나에게 도움을 청하는 입장도 아니기에 마음에 걸렸다. 나는 애써 웃으며 내 이름 어디다 쓸 건지 여쭤 봤으나 대답을 하지 않으셨다.

한 달 뒤 다시 나타나신 김 할머니는 전보다 더 수척해지고, 지난달에 봤을 때보다 흰머리가 더 길게 나 있었다. 그 사이 주름이 더 깊어져서 3년은 더 나이 들어 보였고 툰드라 같은 곳에서 지내다 온 사람처럼 뭔가 고생한 흔적이 짙었다. 잠도 못 주무시고 밥도 못 드신다기에 약을 처방했다. 간이 정신상태 검사를 다시 해 보려 하자 "침해 검사 종이 이거 저번에 내가 했던 거랑 같은 것인가? 그럼 내가 가져 갈라요."

갑자기 긴장이 됐다. 글 모르신다는 할머니가 저번에 내 이름도 써 달라고 한 것도 모자라 기록지도 가져가시니 이상할 노릇이었다. 어디 가서 항의라도 하려는 것은 아닌지, 아니면 혹시 저번에 글을 못 읽는 상황에 대해서 자존심이 상하셨던 것은 아닌지 갖가지 상상을 할 수밖에 없었다.

스물두 살의 김 할머니가 일하던 솜틀집 처마의 일부가 무너져 고치러 온 노총각 목수가 있었다.

김 할머니는 그 당시 피부가 검고 눈이 작고 몸이 말라서 예쁜 편이 아니었으나 목수는 그런 모습을 예쁘다고 해 줬다. 할머니는 목수와 산으로 들로 잘도 놀러 다녔고 그 몇 달간은 고향집이 하나도 그립지 않을 만큼 행복했다. 국민학교를 나온 목수는 김 할머니에게 숫자와 이름 석 자 쓰는 법을 가르쳐 줬다. 전에도 아버지가 자기 이름 김.한.신. 석자 쓰는 것을 본 적이 있지만, 무엇이 기역이고 무엇이 히읗인지 몰랐던 김 할머니는 저 글자가 돌아다니며 수백 가지 말을 만든다는 말에 그 사실이 참 신기했다. 다음번 만날 때는 목수의 이름 쓰는 법을 배우기로 했다.

나이가 찼는데 결혼을 하지 않는 김 할머니를 안됐다 여긴 당숙이 선을 보게 했다. 김 할머니도 그 시절 '나 연애하니 싫소.' 할 수 없었고 부모님은 당연히 환영했다. 김 할머니는 선보러 한 번 나간다고 별 일 생기겠냐 싶어 나갔고, 무뚝뚝하고 우락부락한 그이는 마음에 들지 않았다. 한 번만 더 만나자는 바람에, 어른들의 성화에 못 이겨 진짜 마지막이다 싶어 그이를 만났다가 힘에 부쳐 억지로 잠자리를 갖고, 곧 식을 올렸다. 네 명의 아이를 낳고, 병든 시아버지를 모시고, 이불집을 하면서 남편과 오가는 정도 없어 가끔 목수 생각이 났지만 늘 그 생각은 꿀꺽 삼켰다. 나중에 목수가 김 할머니의 결혼 소식에 충격을 받았고 서울로 갔다는 소식을 들었지만 더 이상 궁금해할 겨를이 없었다. 다만 세 글자의 이름을 쓸 일이 있을 때는 생각이 났다.

남편은 뇌출혈로 세상을 뜨고 어쩔 수 없이 서울로 올라와서 아들 내외와 같이 살게 됐을 때, 아무런 연고 없는 이 노인이 발길 닿았던 곳이 교회였다. 예수만 믿으면 영원히 행복한 천국을 간다니 세상에 그런 횡재가 어

디 있겠나. 김 할머니는 예배 때마다 성경을 펴 놓고 읽는 척을 했다. 똑
부러지는 김 할머니가 글을 못 읽는다는 것은 다들 상상도 못했고, 심지
어 건강한 어르신들이 요양원에 가서 치매 어르신과 함께 밥 먹고 종이접
기 하며 시간을 보내는 봉사활동을 같이 하자고 했다. 횡한 집이 싫었던
김 할머니가 목요일마다 요양원에 간 지 1년쯤 되었을 때 어디선가 본 듯
한 따뜻한 얼굴과 마주했다. 그는 목수였다. 50년이 지났지만 그 선한 표
정은 잊을 수가 없다. 김 할머니 심장은 두근거리기 시작했다. 자기의 이
름을 써 주던 모습, 솜틀집에서 기숙사*까지 함께 걸어갈 때 봤던 표정이
모두 떠올랐다.

　그날 이후로 그 옛날의 목수는 전에 없이 매일 꿈에 나왔다. 김 할머니
는 평생 가장 행복했던 시절이 목수와 함께 하던 때였는데 그게 착각인지
아닌지 가물가물했다. 더 생생하게 기억하고 싶었는데 그냥 띄엄띄엄 떠
오를 뿐이었다. 그리움을 꽉 깨물어 삼켰던 것도 신기했고, 그런 아름다운
시절을 갑자기 앗아간 남편이 원망스러웠지만, 그리움도 원망도 다 조금
씩은 늦은 것 같았다.

　세 번째 주에 찾아갔을 때, 김 할머니는 식판을 들고 목수 곁으로 갔다.
하지만 목수는 김 할머니를 알아보지 못했다. 사모한테 물으니 뇌출혈이고
그 뒤에 치매다 뭐라 뭐라 설명을 자세히 해 줬는데 복잡해서 이해할 수 없

---

* 예전에는 꼭 학교를 다니지 않아도 여공 등을 위한 기숙사가 있었다고 한다. 환자분께 들은 대로
표기했다.

다. 아무튼 목수는 많이 아픈 상태였고 그 옛날 고왔던 피부에서는 부스럼이 떨어지고 있었다. 말도 못하고 하지만 다른 봉사자를 손짓으로 불러서 왼손으로 힘겹게 뭐라고 글씨도 쓰는 것을 보니, 말이 안 나오는 것일 뿐 그래도 의사 표현을 아예 못 하는 것은 아닌가 보다 싶었다.

이 사람 이름이 뭐냐고 사람들에게 묻고 싶어도 뭔가 자기 마음을 들킬까 봐 묻지도 못했다. 팔찌의 이름표를 보니 김가가 맞기는 한데 이름을 들은 적은 있어도 읽은 줄을 모르니 잘 알 수가 없었다. 김 할머니는 그 할아버지에게 자기 이름을 써서 줬다. 기억력이 아예 없는 것 같지도 않던데 그 이름을 보더니 화를 내지도 않고 슬퍼하지도 않고 무심하게 TV로 눈을 돌리는 할아버지.

"난 그래서 모냥만 닮은 사람인가 했는데……. 아무리 생각해도 그리 꼭 같은 사람이 또 있을 리가 없소."

그렇게 맨날 예쁘다 예쁘다 했던 솜틀집 김한신이를 기억 못하다니 이건 침해라고 생각했다. 요즘은 약이 있다더라, 뉴스에서 듣고 김 할머니는 집에서 제일 가까운 종합병원에 갔다. 큰 병원에서 기억 잘 나는 약을 타서 목수에게 좀 먹일 셈이었다. 김 할머니도 그 좋은 기억이 희미하기도 하니 약을 나눠 먹으면 서로 좀 좋지 않을까 싶었다.

김 할머니는 "침해약은 어디로 가요?" 해서 3층에 의사를 만나러 갔다. 침해약도 안 주는 야속한 저 젊은 의사! 그런데 "으사 이름이 뭐라고?" 성은 다르지만 신기하게도 이름이 목수랑 같았다. 김 할머니는 집에 가서 '김' 자를 쓰고 그 뒤에다가 의사 이름을 붙여 보았다. 그랬더니 50년 전 배우지 못했던 목수의 이름이 완성됐다. 다음에는 팔찌도 확인해 보고 자기 이름을 써 줘야 싶었다.

지금에 와서 그때 왜 그럴 수밖에 없었는지 서로 부여잡고 눈물 흘리겠는가, 그저 목수 김주원이가 솜틀집 김한신이를 한 번 알아봐 주면 그만이다.

김 할머니는 세 글자 이름을 쓴 종이를 쥐고 이제 이번 주에 팔찌를 확인해 볼 요량이었다. 하지만 목수는 지난 금요일 밤 자다가 음식물이 기도로 넘어가 폐렴으로 입원했고, 사흘 만에 돌아가셨다고 했다. 불과 일주일 사이에 일어난 일이었다. 김 할머니는 자신에게 아무 관심 없던 그 할아버지가 목수의 이름이 맞는지 그제서야 사모에게 물어 쉽게 확인할 수 있었다.

"어르신, 만약 그 목수 아저씨가 맞다는 걸 한 달 전에 아셨으면 뭐가 달랐을까요?"

"그야 안 가고 거기 같이 있지 않았겠소."

김 할머니는 목수 얘기를 하며 내내 부끄러워했다. 그런 얘기 앞에서 이제 약을 타서 남 줄 생각을 하지 마시라는 의무적인 경고를 하는 자신도 왠지 부끄러웠다. 김 할머니는 목수의 납골당에 가기 전에 다시 한번 정신건강의학과인가 뭔가 거기를 다녀왔다. 대충 옛 얘기를 털어놓은 사모에게마저도 원래 글 못 읽는다, 성경도 읽는 척 했다 이 말은 차마 못해서 사모가 목수의 자리를 찾을 때까지 기다렸고 그제서야 김씨의 이름은 쪽지에 쓰인 이름이 맞구나 싶었다.

그리고 간이 정신상태 검사 뒷면에서 오려 온 "눈을 감으세요."를 목수의 자리에다 놓고 왔다. 하지만 김 할머니는 아무래도 의사가 오진을 내렸고 침.해.가 맞는 것만 같다. 억지로 마음에 두지도 않은 남자랑 결혼하던 그 날, 펑펑 울었는지 그냥 울음을 삼켰는지 도무지 기억이 나지 않는다.

수상 소감 중에서 · · ·

바쁜 와중에 글도 쓸 수 있는 것은 언제나 저를 격려해 주는 남편 덕분입니다. 제가 언젠가 해리 포터 같은 소설을 쓸 수 있을 거라 응원해 주는 남편이 없었더라면 바쁜 전임의 생활 때문에 글 쓰는 것에 대한 희망을 아예 놓았을 겁니다. 아침에 밥 대신 빵 먹어도 된다는 말, 내가 더 늦게 퇴근하는 날도 아기랑 잘 놀 테니 염려하지 말라는 말, 저 예쁘다는 말, 다 거짓말인 것 압니다. 하루 종일 수술하느라 힘들 텐데 그런 거짓말까지 해 줘서 너무 고맙습니다.

(저자는 현재 서남의대 명지병원 정신건강의학과 부교수로 재직 중입니다.)

젊은 부부

오규성 (참포도나무병원 원장)

"요새는 좀 어떠세요?"

"야─깐은 히미 드─을지만 저언보다는 조아요."

아직도 어눌한 말투로 얘기를 하고 있기는 하지만, 6개월 전에 외래에서 보았을 때보다 더욱 정확해진 발음으로 말하는 환자를 바라보면서 저는 작은 미소를 머금고 말을 이었습니다.

"오늘은 다른 보호자분이랑 같이 오셨네요? 애는 잘 크지요?"

"네─에. 조아요."

환자 오경미 씨와 남편 김철수 씨를 처음 본 것은 응급실에서였습니다. 오전 외래가 끝나고 점심을 먹으려고 자리에서 일어나려는 순간 전화가 울렸습니다.

"네. 신경외과입니다."

"선생님 응급실입니다. 22세 여자 환자로."

"제가 금방 갈게요."

계속 듣고 있자면 말이 길어질 것 같아 일부러 중간에 말을 끊고는 응급실로 내려갔습니다. '별다른 환자가 아니어야 점심을 먹을 수 있을 텐데…….'라는 생각도 하고, '왜 하필 이 시간에 환자가 오는 거야.'라는 말도 안 되는 푸념도 하면서 걸음을 빨리했습니다. 응급실로 들어가 보니 젊은 여성 환자가 누워 있었습니다. 그 옆에는 비슷한 나이 또래인 보호자로 보이는 젊은 남성이 환자의 손을 꼭 잡고 침대 옆에 앉아 있는 것이 보였습니다. 환자는 아침에 출근을 하다 직장 앞 횡단보도에서 신호를 무시하고 건너던 자동차에 부딪치면서 의식을 잃고 옮겨 온 분이었습니다. CT를 찍고 중환자실로 옮기는 와중에도 보호자는 항상 환자의 손을 꼭 잡고 있었습니다.

미만성 축삭 손상. 이것이 환자의 진단명이었습니다. CT상 출혈이 보이기라도 하면 그 부위를 빨리 수술을 시행해서 조금이라도 좋아지게 할 수 있으면 좋으련만, 환자는 CT나 MRI에서 병변이 보이지 않는 아주 미세한 손상을 여러 군데 받아 의식까지 없어질 정도의 좋지 않은 상태였습니다. 뇌 전체를 수술할 수는 없기 때문에 결국 옆에서 지켜보면서 보존적 치료만이 가능한 그런 질병입니다. 단지 환자가 젊기 때문에 그것을 믿으면서 자연적인 상태의 호전을 기대할 수밖에 없는 그런 병이었습니다. 하지만 이미 의식도 없을 정도의 많은 손상을 입은 환자라는 것은, 예전 비슷한 다른 환자들을 봤을 때 많은 호전을 기대할 수는 없었습니다. 환자는 중환자실에 입원하고 있는 동안 너무나도 천천히 회복을 했습니다. 그래도 스물두 살이라는 젊은 나이가 조금씩이나마 회복이 가능하게 해 주는 원천인 듯했습니다. 보호자는 매일 면회 시간에 맞춰 하루 세 번 중환자실에 방문해서는, 환자 옆에 앉아서 귀에다 속삭이면서 말했습니다. 너무나도 작게 속삭여서 간호사조차도 무슨 말을 하고 있는지 들을 수 있는 사람이 없었지만, 면회 시간 30분 동안 내내 쉬지 않고 말을 했습니다. 나중에 제가 그 일을 들었을 때 도대체 뭔 할 말이 그렇게나 많을까라는 생각을 한 기억이 납니다.

　한 달여 정도 시간이 지나자 환자는 일반 병실로 옮길 수 있게 됐습니다. 겨우 눈을 맞추는 정도밖에는 안 되지만 그래도 누군가가 죽을 먹여 주면 받아먹을 수 있을 정도로 회복이 됐기 때문입니다. 보호자인 젊은 남편도 그제야 마음이 조금은 편해졌는지 맘속에 있는 말들을 꺼내 놓기 시작했습니다. 두 사람은 모두 북한 사람이었습니다. 이전에는 서로 알지 못하는 사이였는데 북한을 탈출하고 중국에서 처음 알게 된 사이였습니다. 보호자는 처음부터 혼자만 탈출한 경우였고, 환자는 가족과 함께 탈출을 했다가 부모님은 다시 잡혀가고 혼자 남은 경우였습니다. 1년 넘게 숨어 살면서 공안에 쫓기고, 조선족들에게 당하고, 한국에서 온 사람들에게도 남한으로 탈출시켜 주겠다는 말에 속아 그동안 벌어 놓은 돈을 몽땅 사기당하는 등 온갖 고생을 다 하다가, 중국 남쪽으로 계속 내려가 국경을 넘어 태국으로 갔습니다. 주 태국 한국대사관으로 들어가 어찌어찌하다가 남한에 정착을 했답니다. 그러고 보니 얼마 전 TV에서 우리나라 주 태국 한국대사관으로 북한 주민 10여 명이 들어가 망명을 요청했다는 것을 본 것도 같았습니다. 그렇게나 힘들게 고생을 하다가, 한국에서 겨우 정착을 한 후, 이제야 단 둘이 결혼을 해서 행복하게 살려고 한 순간에 불행이 닥친 것이었습니다. 보호자 역시 스물두 살, 동갑의 어린 나이였습니다. 그래도 다행인 것은 주변에 남한에서의 정착을 도와준 사람들이 지속적인 관심을 보여 줘서 보호자가 그나마 금전적인 문제는 덜 수가 있다는 점이었습니다.

시간이 지나면서 환자는 상태가 조금씩 좋아졌습니다. 아기들같이 의미를 알 수 없는 발음이기는 했지만 신음소리 비슷하게 소리를 내면서, 조금씩 보호자를 알아보기 시작했습니다. 세 달여 정도는 모두에게 너무나도 좋은 시기였습니다. 환자는 조금씩 의식을 찾고, 부자연스럽지만 팔다리를 움직이기 시작했고, 앉아 있을 수도 있게 됐습니다. 보호자는 너무 좋아하면서 제가 회진을 돌때마다 너무나도 고맙다는 말을 해 주었습니다. 사실 의사로서 제가 해 준 것은 거의 없이 환자가 자연적으로 좋아지고 있었음에도 말입니다. 커다란 일탈 없이 살아온 저로서는, 힘든 고난 끝에 갖게 된 그 둘만의 깊은 정신적인 유대감을 이해하기는 사실 힘든 일이었습니다.

"중환자실에 있을 때 환자에게 무슨 말을 그렇게나 많이 하신건가요?"

저는 그동안 궁금했던 질문을 했습니다. 보호자는 머리를 긁적거리면서 잠시 멈췄다가 작은 목소리로 대답했습니다.

"중국에서 고생하던 얘기들을 했더랬습니다. 그렇게나 고생을 같이 했는데 이런 것도 못 참느냐고 계속 얘기를 했더랬습니다. 그러니 빨리 깨어나라고."

환자가 말을 어느 정도 하게 되고, 주변의 도움을 받으면서 조금씩 걷기 시작하자 우려했던 일들이 나타나기 시작했습니다. 대부분 머리에 손상을 입은 환자들은 회복기에 접어들면 우울증에 빠집니다. 본인의 현 상태를 자각하기 시작하면서 자괴감에 빠지기 때문입니다. 오경미 씨는 좀 더 심한 경우였습니다. 잠시라도 보호자가 눈에서 보이지 않으면 소리를 지르면서 온몸을 흔들었습니다. 보호자가 화장실을 간 그 잠시도 참지를 못 했습니다. 결국 정신과 협진 결과 의부증과 우울증이 겹친 상태로 약간 중증이라는 진단 결과가 나왔습니다. 보호자는 일을 하러 밖으로 나갈 수도 없이 그렇게 세 달 가까이 되는 기간 동안 환자 옆에서 온갖 소리를 들어가며 그 옆을 지켜 줬습니다. 재활치료를 할 때도, 밥을 먹을 때도, 침대 옆에 간이 침대를 놓고 구부정하게 잠을 자면서 늘 그렇게 환자이자 부인인 오경미 씨 옆에서 같이 있어 줬습니다. 그러면서 환자는 많은 회복을 하고 있었지만 반면 보호자는 몸무게도 빠지면서 여위어 갔습니다.

입원을 한 지 7개월 정도가 지나자 환자의 우울증 증상은 거의 회복이 됐지만, 약간의 의부증 증상과 어눌하지만 이전보다는 너무나도 많이 좋아진 말씨, 어기적거리면서 걷지만 혼자 걸을 수도 있는 상태로 퇴원을 했습니다. 퇴원하던 날 두 손을 꼭 잡고는 외래에 일부러 찾아와서 인사를 하던 그 젊은 부부를 보았을 때의 기쁨은 아직도 잊히지를 않습니다. 깨어나기 힘들 거라고 말을 해 줬던 환자가 혼자의 힘으로 걸어서 병원 밖을 나가는 모습만큼 의사에게 많은 행복을 주는 것은 드물기 때문입니다. 며칠 후에 저는 동료 의사들을 만나서는 이런 힘든 환자도 좋게 만들어 줬다고 자랑도 했습니다.

환자와 보호자는 한 달에 한 번씩 외래로 와서는 약도 타고, 그동안 있었던 일들을 잠시나마 저와 얘기를 나누곤 했습니다. 약을 먹기 시작한 지 1년이 지나자 저는 더 이상 먹을 필요가 없다고 말을 해 주었습니다. 재활치료만 열심히 하면 된다면서요. 반년쯤 지났을 때 보호자 혼자 외래로 와서는 주저하면서 심각하게 제게 뭔가 물어볼 말이 있다고 했습니다. 저는 속으로 무슨 일이라도 생긴 것은 아닌지 놀랐습니다.

"임신을 해도 될까요?"

"괜찮습니다만. 설마?"

보호자는 웃기만 했습니다. 저 역시 너무나도 기뻐서 자리에서 일어나 축하를 해 주었습니다.

다시 1년 정도의 시간이 지난 후 오경미 씨와 김철수 씨가 아주 작은 아기를 데리고 제 외래를 방문해 줬습니다. 이제는 멀리 이사를 가서 제가 있는 병원까지 굳이 올 필요가 없는데도 일부러 인사를 시켜 준다면서 온 것이었습니다. 아주 작은 솜털조차 가시지 않은 신생아와 같이 있는 젊은 부부를 보면서 저는 너무나도 기뻐해 줬습니다. 이런 얘기 저런 얘기를 조금 하다가 인사를 하고는 외래를 나서면서 문을 닫았는데 남편이 뭔가를 놓고 온 듯 제 방으로 다시 혼자 들어왔습니다. 문을 뒤로 닫고는 슬프고 힘든 목소리로 제게 말을 했습니다.

"경미가 다시 의부증이 생겼습니다. 동네 병원 선생님 말씀으로는 산후 우울증이 오면서 다시 심해졌다고 합니다."

"전처럼 잘해 주시는 것 말고는……."

저는 말을 흐릴 수밖에 없었습니다. 간병을 하면서 얼마나 힘들게 시간을 보내야만 했는지 알고 있었기 때문입니다.

"그렇겠지요."

자문자답을 하는 보호자의 어깨는 무거워 보였습니다. 하지만 얼마든지 그 둘이라면 서로를 의지하면서 이전같이 털고 일어날 수 있을 거라고 저는 생각을 했습니다.

처음 보는 다른 보호자와 같이 온 오경미 씨를 6개월 만에 다시 외래에서 볼 줄은 몰랐습니다. 놀랍기도 하고 반갑기도 해서 의례적인 말을 건넨 후에 남편은 어디 가고 혼자 이 먼 곳까지 왔냐고 묻자, 다른 얘기는 하지를 않고는 초진 소견서를 떼어 달라고 했습니다. 집 근처에 다니고 있는 병원에 선생님이 필요하다고 했다면서 그 말만을 하고는 문을 열고 나가 버리고 말았습니다. 그러자 다른 보호자로 같이 온 분이 말을 해 주었습니다.

"둘이 이혼했어요. 따로 살다 보니 좀 더 먼 곳으로 오경미 씨가 이사를 가게 돼서 새로운 서류들이 많이 필요합니다. 잘 부탁드립니다."

저는 잠시 멍하니 있었습니다. 그렇게나 깊은 유대감이 있었던 부부가 힘든 병을 이겨 내고도 부차적으로 찾아온 마음의 병 때문에 결과가 좋지 않게 된 것을 보고는 아쉬움이 커졌습니다.

고생스러웠던 기억을 공유하며 힘든 병마를 이겨 내던, 두 손을 꼭 잡고 있던 젊은 부부만을 기억하면서 살고 싶었던 제 욕심은 그렇게 희미해져 버렸습니다. 잡지 못한 아쉬움이 너무나도 커져 버린 그런 날이 돼 버렸습니다.

수상 소감 중에서・・・

환자들의 질병만을 바라보다 그 주변에 눈을 돌리게 된 계기를 줬던 환자의 얘기였습니다. 병의 차도는 좋아졌지만 환자는 오히려 더욱 힘든 시간을 보내고 있었다는 것을, 환자를 치료하는 동안에는 몰랐다가 3년이 넘는 시간이 흐르고 나서야 알게 된 바보 같은 제 얘기였습니다.

선생님, 아파서 미안합니다

김탁용 (엘지부속의원 내과 과장)

"와아, 예전에는 그래도 좀 샤프했었는데? 음하하하."

지난 가을, 이사 준비로 책장을 정리하고 있을 때의 일이었다. 갑자기 아내가 크게 웃어 댔다. 뭔데 그래? 돌아보니 낡은 수첩에서 나온 내 증명사진이었다. 커다란 뿔테 안경을 걸치고 볼이 쏘옥 들어간, 한창 말랐을 때의 내가 보였다.

"이때가 언제 적이야? 지금하고는 전혀 다른데? 조금 훈남이셨어요, 호호."

15년 전의 내 모습이 신기해 보였는지 아내는 연신 웃으며 놀려 댔다.

"글쎄, 아마 레지던트 2년차 때인가?"

이런 시절이 있었다니. 젊었던 내 모습을 보니 그때의 시절이 떠올라 나 역시 흐뭇한 미소가 나왔다.

"오, 열심히 환자 보셨나 보네. 뭐 이리 적은 게 많아? 그런데, 이날 이후로는 전혀 안 썼네?"

수첩 내용을 호기심 가득 탐닉하던 아내가 문득 의아한 듯 말했다.

1997년 6월 29일. 미안합니다. 제가 미안합니다.

순간, 흐릿하게 번진 '미안합니다'란 글씨를 보자 내 마음 한구석에 자리 잡은 슬픔 하나가 아련히 떠오르고 있었다. 나이가 들어 어느 정도 세상과 타협하며 두루뭉술하게 살아가는 마음속에서도 그 슬픔의 무게는 여전히 버겁기만 하다.

1997년 5월 9일

"선생님예, 이건 안 아프지예? 안 아픈 거 맞지예?"

처치실의 환자는 작은 체구를 웅크리며 파르르 몸을 떨고 있었다.

"네, 이거 하나도 안 아픈 거예요. 엉덩이 주사 맞는 것처럼 따끔하면 끝나는 거니까 걱정 하나도 안 하셔도 돼요. 아프면 책임질게요."

"약속했심더. 아프면 책임 지셔야 합니데이. 우야꼬, 저 바늘 봐라……, 내는 모른데이."

환자가 유난히 겁이 많다는 것을 보호자에게 미리 들었기에 나는 애써 거짓 농을 했다.

57세 여자 환자 K씨. 최근 소변 양이 줄고 전신에 부종이 생겨 입원한 환자다. 6개월 전 이식한 신장이 분명 말썽을 피우는 것이라 판단됐다. 혈액 검사에서도 신장 기능을 보여 주는 크레아티닌 수치가 이전보다 상승돼 있었다. 이제 그 원인을 찾으려 이식 신장의 조직검사를 시행하는 중이다.

초음파 프루브를 복부에 대고 이리저리 돌려 본다. 모니터 음영 속에 커다란 완두콩 모양의 신장이 모습을 드러냈다. 이제 조직검사 하기에 가장 적절한 부위를 찾으면 된다. 그래 여기가 좋겠군. 바늘을 조준하고······.

"숨 참으세요. 숨 참고 따끔합니다. 따끔!"

철컥! 경쾌한 기계음이 들리면서 환자의 몸이 움칠댔다. 동시에 으악! 하는 외마디 소리가 터져 나왔다.

"오케이, 다 되셨어요. 에이, 잘 참으시네. 하나도 안 아프죠? 그죠?"

"안 아프기는예. 억수로 아프잖아예. 이게 우예 엉덩이 주사 맞는 것과 같습니꺼? 에고, 의사 선생님이 환자한테 거짓말을 다한다."

생각했던 것보다 참을 만했는지 K씨는 이제야 근육의 긴장을 풀었다. 눈물이 핑 도는 얼굴을 하면서도 입가에 웃음을 띠며 아파 죽겠으니 빨리 책임지라고 항의 아닌 항의를 했다.

진료를 하다 보면 왠지 은근히 마음이 가고 따뜻한 말 한마디라도 더 해 주고 싶은 환자가 있다. 오랜 기간 만성 신부전이란 병마와 싸우면서도 항상 미소를 잃지 않았던 K씨가 그런 경우였다. 만성 신부전 환자들 대부분이 장기간의 투석이나 투병 생활에 지쳐 삶에 냉소적이거나 의욕이 없는 경우가 많았다. 하지만 K씨는 늘 밝은 얼굴에 긍정적인 모습을 보여 줬다. 회진 때마다 '우리 자알 생긴 선생님 오시네(전혀 아닌데도).' 하는 너스레가 듣기 좋았고, 집에서 가져온 김치를 은근슬쩍 당직실로 갖다 주는 살가움이 고마웠다. 그런 그녀도 주삿바늘만 보면 웃음이 싹 사라진다고 했다. 혈액 투석을 수년 동안 하다가 결국에는 신장이식이라는 큰 수술까지 받았으면서도 여전히 검사를 한다고 하면 여린 사슴 같은 눈망울에 그렁그렁 눈물을 보이고는 했다. 그 모습이 어떨 때는 우습기도 해 다 큰 어른이 철부지 아이 같다고 일부러 놀리기도 했다.

"내사 마, 병원이라면 진절머리가 나서 안 그런교. 콩팥 나쁘다고 약을 주는데 한 달 약이 한 보따리는 됐어예. 어떤 때는 약만 먹어도 배불렀어예. 그리 병원 선생님 말도 잘 듣고 약도 잘 묵고 했어도 결국에는 피를 걸러야 산다꼬 하니. 투석하는 날 엄청 울었어예. 아파서 울고, 내 신세가 우찌 이리 됐나 한스러워 울고, 이렇게 사는 게 무신 소용 있나 싶어 울고, 천금 같은 내 새끼 불쌍해서 또 울고……. 그때부터 맘이 내 맘이 아닌기라예. 의사 선생님이 무슨 말만 하려고 하면 오늘은 또 뭐가 나빠졌나 싶어 심장이 덜컥 내려앉는기라예. 몇 년 동안 피 거른다고 맨날 주삿바늘 꼽았다 뺐다 해 보소. 미치는기라예. 이젠 신장도 이식받고 그 지긋지긋한 투석도 안 받는다고 내 얼마나 좋았는데예. 근데 무신 놈의 팔자가 또 이리 꼬이나 싶네예. 그래도 힘낼낍니더. 아직 이렇게 펄펄 살아 있지 않은교?"

의사들의 말 한마디, 몸짓 하나가 환자에게 얼마나 많은 심리적 동요를 일으키는지 의사 본인들은 알고 있을까. 어떤 사람에게 암 진단을 하는 경우 (위로의 방편으로 완치의 가능성을 강하게 내비친다고 해도) 그 사람에게 암은 치료가 되느냐 안 되느냐의 대상이 아닐 수도 있다. 치료 가능 여부는 차후의 문제다. 중요한 점은 평온한 일상을 보내던 한 사람이 그날부터 진짜 암 환자가 돼 버린다는 것이다. 세상에 홀로 버림받은 듯 앞날이 캄캄해지고 전신이 무기력해진다. 그리고 정말로 여기저기 죽을 것 같은 통증이 밀려오기 시작한다. 죽음이라는 허상이 점차 현실로 느껴지고 생활의 변화와 함께 부정, 분노, 우울의 감정을 겪기 시작한다.

K씨의 경우도 마찬가지였을 것이다. 어느 날 병원에 가니 신장이 나쁘다고 하고 투석을 안 하면 죽는다고 했을 때 심약한 그녀가 얼마나 놀랐겠는가. 그리고 희망의 불씨로 간직했던 신장이식도 이제 수포로 돌아갈지 모를 일이었다. 불안하고 부정적인 감정의 소용돌이를 벗어나지 못한다고 해도 당연한 일이었다. 하지만 K씨는 오히려 삶에 당당했다. 모든 상황을 수용하고 감사하는 넉넉한 마음이 존경스럽기까지 했다.

1997년 5월 13일

조직검사는 예상대로 이식된 신장의 거부반응이었다. 주임 교수님은 내게 어떻게 치료하면 좋겠느냐고 물어왔다. 아직 햇병아리 의사에게 치료 방향을 묻는 것은 교수님 교육 방법의 일환이었다. 환자를 직접 대하는 주치의의 견해를 존중하면서도 피교육자 신분인 내가 적절한 판단을 하는지, 그 근거가 의학적으로 타당한지 확인하는 것이다. 당신은 해답을 다 알고 계시면서 말이다. 나는 면역억제제를 강력히 사용해 거부반응을 잠재우자고 했다.

"선생님예, 주사 맞고 치료하면 신장 괜찮아지는 겁니꺼? 투석 또다시 해야 하는 거는 아니지예?"

결과를 차분히 설명하고 앞으로의 치료를 얘기하자 K씨가 엄마 잃은 아이처럼 불안해했다. 안절부절하는 그 모습이 안쓰러워 나는 면역억제제를 잘 쓰면 좋아지니 걱정 말라고 두 손을 잡아 줬다.

"그래예? 선생님 말만 믿심더. 투석 안 한다꼬 하든 내 아픈 것도 잘 참고 치료 잘 받을께예. 선생님요, 고생스럽지만 잘 부탁드려예."

벌써 다 나았다는 듯 들떠 있는 K씨에게 나는 더 이상 다른 말을 할 수 없었다. 사실 결과를 쉽게 낙관할 수 있는 상황만은 아니었다. 면역억제제를 써도 이식 신장의 기능이 회복되지 않을 수도 있고 설사 신장은 좋아지더라도 약제에 따른 다른 부작용이 나타나기도 하기 때문이다. 하지만 K씨에게 이런 자세한 설명은 오히려 새로운 불안감만 만들 것임이 틀림없었다. 그로 인해 그녀의 치료 의지가 약해지는 것이 더 문제라는 생각이 들었다. 되도록 유리한 쪽으로만 얘기하고 또 그렇게 되기만을 간절히 바랄 뿐이었다.

면역억제제를 사용한 지 일주일 뒤. 다행히 K씨의 신장 기능은 놀랍도록 회복됐다. 부종이 빠지고 소변 양도 충분했다. 회진 때마다 교수님에게 좋아진 검사 결과를 발표해서 뿌듯했고 그녀도 기뻐했다.

그런데 열흘쯤 뒤부터 문제가 생겼다. 어느 날 아침, K씨가 열이 나고 기침, 가래가 나온다고 했다. 단순히 감기 증상이겠지 했는데 무심코 찍은 흉부사진을 보고 깜짝 놀랐다. 폐 한쪽이 하얗게 변해 있었다. 언제부터 이렇게 됐지? 면역억제제를 쓰면서 새로 생긴 폐렴이 분명했다. 신장 기능이 좋아지는 것에 들떠 합병증을 간과했던 것이다. 평소에 청진을 잘 했어야 했는데. 이렇게 심해질 때까지 몰랐다니. 머릿속이 하얘지고 가슴이 방망이질 치고 있었다. 숨차지 않았느냐고 K씨에게 다급히 물었다.

"괜찮아예 쿨럭! 콩팥 좋아져서 투석 안 하는데 내 이깟 감기 하나 못 참을까예. 아, 폐렴이라고 했지예? 쿨럭! 뭐 폐렴이면 항생제 쓰면 좋아지는 거 아닌교? 선생님이 내 콩팥도 좋게 해 주고 했는데 무신 걱정인교? 걱

정 없어예. 선생님예, 폐렴도 잘 치료해 주이소. 맨날 아프다고 해서 미안
합니데이. 쿨럭! 쿨럭!"

K씨는 예전에도 폐렴에 걸린 적이 여러 번 있었다고 대수롭지 않게 웃
으며 얘기했다. 하지만 면역이 극도로 약해진 환자에게서 생긴 폐렴의 경
우는 전혀 다르다. 폐렴이 빠른 속도로 진행될뿐더러 항생제가 잘 듣지도
않는다. 더구나 K씨의 경우 폐렴 치료를 위해 면역억제제를 끊자니 이식
된 신장이 문제였고 신장을 위해 면역억제제를 계속 쓰자니 폐렴이 더 악
화될까 걱정됐다. 환자 상태에 노심초사하는 내가 답답해 보였는지 교수님
이 넌지시 말씀하셨다.

"김 선생. 강한 항생제를 고단위로 쓰면서 면역억제제를 조금씩 줄여 나
가자. 가슴 사진 매일 찍어 확인하고. 청진 꼭 빼먹지 말고!"

엄한 질책의 소리를 예상했는데 무심하게 말씀하시니 마음이 더 무거
웠다.

폐렴은 무려 한 달여간이나 K씨를 괴롭혔다. 다른 환자들도 많았지만 내
환자는 오직 K씨 하나만 있는 양 밤낮 안 가리고 열심히 병실을 드나들었
다. 폐렴을 늦게 발견한 죄책감도 있었고 무엇보다 나를 믿어 주는 K씨와
K씨 가족을 실망시킬 수 없었다. 이런 나를 K씨는 '내가 얼른 나아야 우리
선생님 힘들지 않을 텐데……' 하며 오히려 위로해 줬다. 중간에 호흡 유
지가 힘들어 중환자실에서 생사의 문턱을 넘나들기도 했지만 다행스럽게
도, 정말 감사하게도 K씨는 이전의 건강을 회복했다. 물론 이식된 신장도
다시 말썽을 부리지 않고 정상 기능을 유지하고 있었다.

"내 이럴 줄 알았어예. 선생님이 내한테 얼마나 정성스럽게 해 주는데,

내 싹 다 낫게 해 줄지 알았어예. 이제 투석도 안 해도 되고 폐렴도 다 낫고. 우리 선생님이 최곤기라예."

두 달여의 입원 생활을 마치고 퇴원을 앞둔 K씨는 예의 너스레를 떨면서 병실 식구들에게 연신 내 자랑을 늘어놓았다.

그제야 나도 그녀의 미소가 전처럼 편안하게 느껴지기 시작했다. 그녀로 인해 팽팽했던 그간의 긴장이 느슨하게 풀리면서 눌렸던 어깨가 한층 가벼워지고 있었다.

1997년 6월 20일

"선생님. 어머님이 잇몸이 부어 식사하기가 어렵다는데 퇴원하기 전에 치과 진료 좀 받고 가면 안 될까요? 시골에서는 신장이식했다면 치료를 잘 안 해 줄려고 하거든요."

K씨가 퇴원하는 날, 모시러 온 아들이 불쑥 내게 말했다. 미리 좀 얘기하시지 퇴원하는 당일에 이러시다니. 조금 귀찮은 맘이 생기긴 했지만 그래도 예를 갖추는 마음으로 입 안을 들여다봤다. 이식 환자에게서 가끔 보이는 싸이클로스포린(면역억제제) 부작용이겠지, 했다. 그런데 뭔가 좀 이상했다. 겉잇몸이 확실히 두꺼워져 있기는 한데 저 안쪽의 거무튀튀하고 불그레한 기분 나쁜 덩어리는 뭐지? 불길한 예감이 머리를 스쳐 지나갔다.

"어머니, 언제부터 잇몸이 아팠어요?"

"잇몸이요? 괜찮아예. 안 아파예. 두 달 전인가 입안이 까끌해 치과 가니까 괜찮다카데예."

두 달 전? 입원 전에도 있었다는 거네?

부랴부랴 치과 교수님을 찾아 K씨 상태를 보여 드렸다. 치과 교수님은 한참을 들여다보시더니 다시 이비인후과 교수님에게 자문을 구하셨다. 즉시 조직검사를 시행하고 결과를 확인할 때까지 K씨의 퇴원은 보류됐다.

이틀 뒤, 그녀에게 청천벽력 같은 선고가 내려졌다. 구강암! 그것도 초기를 벗어난 상태였다. 두 달여 동안 삶과 죽음의 기로를 넘나들면서도 웃음을 잃지 않았던 K씨. 하지만 내 입으로 암이라는 말을 꺼냈을 때 타 버린 재처럼 한순간 회색빛으로 변해 가던 그녀의 얼굴을 나는 잊지 못한다.

바보 같은 놈. 도대체 무엇을 하고 있었던 거야? 암이 있는데도 알아차리지도 못하고 엉뚱한 치료만 한다고 뛰어다니는 꼴이라니. 아니야, 의사가 신도 아니고 어떻게 모든 병을 다 알아? 구강은 내 전공도 아니라고. 더구나 아프다고 호소하지도 않는데 어떻게 병을 발견하냐고? 그래도 입원할 때 좀 더 잘 살펴봤으면 발견할 수도 있었잖아? 두 달이나 허송해서 더 진행했던 것은 아니었을까? 아니 면역억제제를 써서 암이 더 퍼진 것은 아니었을까?

황당함과 더불어 별별 생각이 내 머릿속을 헤집고 다녔다. 두 달간 입원해서 온갖 검사와 치료를 받았는데 이제 와서야 암이 있다고 하다니, 말이 되냐고 욕을 하고 멱살을 잡아도 할 말이 없는 상황이었다. 하지만 K씨는 아무 말도 하지 않았다. 침상 한편에 오도카니 앉아 하염없이 창문 밖만 바라볼 뿐이었다. 미소와 너스레가 사라진 K씨의 무표정한 얼굴을 본다는 것이 심장이 터지도록 괴로웠다.

그나마 다행스러운 점은 이제 이비인후과적 치료를 위해 K씨가 병동을 옮긴다는 것이었다. 아마도 나 같은 무능한 주치의는 더 이상 필요치 않았을 것이다.

1997년 6월 26일

"선생님예 저 땜에 맘고생 많으셨지예. 암이 있으면 어때예? 선생님들이 또 치료해 주시면 되지 않겠습니꺼? 그날 제가 기운이 빠져 아무 말도 못했던 거는예, 두 달 만에 바깥바람 쐰다고 맘이 들떴는데 또다시 치료받아야 한다고 못 나간다꼬 해서 그랬심더. 하긴 내 팔자가 어디 그리 순탄할 리가 없지예. 근데예, 기분이 아무래도 이상합니더. 이번에 못 나가면 정말 죽어서야 병원 문을 나서는 거 아닐까 걱정되데예. 울 아들 장가가는 거는 보고 죽어야 할 텐데. 그래서 부탁하는데예. 치료 그만 받고 사는 데까지 살다 죽으면 안 될까예? 저도 좀 지치네예. 가족과 한두 달이라도 행복하게 있다 죽으면 여한이 없을 거 같네예. 선생님들을 못 믿어서가 아니라예. 제가 이만큼이나 살 수 있었던 것도 다 선생님들 덕분이지예. 에고, 주책이야. 우리 선생님 또 심각하시데이. 알겠심더, 알겠심더. 선생님이 수술하면 좋아진다카이 내는 선생님만 또 믿겠심더. 여기 목 봐 주시는 선생님들도 다들 친절하시고 수술도 잘 해 주신다카이 걱정 안 해예. 선생님요, 그래도 내 아프다카믄 선생님이 젤 먼저 달려와야 합니데이. 선생님요, 참으로 고맙심더."

1997년 6월 28일

'중환자실 CPR, 중환자실 CPR!'

한밤중에 병동을 울리는 급한 방송 소리. 미친 듯이 뛰어 가며 기도한다. '제발 K씨가 아니기를, 하느님 부탁입니다……'

간절히 바랐지만 불길한 예감은 빗나간 적이 없다. 전신에 검푸른 반점인 K씨가 동공이 풀린 채로 의식을 잃어 가고 있었다. 제일 먼저 달려들어 가슴을 압박하며 심폐소생술을 시작한다. 피부 속을 스며드는 냉기가 손끝에 전해진다. 우르르 달려오는 의료진들이 저마다 분주하다. 오늘 아침 K씨의 상태를 보고 위험하다 싶었는데 결국 현실이 됐다.

"야. K씨 있지? 상태가 좀 이상해서 그런데 빨리 좀 와서 봐 주라."

아침에 이비인후과 주치의 선생님으로부터 급한 연락을 받았다. 어제 오후 수술을 잘 마치고 밝은 얼굴인 그녀를 보았는데 무슨 일일까? 중환자실에 들어서자 K씨가 반갑게 웃어 준다.

"아고, 우리 선생님 오셨는교. 선생님요, 전신이 왜 이리 아픈교? 아파 죽겠어예. 내 그래서 선생님 좀 불러 달라고 하지 않았는교? 어제 수술받고는 좋았는데."

"에이, 또 엄살이시다. 수술받았으니 아픈 게 당연하죠. 진통제 좀 놔 드릴까요?"

나는 별일 아닌 듯 짐짓 그녀의 투정을 모른 체했다. 그때 이비인후과 선생님이 조용히 내 팔을 끌었다. 그리고 슬며시 차트를 보여 준다. 밤새 열이 나고 백혈구 수가 급격히 올라가 있다. 혈소판 수는 엄청 떨어져 있다. 지혈 수치는 정상 범위를 크게 벗어나 있다. 급한 마음에 환자 상태를 살펴보니 피부 곳곳에 작은 멍이 들어 있었다. 어떻게 아셨는지 주임 교수님이 급하게 중환자실로 들어오셨다.

"김 선생 어떻게 된 거야? DIC(파종성혈관내중고증)야?"

"네. 지금 확인 했는데…… DIC 같습니다."

"야!"

늘 조용하시던 교수님의 벼락같은 소리에 나는 하마터면 뒤로 자빠질 뻔했다.

"DIC 같습니다? 언제부터 DIC데 지금 확인한 거야? 어제 밤 랩(혈액검사) 확인한 거야? 안 한 거야? 환자가 밤새 열나고 DIC 증상 보이고 있었는데 도대체 지금까지 뭘 한 거야?"

"……"

"밤에 중환자실 와서 한 번만 확인하면 이렇진 않았을 거 아냐?"

"……이비인후과로 전과돼 이비인후과 주치의 선생님이 잘 보고 계시리라 생각했습니다. 저한테 별 컨설트도 없고 해서……. 죄송합니다."

"야! 한 번 네 손을 거친 환자는 끝까지 책임져야지, 엉? 누굴 핑계 대? 환자가 널 믿어 주면 너도 환자에게 최선을 다해야 할 거 아냐? 가운만 입으면 의사야? 무슨 이발소 가운이냐? 환자 이렇게 나빠지고 나서 어떻게 할 거야?"

중환자실이 떠나갈 듯 소리치시며 혼을 내는 바람에 눈물이 쏘옥 빠졌지만 무엇보다도 K씨 상태가 걱정됐다. 수술 후 패혈증이나 DIC는 사망 위험률이 높은 합병증인데 적절한 치료 시기를 놓쳤으니 말이다. 정말 내가 입고 있던 의사 가운이 한없이 초라하고 쓸모없어 보였다. 할 수 있다면 시간을 되돌리고 싶은 마음뿐이었다. 처음 폐렴도 늦게 발견하고 암도 한참 뒤에야 발견하고……. K씨를 위독하게 만든 DIC도 이제는 다 내가 만든 것 같았다.

오후에 들어서자 K씨의 상태는 급격히 악화됐다. 소변도 안 나오고 호흡음도 거칠고 약해졌다.

"선생님예, 미안합니데이. 맨날 아프다는 소리만 해서……. 저 때문에 아까 혼 많이 나셨지예? 미안합니데이…… 근데예…… 이젠 아프지가 않네예……. 신기하게도 아프지가 않아예. 선생님. 끝까지 잘해 줘서 고맙습니데이."

보호자들에게 둘러싸인 K씨가 내게 말했다. 의사로서 내가 해 줄 수 있는 것은 아무것도 없었다. 그저 멍하니 언젠가는 오고야 말 그 순간을 마냥 기다리는 수밖에.

심장이 멈추고도 한 시간여 동안 심폐소생술을 했지만 K씨는 끝내 하늘나라로 갔다. 사망 진단서에 그녀의 이름을 올리는 순간, 자책과 회한으로 가슴이 북받치고 먹먹하기만 했다. 갑자기 의사라는 업이 두려워지며 하얀 가운이 내 몸을 무겁게 짓누르는 것만 같았다. 그날 밤, 나는 가운을 벗고 병원 건물을 쓸쓸히 걸어 나왔다.

1997년 6월 29일

K씨, 정말 미안합니다. 제가 미안합니다. 이 말을 꼭 당신께 해야만 했습니다. 제게 매일 아프다는 소리해서 미안하다고 하셨죠? 무슨 말씀이세요. 환자분이 아프다는 게 당연한 일인데요. 진정한 의사는 병이 나기 전에 치

료하는 의사라는 말을 이제야 깨닫습니다. 아플 때만 들여다보지 말고 아프다고 하기 전에, 좀 더 진심으로 당신을 살폈다면 지금의 결과는 초래하지는 않았을 거라고 후회해 봅니다. 제가 무능력했습니다. 의사란 아픈 환자가 있음으로 존재하고 그 존재는 환자에게 늘 겸손했어야 했습니다. 미안합니다. 수술 전 당신의 의견을 존중하고 진지하게 고민했어야 했습니다. 환자에게 저마다 최선의 선택이 있었음에도 의학적 선택만이 최고라는 오만한 생각을 버렸어야 했습니다. 수술을 받지 않았다면 아마도 지금쯤 당신은 가족들과 단란한 시간을 보내고 있었을 텐데 말이죠. 의사에게는 환자의 신체적 고통뿐만 아니라 그들을 인간적으로 이해하는 마음도 필요하다는 것을 당신을 통해 조금이나마 알게 됐습니다. 이런 제 생각이 세월이 흘러도 흐려지지 않게 당신을 늘 기억하겠습니다.

K씨 미안합니다. 제가 미안합니다…….

수상 소감 중에서···
무엇에도 흔들리지 않고 불혹해야 할 나이가 지났으면서도 늘 두렵고 조급해집니다. 변변히 이룬 것 없는 일사무성–事無成의 현실을 인정하면서부터 사람들에게 잊히지 않을까, 작은 내 삶의 위치마저 밀려나진 않을까 안절부절못했습니다. 그런 불안감을 떨치려 혼자 뛰어다니기도 하고 속내를 끄집어 내 글로나마 지난 시간을 반성해 보기도 했습니다. 이제 잠시 숨을 고르고 제 자신만의 삶의 속도를 찾으려 합니다.

못생긴 손

문윤수 (을지대병원 외과 임상강사)

레지던트 시절 어느 날이었다. 병동으로 누군가 찾아왔다는 연락이 왔다. 누굴까 하는 고민을 하면서 병동으로 올라가니 나를 기다리고 있는 환자 보호자가 있었다. 나와 마주한 보호자는 서로 반갑지만 그리 반갑지 않은, 어색한 인사를 했다. 다름 아니라 일주일 전 임종을 맞이한 할아버지 환자의 따님이었다. 잠시의 침묵에 이어서 따님은 작은 선물과 함께 카드를 전해 주고 황급히 사라졌다. 아버지를 보내고 아직도 슬픔에 잠긴 따님에게 무슨 말을 할까 머뭇거리는 사이에 제대로 인사도 못하고 가 버린 것이다.

카드에는 '감사합니다. 아버지께서는 선생님의 따뜻한 손을 무척 좋아하셨습니다. 앞으로도 환자를 먼저 생각하시는 그런 의사 선생님이 되길 바랍니다.'라고 펜으로 또박또박 써 있었다.

카드를 보면서 내 시선은 카드를 들고 있는 내 손으로 바로 향했다. 검정색에 가까운 피부 색깔과 짧은 손가락, 특히 손가락 마디가 굵어서 언뜻 보면 시골에서 농사짓는 손이라고 생각이 들 정도로 못생긴 손이었다. 어렸을 적부터 못생긴 손에 콤플렉스가 있어 처음 보는 사람 앞에 나갈 때는

104

살며시 손을 뒤로 숨기곤 했었다. 이렇게 못생긴 내 손을, 이미 이 세상 사람은 아닌 분이지만 기억해 주고 감사하다는 말을 들으니 그 할아버지와의 지난 1년여의 기억이 스치면서 코끝이 찡해졌다.

할아버지와의 첫 만남은 다른 환자와 크게 다르지 않았다. 이미 다른 병원에서 위암 진단을 받으신 상태였으며 수술을 위해 입원하셨다. 불행히도 어느 정도 진행된 위암이 위에서 십이지장으로 넘어가는 유문부를 막고 있어서 수술 전에 위세척 과정을 거쳐야 했다. 할아버지는 힘든 과정이지만 위세척을 견뎌 내셨고 이어서 예정대로 위절제술도 시행했다. 수술 이후 할아버지의 회복은 순조롭게 잘 진행됐다. 많은 환자 중에서 할아버지는 그리 모나지 않은 평범한 환자로 의료진에 협조도 잘 했고 많은 나이에도 불구하고 회복이 좋아서 무사히 퇴원하게 됐다. 할아버지를 뵐 때마다 항상 밝게 웃어 주시고 고맙다며 내 손을 잡아주시는 것을 잊지 않으셨다. 퇴원할 무렵에는 나하고 농담을 할 정도로 친해지게 됐다.

만일 내 가족이 암환자라면 그 가족이 치료 동안이나 이후 생활하는 모든 일거수일투족이 관심이 가고 걱정이 될 것이다. 하지만 의사라는 직업을 가진, 특히 암환자를 수없이 대하는 외과 의사인 내게 암환자는 그 가족에게는 미안하지만 새로운 환자로 인해서 잊힌다. 할아버지도 마찬가지였다. 할아버지의 존재가 잊힐 즈음 응급실에 할아버지가 오셨다는 연락을 받았다. 처음에는 어떤 환자더라 잠시 고민했지만 할아버지와의 좋은 추억 때문인지 바로 기억이 났다. 마음 한편으로는 혹시 안 좋은 것이 아닐까 하는 걱정이 앞섰다. 다행히 할아버지의 상태는 수술 후 흔히 발생하는 장유착이었다. 그러나 입원하면서 오랜 금식과 코를 통해 위까지 들어가는 레빈튜브_{Levin tube}를 매달고 다녀야 하는 힘든 과정이 할아버지를 기다리고 있었다. 할아버지는 힘들지만 나를 볼 때마다 항상 밝게 웃어 주시며 내 손을 따뜻하게 잡아 주셨다. 따뜻하게 손을 잡아 주는 할아버지에게 내가 해 줄 수 있는 것은 청진기를 통해 장음을 청진해 드리고 못생긴 손으로 할아버지의 배를 만져 주면서 열심히 운동하시라는 말을 하는 것뿐이었다. 할아버지의 긍정적인 생각 덕분인지 빠르게 장유착이 호전돼 정상 식사가 가능하게 되셔서 며칠 뒤에 건강한 모습으로 퇴원하셨다.

해가 바뀌어 2년차가 된 나는 낮 시간 대부분을 수술실에서 보내게 됐다. 병동에 입원한 환자를 주로 담당하는 것은 아랫연차 선생님이 맡게 돼 병동에 입원한 환자들에 관심은 다소 적어졌다. 어느 날 신환 명단에 할아버지 이름이 크게 보였다. 걱정스런 마음에 할아버지의 새로운 검사 기록들을 보다 보니 저절로 고개가 절레 저어지며 깊은 한숨을 들이쉬게 됐다. 우려했던 위암 재발과 여러 곳으로의 전이였다. 한 해전 수술 당시부터 어느 정도 진행된 상태이기 때문에 충분히 예상은 됐지만 이러한 상황에서 할아버지 얼굴을 어떻게 봐야 할까 고민이 됐다.

할아버지의 병실을 찾았다. 따님과 함께 있는 할아버지는 이번에도 밝게 웃는 모습이었다. 지난번 장유착으로 며칠 입원한 것처럼 이번에도 대수롭지 않게 생각하셨던지 나를 보자 바로 손을 잡아 주시면서 반갑게 인사를 해 주셨다. 할아버지는 "문 선생, 언제 결혼할 거야? 결혼할 때 나 꼭 불러야 해?" 농담처럼 말씀하셨지만 나에게는 간절한 부탁 같이 들렸다. 어느 순간 할아버지와 나는 환자와 의사의 관계 이상이 됐다는 생각이 들었다.

예상했던 과정이지만 재발된 암은 빠르게 할아버지의 고통을 커져 가게만 했다. 잠시 병세가 좋아져서 며칠간 집에 다녀오셨을 뿐, 할아버지는 병원에서 점점 고통의 시간을 보내게 됐다. 낮 시간 동안 수술실에서의 일과가 끝나고 저녁이 되면 할아버지를 뵙는 것이 일상이 됐다. 이상하게 뵐 때마다 할아버지는 항상 밝은 모습으로 나를 맞이해 주셨고 손 잡아 주는 것을 잊지 않으셨다. 치료 방법이 있는 것은 아니지만 찾아뵙고 힘내시라는 말만이라도 꼭 하게 됐다. 하지만 고통이 더해 가면서 기력이 떨어지는 할아버지는 손을 잡는 힘이 약해졌고 나 또한 손 잡는 것을 시나브로 잊게 됐다.

수술이 밤 늦게 끝난 어느 날이었다. 힘든 수술이었고 하루 종일 제대로 먹지도 못했고 몸이 너무 피곤한 상태였다. 몸과 마음이 둘만의 타협을 해 버렸다. '너무 늦었으니 병실을 찾아가는 것이 오히려 할아버지께 해가 되지 않을까.' 이로 인해 할아버지와 내 손의 거리는 점점 멀어지기 시작했다. 가끔은 할아버지 병실 앞을 무심코 지나가기도 하고 '할아버지는 담당 환자가 아니니까 내가 굳이 보지 않더라도 다른 주치의가 잘 봐 드리겠지?'라는 혼자만의 생각으로 점점 멀어지게 됐다. 하루 종일 긴장하면서 수술한 후 늦은 저녁 병동에 와서 내가 맡은 환자들을 돌보는 것만으로도 하루하루가 너무 짧기에 할아버지를 봐 드린다는 것은 솔직히 무리였다. 그러나 할아버지 성함은 계속 외과 환자 재원 명단에 있었고 가끔 생각날 때 할아버지

담당 주치의에게 물어봐도 그다지 좋은 소식을 들을 수 없었다.

　내 머릿속에 할아버지의 존재는 이미 지나쳐 간 많은 환자 중 하나로 잊혀 갈 어느 날이었다. 늦은 저녁 병동에서 지친 채 바쁘게 돌아다니고 있던 나에게 한 보호자가 다가왔다. 할아버지의 따님이었다. 나를 보더니 머뭇거리며 어렵게 말을 꺼내셨다.

　"아빠의 상태가 많이 안 좋으신 것 같아요. 선생님께서 가셔서 아빠의 손 한 번만 잡아 주세요."

　눈물을 글썽이며 내게 말했다. 몸도 피곤하고 할 일이 많았지만 인생의 마지막을 앞둔 아버지 생각으로 울먹이며 부탁하는 말에 나는 차마 어찌할 바를 몰라 잠시 머뭇거리며 제자리에 서 있었다. 그러나 나도 모르게 두 발은 따님을 따라 할아버지의 병실을 향하고 있었다. 병실에 들어선 순간, 슬픔으로 가득한 병실의 기운은 순간 숨을 멈추게 했다. 이미 할아버지는 정신은 없는 상태였으며 파란 줄을 통해 코로 들어오는 산소와 몸 여기저기에 꽂힌 주삿바늘을 통해 들어오는 액체 물질들로 가까스로 버티고 있는 중이었다. 할아버지가 아직 살아 있다는 것을 보여 주는 것은 모니터에 보이는 숫자와 그래프뿐이었다. 누가 하라는 말도 안했지만 이미 내 손은 천천히, 아주 천천히 할아버지의 손을 잡고 있었다. 아직은 따스한 온기가 느껴졌다. 벌써 농담을 한마디 건넬 시점이지만 할아버지는 힘든 숨만 거칠게 내쉬고 있었다. 무슨 말을 해야 할지, 할아버지가 내 말을 들을 수는 있을지, 짧은 시간 동안 많은 생각이 머릿속을 복잡하게 맴돌았다. 그러나 수많은 말들은 입안에서만 맴돌았고 결국 아무 말도 못하고 뛰쳐나오듯 병실을 나오고 말았다.

다음 날도 같은 일상이었다. 낮 시간 동안 수술실에서 보내고 매번 그랬던 것처럼 늦은 저녁이 되서야 병동으로 향하게 됐다. 병동에 오자마자 모니터에 보이는 수십 명의 재원 환자 명단을 아무리 찾아도 할아버지의 이름은 보이지 않았다. 할아버지의 병실로 뛰어가 봤지만 이미 다른 환자가 그 병실을 차지하고 있었다. 이제야 내 입에서 말이 나온다.

"할아버지, 힘내세요. 어서 일어나셔서 제 결혼식 보셔야죠?"

수상 소감 중에서・・・

못생겼어도 따뜻한 손을 기억해 주는 환자들이 있기에 오늘도 힘을 내 봅니다. 이 자리를 빌려 지금껏 저를 만들어 주신 환자분들께 감사의 말씀을 드립다. 또한 앞으로도 제게 다가올 환자분들께도 못생긴 손으로라도 따뜻하게 손 잡아 드릴 것을 약속드립니다. 제 손을 닮은 아들이 커서 저보다 더 낮은 사람의 손을 잡아 주는 사람이 됐으면 하는 바람을 가져 봅니다.

(저자는 최근까지 을지대병원 권역외상센터에서 근무했습니다.)

우주에서 온 아이

이정희 (알로이시오기념병원 소아청소년과 과장)

　진료실 문이 열리면서 한 아이가 들어왔다. 처음 본 얼굴인데도 그렇게 낯설지 않았다. 아이는 의자에 앉자마자 나를 쳐다보았다. 나도 그의 얼굴을 살폈다.

　"머리가 아파요, 어지럽고……."

　"언제부터인데?"

　아이는 내 말을 듣는 둥 마는 둥 귀찮다는 표정으로 입원시켜 달라고 졸랐다.

　"입원을 네 마음대로 하는 거냐."

　나도 짜증스럽게 그를 바라보았다.

　몸은 말랐고 성격은 차갑고 예민해 보였다. 신경질적이고 까다로운 아이 같았다.

　"아픈 사람 입원시켜 치료하는 곳이 병원 아닌가요?"

　눈에 힘을 주고 이빨을 앙다물며 아이답지 않게 따지는 그의 태도가 싫었다. 옥신각신 다투는데 담당 수녀님이 들어와 서류 한 묶음을 주었다. 저번 시설 기관에서 작성한 생활병력기록이었다. 기록을 대충 보니 분별없는 저돌적인 그의 행동이 이해됐다.

　입원을 시켰다. 15세 중학교 2년생, 우민호. 건방지고 삐딱한 아이, 반항하고 막가는 사춘기인 이 꼴통을 어떻게 다뤄야 하나. 머리 아픈 이 아이가 입원한 후로 내 머리도 아프기 시작했다. 입원 후 이틀 동안은 침대에 누워 꿈쩍도 하지 않았다. 잠을 자거나 자는 척 눈을 감고 있었다. 말도 없었고 주위에도 관심을 두지 않았다. 모든 게 싫고 못마땅한 눈치였다. 그의 야윈 몸에는 여러 개의 상처가 있었다. 머리에는 길고 예리한 수술 흔적이 보였다. 앞가슴에도 상처가 있었다.

　그 다음 날, 아침 회진을 가니 표정이 약간 누그러졌고 밝아 보였다.
"잘 잤니? 아침식사는 하고? 어디 불편한 데는 없어?"
머리를 쓰다듬고 애써 눈길을 주며 관심을 보였다.
"어지러움도 덜 하고 머리도 좀 괜찮아요."
예상보다는 일찍 마음을 여는 것 같았다. 말이 통할 듯했다.
"학교는 재미있고, 취미가 뭐니?"
"그림 그리기와 책 읽기……."
의외였다. '녀석이, 취미는 고상하군.' 웃음이 나왔다.
"그래, 좋은 취미를 가졌네. 심심하면 그림을 그려라." 하며 도화지 몇 장을 줬다.

　다음 날 회진을 가니 밤에 그렸다며 그림 몇 장을 보여 줬다.

중학생 그림 치고는 좀 유치했다. 우주를 그렸다는데 위에는 해와 달을 나란히 그리고, 그 아래에 별 하나를 그렸다. 해, 달은 검게 칠해 어둡게 하고, 별은 밝게 뒀다. 피카소 그림만큼 난해했다. 또 다른 그림은 나무에 뿌리가 없고, 가지에는 열매만 떨어질 듯 매달려 있었다. 고개를 갸우뚱하는 나를 보고, "보이는 대로 보면 돼요."라며 미술교사가 학생을 가르치듯 말했다. 자신을 버린 부모에 대한 분노와 원망의 표현이라는 걸 나중에 알았다.

그날은 아침부터 비가 내리고 있었다. 회진을 하는데 그는 침대에 누워 책을 보고 있었다. 만화책이나 불량서적인 줄 알았다. 표지를 보니 의외로 생텍쥐페리의 《어린 왕자》였다.

"좋은 책을 읽고 있구나. 재미있느냐?"

"책을 꼭 재미로 읽나요. 생각하면서 읽어야지요."

"그래 어떤 생각을 했는데?"

"그건 좀⋯⋯."

'그래, 조금은 어려울 테지. 사람이 사람한테 쉽게 마음을 주고받고 여는 일이 쉽지 않겠지. 너를 이해하는 친구는 드물고, 보살펴 줄 부모도 없는 현실에서 네가 당한 소외감은 어린 왕자가 지구에 와서 느꼈을 고독감보다 훨씬 심하겠지. 혼자일 때만 외로운 것이 아니고 자신의 삶이 의미가 없다고 느껴지면 더 큰 외로움이 찾아오지.' 나는 마음속으로 그에게 그렇게 전해 주고 싶었다. 그러나 그가 과연 그 뜻을 이해할까 궁금했다.

민호는 내일 퇴원할 예정이었다. 두통과 현기증은 말끔히 사라지고 마음도 많이 너그러워졌다. 그러나 내면에 존재하고 있는 심리적 갈등은 계속 그를 괴롭히고 주위 사람들을 성가시게 할 것만 같았다. 말썽은 부렸지만 그동안 미운정이 들었다. 시원섭섭했다.

"선생님, 이 세상에서 가장 무서운 게 뭔지 알아요?" 상냥스레 그가 말을 걸었다.

"사자, 호랑이, 독사, 아니면 강력범……."

"박사가 뭐 좀 아는 게 없어요. 중이예요." 내가 못 맞추니 기분이 더 좋아 보였다.

"스님이 왜 무서워?"

"아니, 중학교 2년생……."

"너희 2학년들은 학교에서 지독하게 말썽을 부리나 보지."

"나 빼고 요즘 아이들이 다 그렇지요. 한마디로 엉망이지요." 웃는 모습이 역시 아이다웠다.

"그래, 무슨 과목이 재미있냐?"

과학이라고 했다. 화석, 공룡, 외계인이 흥미롭다고 했다. 그리고는 공룡이 살았던 시대와 멸종 원인을 나름대로 분석했다. 그러면서 인류 멸망을 '마야의 예언'이라며 횡설수설했다.

"그러면 너는 어떻게 되는데?"

"나야 뭐 천당 말고는 갈 데가 있겠어요." 거침이 없었다.

"너는 도대체 어디서 왔니?"

"작은 별에서 떨어졌겠지요." 서슴없이 말했다.

그는 이미 환각, 환청과 과대망상에 걸린 양극성장애의 조증 상태에 빠져 있었다.

퇴원하고는 한동안 소식이 없었다. 무소식이 희소식이라 다소 안심이 되기도 했다.

며칠 후 햇빛이 쨍쨍한 어느 날, 민호는 꺼먼 선글라스를 끼고 진료실에 나타났다.

"웬 선글라스냐?"

"밝은 게 싫어요. 어두워야 잠도 잘 오고요. 보기 싫은 사람 안 보이고 좋아요."

"며칠 전에 가출해서 혼났다며? 밤늦게 다니면 어떡하나. 얼마나 나쁜 사람들이 많은데."

"괜찮아요. 나쁜 사람들이 보면 나쁘게 보이지만 다 그렇지는 않아요."

평소보다 기분이 좋아 보였다. 뜸을 들이다 저번부터 몇 번이나 망설이던 질문을 눈치를 살피며 조심스레 물었다.

"가끔 엄마가 생각날 때도 있니?"

"생각하면 뭘해요. 돌아올 것도 아닌데. 날 버렸잖아요. 말 못할 사정은 있었겠지만."

손가락이 떨리고 있었고 눈가는 젖어 있었다. 일그러지는 얼굴을 보며 아픈 데를 괜히 건드렸다고 후회했다. 그는 다시 특유의 야릇한 웃음을 지으며 내일 시설 직원과 함께 강원도로 간다고 했다. 그리고 그동안 보살펴 줘서 고맙다며 진료실을 나서는 뒷모습이 너무 초라해 보였다. 내가 본 마지막 모습이었다. 녀석의 옷에서 담배 냄새가 났다.

민호는 출산 후 자취를 감춘 29세 행려병자인 미혼모에서 30주 1.65kg 미숙아로 세상에 나왔다. 이 핏덩이는 인큐베이터에서 호흡 곤란으로 사경을 헤매며 한 달을 버텼다. 밀폐된 보육기를 나온 후 지겨운 시설 생활이 계속됐다. 이런 출생이었으면 튼실하게 자랄 것이지 걸핏하면 아팠고, 병치레가 잦았다. 두 돌쯤에 입이 돌아가고, 두통과 구토 증세가 나타나 정밀 검사로 뇌종양이 확인됐다. 수술을 받고 항암치료, 방사선요법과 심리치료를 받았다. 그는 오랜 투병 생활로 심신이 지쳤고, 몸과 마음에 많은 상처가 생겼다.

그는 뿌리 약한 나무처럼 쉴 새 없이 흔들렸다. 중심을 잡지 못한 그는 항상 불안하고 초조했다. 그러면서 언제 찾아올지도 모를 정을 기다렸고, 그리움에 목말라했다. 그러나 모든 게 꿈이었고, 좌절과 체념은 쓸데없는 상상을 불러왔다. 헛된 공상은 주위를 당혹스럽게 하고 신뢰를 잃게 했다. 행동은 느리고, 주의는 산만하고, 대화의 어려움으로 반 아이들은 그를 외면하고 냉소했다. 질시받고, 무시당하고, 열등감으로 외톨이가 됐다. 이는 다시 비행으로 이어지는 악순환이 계속됐다.

혹시나 하고 기다렸는데 몇 달이 지나도 민호는 보이지 않았다. 궁금해서 알아보니 산골 어느 한적한 시설로 갔다고 했다. 여기서는 도저히 통제가 안 돼 선량한 다수를 보호하기 위한 불가피한 조치였다고 했다. 그는 어차피 혼자라야 더 편한 외로운 몸이다. 그에게 필요한 것은 관심과 사랑이다. 그리고 누군가의 따뜻한 가슴팍이 아니었을까.

갑자기 그 아이가 눈에 밟힌다.

수상 소감 중에서 • • •

태어날 때부터 친부모로부터 떨어져 살고 있는 아이들도 당연히 진료의 대상입니다. 이들을 보며 아이들에게 따뜻한 가정이 얼마나 중요한 것인지 뼈저리게 느꼈습니다. 더불어 학교나 사회에서 얼마나 큰 관심을 가져 주는지도 중요하다고 생각합니다. 병원에 다니던 불우한 한 아이가 생각이 나서 글을 써 봤습니다. 외톨이로 지내는 그 아이에게 희망이 찾아왔으면 좋겠습니다.

(저자는 현재 알로이시오기념병원 소아청소년과 진료부장으로 재직 중입니다.)

환자-의사 간 일어나는 사연의 다양성을
그대로 보여 준 작품들

정호승 · 한창훈 · 홍기돈

제12회 한미수필문학상에 투고된 글은 모두 74편이었다. 한창훈, 홍기돈이 이를 먼저 읽어 보고 본심에서 논의할 작품으로 30편을 추렸다. 본심에서는 심사위원 세 사람이 각각의 작품에 부여한 점수를 근거로 난상토론에 들어갔다. 수상권에 근접한 작품과 그렇지 못한 작품의 편차가 어느 정도 확인됐던 반면, 대상과 우수상을 선정하기에는 몇 작품의 성취가 너무도 분명해 각자의 입장에 따라 의견이 나뉘었던 것이다.

심사 결과 대상으로 선정한 작품은 〈크리스마스 선물〉이고, 우수상으로는 〈박시제중博施濟衆〉, 〈중환자실 의사〉, 〈너무너무 고맙습니다〉를 뽑았다. 그 외 마지막까지 논의의 대상이 됐던 작품은 〈저기, 나가 아무래도 침해 같아서……〉와 〈정 노인의 마지막 바람〉이다. 본심 당시 각 작품을 두고 오갔던 논의를 소개하는 것으로 심사평을 가름하고자 한다.

〈크리스마스 선물〉의 경우 우선 소재의 선택에서 성공했다. 의사가 부딪치는 환자가 특이한 사례에 해당하는 까닭에 변별성 확보에서 두드러졌다는 것이다. 환자가 앓고 있는 병에 대해 의사가 논문을 준비하고 있으며 면역치료법도 좋아졌으나, 환자는 끝까지 도도한 자세로 나름의 품격을 유지한 채 죽음으로 가 닿는다는 내용인데, 환자를 보며 일어나는 마음의 파장이 잘 그려졌다.

〈박시제중〉은 '왕진가방'이라든가 '통행금지' 등의 단어로 인해 오래된 얘기인 듯하지만, 그 내용이 필자의 현재 모습에까지 고스란히 이어지고 있기에 진정성을 확보하는 데 성공했다. 또한 인문학적인 안목 속에서 구성에서도 삶을 바라보는 여유가 느껴진다. 인술을 언급하는 대목, 액자에서 길을 찾는다는 대목이 이에 해당한다. 전체적으로 수준급에 이르기는 했으나 "청년은 내 아버지다."라는 문장에서 긴장이 일순 무너지지 않았는가, 하는 아쉬움이 남는다.

〈중환자실 의사〉는 단호함이 요구되는 의사의 면모와 군더더기 없는 문장이 일치를 이루면서 호소력을 확보하고 있다. 철학적인 사유가 깊이를 확보하고 있기에 글 전체를 장악하는 필자의 안목도 더욱 부각돼 다가온다. 상반되는 두 사례를 제시하면서도 섣부른 감정이입 없이 이를 바깥에서 냉정하게 들여다보는 관점에서 이는 여실히 드러난다. 중환자실 주치의로서의 태도를 중심으로 써 내려갔다는 측면에서 특징적이다. 다만 이로 인해 감동의 결여는 부득이하게 끌어안을 수밖에 없는 지점으로 남게 됐다.

〈너무너무 고맙습니다〉는 깔끔하게 잘 쓴 작품으로 골고루 지지를 받았다. 의사와 환자 사이에 벌어지는 발랄한 사건을 다룸으로써 응모작의 폭이 넓어지는 데 기여한 바도 있다. 그렇지만 다른 세 작품(〈크리스마스 선물〉, 〈박시제중〉, 〈중환자실 의사〉)과 비교하자면 에피소드 성격이 더욱 두드러지는 까닭에 무난한 수준에 머무른다는 뒷맛도 얘기됐다.

〈정 노인의 마지막 바람〉은 소설적인 구조, 이야기를 끌고 나가는 힘, 문장력, 아버지와 정 노인을 비교해 나가는 모습 등이 돋보인다. 내용 또한 현실적인 공감대를 확보하고 있다. 그렇지만 간결한 전개를 위해 정리해야 할 문장들이 더러 있으며, 이로 인해 산만한 느낌을 주는 부분도 발견된다.

〈저기, 나가 아무래도 침해 같아서……〉는 완성도는 뛰어난데, 만들어진 느낌이 든다. 즉 수필보다는 소설에 가까운 게 아닌가 하는 우려가 있었다는 것이다. 재회하는 대목에서의 우연성도 이런 느낌을 주는 데 일조한다. 또한 얘기의 중심에 의사의 얘기가 없다.

제13회

한미수필문학상

대상

너의 목소리

[윤석민]

한발 내딛는 아이의 성장기이자 새로움 깨달아 가는 어른의 성장기

오늘 제주는 구름이 끼고 바람이 많이 부는 날입니다. 하루에도 몇 번씩 변하는 날씨는 변덕스럽기만 합니다. 날씨 탓인지 이 시기쯤 되면 지인의 방문도 뜸하고 쓸쓸함이 느껴지는 이곳에선 사람들의 소식과 발길이 그리워지기도 합니다. 그래서인지 제주에서 산 이후로 육지에서 들려오는 소식은 마치 고국에서 오는 소식마냥 반갑고 설레게 들리곤 합니다. 한미수필문학상 대상 소식을 들었을 때 마치 그런 느낌이었습니다. 육지로부터 실려 온 기분 좋은 소식. 그런 저의 기분이 전해졌을는지요. 제주라는 낯선 동네에서. 정신건강의학과라는 낯선 경험을 시작한 지 거의 1년이 되어 가는 시점. 저는 저의 1년을 기록할 만한, 믿을 만한 기록장이 필요했습니다.

올해는 저에게 개인적으로 참 중요한 한 해이자 기억하고 싶은 순간들이 많았던 한 해였거든요. 그런 믿음직한 기록장을 이곳저곳 알아보던 중 한미수필문학상이 떠올랐고 이곳이라면 저의 소박한 이야기를 보관하는 데 적합하다는 생각에 글을 적어 내려가기 시작했습니다. 그런데 저의 1년의 기록을 보관하는 보관료를 내어도 모자랄 판에 오히려 상으로 화답을 들으니 조금은 민망하고 쑥스럽습니다. 그리고 너무나 기뻤습니다. 심사위원 여러분께서 제 글을 선택해 주셨다는 것은 그래도 누군가에게는 저의 마음이 글을 통해 전해질 수 있다는 기대를 가질 수 있게 되었기 때문이죠. 정신건강의학과 의사로 살아오면서 사람은 자신만의 방법으로 다른 사람과는 다른 삶을 살아감과 동시에 평생 성장한다는 사실을 경험하고 있습니다. 저도 한 해 한 해 살아가면서 조금씩이지만 저도 모르게 성장하고 있고, 그것이 저 혼자만의 성장이 아니라 소중한 사람들과 함께 성장한다는 사실이 더 의미 있고 기쁜 일입니다.

이번에 한미수필문학상에 내어 놓은 이야기는 세상에 한 발을 내딛으려하는 한 아이의 성장기이자 그 아이와 함께 새로운 것을 깨달아 가는 어른의 성장기입니다. 또한 세상을 살면서 겪어야 할 수많은 일들을 한 걸음 한 걸음씩 걸어 나가는 사람들의 소박한 이야기입니다. 두렵고 떨리는 순간순간이지만 그래도 살아갈 만한 이유가 있는 인생에서 조금씩 마음을 여는 과정을 그린 관찰기이기도 합니다. 저는 이 수필을 통해 시간은 지나가고 계절은 변해 가지만, 중요한 가치는 변하지 않는다는 진리를 서투른 글로나마 남겨 두고 싶었습니다. 세상은 점점 경쟁을 원하고 결과로써 사람을 판단해 가지만 사람에게는 그보다 더 중요한 무엇인가가 있다는 사실을 포기하고 싶지 않습니다.

그리고 한 사람 한 사람의 존재만으로도 충분한 우리들이 더 이상 조급하지 않아도 된다는 위로를 하고 싶었는지도 모릅니다. 병의 증상을 해결하는 의사로 사는 것이 가치 있는 일이지만, 사람의 존재 자체를 소중히 여기는 사람이 되지 않고는 증상을 해결하는 것이 큰 의미가 없다는 것을 나이가 들면서 조금씩 느껴 갑니다. 지난 1년은 아이들과 놀면서, 이야기하면서, 삶을 나누면서, 한 사람의 존재의 소중함을 더 느낄 수 있는 시간들이었습니다. 제가 그런 소중함을 잃지 않도록 항상 저를 일깨워 준, 1년만큼 더 성장할 수 있도록 도와준 나의 꼬마 친구들에게 고마운 마음을 전하고 싶습니다. 그리고 낯선 제주 생활에 안착할 수 있도록 도와주신 제주대병원 정신건강의학과 가족들과 항상 힘이 돼 주는 사랑하는 가족들에게도 감사의 말씀을 전하고 이 기쁨을 함께 나누고 싶습니다.

또한 부족한 글을 끝까지 읽어 주시고 앞으로도 펜을 굴릴 수 있는 용기를 주신 심사위원 선생님들께도 너무나 감사를 드립니다. 앞으로도 삶을 나누고 거짓되지 않은 글을 쓰며 소박하게 하루하루 살아가겠습니다. 마지막으로 저의 인생의 훌륭한 기록장으로서의 기회를 준 한미약품과 〈청년의사〉 신문에도 감사의 마음을 전합니다.

감사합니다.

윤석민

너의 목소리

윤석민 (제주대병원 정신건강의학과 전임의)

나는 말이 적은 편이다. 회식 자리에서건 직장에서건 난 그렇게 말을 많이 하는 편이 아니다. 대부분 친구들이나 주위 사람들은 그런 나를 '과묵하다' 내지는 '조용하다'는 말로 표현을 한다. 그도 그럴 것이 말을 주도적으로 하는 편도 아니고 대화가 시작되면 주로 듣는 편이며, 대화의 흐름이 끊기더라도 그렇게 초조해하거나 하지 않아, 그 어색한 분위기를 깨기 위해 말을 꺼내는 편도 아니다. 병동에 가서도 누군가를 붙잡고 수다를 떨지도 않을뿐더러 치료진들과의 잡담이나 농담은 가끔 하긴 하지만 특별한 일이 없으면 내 일을 마치고 대부분 자리를 뜨곤 한다.

나는 정신과 의사다. 개인적인 성향을 뛰어넘어 직업적으로 나는 주로 이야기를 하는 것보다 누군가의 이야기를 끝까지 들어 주어야 하다 보니 말수가 적은 나의 특성은 그리 두드러지지도 문제가 될 일도 없었다. 오히려 이런 나의 성향이 환자를 보는 데 있어서는 도움이 될 때가 많았다. 적어도 전공의 시절까지는 말이다. 하지만 이런 나의 성향에 큰 도전이 시작된 건 소아정신과 전임의를 시작한 후 얼마 안 되어서였다.

내가 소아정신과 전임의를 시작한 곳은 다름 아닌 제주도. 다들 내가 제주도로 간다고 했을 때 다양한 반응이 있었지만 가장 많이 보였던 반응은 놀람이었다. 평소 자신의 이야기를 잘 하지 않던 나의 성향상 제주도로의 이동은 갑작스런 사건이었을 뿐만 아니라 무엇보다 내가 소아환자를 보는 분야를 선택했다는 것 자체가 의외라는 반응이 지배적이었다. 내 생각에도 말수가 적고 진지한 성격의 내가 소아환자를 본다는 것이 과연 적성에 맞고 나에게 어울리는 일인지를 오랜 기간 고민했었던 것도 사실이고, 게다가 연고도 없는 제주로 간다는 것은 더욱더 쉽지 않은 선택이었다. 하지만 훗날 이 선택을 후회하더라도 현재 내가 하고 싶은 일을 하겠다는 나름의 고집으로 제주로 가는 배에 몸을 실었다. 겨울은 가고 봄이 오려고 하는 2월 말의 제주는 조금은 쓸쓸하고 황량한 기운마저 감돌았지만, 앞으로 펼쳐질 날들에 대한 기분 좋은 긴장감과 함께 나를 따뜻하게 맞아 주었다.

소아정신과 전임의로서의 시작은 예상을 뛰어넘는 험난한 여정이었다. 이건 전혀 다른 세상이었다. 누군가 말했듯 아이들은 어른의 축소판이 아닌 또 다른 종족임에 틀림이 없다.

이 무시무시한 종족은 쓰는 언어도 달랐으며, 사고방식도 너무나 달랐고 교감할 수 있는 방법 자체가 달랐다. 어른들을 면담할 때는 조용히 이야기를 나누면서 고상한 정신과 의사로서의 품위를 유지했었지만, 아이들과는 한순간 한순간이 전쟁이었다.

이런 도전에 고전을 면치 못하고 있을 즈음, 나를 흔들어 놓을 결정타 한 방이 내 앞에 날아왔다. 초등학교 2학년의 예쁘장한 여자아이가 그런 위력을 가지고 있었을 줄이야. 진단은 'selective mutism.' 선택적함구증緘口症이라 부르는 일종의 불안장애로, 여러 가지 이유로 인해 아이들이 너무 불안한 나머지 낯선 환경이나 낯선 사람 앞에서 입을 닫아 버리는 것이 이 병의 주 증상이다. 나의 전임 선생님도 몇 개월간 열심히 치료하셨지만 결국 그 아이의 목소리를 듣지 못하고 그만두셨다는 전설과 같은 이야기와 함께 그 바통은 결국 나에게 넘겨졌다.

풋내기 소아정신과 의사의 상황과는 관계없이 제주에 봄은 찾아왔다. 제주의 바람을 맞으며 왕벚꽃나무 길 아래를 걷는 것은 너무나 낭만적이다. 가파도의 보리밭 초록 내음은 가는 봄을 잡고 싶을 정도로 선명하고, 유채꽃 만발한 제주도는 어떤 예술 작품보다도 뛰어나다. 하지만 이런 아름다운 제주는 남의 이야기일 뿐 전임의 생활은 고된 하루하루의 연속이다. 지도교수님으로부터 선택적 함구증의 치료에 대한 지도를 받고 최신 치료 경향 등에 대해 공부한 뒤 그 아이를 처음 만나는 시간.

놀이치료실에 덩그러니 그 아이와 나만이 존재한다. 그 아이는 내 얼굴만 빤히 쳐다보고 있다. 결국 이야기를 시작한 건 나였다. 보통 아이들에게 인사하듯 가볍게 인사를 건네고 나의 소개를 간단히 한다. 그리고 아이에게 물어본다. '이름이 뭐예요?' 물론 이 아이가 나의 질문에 한 번에 대답할 거란 기대는 없었다.

그런데 막상 대답을 안 하는 것이 당연하다는 듯 표정을 짓고 있는 아이를 보고, 적막을 깨뜨리기 위해 계속 이야기를 하고 있는 나를 발견하고는 정신이 혼미해진다. 그렇게 혼자 계속 말하기를 한 시간. 그러나 아이는 묵묵부답. 밀려오는 한숨과 함께 첫 시간 종료. 피곤하고 배고프다. 너무나도 인상적이었던 첫 만남을 시작으로 그 아이와의 소리 없는 전쟁은 그렇게 시작되었다.

태양이 강렬하고 매미 소리가 병원을 가득 메운다. 누구나 여름이면 가고 싶은 제주도에서 살고 있지만 바쁜 전임의 생활은 내가 제주에 있다는 사실조차도 가끔 망각하게 한다. 날씨가 제법 더워지고 반팔 셔츠를 입기 시작할 무렵, 나의 전임의로서의 생활도 어느새 4개월이 지나고 있었다. 무척이나 더웠던 제주의 여름, 봄에 만났던 그 아이도 여름옷으로 갈아입었다. 시간이 지난 만큼 나와 그 아이도 서로에게 조금씩 익숙해졌고 일주일에 한 번씩 만나는 것이 일상이 되었다. 나는 그 아이가 말을 하지 않는 것을 이제는 당연한 것으로 받아들이게 되었고, 그 아이는 나에게 말을 하지는 않지만 종이 위에 조금씩 자신의 생각을 펜으로 쓰기 시작했다. 항상 모래놀이만 혼자 하던 아이가, 나와 함께 그림도 그리고 인형놀이도 하며 놀이의 종류도 다양해졌다. 상당한 변화다. 지도교수님도 처음 이런 아이를 만난 것치고는 잘 버티고 있다며 나에게 약간의 신기함을 표현하심과 동시에 격려를 해 주셨다. 그렇다. 그 아이를 만나는 게 나도 별로 힘들지 않다. 그 아이도 나와 함께 있는 게 크게 긴장되지는 않는 것 같고 나랑 노는 것을 좋아하는 것 같다. 게다가 나는 아이가 말을 안 해서 답답하다는 느낌이 없어진 지는 오래됐고 자연스럽게 혼자 말하는 것이 익숙해졌다. 그리고 아이의 변화가 조금씩 보이자, 조금만 더 있으면 벙어리가 말을 하는 성경에서의 기적이 지금 나에게도 일어날 것이라는 기대에 한껏 부풀어 올랐다. 그런데 기적은 흔하지 않기에 기적이다.

　제주의 가을은 짧은 만큼 강렬하다. 한라산의 아름다운 단풍, 오름의 억새풀들과 바람의 하모니, 바다와 하늘의 가슴시리도록 푸른 선명함. 제주의 아름다움을 느낀다는 것은 전임의의 생활에 그만큼 적응하고 여유가 생겼다는 말일 터. 그 아이를 만나는 나의 마음에도 여유가 생겼다고 생각했다. 그런데 치료를 시작한 지 6개월여가 되는 시점. 고요한 호수 같았던 우리 사이에 파문이 이는 일들이 생겼다.

　아이가 말을 하지 않는 것을 답답하게 여기지 않았던 나였지만, 아이가 2학기를 맞아서도 학교에서 전혀 변화가 없다는 아이 엄마의 이야기를 접하고는 '6개월 정도면 치료 효과도 있어서 말을 하는 것이 맞지 않나.' 하는 생각이 조금씩 들기 시작했다. 그 생각이 나의 머리 한 귀퉁이에 자리 잡은 이후로, 나의 평정심은 불안과 조바심으로 급격히 바뀌기 시작했으며, 더 이상은 기다려 줄 수 없이 안달난 사람처럼 마음이 급해졌다.

　어느새 나는 그 아이에게 여느 어른들이 그랬던 것처럼 말을 하라는 압박을 여러 모습을 통해 계속 보내고 있었고, '어서 나에게 말을 해.', '이젠 너의 목소리를 들려줘.'라고 하는 나의 속마음은 그대로 아이에게 전해졌다. 그 순간 모든 것은 'Stop.' 아이는 놀이를 멈추었을 뿐 아니라 나에게 종이에 써서 말하던 행동도 멈추었고, 나에게 6개월간 서서히 열었던 마음도 닫았다. 한 시간 동안 아무 놀이도 하지 않았고, 아무 표정도 짓지 않고 앉아만 있었다. 나의 끊임없는 회유에도 이미 굳게 닫힌 마음은 열리지 않았다. 내가 무슨 짓을 한 건지 깨달았을 때는 이미 늦은 상태. 그 다음 주에도 아이가 놀이실에 오기는 했지만 놀이는 처음 우리가 만났을 때처럼 혼자 하는 모래놀이로 변해 있었고, 글씨로 써서 나에게 전했던 말도 거의 없어졌다. 치료자로서 느끼는 한계와 후회, 6개월여간의 시간이 헛되었다는 무력, 나의 노력을 외면해 버린 것 같은 아이에 대한 원망. 제주의 가을은 아름다웠지만 나의 고민은 깊어 갔다.

어딜 가나 귤이 풍성하다. 자연스럽게 귤을 까먹으며 대화를 나누는 게 일상이다. 특히 가공되지 않은 싱싱한 제주의 귤은 너무나도 달콤하고 시원하다. 제주의 초겨울의 시작은 매섭게 부는 바람과 귤의 출현으로 알아챌 수 있다. 계절의 변화를 알아챌 수 있는 많은 증거들처럼 사람의 마음을 알 수 있는 방법은 없을까? 그런 일이 있은 후에도 아이는 계속 나에게 오고 있다. 아이 엄마도 아이가 치료를 안 하겠다고 하거나 가기 싫다는 말은 안 한다고 한다. 나는 왜 계속 아이가 여기에 오려고 하는지 의아하기만 하다. 지도교수님의 조언으로 다시 시작한다는 마음가짐과 함께 놀이를 진행하기로 했다. 다행히도 다시 아이의 놀이는 활발해지기 시작했고, 이전처럼 글로 나에게 생각을 전하고 있다. 많이 회복이 되었지만 정작 회복이 안 되고 있는 것은 바로 나의 마음. 치료가 아이에게 도움이 되고 있는지에 대한 회의. 치료를 잘 진행시키고 있는지에 대한 불안감. 마음은 무겁기만 하고 지쳐 갈 즈음, 새로운 변화가 일어난다.

제주도에 살면서 달라진 점은 한 달에도 몇 번씩 비행기를 탄다는 것. 50분의 짧은 국내선 여정이지만 공항과 비행기가 주는 특유의 설렘은 지루

한 삶에 활력을 준다. 전임의 교육에 참석하기 위해 서울로 간 날. 주제는 불안장애였고 강의 후에 다른 병원 선생님이 가져오신 증례를 함께 토의하는 시간이 있었다. 그런데 공교롭게도 발표된 증례는 내가 놀이치료를 하고 있는 아이와 같은 진단명이었다. 비슷한 증상에 비슷한 반응. 그 아이는 그렇게 심한 상황은 아니어서 몇 주 사이에 말을 했더라는 결론이 내려져, 나는 부러운 시선으로 증례를 꼼꼼히 보았다. 그런데 그 증례 토의 시간을 지도해 주시던 다른 병원 교수님께서 이와 같은 아이를 치료하고 있는 사람이 있는지 물어보셨다. 나는 손을 들어 표시를 하고 조금은 자신이 없는 마음으로 거의 8개월 정도 치료를 하고 있는데 말은 하지 않고 있다고 간략하게 상황을 설명했다. 그런데 그 교수님께서는 뜬금없이 《아버지 만세》라는 창작 동화의 한 구절을 읽어 주셨다. 한 아이가 학교에서 말을 안 해서 선생님으로부터 혼이 나기도 하고, 아이들로부터 놀림을 당하기도 하는 내용이었다.

또한 아이가 말을 하면 손에 장을 지지겠다는 선생님의 반응이나 아이가 그 상황 속에서 긴장하고 입을 닫고 있는 모습의 묘사가 생생했다. 교수님은 이 동화를 읽어 주시고는 몇 년이 지나도 이야기를 하지 않았던 아이와의 경험을 이야기하셨다. 그 아이 때문에 너무나 고생하셨다는 이야기를 나누시면서, 이런 아이들에게 중요한 건 말을 하지 않는 증상 자체의 치료가 아니고 그 아이의 모습을 불안해하지 않고 기다리고 믿어 줄 수 있는 사람의 존재라고 하셨다. 그리고 교수님은 나에게 내가 느끼지 못하겠지만 알게 모르게 그 아이는 나아지고 있고 성장하고 있는 거라고 말씀하시면서, 1년 가까이 그 아이를 기다려 주고 인내해 주고 있는 나의 수고에 대해 격려해 주셨다. 나는 순간 울컥했다. 이 아이와 같은 아이가 한명이 아니라는 사실과, 훌륭하신 교수님들도 그런 아이들 때문에 많은 고생을 하셨다는 이야기를 들으니 뭔가 마음이 뭉클해지는 느낌이 들었다. 말씀을 마치시면서 교수님은 왜 그 아이가 아무것도 나아지지 않는다고 생각이 드는데도 1년 가까이 나에게 오고 있는지 생각해 보라고 하셨다. 그렇다. 나도 그게 궁금했다.

 말은 안 하고 있지만 뭔가 좋아지고 있는 거라고? 그게 정말까? 1년여의 시간이 헛되지 않은 시간이었을까? 묘한 혼란감과 함께 제주도로 내려오는 비행기에 몸을 실었다. 야간 비행은 언제나 그렇듯 설렌다. 제주의 야경은 언제나 고요하다. 하지만 나의 마음은 조금씩 요동치고 있었다.

 나무에서 낙엽이 떨어진 지는 오래되었고, 머플러를 걸치지 않고는 제주의 바람을 이겨 내기 힘들다. 삼다三多 중의 하나인 제주의 겨울바람은 뼛속까지 스며드는 냉기가 서려 있다. 제주에도 겨울은 왔다. 그리고 다시 아이를 만났다. 오늘도 여느 때와 변함없이 나는 말을 하고 그 아이는 글을 써서 나에게 말한다.

 요새는 부쩍 놀이의 대부분을 인형의 집 놀이에 할애를 한다. 그 인형의 집의 주인공은 그 아이와 내가 되었고, 상상의 집에서 나는 그 아이의 친근한 아빠의 역할을 하며 맛있는 음식을 해 준다. 물론 누구보다도 아이의 목소리를 듣고 싶은 것이 사실이지만, 지금까지도 나는 아이의 목소리를 한번도 듣지 못했다. 아이가 이야기하지 않는 상황은 전혀 변함이 없지만, 곰곰이 생각해 보니 사실은 우리도 모르는 사이에 우리는 조금씩 변해 가고 있었다. 누구에게도 말하지 않던 아이가 방법은 다르지만 나와 열심히 말하고 있고 세상을 향한 마음의 문을 조금씩 열려고 한다. 가끔은 아이에게 '이젠 괜찮으니까 말을 해 봐.'라고 말하고 싶을 때가 있다. 하지만 나는 아이에게 중요한 것이 지금 당장 말을 하는 것이 아니라는 것을 안다.

말은 언제든 할 수 있다. 하지만 닫힌 마음은 쉽게 열리지 않는다. 그래서 나는 더 이상 서두르지 않는다. 아니 서두른다고 해서 열리는 마음이었다면 벌써 열렸을 것이다. 끝까지 기다려 주고 참아 주어야 한다. 아이를 만나는 모든 사람들이 아이가 말을 하지 않는 것을 불안해하고 걱정할 때, 적어도 세상에 한 사람 정도는 그 불안을 이해해 주고 기다려 줄 수 있어야 그 불안함을 이겨 낼 수 있지 않을까?

나는 말이 적은 편이다. 그리고 이 아이는 말을 하지 않는다. 말이 적은 나지만 세상을 향해 마음의 문을 닫은 이 아이에게만큼은 가장 많은 말을 나눈, 가장 말이 많은 사람이다. 사람들 앞에서 듣는 것이 익숙한 나는, 안 듣는 것 같지만 이 아이가 모든 사람들의 이야기를 귀담아 듣고 있다는 걸 안다. 사람들에게 이야기하는 것이 쉽지 않다는 것을 아는 나는, 이 아이가 하루에도 몇 번씩 이야기를 해 보려고 노력한다는 것을 안다. 말이 적은 나는, 이 아이가 쉽게 입을 열지 못할 때 얼마나 마음속으로 힘들어하고 있는지를 안다. 그래서 나는 아이에게 그렇게 이야기해 주고 싶다. '나는 네가 무슨 이야기를 하고 싶은지 너의 목소리가 들린다, 그러니까 그렇게 서두르지 않아도, 걱정하지 않아도 좋아.'라고.

제주도에 온 지 벌써 1년. 고되고 바쁜 일상에 치어 아름다운 제주의 계절과 자연을 느끼지 못하고 섬 생활에 적응이 힘들어 고향을 그리워하던 이 육지 사람은 이젠 유유히 아름다운 제주의 자연을 즐기고 제주의 맛집을 찾아다니며 삶을 즐길 줄 아는 제주도민이 됐다. 아이들의 병의 진단과 치료에만 급급하여 아이들을 여유롭게 돌아보지 못했던 풋내기 소아정신과 의사는 아이들과 노는 것에 조금은 익숙해지고 아이들을 이해하려고 하는 여유를 가질 수 있게 되었다. 봄에 만났던 아이는 그때보다 키가 좀 더 컸고 웃음도 많아졌다. 나와도 많이 친해져서 놀이 시간에도 글로 나에게 수다를 떨기도 하며, 조금씩 굳게 닫은 마음의 문을 열고 있다. 증상의 변화보다 사람의 '존재'가 중요하다는 걸 그 아이는 자신의 '존재'를 통해 나에게 가르쳐 주었고, 나 또한 그 아이에게 함께해 주고 기다려 주는 '존재'로 남았다. 우리는 1년간 그렇게 서로에게 소중한 '존재'가 되었고 서로를 성장시켰다. 나도 그 아이도 지난 1년만큼 자랐지만, 우리 존재는 여전히 소중하다. 나는 아이를 통해, 아이는 나를 통해 그만큼 자랐다. 제주의 하늘이 검은 구름으로 가득하더니 이내 눈이 내린다. 아. 제주에도, 이 따뜻한 남쪽 섬에도 눈은 내리는구나. 매서운 바람이 불고 눈이 내리는 지금, 나는 제주의 봄을 기다린다.

(저자는 현재 국립나주병원 정신건강의학과 과장으로 재직 중입니다.)

세상이 너에게 줄 수 있는 것

김부경 (고신대복음병원 내분비내과 조교수)

그 아이의 첫 모습은 그간 내가 보아 왔던 적지 않은 환자들의 마지막 모습 꼭 그것이었다. 숨을 거두기 직전이거나 직후이거나. 말 그대로 뼈에 가죽만 붙어 있는 상태의 그 아이는 주민등록번호조차 없는 세상에서 이미 잊힌 존재였다. 대체 주민등록번호도 없이 세상 어느 구석에 숨어 있다가 이 지경이 되어서야 병원에 온 것인지 어이가 없어 화가 날 지경이었다.

수술도 로봇으로 하는 시대에, 눈에 보이지도 않는 세포 표면의 조그만 단백질을 표적으로 하는 약제들이 있는 시대에, 몇 백만 원, 몇 천만 원에 달하는 치료들이 줄을 지어 서 있는 이 시대에, 고작 39원짜리 알약 몇 번이면 조절할 수 있는 '갑상선 기능항진증'으로 심정지에 코마 상태라니.

도대체 이 아이에게 무슨 일이 있었던 것일까?

과연 이 아이는 살아날 수 있을까?

스무 살 그 아이는 119를 통해 응급실로 실려 왔다. 응급실에 도착했을 당시 이미 그 아이의 심장은 뛰지 않았다.

"환자 history가 어떻게 되죠?"

"네, 환자는 15년 전 초등학생 때 갑상선 기능항진으로 진단받았지만 치료를 받지 않았다고 합니다. 그리고 6개월 전부터 거의 아무것도 먹지 못했고, 일주일 전부터는 기침과 가래가 있으면서 물밖에 먹지 못했다고 합니다. 환자가 너무 힘들어서 119에 직접 전화를 했다는데, 119에서 이송하던 중 차안에서 cardiac arrest(심정지)가 떠서 cardioversion(제세동)을 하고 내원했습니다. 내원당시 BP, pulse(혈압, 맥박) 잡히지 않았습니다."

"이렇게 되도록 뭐했대요? 가족은 있어요?"

"잘 모르겠습니다. 가족은 없고, 여관에서 남자친구랑 동거하고 있는데, 주민등록번호가 없습니다."

"네? 그건 무슨 소리예요? 어떻게 그럴 수가 있어요? 접수는 되어 있어요?"

"접수는 임시 이름으로 해 두었고, 주민등록번호는 내일 사회사업실 통해서 동사무소에 살릴 방법이 있는지 알아보겠습니다."

기가 막힌 히스토리를 가진 이 아이 덕분에 바쁜 우리 전공의 선생님의 비의학적 임무가 막중해졌다. 우리 내과 전공의 선생님들이 우수했던 것인지, 아이의 끈질긴 생명력 덕이었는지 응급실 도착 직후 20분 동안의 심폐소생술 끝에 이 아이의 심장은 다시 뛰기 시작했다.

그렇지만 이 아이의 심장을 다시 뛰게 만든 것이 과연 잘한 일이었을까? 심장만 뛰었지, 다른 모든 장기들은 마치 백한 살 노인의 그것처럼 일하기를 포기해 버렸다. 이미 15년 동안 치료하지 않고 방치한 갑상선 기능항진증 때문에 모든 장기들은 늙어 지칠 대로 지쳐 버린 상태였다. 게다가 20

분 이상 지속된 심정지 상태는 모든 장기를 돌이킬 수 없는 상태로 만들어 버렸다. 그 아이의 뇌는 통증에도 반응이 없는 상태로 깊이 잠들어 버렸고, 폐는 이미 폐렴균과 염증이 만들어 낸 분비물로 구석구석 틀어 막혀 있었다. 신장은 소변을 한 방울도 거르지 않아 요독이 오르기 시작했고, 간수치는 끝을 모르고 치솟고 있었다. 그 아이는 '다발성 장기부전을 동반한 갑상선 중독 발증의 코마 환자'였다.

그렇지만 거부할 수 없는 생명의 사인이 남아 있는 것을 어쩌랴? 어떤 의사가 뛰고 있는 심장을 거부할 수 있단 말인가? 우리는 주민등록번호도 없는 그 아이에게 할 수 있는 모든 조치를 취할 수밖에 없었다. 인공호흡기를 달고, 24시간 지속 투석기를 달고, 소변줄과 비위관을 꽂아 두었다. 항생제와 갑상선 호르몬의 방출을 막는 약제들과 혈압과 맥박을 유지하는 여러 가지 약제들을 처방했고, 몸에 에너지를 생산할 수 있는 근육과 지방이라고는 한 조각도 남아 있지 않은 그 아이를 위해 정맥영양 주사를 투여했다.

이제 남아 있는 것은 단 하나, 기다리는 것뿐이었다. 아무도 입 밖에 꺼내지 못하는 말 한마디와 함께.

'언제까지…….'

하루, 이틀이 지나 곧 한 주, 두 주가 됐다. 그간 그 아이의 가족을 한 명 찾았다.

친 여동생이었는데 동생도 딱하긴 마찬가지였다. 18살의 미혼모인 동생은 대전에서 아르바이트를 한다고 했다.

"병원비는 설명을 했어요?"

"네, 그런데 동생도 insight(인지)가 없어요. 설명을 하면 조금 걱정하는 듯하다 돌아서면 바로 환자 남자 친구랑 낄낄대면서 웃고, 좀 이상해요."

"그래요? 그럼 이 환자는 앞으로 어떻게 한대요? 계속 이렇게 있을 수도 없고."

"동생이 대전에 인공호흡기가 되는 병원 중에 갈 만한 데가 있는지 알아본다고 했는데, 알아보고 있는지 잘 모르겠어요."

그 아이와 그 아이의 남자 친구, 그리고 그 아이의 동생에 대해서 나는 썩 좋은 마음이 들지 않았다. 책임감이라고는 배워 보지도 가져 보지도 않은 아이들이란 생각이 들었다. 그런 류의 아이들은 철이 없어 자기 마음대로 살다가 자신도 책임지지 못하면서 책임지지도 못할 아이를 또 가지게 된다 싶었다. 이 상황도 동사무소나 사회사업실이나 다른 누군가가 해결해 줄 것이라 생각했다. 물론 그 아이들이 해결할 수 있는 상황도 아니었지만, 내가 그 아이들에게서 일말의 책임감을 기대한 것이 잘못이었다.

그러던 어느 날 그 아이의 의식이 돌아왔다. 눈을 깜빡이기 시작한 것이다.

"들려요? 들리면 눈 감아 보세요."라고 하면 눈을 깜박여 주는 그 아이를 보면서, 새로 태어난 생명을 보는 듯했다. 생명이란 그 자체가 이렇게 포기하지 않는 끈질김을 의미한다는 것이었다. 잠시라도 그 아이를 살린 것에 대해 회의를 가졌던 것에 미안해하며 중환자실에서 잠시 시간을 지체했다. 그간 수고한 간호사들에게 인사를 전하면서 이것저것 물어보았다.

"보호자는 자주 와요?"

"네, 사실 하루 두 번 면회 시간 한 번도 안 빠지고 남자 친구가 꼬박꼬박 와요. 사실 그래서 얘네들이 더 불쌍해요. 사실 처음에는 그 남자 친구란 아이가 너무했다고 생각했거든요. 여자 친구가 이 지경이 되도록 뭐했나 싶어서요. 아마 자기 마음대로 놀러 다니면서 방치했을 거라고 생각했는데요. 그 애 하는 걸 보면 그런 게 아닌 것 같아요. 보통 저 나이 철없는 애들은 이런 일이 생기면 여자 친구 버리고 도망가 버리잖아요. 며칠 지나고 도망갈 줄 알았는데 매일 찾아오는 게 기특해요."

담당 간호사의 이야기를 들으면서 책임감 없는 그런 류의 아이들일 것이라 생각했던 내 마음도 들킨 것 같았다. 그 아이와 남자 친구라는 아이의 동거가 철없는 아이들의 장난이 아니라 진짜 사랑이었을 것이란 생각이 들자 가슴 한편이 아려 왔다.

며칠이나 지났는지 모를 일상이 흐르고 있었다. 중환자실의 그 아이도 병원에서 늘 겪게 되는 숱한 환자들 중 하나일 뿐 병원의 일상이란 그렇게 바쁘게 흘러가 버린다. 오후 외래를 보러 가는 바쁜 걸음 중에 반가운 얼굴이 있어 인사를 나누었다.

응급실 수간호사 선생님이었다.

"선생님, 안녕하세요?"

"안녕하세요? 혹시 그 환자 괜찮아요? 그 어린애 있잖아요. 갑상선 환자."

"예, 많이 좋아지긴 했어요. 아직 의식이 거의 없어서 대화는 안 되지만요. 그런데 그 환자 어떻게 아세요?"

"그 애 응급실에 왔을 때 제가 있었잖아요. 그 애들 너무 안됐어요."

"그죠? 그 애들 참 안됐어요. 왜 이지경이 돼서야 병원에 온 건지……. 하루만 일찍 왔으면 이렇게는 안 됐을 텐데요."

"교수님, 그 애들 전날 병원에 갔었대요. 그 남자애가 처음에 왔을 때 이렇게 된 게 자기 부모 때문이라면서 울더라고요. 여자애가 고아원에서 도망치면서 주민등록번호는 말소시켰고, 그 뒤에 남자애 집에서 시부모님이랑 같이 살았는데, 여자애를 못살게 괴롭혔대요. 그래서 둘이서 도망 나와 살고 있었는데, 이 여자애가 너무 아프니까 남자애가 얘를 업고 병원에 갔었대요. 그런데 병원에 가니까 주민등록번호가 없어서 치료를 못 해 준다고, 주민등록번호 살려가지고 다시 오라고 했대요. 얘네들이 그렇게 되니까 어떻게 할지 몰라 여관에 다시 돌아가서 누워 있다가 119를 부른 거랍니다."

그날 오후, 나는 세상이 그 아이들에게 얼마나 잔인하였는지에 대해 알아 버렸다.

이렇게 눈부신 오후햇살을 너는 한 번이라도 아름답다 생각해 본 적 있었을까? 나는 그 아이들이 지냈다던 어둡고 눅눅했을 여관방을 그려 보았다. 무슨 일이 있었길래 그 아이는 자신을 찾지 못하도록 주민등록번호까지 없애고 도망쳐야 했을까, 무슨 일이 있었길래 너희들은 아무도 찾지 못할 조그만 여관방 구석으로 숨어들어 갔을까. 6개월간 먹지도 못하고 말라가는 여자아이를 지켜보던 남자아이, 그 여자아이를 업고 병원을 찾아가던 그 아이의 마음은 어땠을까? 그렇게 찾아간 병원에서 도와줄 수 없단 얘기를 들은 그 아이의 마음은 어땠을까?

눅눅한 여관방에서 마지막 죽을 힘을 다해 전화기로 다가가 119를 눌렀을 그 여자아이의 모습이 자꾸만 떠올랐다. 어디에 가야 하는지, 누구한테 도움을 청해야 하는지 들어 본 적도 없는 그 아이들. 세상에서 거절만 당해 온 아이들. 의지할 곳이라고는 서로밖에 없었을 이 아이들. 세상에 얼마나 많은 도움의 손길들이 있는데 이 아이들은 왜 한 번도 그런 따뜻함을 받아 보지 못했을까? 그날 한 조각 햇살 속에서 거짓말 같은 그 이야기들이 내 마음을 할퀴고 있었다.

한 달이 지나고 그 아이는 동생이 사는 대전에 있는 병원으로 옮겨 가기로 했다.

전원을 가기로 된 날 아침, 담당 전공의가 흥분해 있었다.

"교수님, 어제 처음으로 urine이 150cc 나왔습니다."

그것은 정말 예상치 못한 기적이었고, 그동안 고생한 담당 의사에겐 뜻밖의 선물이었다. 어린아이가 첫 걸음마를 뗄 때를 본다는 것은 얼마나 큰 기쁨인가? 그렇지만 그 아이의 신장에서 소변을 만들어 냈다는 것은 아기가 걸음마를 하는 것처럼 당연한 과정이 아니었다. 그리고 기쁨이 큰 만큼 기대와 염려가 찾아왔다.

"여기서 제가 조금만 더 보면 투석기도 뗄 수 있을 것 같고, 인공호흡기도 뗄 수 있을 것 같은데요, 이제 어떤 병원으로 가게 될지도 모르고 괜히 보냈다가 다시 안 좋아질 것 같아서 걱정입니다."

그 고생을 하고도 끝까지 살리고 싶다는 마음을 가진 우리 전공의 선생님의 마음이 고마웠다. 그렇지만 같은 불안함을 가진 내가 해 줄 수 있는 것은 마지막 기도뿐이었다.

'○○야, 살아 줘서 고마워. 그래, 이제 와서야 세상이 너에게 줄 수 있었던 것이 고작 하루하루 중환자실비밖에 되지 않네. 하루 인공호흡기 값, 하루 투석 값, 하루 항생제 값, 하루 항갑상선제 값밖에 주지 못해서 미안해. 그렇지만 너는 이제 너에게 그것밖에 주지 못한 세상에 오히려 기적을 선물해 줄래? 꼭 살아나서 주렁주렁 달린 이 기계들 모두 떼어 내고 말이야, 너의 사랑하는 사람과 아이도 낳고 함께 따뜻한 방에 누워 오손도손 살아 줄래? 원래 세상이 너에게 주어야만 했던 것은 바로 그것이었거든.'

지금쯤 그 아이는 어디에서 얼마쯤의 기적을 더 보여 주었을까? 나는 믿고 싶다.

수상 소감 중에서···

이 글은 지난 시간 동안 제 고민에 대한 한 조각 흔적입니다. 하루의 대부분을 책상에 앉아 모니터를 보고, 주말에는 서툰 솜씨로 엄마 역할을 하며, 몸은 현실에서 제자리걸음하면서 머릿속에서는 잘하고 싶은 욕심에 저만치 달려나간 피곤한 대한민국의 의사가 할 수 있는 것이 그저 생각을 따라 글을 쓰는 것밖에 없었습니다. 저는 세상이 이 아이들에게 줄 수 있었던 것이 그저 평범한 삶을 살 수 있는 기회였으면 좋았을 것이라는 생각을 했습니다. 만약 이 아이들이 아기를 가질 기회가 있었다면, 그 아기는 우리 딸 정도는 행복할 수 있는 세상이었으면 했습니다.

봄으로 오는 선물

김탁용 (엘지부속의원 내과 과장)

1.

"과장님 장 구경 같이 가실래요?"

겨우내 움츠렸던 나뭇가지들이 살며시 꿈틀거리는 초봄. 쌀쌀한 공기가 조금 물러나고 햇살이 느긋한 오후였다. 점심을 먹고 산책을 나가는 길에 외래 간호사들을 만났다. 그녀들은 장 구경에 함께 동행하자고 했다. 장날 이란 시골에만 있는 것으로 생각했는데 도시에서도 오일장이 선다니 신기 했다. 장 구경에 뭐 재미난 것 좀 있느냐고 물으니 "그냥 구경하면서 주전 부리나 하는 거죠." 하며 까르륵 웃는다. 도시의 건물 사이에서 펼쳐진 장 터의 모습은 어떨까? 시골 장터처럼 법석법석 붐비지는 않겠지만 사람들의 활기차고 정겨운 모습은 비슷할 것이다. 그 거리를 걷다가 옛 추억이나 낭 만에 젖어들 수도 있으리라. 이런 생각이 들자 장터거리에서 나물을 매만 지던 할머니 한 분이 그리워졌다. 해마다 이맘때면 그녀는 까만 비닐봉지 를 건네주며 조용히 웃는 모습으로 내 기억 속에 머무르곤 한다.

2.

몇 년 전 나는 서울을 떠나 지방의 한 병원에서 근무를 하게 됐다. 도시라고는 하지만 중심가를 벗어나면 이내 허허한 들판과 논밭이 펼쳐지는 곳이었다. 뙤약볕이 뜨겁게 쏟아지던 여름날이었다. 선생님들과 점심 식사를 하러 병원 문을 나섰다가 길가에 좌판을 벌인 사람들을 보았다. 이른 아침 출근길에는 없었던 모습이었다.

"서울에서는 못 보셨죠? 오일장이에요. 끝 날이 2일 하고 7일에 서죠."

먼저 근무하고 있는 소아과 선생님이 아는 체를 했다. 원장님은 "이런 날은 환자가 더 많아요" 하고 거들었다. 여행을 가서 시골 장터를 둘러본 적은 있었다. 하지만 내 생활권 바로 앞에서 장날 모습이 보인다는 사실이 조금은 낯설게 느껴졌다.

"곧 익숙해질 겁니다. 시간이 지나면 오늘 장날이네 하고 환자 몰려드는 걸 은근 각오하게 된다니까요. 그래도 가끔씩은 이런 구경도 재미있답니다."

원장님은 시골의 풍취가 좋지 않느냐고 물으며 멋쩍게 웃었다. 아닌 게 아니라 사람들의 모습이 나의 호기심을 불러일으켰다. 너스레를 치며 손님을 부르는 장꾼도 보였고 웃음과 손짓으로 흥정을 유도하는 아주머니들도 있었다. 할머니 몇 분은 장사에는 관심이 없어 보였다. 웅크려 졸고 있거나 옆 사람하고 입담을 즐기면서 웃고 있었다. 끼니를 해결하는 밥 한술을 묵묵히 홀로 떠 넣는 사람도 있었다. 뜨거운 날씨에 모두들 자신의 자리에서 최선을 다하고 있었다. 그런데 이 와중에도 나의 눈길을 끈 할머니가 있었다. 다양한 농산물로 크게 좌판을 연 사람들 사이에서 몸을 한층 더 움츠리고 쭈그리고 앉은 할머니. 햇볕에 절어 얼굴은 검고 마른 몸은 곧 쓰러질 듯 위태로워 보였다. 할머니는 다른 이들처럼 물건을 펼칠 바구니도 없었다. 비닐봉지 몇 개에 채소와 나물 서너 종류를 담아 놓고 초라하게 앉아 있었다. 별것 없는 그것들을 계속 매만지며 예쁘게 보이려고 이렇게 담아 보기도 하고 저렇게 쌓기도 했다. 다 팔아야 얼마 되지도 않을 것 같은데 정성을 담는 그 모습이 왜 그리 측은해 보이던지 나는 한동안 눈을 떼지 못했다.

퇴근하는 길에 일부러 그쪽으로 돌아갔다. 많은 사람들이 자리를 거두었는데도 할머니는 처음 그 자리에 그대로 앉아 계셨다. 비닐봉지가 그대로인 것으로 미루어 전혀 장사가 안됐나 보다. 계속 손을 놀려 대어 무얼 하시나 가서 봤더니 도라지를 다듬고 계셨다. 거칠게 갈라진 손마디와 깊게 팬 주름이 삶의 고단함을 고스란히 보여 주고 있었다.

"할머니 이 도라지 한 봉지 얼마예요?"

앞에 앉으며 내가 말했다.

"왜? 사시게? 이게 이렇게 보여도 엄청 맛나고 좋아요…… 내 삼천 원에 다 드릴게 사슈."

사려는 작자가 나섰다는 반가움에 할머니의 검은 얼굴이 환해졌다.

"이건 얼마데요?"

"이것도 삼천 원…… 이것도 같이 드릴까?"

"이건 예쁘게 다 깎고 다듬으셨네요. 다듬지 않은 것보다 더 받아야 하는 거 아니에요?"

내가 분위기를 돋우자 할머니가 푸근하게 웃으며 말했다.

"에이, 깎아 봐야 도라지가 도라지지 뭐…… 깎으나 안 깎으나 똑같이 받아야지. 이건 내가 심심해서 그냥 한번 깎아 본 거여. 호호."

넉넉한 할머니의 마음이 정겨워 나도 따라 웃음이 나왔다. 도라지와 열무, 생고사리, 깻잎을 다 담아 달라고 했다. 이만 원에 담은 반찬거리가 풍성했다. 옆의 아주머니가 부러운 듯이 말했다.

"손님 자알 만나 할머니 오늘 계 탔네 그려."

기분이 좋아져서 밝게 웃는 할머니. 그것이 나와 할머니의 첫 만남이었다. 이후 장날이면 할머니를 병원 앞 그 자리에서 가끔씩 만날 수 있었다.

3.

그날, 내가 왜 많은 사람들 중에 유독 할머니에게만 정을 내보였던 걸까. 다른 이들에 비해 나이도 많고 초라한 모습이 내 감성을 자극했던 것일까. 아니면 노구를 이끌고 열심히 살아가는 모습에서 감동을 느꼈던 것일까. 지금 생각해도 모를 일이었다.

며칠 후 퇴근 무렵 지친 몸을 일으키는데 할머니가 진료실을 찾았다. 할머니는 나를 모르는 듯했다. 컴퓨터 차트는 할머니의 성씨가 윤 씨고 경제적 도움이 필요한 보호1종 환자라고 알려 주고 있었다. 할머니는 구부정한 허리에 양손에는 작은 보따리를 들고 등에는 낡은 배낭을 지고 있었다. 부피가 만만치 않은 것으로 보아 오늘 장사도 별로였던 것 같다. 할머니는 여름 감기가 몇 주째 지속된다고 했다. 햇빛에 검붉게 달아오른 얼굴색이 좋지 않았다. 기침할 때마다 그렁대는 소리가 맘에 걸렸다. 열도 있는 데다 식은땀도 흐르고 있었다. 가슴에 청진기를 대자 한군데서 뽀스락대는 소리가 요란하게 들려왔다. 엑스레이를 확인해 보니 역시나 폐렴이었다.

"입원은 못 혀…… 약이나 좋은 걸로 좀 줘유."

노인들의 폐렴은 생명을 위협하기도 한다. 할머니의 건강 상태가 걱정돼 입원해서 치료하자고 했다. 하지만 할머니는 한사코 손을 내저었다. 그 고집을 꺾으려고 자식들이 어디 사냐고 물어봤다. 그때 할머니의 지난 시절을 들을 수 있었다.

"시집오자마자 전쟁통에 남편과 자식 잃고 지금껏 혼자 살아유. 잠깐 고마운 할아버지 만나 호강도 했지. 근데 할아버지 돌아가시자마자 그 자식들이 나를 내팽개쳤지 뭐야. 할아버지 재산을 내가 다 빼먹는다나 뭐라나…… 돈 한 푼 안 주고 쫓아내더라구. 내 팔자가 다 그렇지 뭐."

짧은 얘기였지만 할머니의 파란만장한 삶이 그려졌다. 할머니가 비용을 걱정한다는 걸 눈치채고 내가 다시 얘기했다.

"할머니 의료보호는 나라에서 돈을 다 대 줘서 입원해도 돈이 얼마 안 들어요."

"내가 폐병도 수차례 걸렸는데 그때마다 약 먹고 다 나았어. 선상님, 내 약 먹다가 더 안 좋으면 입원할게. 응? 내 형편이 그래……."

할머니가 통사정을 해 나는 어쩔 수가 없었다. 되는 대로 항생제와 해열제 진해거담제를 처방했다. 대신에 자주 와서 엑스레이 검사를 하자고 했다.

"내 장날에는 요것 팔러 나오니까 그땐 꼭 들를게. 선상님 고맙수. 저 때문에 애쓰시구……."

인사하고 나가시는 할머니의 뒷모습이 맘에 걸렸다. 힘겹게 걷는 모습에 들고 온 보따리와 배낭이 더욱 무겁게 느껴졌다. 잠깐 머뭇대다가 할머니 손목을 잡고 내가 말했다.

"할머니. 그건 뭐예요? 맛나면 저한테도 좀 파세요."

"아고 선상님이 이런 거 잡수시기는 하나? 이게 보기엔 그래도 해 먹으면 맛은 있긴 한데……."

말씀과는 달리 할머니는 진료실로 다시 들어와 보따리를 풀고 있었다. 갑자기 진료실 책상에 채소와 나물들이 펼쳐졌다.

"와. 이거 맛나겠네요. 할머니가 다 캐신 거예요? 이것도 좀 주시고, 김 간호사 이 나물 좀 봐. 내가 사 줄게, 이것 좀 갖고 가."

간호사는 어설픈 내 행동에 저 양반이 왜 저러나 싶게 쳐다보고 있었다. 할머니가 나를 찬찬히 다시 보더니 갑자기 아는 체를 했다.

"아고 선상님이셨구나. 저번에 다 사 갖고 가신 양반이 선상님 맞죠? 아이고 내 정신 좀 봐. 의사 복을 입고 계시니 잘 모르겠네. 어때 도라지와 나물은 좀 맛나게 잡수셨우?"

처음 만났던 일이 떠올랐는지 할머니는 눈을 동그랗게 뜨며 환하게 웃었다. 한사코 돈을 안 받으려는 걸 나는 억지로 할머니의 손에 쥐여 드렸다. 그리고 웃으면서 다음 장날에 꼭 진찰받으러 오시라고 부탁했다.

4.

"나 잠깐 의사 선생님만 만나 보고 간다니까 왜 안 된다는 거야?"

진료실 밖이 시끄러웠다. 무슨 일인가 했더니 아주머니 한 분이 바구니를 들고 간호사와 실랑이를 하고 있었다.

"글쎄 병원에서 이러시면 안 된다니까요. 얼른 나가세요."

간호사는 짜증 섞인 목소리로 아주머니를 막아서고 있었다.

"누군 되고, 누군 안 돼? 잠깐만 의사 선생님만 보고 간다니까. 아 저기 계시네. 선생님 안녕하세요?"

환자 보호자인가 싶어 나도 덩달아 인사를 꾸벅 했다.

"선생님. 내 이거 장사하다 오늘 남은 건데 떨이로 줄게요. 삼만 원어친 데 이만 원만 내시면 어떨까? 흐흐."

알고 보니 장사를 하러 들어오신 분이었다. 간호사에게 저간의 사정을 들을 수 있었다. 장터 앞 병원에 있는 의사가 윤 할머니의 물건을 사 준다는 말을 듣고 얼마 전부터 장사하는 사람들의 병원 출입이 늘었다는 거였다. 오늘도 벌써 네 번짼데 원무과서 한눈을 파는 사이에 진료실로 곧장 온 것을 막느라고 소동이 일어난 거였다. 전혀 모르는 일이었다.

"선생님은 좋은 의미로 그러시지만, 병원에는 이런 게 문제가 될 수도 있어요. 환자들 진료하는 곳에 잡상인들이 오는 것도 문제고, 인근 병원에서 환자 유치한다고 걸고넘어질 수도 있고……."

언젠가 원장님이 지나가듯이 하는 얘기가 떠올랐다. 간호사는 윤 할머니를 볼 때마다 "그 할머니 너무 상습적인 거 아녜요?" 하고 입술을 실룩거렸다.

두 달여 동안 장날이면 할머니는 나를 찾아왔다. 검사도 꼬박꼬박 잘 받고 약도 잘 복용했다. 다행히 폐렴은 입원하지 않고도 호전됐다. 그 기간 동안 아픈데도 장사한다고 다니는 모습이 보기에 안쓰러웠다. 나는 오실 때마다 몇 안 되는 물건들을 사 줬다. 다 해도 얼마 안 되는 가격이었다. 그것이 할머니에게는 고마웠을 것이다. 아마도 내 얘기를 장사하는 몇몇에게 자랑삼아 했으리라. 내 작은 호의가 뜻하지 않는 방향으로 흘러가고 있었다. 월급 받는 주제에 병원을 어수선하게 만들었다는 미안함이 불쑥 들었다.

　며칠이 흐른 뒤 할머니가 진료실로 왔다. 그 전처럼 보따리를 한가득 갖고 오셨다. 나는 할머니가 서운하지 않게 조심히 말했다.
　"할머니 이젠 폐렴 다 좋아졌으니 예전처럼 병원 안 오셔도 돼요. 그리고 아직 먹을 거 많이 남아 있거든요, 오늘은 안 살게요."
　지금 생각하면 좀 바보 같은 말이었다. 누가 들어도 이젠 물건 들고 나를 찾아오지 말라는 말로 들렸을 것이다. 할머니는 "그려, 많이 사 가셨으니 아직 남았지?" 하며 애써 웃는 표정을 지으셨다. 예전과 다른 나의 반응에 할머니는 쭈뼛대며 나가셨다. 간호사는 앞으로 "물건 갖고 오지 마세요."라고 딱 잘라 말하지 못하는 내 우유부단함에 혀를 찼다. 이후 몇 차례 더 할머니가 진료실을 찾았지만 나는 가볍게 인사만 하고 더 이상은 아는 체를 하지 않았다. 그냥 고마워서 갖고 온 것이니 편히 먹으라고 내미는 물건도 마다했다. 점점 병원을 찾는 할머니의 발길은 뜸해졌다. 가끔씩 장날에 쭈그리고 앉아 나물을 매만지는 할머니를 멀리서 보기만 할 뿐이었다.
　낙엽이 오소소 떨어지는 을씨년스러운 가을이 그렇게 지나가고 있었다.

5.

"그 할머니 신경과에 입원했던데요?"

아침에 출근하니 간호사가 대뜸 윤 할머니의 소식을 전했다.

"엉? 신경과에? 왜 어디 아프시대? 돈 때문에 입원 안 하시려는 분이 갑자기 왜?"

"뇌졸중이래요. 아침에 응급실 갔다가 들었어요. 어지러워서 쓰러졌다는데 왼쪽을 잘 못 쓰시더라고요, 과장님 찾던데요?"

한동안 보지 못했는데 뜬금없는 소식에 마음이 안타까웠다. 병동에 급히 올라가 보니 할머니가 병실 구석에 조용히 누워 계셨다. 아는 체를 하니 환한 웃음으로 나를 반겨 줬다. 왼쪽 팔을 부자연스럽게 침상에 떨어뜨리고 오른손을 내게 내밀었다. 그동안 모른 척했던 미안함에 두 손으로 할머니의 내민 손을 맞잡았다. 갈라지고 두터운 손마디가 깔깔하게 느껴졌다.

"아이구, 우리 선상님 오셨네. 내가 이제 갈 때가 됐나 봐. 풍도 맞구…….병원에 실려 오니 선상님 생각이 났는데 선상님이 안 오구 다른 선상님이 오셔서 울 선상님이 날 정말 싫어하나 했지. 선상님 나 미워하지 마."

"미워하긴요, 제가 왜 그러겠어요. 중풍은 신경과 선생님이 전문이라서 그분이 먼저 보신 거예요. 할머니 쓰러지셨다고 해서 제가 이렇게 단숨에 올라왔잖아요. 걱정 마세요. 곧 좋아지실 거예요. 그런데 도대체 어떻게 되신 거예요?"

할머니의 상한 마음을 달래려고 나는 호들갑을 떨었다. 한겨울 추운 날씨에도 장사하러 나왔다가 쓰러졌다는 것이다. 이런 날에는 장도 잘 안 서는데……. 몸을 뜻대로 움직이지 못해 일단 며칠만 입원하겠다고 했단다.

다행히 상태는 생각보다 심각하지 않았다. 왼쪽으로 근력이 떨어졌지만 의식이나 인지능력은 문제가 없었다. 내 담당 환자는 아니더라도 아침저녁으로 자주 찾아갔다.

한번은 걱정이 돼 혼자 힘들게 생활하지 말고 요양원을 가는 것이 어떻겠냐는 말을 슬쩍 건넸다.

"나 거기는 안 가."

할머니의 대답은 단호했다.

"할아버지 죽자마자 그 자식 놈들이 나를 이상한 곳에다 버렸잖아. 그게 감옥이나 똑같더라구. 돌아다니지도 못하게 하구 밥 먹라 자라 억지로 시키고⋯⋯."

"그런 이상한 데 말고요. 제가 잘 아는 좋은 곳이 있어요. 여기서도 가깝고요. 돈도 안 내고 다른 할머니, 할아버지들도 있어 심심하지도 않아요. 저 못 믿으세요?"

할머니는 잠시 뜸을 드리더니 혼잣말로 중얼거렸다.

"선상님이야 믿지 암 믿고 말구. 사람이 잘못이겠어? 사람 맴이 잘못이지. 하여튼 난 그런 데는 안 가."

사람이 무슨 죄냐. 사람의 변덕스러운 마음이 문제지. 할머니가 이렇게 말하는데 갑자기 가슴이 싸하고 쓰려 왔다. 내가 이 어른에게 아픔을 줬구나 하는 생각이 퍼뜩 들었다.

"나에게 선상님처럼 잘해 준 사람도 없었지, 암. 그런데 그때 오지 말라고 할 때는 좀 서운하더라. 나 나물이나 팔려고 선상님 찾아온 것 아닌데……. 그저 그 웃는 얼굴이 보고 싶더라구. 죽은 내 자식이 살아 있었으면 꼭 저럴 텐데 하는 생각도 들고……. 선상님? 지금껏 내가 살다 보니 제일 힘든 게 뭔지 알아? 배고픈 게 아냐. 정 고픈 게, 외로운 게 젤 힘들더라구. 팔십 가까이 모진 세월 홀로 견디고 이만큼 살았으면 됐어. 암 살만큼 산거지……. 지 한 몸 돌보기도 힘들면 다 된 거지. 에구 내 정신 좀 봐. 여기저기 아프니 별소릴 다하네. 선상님 앞에서……."

연극 대사 같은 말씀을 하시는데 가슴이 저려 왔다. 이렇게 외로운 노인에게 정 맛만 살짝 안기고 마음 아프게 했던 지난 일이 죄송스러웠다. 차라리 처음부터 모른 척하지……. 언덕배기를 악을 쓰며 오르는 사람에게 도와준다고 손을 내밀었다가 자기 급하다고 저버린 꼴이라니. '할머니 그때 일은 제가 정말 죄송했어요.' 이 말을 꺼내고 싶었는데 부끄러움에 끝내 하지 못했다.

그해 찾아온 겨울이 다 갈 때까지 할머니는 병원에서 지내야만 했다.

6.

차가운 기운은 남았지만 땅은 슬슬 흐물거리고 꽃들이 부지런히 고개를 내미는 봄날 저녁이었다. 아내는 할머니가 건네준 냉이를 다듬고 있었다. 기분 좋은 봄 향기가 집안 가득 피어오르고 있었다. 오늘 아침 진료실 책상 위에 쑥과 냉이와 봄나물이 한가득 놓여 있었다.

"할머니가 첫 봄나물 캔 거라고 아침 일찍 예쁘게 차려입고 갖고 오셨어요. 과장님 보면 또 부담스러워 하신다구……. 참, 밀린 입원비도 다 내고 가셨어요."

간호사는 아무렇지 않게 말했다. 지난 겨울 내내 할머니는 병원에 계셨다. 추운 겨울 혼자 있을 걱정에 나는 할머니를 신경과에서 내과로 전과시킨 뒤 억지로 병원에 머무르게 했다. 장기 환자들을 퇴원시키라는 원장님의 독촉이 맘에 걸렸지만 이번만큼은 할머니한테 잘하고 싶었다. 어제 오후, 할머니는 날씨가 풀려 이젠 괜찮다며 고맙다는 인사를 연신하고 퇴원하셨다. 입원비 걱정은 말라고 했는데 오늘 와서 기어코 자신의 비용을 감당하셨다는 것이다. 그리고 진료실에 검은 비닐봉지 두 개를 놓고 가셨다. 퇴원하자마자 불편한 몸을 이끌고 들판과 산을 돌아다녔을 생각을 하니 고맙기도, 죄송스럽기도 했다. 앞에 계셨으면 나는 분명 안 받거나 미안한 맘에 돈을 건넸을 것이다. 할머니의 마음은 그게 아니었더라도 말이다. 그런 어색한 상황이 할머니는 싫었으리라. 어떤 촌지보다도 값진 선물이었기에 감사히 집에 들고 왔다. 그분의 정성을 생각하니 가슴이 훈훈했다. 그때였다. 응급실에서 갑자기 전화가 왔다.

"과장님. 농약 DI(약물중독)환잔데요. 시간이 한참 된 것 같습니다. 일단 과장님이 보시던 환자라 연락드립니다."

"농약 DI요? 무슨 약을 먹었는데요?"

"그라목손입니다."

"그라목손? 그라목손이면 조금만 마셔도 거의 죽는데……. 여기서 해 줄게 없어요. 얼른 대학병원에 보내세요. 보내도 거의 소용없겠지만……."

"네. 그렇지 않아도 호흡도 안 좋고 그래서 대학병원으로 이송시키려고 하는데 그쪽에서 보호자가 없다고 받아 주질 않습니다."

"그래요? 환자 이름이 뭐죠?"

"윤○○입니다."

"네? 뭐라구요? 윤○○할머니?"

나는 이름을 듣고 머릿속이 텅 비어 버리는 것 같았다. 어제 퇴원하고 아침에 멀쩡히 나물 캐고 다니신 분이 갑자기 농약을 마셨다니.

"내가 지금 응급실로 나갈게요."

나는 부리나케 옷을 갈아입고 달려 나갔다. 십 분 거리인 병원까지의 거리가 아득하게만 느껴졌다. 별 생각이 다 들었다. 지난번 입원했을 때 너무 외롭다는 말이 가슴을 펄떡거렸다. 이만큼 살았으면 됐다는 말도 귓가에 웽웽 맴돌았다. 문득 아침에 할머니가 예쁘게 차려입고 오셨다는 말이 떠올랐다. 노인들이 돌아가시기 전 예쁜 모습을 보여 주려고 한다는데…….

응급실에 도착하니 할머니는 벌써 의식이 흐려지고 있었다. 입 주위와 저고리에는 초록색의 약물이 번져 있었다. 시큼한 특유의 냄새. 그것은 죽음의 냄새였다. 할머니 정신 차리세요! 하고 소리치며 깨웠다. 할머니가 힘겨워하며 가느다랗게 눈을 뜨셨다. 그때의 할머니의 눈을 나는 잊지 못한다. 일순 커졌다가 다시 침잠하는 눈빛. 그래도 아는 사람이 왔다고 고개를 끄덕이며 웃어 주는 그 투명한 눈망울. 할머니는 마치 남아 있는 자식에게 슬픔을 위로하듯이 눈물이 고인 눈으로 그렇게 웃고 있었다.

내가 뭐라고 죽어 가는 이 상황에서도 나를 반겨 주나. 기껏해야 싸구려 동정이나 남발하면서 자기 위안이나 삼는 놈. 죽음 앞에 있는 환자가 건네주는 선물을 아무것도 모르고 좋아라하는 한심한 놈을…….

이런 내 맘을 다 안다는 듯이 할머니는 내 손을 살며시 토닥거려 줬다.

됐다고, 이젠 괜찮다고, 너무 애쓰지 말라고. 그 손길을 나도 모르게 움켜쥐며 왈칵 눈물을 쏟았다.

얼마나 힘들었으면 스스로 죽음을 선택했을까. 아, 나는 지금껏 뭘 하고 있었던 건가. 내 환자가 외로움에 지쳐 병실에서 죽음을 생각하는 동안 나는 도대체 뭘 하고 있었던 건가. 그렇게 잘한다고 병실을 드나들면서도 아무것도 모르고 있었다는 사실에 가슴이 먹먹했다. 환자의 겉만 살폈지 그 마음을 조금이라도 알려고 하지 않았다는 자책감이 뒤늦게 밀려들었다.

밤새 곁에 있었지만 나는 아무것도 해 줄 수 없었다. 쓸쓸한 죽음에 흐느적거리다가 새벽이 돼서야 집에 돌아왔다. 봄밤의 달빛 아래 식탁 위에는 할머니의 봄나물이 무심하게 펼쳐져 있었다. 짧은 만남 동안 그래도 고마웠다고, 슬며시 내려놓고 간 마지막 선물. 그 알싸한 내음이 코끝을 스치면서 내 가슴속에 뚝뚝 떨어지고 있었다.

7.
"오늘은 날씨가 좋아서인지 사람들이 많네요. 오다가 하나 샀어요."

간호사는 장터에서 산 미니화분을 창가에 놓았다. 진료실 분위기가 화분 하나로 화사하게 밝아졌다. 선물이란 받는 사람도 행복하지만 주는 사람도 행복해진다고 했던가. 그때의 할머니 마음도 이와 같았는지 모른다. 생의 마지막 순간에 할머니는 나에게 소박한 고마움을 전해 주고 행복해졌으리라 믿고 싶다. 받을 자격이 없는 나에게는 너무나 과분한 선물이었지만 말이다.

따스한 봄날이 되면 늘 할머니를 떠올리게 된다. 그리고 삶에 겸손하려 애써 본다. 의사로서, 인간으로서 나의 작은 언행이 환자에게는 크게 다가 갈 수 있음을 생각하고 현실에 흔들리지 말고 선한 의지로 환자를 대하자 고 마음을 다잡아 본다. 누군가에게는 아직도 과학이 선사한 지식의 혜택 보다 따뜻한 손길이 더 필요할 수도 있을 테니…….

"오후 진료 시작합시다."

내가 힘줘 말하자 간호사는 대기 환자의 이름을 불렀다.

할머니 한 분이 보호자와 함께 들어왔다. 나는 일어서서 환자를 맞이하 며 인사를 건넸다. 바래진 가운의 매무새를 가다듬고 그렇게 나의 진료는 또다시 시작되고 있었다.

수상 소감 중에서 · · ·

삶과 죽음의 경계에 놓인 환자들을 지켜보면서 제 가슴에 들어온 고귀한 감 정을 놓치고 싶지 않았습니다. 온전히 표현하고 싶었습니다. 그렇게 거창하 게 시작했지만 문장은 늘 생각을 다 담아내지 못하고 조잡스럽기만 했습니다. 하얀 종이 위에 생각과 느낌을 내려놓는 지난한 과정. 시간이 한참 지나서야 비로소 알게 됐습니다. 제게 있어 글쓰기는 하나의 고해였다는 것을. 자기반 성을 절절히 읊고 나서야 드디어 마음이 편안해지기에 그 힘든 과정을 견디 었다는 것을.

고통의 죽음, 죽음의 고통

이창걸 (신촌세브란스병원 방사선종양학과 교수)

10년 전 일이다. 젊은 법조인 H씨는 혈기 왕성한 활동을 하던 어느 날 구강암 진단을 받게 됐다. 청천벽력 같은 충격을 받은 것은 본인만이 아니다.

결혼한 지 2년 정도 되는 아내와 아들을 명문대학 법대를 졸업시키고 법조인으로 키운 어머니의 충격은 더했다. 수술은 기능장애를 고려해 최소한으로 시행됐고 재발 방지를 위해 방사선치료를 받기 위해 전과됐다.

초진 때 H씨 옆에서 가장 많이 질문하고 염려한 사람은 아내가 아니라 그의 어머니였다. 암 치료에 뭐가 좋은지, 뭐를 먹으면 안 되는지, 또한 치료에 대한 부작용이 뭔지 꼼꼼히 체크했다. 아내는 그저 뒤에서 조용히 시어머니가 하는 대로 지켜보고 있을 따름이었다. 약 6주간에 걸친 방사선치료는 구강에 염증을 유발했다. 증상 완화용으로 처방된 약 때문에 침이 마르는 구강건조증이 일시적으로 발생했지만 큰 문제는 없었다.

하루는 H씨의 아내가 면담을 요청했다. 맞선을 보고 몇 달간 사귀다가 결혼한 지 2년 정도밖에 되지 않은 상태에서 남편이 암이라고 해서 매우 놀랐는데 남편의 과로가 원인이 아닌가 생각한다고 했다. 매일 늦게 일을 마치고, 자주 폭탄주를 마시고, 담배를 입에 달고 살았다고 했다. 남편이 바빠 아이가 생길 틈도 없었단다.

그런데 H씨의 아내를 더 힘들게 한 것은 바로 시어머니였다. 시어머니가 아들이 색시를 잘못 얻어 이런 몹쓸 병에 걸렸다며 며느리를 구박하기 시작했다는 것이다. 남편을 잃을지도 모른다는 불안감에다 시어머니의 상식적으로 이해되지 않는 며느리 원인론으로 인해 H씨의 아내는 속이 바싹 타들어 가고 있었다. 그러다 얼마 전에는 아예 동거를 안 하는 것이 좋겠다며 며느리를 친정으로 가라고 해서 지금은 신혼집에 남편과 시어머니가 살면서 병수발을 하고 자신은 친정집에서 기거하고 있다고 했다.

그런데 남편도 엄마가 해 주는 밥과 반찬이 입에 맞았는지 시어머니의 제안을 그대로 받아들이는 데 아무런 이의를 달지 않아 H씨의 아내는 몹시 서운하다고 했다. 그러나 남편의 치료가 너무 중요하고 시어머니의 명이라 H씨의 아내는 어찌할 도리 없이 그저 시키는 대로 일방적으로 당하고만 있어야 했다.

가족 관계에 있어 무엇인가 잘못돼도 한참 잘못된 것이었다. 아들이 암에 걸리면 어머니의 모성이 저런 것인가 하고 이해를 해 보려고 노력해 봤지만 며느리가 너무 억울하겠다는 생각이 들었다.

H씨는 아직 젊고 체력이 좋아 꿋꿋하게 중단 없이 치료를 잘 받았고, 치료 후 경과가 좋아 다시 업무에 복귀했다. 치료 후 추적 관찰에서 경과가 비교적 좋았고 H씨는 다시 업무에 복귀해 과로의 상태로 접어들게 됐다. 그러나 치료 종료 후 9개월째 되는 날 CT검사에서 불행히도 재발이 발견

됐다. 방사선치료 부위 내에서 재발돼 구제수술을 하기에 어려움이 있었고 추가적인 방사선치료는 가능하지만 부작용을 고려해 치료해야 하기에 충분한 양을 조사하기는 역부족이었다. 그래서 효과를 극대화하고자 두경부암 회의를 통해 항암제—방사선 동시치료를 시행키로 했고 환자와 보호자를 면담했다.

H씨는 초진 때 보여 준 자신만만한 모습이 사라지고 재발로 인한 우울감, 그리고 잘못되면 생명을 잃을 수도 있다는 불안감에 초조한 모습이었다. 그의 어머니는 더 충격에 빠진 듯했다.

그리고 며칠 뒤에 알게 된 사실인데 암의 재발을 또 며느리 탓으로 돌린다는 것이었다. 아들이 잘 되도록 하는 며느리가 아니라 아들을 죽음으로 모는 며느리가 들어왔다는 것이었다. 진료 때마다 며느리는 뒤에서 그저 묵묵히 서 있기만 하고 시어머니만 아들을 대변해 이것, 저것 물어보고 챙기곤 했다.

H씨의 부인은 첫 번째 방사선치료 후에도 함께 살지를 못했고 시어머니에 의해 별거하면서 진찰 때만 궁금하니까 함께 진료실에 들어온다고 했다. H씨의 아내는 힘이 들지만 어찌됐건 지금 남편의 치료가 우선이니까 참고 버티기로 했다.

일반적으로 젊은 나이에 생긴 암은 진행도 더 빠르고 치료에 대한 반응도 떨어져 중년 이후의 암보다 훨씬 예후가 나쁜 것으로 돼 있다. H씨의 병세도 그러했다. 항암제—방사선 동시치료로 구제를 시도해 봤지만 치료 종료 후에도 종양은 그리 많이 줄어들지 않았다. 잔존하는 암에 대해 항암제

치료를 추가로 시행했다. 이전 치료로 헐어 있던 구강의 염증은 항암제치료로 더 나빠져서 식사에 어려움이 있었고 통증을 동반했다.

3주마다 항암제치료를 시행하면서 환자는 점차 약해져 갔고 야위어 갔다. 어머니의 조바심도 더해 갔다. 할 수 있는 최대한의 치료를 하는데도 아들의 병세는 점점 악화돼만 가니 민간요법, 대체요법도 동원해 보고 할 수 있는 것은 뭐든지 하려고 했다. 그리고 며느리에 대한 병적인 원망도 깊어져 항암제치료 시 한 번씩 방문하던 며느리를 오지도 못하게 했다. 그러면 며느리는 남편을 보지도 못하고 주치의를 만나 병의 상태만 확인하고 돌아서야 했다. 한때 사랑해서 결혼까지 했는데 결혼식장에서 건강할 때나 병들 때나 끝까지 서로 사랑하고 돌봐주기로 했건만 암이 깊어만 가고 있는 남편에게 말도 잘 못하고 깊은 속내도 털어놓을 수 없는 며느리가 딱할 뿐이었다.

구강암은 점점 속으로 파고들었고 폐로 전이 됐으며 통증은 점점 심해지고 있었다. 마약성진통제인 모르핀의 용량은 점차 증량됐고 환자의 통증은 조금 호전됐지만 부작용으로 정신도 혼미해지고 변비도 심해져 어려움을 겪게 됐다.

독실한 기독교 신자였던 환자의 부모는 날마다 기도에 의존했고 용하다는 교회의 목사님께 부탁을 드려 기적을 구하는 안수기도를 받기로 했다. 환자의 상태는 이제 거의 침대에서 누워만 있어야 될 정도로 약해져 있었고 심해지는 통증에 맞춰 모르핀의 용량을 올려야만 했다. 담당 주치의가 모르핀 용량을 더 올려서 통증을 완화시켜야겠다고 얘기하면서 부작용으로 호흡억제가 올 수도 있고 심하면 사망할 수도 있다고 설명했다. 그렇게 얘기 하자 H씨의 어머니는 모르핀을 증량하는 것을 거부했다.

용하신 목사님의 안수기도를 내일 받기로 했는데 지금 모르핀 용량을 올려 통증을 줄이려다 갑자기 사망하면 우리 아들은 살 수가 없으니 안 된다는 것이었다.

완고한 환자 어머니의 반대로 모르핀 용량을 높이지 못해 환자는 그날 밤 '악' 소리를 내며 끙끙 앓으며 밤을 지샐 수밖에 없었다. 환자의 아버지는 아들의 고통 소리를 듣다 못해 병실을 뛰쳐나오고야 말았다. 다음 날 오전 안수기도를 해 주기로 한 국내 최대 교회의 담임목사님은 오시지 못하고 전화 스피커폰으로 안수기도를 했다. "예수님의 이름으로 기적을 주시옵소서, 간절히 기도드리옵나이다." 목사님의 지극한 스피커폰 기도 중에도 환자의 고통은 멈출 수 없었고, 안수기도 후에도 환자는 차도가 없이 통증은 더 악화돼 환자의 신음 소리에 가족들의 가슴까지 찢어지는 듯했다.

혹시나 기적을 바랐지만 H씨는 극심한 고통 중에 다음 날 사망하고 말았다. 기적은 일어나지 않았고 환자는 살아 생전에 지옥을 경험하며 생을 마감해야 했다.

끝없는 인간의 욕심이 무서운 결과를 초래한다는 것을 H씨를 통해 절감할 수 있었다. 자식은 내 것이니 내가 마음대로 하고, 내 자식이 잘못되면 그 탓을 주변 사람에게 돌리고, 부부의 연마저 끊어 꺼져 가는 생명이 편안하게 임종하지도 못하게 안수기도라는 미명하에 통증치료를 거부해 고통의 절정에서 사망하게 한 것을 어머니의 모정이라고 봐야만 할까?

의료의 현장에서 이를 지켜볼 수밖에 없었던 의사에게는 무력감과 자괴감마저 들었던 순간이다.

환자에게 좀 더 적극적으로 상태를 설명해 주고 그 어머니를 적극적으로 설득해 최소한 통증치료를 받아 가면서 안수기도를 받도록 할 수 있었을 텐데, 그저 바라만 보고 있었던 나 자신에게도 자책감이 들었다. 요즘은 적극적인 통증치료를 인권으로 규정해 국민의 통증관리를 국가가 규정하는 나라도 있을 정도다. 통증을 제5의 vital sign으로 중요시해 적극 관리토록 하는 것이 추세다.

H씨의 통증을 멈추게 한 것은 모르핀도 아니었고 목사님의 안수기도도 아니었다. 죽음만이 그의 고통을 멈추게 할 수 있었다. 여기에 자식에 대한 끔찍한 사랑이 더해져 인간으로서 겪을 수 있는 최고의 비극으로 H씨는 생을 마감하게 됐다.

목사님의 기도는 왜 이뤄지지 않았을까? 나는 이제야 그 이유를 깨닫게 됐다. H씨의 고통을 멈추기 위해서 하느님은 그를 더 이상 고통이 없는 곳으로 부를 수밖에 없었을 것이라고 말이다. 그래야지만 고통도 죽을 수 있었기 때문이다.

H씨의 죽음으로 인한 고통은 그의 아내, 어머니, 아버지의 고통으로 이어져 얼마를 또 가게 될까? 이런 고통은 이제 끝내야 한다.

나는 H씨를 통해 임종의 순간까지 한 인간의 존엄성을 유지할 수 있도록 통증치료의 중요성을 절실히 느끼게 됐다. 이런 사례가 다시 발생하지 않도록 통증관리의 중요성과 말기 암환자의 편안한 임종을 위한 호스피스 완화의료의 필요성에 대해 교육과 홍보를 열심히 하고 있다.

수상 소감 중에서···

그 많은 환자와의 인연 중에서 H씨의 사연이 바로 떠올랐던 이유는 바로 H씨가 겪은 것과 같은 고통 속의 죽음은 더 이상 있어서는 안 된다는 것이었습니다. 그러기 위해서는 말기환자를 돌보는 전문가들의 전인적인 돌봄을 위해 호스피스·완화의료의 제도화가 필요합니다. 이에 대한 홍보와 교육을 통해 우리의 마지막 임종은 편안하고 따뜻하며 인간으로서 존엄성을 갖도록 해야 합니다. 제가 쓴 부족한 글이 우리나라에 호스피스·완화의료 필요성에 대해 조금이라도 알리는 계기가 되기를 소망합니다.

한 장의 진료의뢰서

신영도 (한사랑외과의원 원장)

　환자의 발길이 갑자기 뚝 끊겼다. 시계를 보니 벌써 퇴근할 시간이 다 되고 있었다. 피곤한 몸을 반쯤 누운 자세로 의자 등받이에 기대어 본다. 온몸의 근육들이 나른해지면서 피곤함이 가신다. 그런데 마음은 편하지 않다.

　오전에 대장내시경을 했던 환자가 자꾸 떠오른다. 환자는 이제 갓 환갑을 넘긴 건장한 체격을 가진 남성분인데, 며칠 전 항문에서 자꾸 피가 난다며 나를 찾아왔었다. 그 당시 항문 부위에 특별한 이상이 발견되지 않아서, 혹시 대장 부위의 문제가 아닐까 생각돼 대장내시경을 권유했다. 그리고 오늘 검사를 했는데 직장암이 발견됐던 것이다.

　보호자로 딸이 같이 왔기에 딸을 진료실로 불렀다.
　"아버님이 직장암이네요. 종합병원으로 가셔서 수술을 받아야 할 것 같습니다."
　"초기인가요?"
　"초기는 아니고 어느 정도 진행된 암입니다."

"그러면……."

딸이 갑자기 눈물을 흘리며 말을 잇지 못했다. 딸은 한참을 울었다. 다음 환자를 진료해야 했지만 차마 뭐라고 말할 수가 없었다.

"엄마 때처럼 좋은 선생님 소개시켜 주세요."

딸이 울음을 그치고 꺼낸 말이 나를 당황하게 만들었다.

"네?"

"저희 엄마 성함이 유○○이신데 원장님이 엄마 병을 진단해 주셨잖 아요."

"어머니 병이……."

기억을 더듬다가 딸의 어머니가 누구인지 생각이 났다.

"아, 알겠습니다. 밖에서 잠깐만 기다리세요. 제가 괜찮은 선생님 알아보 고 진료의뢰서 써 드릴게요."

6개월 전쯤, 딸이 친정엄마를 병원으로 모시고 왔다. 친정엄마는 만삭 의 임산부처럼 배가 불러 있었고, 숨도 차고 배도 아프다고 했다. 초음파검 사를 해 보니 배가 불렀던 이유는 복수 때문이었다. 간장 질환도 없는 여성 환자에게서 복수가 찼다면 난소암에 의한 복막 전이인 경우가 많다. 나는 딸에게 친정엄마의 상태로 보아 난소암의 가능성이 있음을 설명하고 종합 병원에 입원시켜 검사를 받아 보라고 권유했다.

"원장님, 어느 병원 무슨 과로 가야 되죠?"

환자나 보호자가 종합병원을 권유받으면 항상 나에게 하는 질문이다. 나 도 늘 그래왔던 것처럼 녹음기처럼 답변했다.

"제가 진료의뢰서를 써 드리면 그걸 갖고 일산 백병원 산부인과로 가세요."

나는 종합병원들마다 의료장비나 의료 인력의 수준 차이가 그리 크지 않다고 생각해 왔다. 그래서 어느 순간부터 나도 모르게 우리 병원에서 가장 가까운 일산 백병원을 무심하게 내뱉게 됐다. 그날도 그랬다.

그로부터 2개월 정도 지나서 친정 엄마와 딸이 찾아 왔다. 친정 엄마의 얼굴을 보니 예전보다 많이 핼쑥해졌지만 표정만은 밝아 보였다. 얘기를 들어 보니 검사 결과 난소암 말기로 판명됐고 즉시 수술을 받았다고 한다. 현재는 항암치료 중이라고 했다.

"치료 결과가 너무 좋대요. 원장님이 너무 훌륭한 교수님을 소개시켜 주신 덕분이에요."

"제가 뭘 한 게 있다고요."

"원장님이 추천해 주신 병원에 가서 진료의뢰서 제출했더니 산부인과 A 교수님에게 진료 보게 해 주던데요."

"그랬어요?"

"원장님이 소개해 주셔서 그런지 그 교수님이 신경 써서 잘 치료해 주시더라고요."

머리를 한 대 얻어맞은 느낌이었다. 종합병원에서는 진료의뢰서에 쓰여 있는 병명만을 보고, 당일 진료 교수님 중 적당한 분을 원무과에서 지정해 주는 것이 보통이다. 그런데 딸은 내가 심사숙고해서 친정엄마의 병을 가장 잘 치료할 수 있는 교수님 앞으로 진료의뢰서를 써 준 것으로 착각하고 있었다. 나는 담당 교수님을 지정한 적도 없고, 아무 생각 없이 그냥 진료 의뢰서 한 장만 달랑 써 줬는데 말이다. 부끄러워 얼굴이 화끈거렸다.

지금 그 딸이 친정 엄마에 이어 친정 아빠마저 직장암이라는 사실에 통곡을 하다가, 다시 마음을 가다듬고 나에게 부탁하고 있는 것이다. 6개월 사이에 친정 엄마와 아빠가 모두 암환자가 됐는데 그 딸 마음이 오죽하랴. 지푸라기라도 잡고 싶은 심정일 것이다.

딸과 그 부모님을 향한 안타까움과 함께, 예전 내 모습에 대한 창피함 때문에 가만히 있을 수가 없었다. 대장암 전문 외과 의사들을 떠올리다, 멀지 않은 곳에 위치한 국립암센터에 근무하는 선배 의사가 기억이 났다. 바로 선배 의사에게 전화를 걸었다.

"선배님, 직장암 환자 한 분 보내니 잘 치료해 주세요."

"누군데?"

"이름은 최○○이라고 하는데, 저랑 아주 가까운 분입니다."

"가까운 분? 알았다."

전화를 끊고 딸을 다시 진료실로 불렀다.

"지금 아버님 모시고 국립암센터로 가서 B교수님 찾으시면 됩니다."

"그러겠습니다. 감사합니다. 원장님만 믿을게요."

"제가 뭘요. B교수님이 수술해 주실 거니까 B교수님을 믿으셔야지요."

"원장님이 아니면 우리가 어떻게 그 교수님을 찾아가겠어요? 엄마 때처럼 잘 나아서 다시 인사드리러 올게요."

나는 딸을 향해 그냥 멋쩍게 미소만 지어 보였다.

암 선고를 받으면 환자들이 절망에 빠지는 것은 당연하다. 그러나 잘 알고 지내던 동네 의원 원장이 써 주는 진료의뢰서 한 장에 다시 희망을 건다는 사실을 이제야 깨달았다. 그만큼 환자들은 동네 의원 원장인 나를 믿고 있었던 것이다.

'의사—환자 간의 신뢰'가 무너지고 있다는 소식을 심심찮게 대중매체를 통해 듣게 된다. 이 신뢰 관계가 어찌 보면 나 같은 의사에 의해 금이 가고 있는 건 아닌지 모르겠다. 환자는 의사인 나를 신뢰하는데 나는 사랑이 없는 기계적인 진료만 하고 있으니 말이다.

나도 이제 개업한 지 햇수로 5년이 흘러, 그만큼 단골 환자들도 많이 생겼다. 그분들은 철따라 나에게 각종 과일이나 채소, 도토리묵, 은행 등을 갖다 주신다. 이것만 봐도 멀리 떨어져 있는 형제들보다 나를 더 생각하고 더 잘 챙겨 주는 나의 가장 가까운 분들임이 분명하다.
그분들이 나에게 내미는 그 먹거리에는 나에 대한 신뢰와 감사가 배어 있었다. 나는 그분들의 가까운 사람으로서 무엇을 줬는지 모르겠다. 나는 받는 것에만 익숙해졌지 주는 것에는 소홀히 했다는 것을 알았다.

이제는 마음을 담아 환자를 진료하고 싶다. 대학을 졸업하고 전공의로 의사의 첫걸음을 내딛었을 때는 진짜 내 아픔인 양 환자를 돌봤다. 그런데 개업하고 세월이 흐르면서 그 마음을 잊어버렸다.

한 장의 진료의뢰서 사건을 통해 다시금 내 모습을 되돌아 볼 수 있게 돼서 다행이다.

 수상 소감 중에서 · · ·

수필 얘기는 6년 전 있었던 일이지만, 그 부부는 여전히 저를 믿으며 지금까지도 계속 우리 병원에서 진료를 보십니다. 틀에 박힌 진료를 하다가도 그분들을 마주하게 되면 당분간은 환자들의 고충을 이해하려는 마음으로 진료를 하게 됩니다. 그것도 잠시, 다시 형식적인 진료를 하고 있는 제 자신을 발견하면서 사람 마음이 참 간사하다는 것도 느낍니다. 그래도 가끔이지만 저를 의사다운 모습으로 돌아가게끔 해 주는 그분들의 방문이 고맙습니다.

어느 노부부가 건네준 따뜻한 두유 이야기

김지훈 (순창보건의료원 공중보건의사)

"맥박 돌아왔습니다!"

"환자 상태 계속 모니터해 주시고, 안정되면 CT검사부터 진행할게요."

   교대 시간 막바지에 온 심정지 환자의 심폐소생술을 끝내고 난 내 얼굴엔 땀이 흥건했다. 거기다가 오랜만에 아내와 근사한 곳에서 저녁 식사를 하려고 차려입은 셔츠는 피로 얼룩져 있었다. 아무래도 좋았다. 근무 말미에 온 심정지 환자를 일단락한 내 머릿속엔 정신없는 이 응급실에서 한시라도 빨리 나가고 싶은 생각뿐이었다. 이것이 4년째 응급의학과 의사로 지내면서 자연스럽게 체득된 내 사고다. 환자가 검사를 위해 CT실로 옮겨지자 난 지쳐 버린 마음에 얼른 빠져나와 교대를 위해 출근한 동기에게 소생술을 한 환자 상태를 간단히 설명하고 이후 처치와 보호자에게 설명하는 과정을 맡겼다. 삽시간에 가운을 벗어던지고 세안을 한 후 응급실을 나서려고 하는데 내 뒷덜미를 채는 간호사의 한마디가 들려왔다.

   "선생님, B구역 17번 환자가 아까부터 선생님 뵙기를 기다리고 있었어요. 선생님 심폐소생술 하시는 중이라고 제가 조금만 기다려 달라고 말씀 드려 놨는데……."

내 마음속에선 이렇게 정신없고 소란스러운 응급실에서 뒷문으로 퇴근 하는 나를 기어코 발견한 간호사의 영민함에 대한 원망과 함께 B구역 17 번 환자는 내가 오늘 접촉할 일이 없었는데 왜 나를 찾을까 하는 의아함이 동시에 들었다.

"B구역 17번이요? 전 오늘 A구역 근무였는데, B구역 환자가 왜 저를 찾 아요?"

"모르겠어요. 응급실에 계신 지 2일째 되는 심장내과 입원환자인데 어 제부터 선생님 언제 오시는지 물어보던데요? 선생님 이름까지 꼭 말씀하 시면서요."

불친절하고 무뚝뚝하기로 유명한 응급의학과 의사인 나는 본능적으로 또 내가 환자 응대를 잘못해서 문제가 생겼나 하는 생각에 퇴근하는 발걸음을 돌려 응급실 컴퓨터 모니터 앞에 앉아 그 환자의 기록을 검색해 봤다. 전자 차트를 보니 B구역 17번 환자는 울혈성 심부전증으로 우리 병원 심장내과 에서 입원과 퇴원을 반복하는 환자였고, 응급실 통해서 진료를 하고 입원도 한 적이 있지만 내가 직접 환자를 본 기록은 어디에도 없었다. 불안함과 궁 금함이 동시에 내 머릿속을 교차했고 난 B구역 17번 병상으로 조심스럽게 다가갔다. 그곳엔 70대 초반의 인상 좋은 할아버지 한 분이 누워 계셨다.

"저기 환자분. 이 병원 응급의학과 의사인 김지훈입니다. 찾으셨다고 해 서요. 어디 불편한 곳이 있으세요?"

난 쭈뼛거리며 환자 앞에 가서 조심스럽게 여쭤 봤다.

"아이고 선생님, 저 기억 안 나세요? 저예요. 4년 전 이맘때 선생님이 저 살려 주셨잖아요"

4년 전 이맘때면, 난 환자를 살리기는커녕 하루하루 사고 안 치기에만 급급한 인턴이었는데, 무슨 말씀이신지 도통 이해가 되지 않았다. 무슨 영문인지 몰라 어리둥절한 채로 우두커니 서 있는데, 갑자기 할머니 한 분이 내 곁으로 오시며 내 손을 덥석 움켜쥐셨다.

"아이고 우리 선상님 이제 만나네. 너무 바빠셔서 이번에도 얼굴 못 뵈고 입원실로 올라가는 줄 알았는데, 아이고."

할머니는 연신 내 손을 어루만지시면서, 방금 사 오신 따뜻한 두유를 하나 나에게 내미셨다.

"우리 선상님 아직도 이거 좋아할란가 모르겠는디."

내 손에 쥐어진 따뜻한 두유를 보자, 불현듯 4년 전의 아련한 기억이 내 머릿속을 스쳐갔다.

4년 전 이맘때, 난 우리 병원에서 심장내과 인턴을 돌고 있었다. 인턴 과정 중에 내과 인턴은 다른 파트보다 훨씬 힘든 과정인데, 그중에서도 심장내과 인턴은 육체적 피로와 함께 정신적 피로도 가장 심한 파트였다. 심장질환을 갖고 있는 환자들은 갑자기 응급 상황이 발생하기 때문에 예고 없이 응급 콜이 떨어질 때가 많았고, 이것이 아직 의학적 처치에 설익은 인턴들에게는 그만큼 큰 부담으로 다가왔기 때문이었다. 일과도 만만치가 않은 것이 새벽부터 일어나 병동을 돌면서 환자 심전도 촬영과 시술 부위 드레싱을 교수님들이 회진 돌기 전에 마감해야 했고, 입원환자와 퇴원환자의 수가 가장 많은 과였기 때문에 이에 대한 잔업무를 하는 시간이 많았다. 아침 해가 뜨기 전에 하루를 시작해 자정 즈음에 일을 마치고 인턴 숙소에 들어오면 아무것도 먹지 않았어도 그 배고픔보단 고단함이 더 밀려와서 그냥 자기 일쑤였던 시절이었고, 그로 인해 이 무렵 내 체중도 5kg정도 빠졌었다. 4년 전 그날도 난 여느 때와 다름없이 고단한 일과를 마치고 인턴 숙소에서 가운을 입은 채로 잠들어 있었다. 그때 갑자기 울려온 당직 콜을 겨우 일어나 받아 보니 병동 간호사의 다급한 목소리가 들려왔다.

"선생님 89병동인데요, 37호 환자 OOO 씨가 갑자기 숨이 가빠 오면서 산소포화도가 80%밖에 나오지 않고 있어요."

잠이 확 달아났다. 하필이면 내가 당직일 때 이런 응급 상황이 생기다니 하는 대상 없는 원망을 하면서 얼른 청진기를 들고 병동으로 달려갔다. 병동 간호사가 안내하는 곳으로 가 보니 어두운 병실에서는 한 할아버지가 보조 산소기를 코에 꽂은 채로 가냘프고 가쁜 숨을 몰아쉬고 계셨고, 옆에는 할아버지의 부인으로 보이는 할머니가 할아버지의 손을 꼭 잡은 채 눈물을 흘리고 계셨다.

"무슨 일이죠? 무슨 환자예요?"

나만을 바라보는 두 어르신들의 두려움에 가득 찬 눈을 이겨 내기가 힘들어 고개를 돌려 간호사에게 물어봤다.

"관상동맥 질환과 심부전으로 입원하고 계신 환자인데 어제 관상동맥시술하고 난 이후엔 아무 이상 없었는데, 새벽부터 갑자기 숨이 차시다고 해서 산소포화도를 재니깐 80%밖에 되지 않아서 일단 산소 달아 드리고 선생님한테 연락드린 거예요."

갑작스러운 상황에 난감했지만, 일단 심전도부터 체크해야겠다고 판단하고 심전도 기계를 갖고 왔다. 심전도를 찍으면서 이 병원에는 나 말고도 당직 레지던트도 있고, 당직 전문의 선생님도 계시니 겁내지 말고 침착하자고 계속 마음속으로 되뇌었다. 심전도를 찍는 그 짧은 적막 속엔, 숨이 찬 할아버지와 안타까워하는 할머니, 그리고 나 이 세 사람의 서로 다른 두려움이 가득했다. 다행히 심전도 검사는 이전 검사와 큰 차이가 없었다. 일단 할아버지와 할머니께 심전도 검사는 이상 없으니 안심하시라고 말씀드리고 난 후 병실 밖으로 나와서 담당 레지던트 선생님께 연락을 드려 현재 상황을 보고드렸다. 잠결에 내 전화를 받으신 레지던트 선생님께서는 내 보고 내용을 듣더니 별로 당황하지 않고 청진을 해 봤냐고 물어보셨다. 하지 않았다는 내 대답에 지금 청진을 바로 해 보라고 하셔서 할아버지 가슴에 내 청진기를 가져다 댔다.

"선생님. 양쪽 폐에서 그르렁거리는 소리가 나고 있습니다. 굉장히 크게 들리네요." 나의 아마추어적인 대답에 레지던트 선생님은 살짝 웃으시며, "그게 Crackle 소리예요. 할아버지 오늘 시술하고 난 이후 폐에 물이 찼나 보네. 소변줄 다시 넣고 lasix 20mg 주세요." 나에게 나지막이 지시를 하고 난 후 다시 목소리가 편안해지시는 게 다시 잠이 드신 것 같았다. 당황한 나의 심정에 비해 너무 태평한 선생님의 목소리가 조금 아쉬운 감이 없지 않았지만, 우선 급하기에 선생님께서 지시한 대로 할아버지에게 소변줄을 꽂은 다음 lasix 20mg을 처방해 주사했다. 그리고 한 10분 정도가 흐르자 소변주머니에 소변이 차오르면서 할아버지의 산소포화도가 올라가기 시작했다. 대략 30분쯤 흘렀을 때 소변주머니는 거의 반 정도 채워졌고 모니터에서는 할아버지 코에서 보조산소기를 제거한 이후에도 정상 산소포화도가 나오게 됐다. 그제야 할머니는 할아버지를 부둥켜안으시며, "살았네 살았어. 영감 이번에 진짜 죽는 줄 알았다우." 하고 말씀하시면서 연신 눈물을 흘리셨다. 한 시간여 동안 진땀 나는 시간을 보내고 나니 어느덧 새벽일을 시작할 시간이 됐다.

"할아버님, 이제 괜찮아지셨으니 편하게 쉬세요. 전 이제 일하러 가야 돼요."

이마에 송골송골 맺힌 땀을 닦으며 병실을 나오는데 할머니가 뒤따라오시더니 내 손을 꼭 쥐고 두유를 하나 내 가운 주머니에 넣어 주셨다.

"우리 선상님, 이렇게 땀 흘리면서 우리 영감 살려 줬는데, 내가 뭐 줄게 없네. 아침에 속이 비면 일하기 힘드니 이거라도 마시고 일해요."

새벽부터 적잖게 당황하여 입이 마르고 땀도 많이 흘린 터라 목이 탔던 나는 두유를 보자 벌컥벌컥 한숨에 들이켰다. 그 모습을 보신 할머니께서는 "아이고 우리 선상님 두유 잘 드시네. 이거 몇 개 더 갖고 가." 하시면서 두어 개 더 내 주머니에 넣어 주셨다.

그 일이 있고 난 다음 날 아침, 난 늦잠을 잤다. 허둥지둥 병동으로 내려가서 심전도 기계를 갖고 급하게 심전도를 찍으려고 병실에 들어가는데, 이미 교수님께서 회진을 돌고 계셨다. 선생님들에게 눈에 띌까 봐 고개를 푹 숙이고 심전도를 찍고 있는데, 회진 온 교수님과 말씀을 하시던 그 할아버지께서 갑자기 나를 가리키셨다.

"아이고 박사님, 저기 심전도 찍는 선생님이 어젯밤에 죽을 뻔한 나를 살렸다우. 진짜 저 선생님 없었으면 나 큰일 날 뻔했어요."

회진 도는 선생님 무리를 피해 심전도를 찍고 조용히 나가려던 나를 갑자기 선생님들이 주목하셨고, 갑작스러운 할아버지의 행동에 당황한 나는 이러지도 저러지도 못하고 있는데, 옆에 계시던 할머니께서 갑자기 내 손을 잡고 끌어오시더니 다시 한번 자랑스럽게 큰소리로 말씀하셨다.

"이분이 어젯밤 우리 영감 살린 의사 선상님이여."

얼굴이 빨개진 채로 멍하니 서 있던 나의 어깨를 한 번 토닥여 주시고곤 크게 웃으시며 교수님은 나가셨고, 그날 밤 나에게 전화로 지시를 내린 레지던트 선생님도 소리 없이 웃으시며, 교수님을 따라 나가셨다. 선생님들이 나가신 후에도 할머니는 내 손을 놓지 않고 나를 끌고 다니며 병실에 있는 다른 환자들에게 계속 나를 당신 아들인 양 자랑스럽게 소개하셨다. 난 부끄러웠지만, 내 손을 잡은 까칠한 할머니 손이 너무 따뜻해서 그냥 가만히 있었다.

그리고 며칠 후, 난 심장내과 인턴이 끝나고 다른 파트로 옮기기 전 그 병실을 다시 찾아갔다. 마침 할아버지도 퇴원하시는 날이라 나갈 채비를 하고 계셨다. 두 분은 나를 보더니 반갑게 맞아 주시고는 두유를 하나 주시며 또 고맙다는 말씀을 하셨다.

"할아버지, 사실 그날 제가 할아버님 살려 드린 거 아니에요. 전 사실 아직 아는 게 많이 없는 의사라 담당 선생님께 연락드려서 지시대로 한 것밖에 없어요. 그 담당 선생님이 훌륭하셔서 이렇게 퇴원하시는 거예요." 두유를 마시며 난 차근차근 두 분이 고마워해야 할 사람은 내가 아님을 설명했다.

내 말을 듣고 있던 할아버지는 조용히 웃으시며 말씀하셨다.

"누가 지시하든 말든, 환자한텐 말이여. 내가 힘들 때 달려와서 뭘 해 주는 의사 선생님이 나를 구한 사람이고 살린 사람이야."

응급실에서 4년 만에 재회한 그 노부부와 그들이 또다시 건넨 두유를 보면서 난 잠시 긴 감상에 빠졌다. 의대생 시절, 난 병원 실습을 돌면서 지쳐 있는 의사들의 표정과 싸늘한 그들의 말투에 반감을 가졌었다. 환자들에게 왜 저렇게 활력 없고 성의 없는 모습을 보이는지 이해할 수 없었던 것이다. 하지만 곧 나는 의사로서 병원에서 일하기 시작했고 시간이 지나면서 점점 그런 그들의 표정과 말투가 불편해지지 않았으며, 나 또한 하루하루 그런 모습들을 닮아 갔다. 심부전 환자의 급성 폐부종에 대한 처치는 인턴 때처럼 당황하지 않고 혼자 간단하게 하는 능력은 생겼지만, 환자 혹은 보호자들의 손을 잡으며 따뜻함을 느낀 지는 오래됐다. 두 시간밖에 못 잔 새벽에도 환자가 힘들다는 연락이 오면 아무것도 모를지언정, 청진기를 들고 환자에게 먼저 달려가기부터 했던 시절이 있었건만, 지금의 나는 나를 찾는 환자의 얼굴을 먼저 보기보단, 차트로 환자 기록을 먼저 확인하는 방어적인 모습에 어느덧 익숙해져 버린 것이다. 연세가 많으신 분들인데도, 그날의 일은 그분들에게는 내 이름, 내 얼굴 그리고 심지어 내가 두유를 좋아했던 사실까지 정확하게 기억하고 계실만큼 인상 깊은 삶의 한순간이었으나, 아직 젊디젊은 나에겐 이미 새까맣게 잊힌 그런 한낱 초년생 시절의 부끄러운 기억이었던 것이다.

내 손에 쥐어진 두유를 보며 내 눈시울이 붉어진 건, 그들을 다시 만난 기쁨이나 추억이 떠올랐기보단, 아직 의사로서 길지 않은 시간을 보냈음에도, 어린 시절 소중하다고 생각했던 내 일의 본질, 더 나아가선 삶의 본질들을 이미 쉽게 잊어버리고 지나치면서 살아온 나 자신에 대한 한없는 부끄러움 때문이었다.

"아이구 선상님, 옷에 피 다 묻었네. 요새도 바쁘고 힘드신가 봐. 선상님이 그때 앞으로 응급실 의사한다고 해서 우리는 응급실에 올 때마다 선상님 찾았는데, 그때마다 선상님이 너무 바빠서 인사도 못했다우. 우리는 이만 병실로 올라가요. 얼굴 봐서 너무 반가웠어. 밥 꼭 챙겨 먹으면서 일해. 못 먹으면 좋아하는 이 두유라도 먹으면서."

두 분은 응급실을 떠나시면서 끝까지 잡은 내 손을 놓지 않으시고 웃으시며 병실로 이동하셨다. 한동안 가슴이 먹먹해져 우두커니 서 있던 내게 옆에 있던 간호사가 웃으면서 말했다.

"선생님, 지금은 안 그런데, 인턴 땐 꽤 똑똑했나 봐요? 저분들이 저렇게 생생하게 기억할 정도로 도와주셨던 것 보면."

난 씁쓸하게 대답했다.

"똑똑했던 건 아닌데, 그래도 그땐 꽤 성의가 있었나 봐."

그렇게 한참 서 있다가 응급실 쪽으로 돌아서니, 심폐소생술을 마친 환자는 아직 CT검사에서 돌아오지 않았고, 그 자리에는 나중에 온 보호자가 혼이 빠진 듯 응급실 바닥에 앉아 있었다. 난 의국으로 들어가서 가운을 다시 입었다.

"심폐소생술 한 환자 보호자에게 설명 내가 하고 갈게. 넌 다른 환자 봐라."

교대 근무를 한 동기에게 그렇게 말한 뒤, 난 바닥에 앉아 있던 보호자를 일으켜 세워 보호자실에 앉히고는 차근차근 지금 환자의 상황과 좋아질 가능성에 대해 설명해 드렸다. 보호자는 아직 자신에게 갑자기 닥친 엄청난 일이 실감이 나지 않은 듯 몸을 떨고 있었다.

"이거 드시면서 환자 오실 때까지 여기 앉아서 기다리세요. 큰 위기 넘기셨으니 좋아지실 겁니다. 힘내시고요."

아직 따스한 온기가 남아 있는 두유를 보호자의 차갑게 떨리는 손에 쥐여 준 뒤, 난 병원을 나왔다.

오랜만에 해가 지기 전에 나선 병원 밖 정경은 이미 가을 기운이 완연히 여물어 가고 있는 진홍빛 저녁놀이 아름다운 그런 저녁이었다. 찌는 듯이 타올랐던 여름의 싱그런 햇볕은 이젠 없지만, 아직 따스한 기운이 남아 내 몸을 감싸는 가을 저녁의 정취를 간만에 마음껏 느끼면서 난 사랑하는 아내를 만나러 갔다.

수상 소감 중에서 · · ·

제 경험과 생각을 쓴 글을 누군가에게 보여 준다는 사실이 한없이 부끄럽기도 했지만, 그간 한미수필문학상 수상작들을 읽으면서 조금씩 풍요로워졌던 제 마음을 다른 동료 의사들과 공유할 수 있게 된다면 참 의미 있는 일이라 생각하여 용기를 냈습니다. 오늘날 의료 현실에서 많은 좌절을 겪는 동료 의사들이 이곳의 글들을 읽으면서 마음의 안녕과 위안을 얻기를 바랍니다.

사람은 무엇으로 사는가?

김대동 (대구가톨릭대병원 외과 조교수)

2013년 5월의 날씨 좋던 어느 날, 자정이 다 되어 가는 시간에 환갑을 넘긴 내 휴대폰이 요란하게 울리기 시작했다.

신원 미상의 환자가 길거리에서 술에 취한 채로 쓰러져 있는 것을 경찰과 119가 발견하여 이송했다는 응급실 인턴의 보고. 이송 당시 혈압은 80/40 이었으나 응급실 도착 당시 혈압이 측정되지 않았으며, 컴퓨터 전산촬영$_{CT}$ 소견상 비장파열에 의한 혈복강 소견이 의심된다는 말을 들었다. 혈압이 낮다는 말에 다른 사항은 묻지 않고 반사적으로 일어나 택시를 잡아탔다. 환자가 무사하기를 바라는 마음으로……

10여 분 후에 응급실에서 만난 환자 K는 비장 파열에 의한 혈복강 소견과 함께 방광 파열, 우측 외상성 폐기종, 좌측 5번, 6번, 7번, 10번 늑골 골절, 골반뼈 일부 골절 외에도 12번 흉추, 1번과 5번 요추의 파열성 골절$_{burst-}$ $_{ing fracture}$로 인해 척수신경이 손상을 받고 이미 양측 하지 마비가 있었다.

처음 K가 응급실에 왔을 때는 '어떻게 다쳤어요?'라는 질문에 '술 마시고 넘어졌어.'라고 대답했다는데 지금은 의식이 없고 출혈로 인해 여전히 혈압은 낮은 상태였다. 누나로 보이는 보호자도 이미 많이 당황한 터라 경황이 없어 보였다. 양측 하지 마비가 있다는 말을 신경외과 전공의에게 듣고 잠시 수술을 고민했다.

'이 사람이 살아난다 해도 양측 하지 마비로 평생을 살아야 하는데 무엇이 더 좋은 것일까?' 하지만 바닥으로 향해 가는 K의 혈압은 나의 고민이 오래 지속되도록 내버려 두지는 않았다.

보호자에게 수술에 대해 설명하고 K의 침대를 밀고 전공의와 함께 수술실로 올라갔다. 출혈량은 많았지만 주로 비장에서의 출혈이 문제였다. 왼손으로 파열된 비장을 눌러 지혈한 후 비장혈관을 결찰하고 비장을 절제했다.

비장 절제 후에야 환자의 혈압은 조금씩 회복되기 시작했고 파열된 방광의 봉합이 이루어진 후에야 그날의 수술은 끝이 났다.

K는 수술이 끝난 후에도 심한 호흡장애가 있어 마취에서 완전히 깨지 못하고 기도 삽관을 유지한 채로 중환자실로 옮겨졌다. 혈압은 강심제를 사용해서 겨우 유지됐고 폐에는 많은 양의 객담이 있었다.

K를 중환자실에 두고 밖에서 기다리고 있던 유일한 보호자인 누나에게 상황을 설명했다. 이미 과다출혈로 인해 신장(콩팥) 기능에 문제가 올 가능성이 있고 폐기능 또한 좋지 않아 전체적으로 회복 여부를 지켜봐야 하고 하반신 마비에 대한 부분도 추후에 경과를 조금 더 지켜보아야 할 것 같다는 말을 했다.

설명 중 뭔가 모르게 머뭇머뭇하는 누나의 모습을 이상히 여기면서 환자가 평소 심한 알코올 중독과 흡연 속에 살았다는 얘기를 들었다.

예상대로 수술 후 3일째 소변이 나오지 않는 급성신부전이 왔다. 사고가 난 당일 혈압 저하가 오래 지속된 탓에 신장이 손상을 받은 것이다.

보통 2주 이상을 버텨 내야 신장이 조금씩 회복을 하기 때문에 그때까지는 중환자실에서 신장투석을 하면서 회복 여부를 지켜볼 생각으로 누나를 불러 투석의 필요성에 대해 설명했다. 그때 누나로부터 '투석을 포함한 더 이상의 치료를 원치 않는다.'는 이야기를 눈물과 함께 들었다.

K는 알코올 중독자다. 초등학교만 겨우 마친 그는 한때는 자동차부품공장에 취직하고 결혼해 가정을 꾸렸지만 음주와 폭력으로 10년 전 이혼을 당했다. 그 후로 신용불량자가 되어 어머니 집에서 함께 살았지만 어머니에게도 폭력을 행사하고, 돈을 요구하는 일이 잦았다. 따뜻한 식사 한 번 대접한 적 없고, 용돈 한 번 제대로 드린 적이 없었다. 경제적인 어려움으로 더 작은 집으로 여러 번 이사를 했고 지금은 월 9만원의 임대아파트에 산다.

어머니는 일찍이 남편과 사별한 후 2남 3녀의 뒷바라지를 해 왔지만 최근 계단을 오르내리다 넘어지는 바람에 골절되어 입원했다가 퇴원했으며 지금은 본인을 돌봐 줄 여력이 있는 자식이 없다.

큰 딸은 조현병(정신분열증)을 앓고 있으며, 둘째 딸은 남편을 잃고 폐지를 주우며 생계를 잇고 있다. 넷째 딸은 오빠로 인해 많은 피해를 보고 서로 연락하지 않고 있으며 막내아들 역시 10년 전 벌써 가족과의 모든 연락을 끊었다.

기초생활수급자로 매달 20만 원을 지원받는 86세의 노모는 폐지를 주우며 생활하다 한 달 넘게 소식이 없던 아들을 중환자실에서 만나니 쏟아지는 눈물을 주체하지 못하고 아들의 얼굴만 쓰다듬을 뿐이었다.

상황이 이렇다 보니 중환자실에서 신장의 회복을 기다리며 투석할 여력과 마음이 보호자들에게는 없었다.

수술 전에도, 수술 중에도, 수술 후에도 떨치지 못했던 고민이 다시금 고개를 치켜들고 커다란 부담감과 무게로 다가왔다. '그때의 내 선택이 최선이었을까' 하는 고민에 빠졌다.

'수술을 그렇게 급하게 서두르지 않았다면 그냥 편하게 보내 드릴 수도 있지 않았을까? K는 누가 책임질 것인가? 이미 나쁠 때로 나빠져 버린 이 가정의 관계에서 나는 왜 하반신 마비의 K를 돌봐야 하는 부담까지 가족들에게 지워 버린 것인가?' 하는 죄책감과 슬픔이 밀려왔다.

수술 후 5일째 보호자에게 더 이상의 치료를 원치 않고 혹 생길 수 있는 심장마비에도 심폐소생술을 시행하지 않아도 좋다는 동의서를 받았다.

투석을 원치 않았기 때문에 시간이 흐를수록 K의 몸은 점점 부어 갔고 복강 내에는 초록색의 녹농균 감염이 생겼으며 여전히 폐에서는 누런 객담이 쏟아져 나왔다. 최소한의 치료만으로는 의식이 없는 K가 회복될 가능성은 거의 없었다.

수술 후 10일째 맥박은 123회까지 치솟고 열이 나기 시작했고 폐는 계속해서 물이 더 많이 차올랐다. 전신적인 황달은 더욱 심해졌고 K는 의식 없이 간간이 알 수 없는 몸부림 속에서 분당 44회까지 가쁜 숨을 몰아쉬었다.

K를 위해 많은 시간 기도했다. 하나님께서 K에게 이 땅 위의 삶 속에서

더 원하시는 것이 있다면 그를 살려 주시고 아니면 편안하게 데리고 가시라고 기도드렸다. 내가 한 수술적인 선택이 잘못된 것이었다면 그 선택을 용서해 달라는 기도도 빼놓지 않고 드렸다. 매일 회진을 돌면서, 노랗고 지저분해진 K의 얼굴을 물티슈로 닦아 주며 하나님께 기도했다. 듣지는 못하겠지만 K의 귀에 힘내시라고, 기도하고 있다는 말을 수 없이 했다.

하지만 내 환자들 중에서 K는 곧 돌아가실 분처럼 여겨졌다. 어쩌면 보호자도, 의료진도 환자의 회복을 두려워하는, 그런 환자의 모습으로 K는 오래도록 누워 있었다.

수술 후 14일째 K의 도뇨관에 소변이 맺히기 시작했다. 정신 상태에는 변화가 없고 맥박이 180회까지 증가하는 심장 부정맥도 간간이 눈에 띄었지만 하루하루가 경과할수록 소변량은 시간당 50ml 정도로 증가했고 신장의 기능이 조금씩 회복되기 시작했다. 놀라운 일이었지만 혼란스러웠다.

보호자를 불러 K의 상황을 다시 설명했다. 아직 회복 여부에 대해 확신할 수 없으나 신장기능이 회복되기 시작했고 이제는 전해질장애 등으로 생긴 심장의 부정맥을 치료해야 하고 오래된 기관 삽관으로 인한 기관지 협착의 가능성 때문에 기관절개를 해야 한다고 설명했으나 여전히 아무런 처치를 원치 않는다는 대답만 들었다. 설상가상으로 수술 후 22일 수술창이 벌어져 장이 일부 바깥으로 탈출됐다. 환자의 상태가 나빴고 요독증과 함께 영양공급을 충분히 하지 못한 이유였다. 수술실에서 상처를 재봉합해야 함을 설명했으나 보호자는 다시 고민하다가 울면서 하지 않기로 최종 결정을 했다. 아직 K의 정신 상태는 변화가 없었고 여전히 아무도 알아보지 못했다. 어쩔 수 없이 병상에서 임시방편으로 장을 복원하고 다시 튀어나오지 않게 상처 치료를 했다.

수술 후 26일째 되던 날 K가 내 말을 알아듣기 시작했다. 나와 눈을 맞추기 시작한 그를 외면할 수 없었다. 함께 근무하는 동료에게서 "너무 많이 개입하는 것이 아닐까요?"라는 이야기를 들었지만 수혈을 시행하고 항생제 투여를 시작했다.

기적에 가깝게 혼자서 스스로 회복한 K를 그냥 보고만 있을 수는 없었다. K는 회복하기 시작했고 아직 누런 객담은 많고 정신 상태가 명확하지는 않았지만 가래가 많이 끼어 있는 K의 기관 내 삽관을 제거했다. 조금 이른 제거가 아닐까 하는 우려와는 달리 K는 훨씬 더 편안하게 숨쉬기 시작했다.

수술 후 33일 처음으로 K가 입을 열었다. 목이 마르다고 했다. 작고 쉰 목소리로 K는 내 귀에 대고 말했다. '물 좀 줘……, 좋은 물로 줘……, 진한 걸로……, 술로…….' 그날 저녁부터 며칠간 K는 피곤한 내 몸과 마음을 더 힘들게 했다.

치료가 시작되자 K는 빠른 속도로 회복해 갔다. 어느 정도 급한 고비를 넘긴 K에게 지금까지의 상황을 설명하는 동안 K는 그저 말없이 듣고만 있었고 더 이상 술을 요구하지 않았다.

수술 후 44일, K가 오랫동안 울었다. 지나온 삶에 대한 후회와 함께 현재 상황에 대한 아픔이 합쳐진 울음이리라.

K는 평소처럼 그날도 술을 마시고 자전거를 끌고 길을 나섰다고 회상했

다. 사고가 난 그 길은 저녁에는 인적이 많이 드문 곳이라 조금만 더 늦게 발견되었다면 자신은 살아날 수가 없었을 거라고, 정말 운이 좋았었다고 허탈한 웃음 속에서 K는 말했다.

병원비를 도와야 할 것 같았다. 병원 사회사업실에 부탁을 드려 K는 기초생활수급자로 선정되어 일부 병원비를 면제받고 국가 지원 의료비를 받았으며, 모 일간지에 사연이 소개되어 많은 분들의 도움과 사랑을 받았다. K는 병상에 누워 울면서 "엄마 말 듣지 않고, 도박과 술에 빠져 살았던 세월이 뼈저리게 후회됩니다. 건강이 회복되면 엄마한테 해 드리고 싶은 게 많아요."라고 말했다.

가족들과의 관계도 많이 회복이 됐다. 아직 연락이 되지 않는 가족도 있지만 가끔씩 찾아와서 안부를 묻고 K도 그들에게 용서를 구했다. 곧 조카가 결혼을 하는데 참석할 수 없어 K는 아쉬워했다.

이제 K가 입원한 지 벌써 6개월이 되었다. 전체적인 상태는 많이 좋아졌지만 지난 시절의 지나친 흡연으로 인해 망가진 폐와 오랜 기간 동안 이뤄졌던 기관지 삽관으로 인해 좁아진 기도가 K를 힘들게 하고 있어 결국 최근에는 기관절개를 하고 좁아진 기도를 확장시키려고 노력하고 있다.

최근에는 부러진 척추가 어느 정도 아물어 보조기를 착용하여 앉아 보기도 했는데 아직은 힘이 들어 조금 더 시간이 필요한 것 같다. 중학생들끼리 '길어지고 날씬해지자.'는 의미로 시작됐다는 빼빼로데이에 이미 많이 날씬한 K에게 '살 좀 찌시라.'고 빼빼로를 선물했다. 좀 더 굵은 빼빼로를 살 걸 그랬나 하는 후회가 들었다. 이전에 '왜 나를 살렸냐.'던 K의 말이 생각나 요즘도 그런 생각을 하냐고 넌지시 조심스레 물었다.

"아니요. 수술해 주셔서⋯⋯, 살려 주셔서⋯⋯ 감사합니다."

K는 그날 자신이 줄 수 있는 가장 큰 선물을 내게 주었다.

K와 함께 시간을 보내면서 톨스토이의 《사람은 무엇으로 사는가》라는 책을 다시금 읽게 됐다.

하나님의 말씀을 따라 여인의 영혼을 데려오지 않아 벌을 받은 천사 미하일은 쌍둥이 딸을 낳은 불쌍한 산모의 간청을 뿌리치지 못하고 그녀의 영혼을 가져올 수 없었다. 그 결과로 날개가 꺾여 땅으로 보내진 미하일은 '사람의 마음에는 무엇이 있는가?', '사람에게 주어지지 않은 것은 무엇인가?', '사람은 무엇으로 사는가?'라는 세 가지를 알게 될 때까지 땅에 머무르게 된다. 알몸뚱이로 차가운 길바닥에서 웅크리고 있던 자신을 구두 수선공 세몽과 그의 아내 마트료나가 대접하는 것을 보고 사람의 마음속에는 하나님의 사랑이 있음을 깨달았고, 멋진 신사가 1년을 신어도 끄떡없는 구두를 주문했을 때 사람에게 주어지지 않는 것이 미래를 아는 능력과 자신에게 필요한 것이 무엇임을 자각하지 못하는 것임을 알았으며, 엄마를 잃은 아이들을 사랑으로 키우는 아주머니를 보고 사람은 사랑으로 산다는 사실을 미하일은 깨닫게 됐다. 미하일은 하나님께서는 사람들이 혼자 살지 않고 서로 모여 살아가기를 원했기 때문에 자기 자신과 모든 사람에게 필요한 것이 무엇인지 가르쳐 준 것이라고 말하고 하늘로 올라가게 된다.

우리 중 대부분은 자신의 미래에 대해 알고 싶어 하고 가끔씩은 근거 없는 희망에 부풀거나 아직 일어나지도 않은 일에 대해 미리 불안해하면서 걱정하기도 한다. 미래를 알기 위해 많은 공부를 하고 가끔씩은 이를 위해 크고 작은 돈을 투자하기도 하지만 미래에 대한 우리의 지식은 극히 제한적이다. 물론 나에게나 K에게도 미래를 보는 능력이나 자신에게 가장 필요한 것이 무엇인지 아는 힘은 없다. 하지만 이 축복은 우리가 좀 더 서로 사랑하고 사랑 가운데서 좀 더 지혜로워진다면 아주 조금씩은 우리에게 더 가까이 다가올 거라 나는 믿는다.

나는 K의 미래를 알지 못한다. 퇴원 후 K는 자신에게 주어진 삶과 움직이는 상반신을 축복으로 알고 감사하며 살아갈 수도 있고 무거워진 하반신을 저주로 생각하고 자신에게 주어진 시간을 낭비하며 자신과 가족을 더 힘들게 하며 살아갈지도 모른다. 의사로서, 그리고 친구로서 난 그의 미래를 위해 축복하며 기도할 뿐이다.

이 땅 위의 삶을 의사로 살아갈 수 있는 축복을 받고 많은 사람들과의 관계에서 나는 인생에 대해, 그리고 사람에 대해 많은 것을 깨닫는다. 가끔씩은 힘이 들기도 하지만 사람들의 불확실한 미래를 그들과 함께 고민하며 만들며 살아가는 것이 내게 주어진 길이라면 나는 기꺼이 그 길을 가고 싶다.

이 글을 쓰면서 난 또 하나의 알지 못하는 미래를 위해 늦은 시간까지 병원에 남아 있다. 3일 전에 호흡부전으로 입원하신 H는 직장암으로 수술을 받은 후 간 전이와 폐 전이가 생겨 2년 가까이 서울에서 항암치료를 받은 후 더 이상의 치료가 불가능하다는 이야기를 듣고 내려온 상태였다.

응급실에서 오랜만에 만난 H의 숨은 조금 가빠 보였다. 2년여 만의 만남이었기에 약간 어색했지만 우린 곧 서로에게 웃음을 지으며 그동안의 이야기를 시작했다. 심한 폐 전이로 숨 쉬기가 어려울 듯한데 H는 늘 그러셨던 것처럼 잘 정돈된 모습이었다. 자신에게 남은 시간이 4개월로 알고 있는 그에게 현재 상태로는 며칠을 넘기기도 어려울 수 있다는 것은 너무 힘들 것 같아 말을 아꼈다.

더구나 그에게는 예쁜 딸과 듬직한 아들이 있는데 내일 12시 30분이 사랑하는 딸의 결혼식이라고 한다. 가족들 모두가 딸의 결혼식 이후에 아빠가 돌아가셨으면 하는 소망을 가지고 있었다.

입원 당일 호전을 보이던 H의 상태는 이틀이 지나서 갑자기 나빠졌다. 갑작스런 상황 악화에 나도, H도, 가족들도 모두 당황해했지만 이미 암으로 덮여 있는 H의 폐가 지금까지 잘 버텨 준 것만으로도 H는 최선을 다한 것 같았다. 병실에서 H는 통증과 가쁜 숨으로 힘들어했지만 끝까지 의연한 모습을 보여 주셨고 새 신부가 될 딸은 화장기 없는 얼굴로 연신 H의 손과 등을 어루만지며 아무 말 없이 그냥 그렇게 옆에 있었다.

4개월의 여명이, 아니 스무 시간 정도의 짧은 하루도 H와 그의 가족들에게는 허락되지 않는 것일까? 평생에 한 번 있는 가장 아름다운 만남을 위해 피부마사지나 숙면 등으로 가꾸고 준비해야 할 신부가 아빠와의 가장 아름다운 이별을 위해 늦은 시간까지 웃음을 연습하며 서 있었다.

충분한 산소 공급을 위해 시행한 산소마스크와 기관지 확장제 등도 도움이 되지 않아 인공호흡기의 대안으로 개발된 가온 가습이 된 고농도의 산소를 코를 통해 공급하는 최신 호흡기를 사용했다.

H는 새로운 기계에 어느 정도 잘 적응하는 듯 했고 '좋아지셨냐?'는 내

말에 끄덕이며 감사하다고 하셨다. 내일까지 조금 더 힘을 내 보자고 H의 손을 잡고 기도한 뒤 어느 정도 안정화된 H를 뒤로 하고 자정을 넘기고 집으로 돌아갔다.

새벽 세 시가 조금 넘은 시간, 당직 전공의에게서 연락이 왔다. 호흡부전에 의한 심장마비……. 그리고 반복되었던 심폐소생술……. 우리 모두가 가졌던 소망을 뒤로 하고 H는 딸의 결혼식 날 새벽, 몇 시간을 기다려 딸과 함께 입장하지 못하고 행복하게 웃음지어야 하는 신부인 딸의 눈물을 보지 않으려 조금 일찍 딸의 곁을 떠났다.

가족의 소원을 이루어 주지 못해 아쉬운 마음을 금할 수 없었지만 우리에게는 미래를 보는 능력도, 어떤 미래가 우리에게 가장 좋은 것인지 알 수 있는 능력도 주어져 있지는 않다. H에게나 가족들에게 미래를 내다보는 힘은 없었지만 그보다 더 중요하고 큰 능력인 사랑하는 마음은 그들 모두에게 충분히 있었다고 나는 믿는다.

불혹의 나이를 지나서도 여전히 흔들리며 사는 인생이지만 나는 의료인의 모습으로 이 땅의 삶을 살아갈 수 있다는 것에 감사한다. 많이 부족했던 어린 시절에 사람들을 돕고자 하는 마음으로 시작해 의사가 되었지만 시간이 갈수록, 내가 도움을 주려 했던 많은 사람으로부터 도리어 사랑을 받으며, 또 그들을 통해 세상을 더 알아 가는 내 모습을 발견하게 된다.

내게는 미래를 정확히 아는 능력도, 많은 환자를 낫게 하는 위대한 의술도 부족하지만 절대자의 사랑을 닮은 마음으로 나와 함께 하는 모든 사람들을 사랑하고자 노력하며 살고 있다.

190

사랑이 회복되고 더 큰 사랑이 이루어지는 병원이라는 장소에서 나는 그들을 돕는 의사라는 이름으로 그들의 사랑과 축복에 동참하는 행운을 늘 가진다.

한 가지 더 욕심낸다면 나는 그들의 삶에 불청객이 아니라 환영받는 친구이자 가족이고 싶고, 이 세상을 떠나 돌아가는 자에게는 마지막까지 좋은 친구가 되어 주고 싶다.

수상 소감 중에서 · · ·

부족한 저의 환자가 되어 주시고 친구가 되어 주셔서 감사하다는 말씀을 꼭 드리고 싶고, 더 나은 미래를 만들 수 있도록 끝까지 노력하겠다는 말씀 또한 조심스럽게 드려 봅니다. 여전히 누군가의 병은 다 낫지 않았고 그 마음의 상처로 인해 아직은 밝은 미래를 바라볼 수 없지만 그들과 함께 가면서 공동의 힘으로 함께 만드는 미래를 보고자 합니다. 정성을 통해, 기도를 통해, 그리고 서로 간의 신뢰와 사랑을 통해 이 땅 위의 모든 존재들이 치유를 받기 바라는 마음 간절합니다.

(저자는 현재 대구가톨릭대병원 외과 부교수로 재직 중입니다.)

철인에게 물어도 남아 있는 말

신종찬 (신동아의원 원장)

그즈음 나는 허탈감과 자괴감의 충격에서 벗어나려 무진 애를 쓰고 있었네. 그 한 방편으로 로마의 철인哲人 황제 마르쿠스 아우렐리우스의 《마음의 철학》을 목마른 자가 우물을 파듯이 밑줄 치며 파고 들어갔지. 나의 간절한 물음에 세상의 희로애락을 다 겪어 달관의 경지에 이른 노老 철학자는 뭐라 말했겠는가? 오늘은 그 이야기를 해 보려 하네.

유행성독감이 기승을 부리던 어느 가을 아침이었지. 오십 대로 보이는 남자가 흰 바지저고리에 흰 고무신을 신고 내 진료실로 들어오더군. 묻지도 않았는데 그는 자신을 백수라고 소개하였네. 그는 약 2주 전까지 독감으로 내게 치료받았으나 조금도 좋아진 것이 없고, 그동안 내가 무면허진료를 했다고 따지고 들더군. 진료비환불은 물론 손해배상까지 요구했다네.

잘잘못을 떠나 이럴 땐 의사는 목소리를 낮출 수밖에 없지 않은가. 나는 떨리는 목소리로 어떤 점이 좋아지지 않았는지를 물으며 그의 증상을 살폈네. 진료 첫날의 기록에는 그는 고열에다 계속 기침을 해 대느라 의사소통도 잘 되지 않는 상태라고 되어 있더군. 그러나 내게 따지러 온 날은 심하게 독감을 앓아 부인의 부축을 받으며 진료실로 들어오던 모습을 더 이상 찾아볼 수가 없었네. 입에서 술 냄새가 났지만 그는 건강한 상태였지. 그때의 병은 다 나은 것 같다고 애써 설명을 하면 할수록, 그는 내게 점점 더 큰소리를 쳤다네. 그는 대기실로 나가서도 내가 무면허진료를 하고 있다는 등 횡설수설하였다네. 나는 어떻게 해서든지 그를 달래 보려고 그 옆으로 갔네. 그때 갑자기 그는 진열장에서 내 '노인의학과 인정전문의 자격증'이 들어 있는 유리액자를 꺼내어 바위 치듯이 내 머리를 내려치더군.

"쨍그랑!" 하고 액자유리가 깨지는 소리는 날카로운 유리파편처럼 내 귓전으로 파고들었네. 갑자기 내 이마에서 무언가 뜨뜻한 액체가 내 얼굴을 타고 흘러내리더군. 선혈이었네. 흰 대리석 위에 떨어진 선홍색 핏방울들은 유난히 선명하더군. 눈앞이 캄캄하여 안경을 찾았을 땐, 내 안경은 다리가 부러진 채 대리석 바닥에 패대기쳐져 있었다네. 나는 생명의 위협을 느꼈지만 도망치려는 그를 결코 놓아줄 수가 없었네. 신고한 경찰관이 도착하기를 기다리며 그의 팔을 잡고 필사적으로 매달렸지. 그 소용돌이 중에서도 그는 나를 조롱하더군.

"의사란 놈이, 너 정말 쩨쩨하구나. 단돈 몇 십만 원만 주어 날 달랬으면 이런 창피를 안 당해도 되잖아!"라는 말이, 취하여 고부라진 그의 혀를 타고 굴러 나왔다네. 그는 또 소아과 의사인 내가 성인을 치료했으니 무면허 진료라고 억지를 부렸지. 신고를 받고 도착한 경찰관은 피를 발견하곤 "앗! 피까지!" 하며 놀라더군. 그는 경찰관에게 피 묻은 손을 보이며, 내가 그를 유리액자로 쳐서 손에서 피가 났다고 하소연하듯 말했다네. 경찰관은 그의 손에서 피를 닦아 냈지만 상처가 하나도 없자, 어처구니가 없다는 듯이 그와 나를 번갈아 가며 바라보더군.

인근 병원에서 응급치료를 받으러 병원 문을 나섰을 때 많은 사람들이 몰려와 있었다네. 나는 수치심으로 고개를 들 수 없더군. 두피가 좀 찢어졌지만 다행이 안면 부위에는 잔 유리파편이 박혔을 뿐 큰 상처는 없었네. 안과에도 들러 작은 유리조각들을 왼쪽 눈에서 씻어 냈지. 시력에는 큰 장애는 없었고, 다만 상처로 인해 눈이 무척 시렸네. 안과 원장은 안경이 눈을 보호해 주어 눈에 큰 상처를 입지 않은 것이 천만다행이라 하더군.

경찰 조사를 받고 퇴근 시간이 되었지만 나는 집으로 바로 갈 수 없었네. 붉게 부은 왼쪽 얼굴이 문제였지. 아내에게 친구와 생맥주집에서 한잔하고 천천히 집에 들어가겠다고 전화했다네. 자괴감으로 눈물을 흘렸더니 상한 눈이 좀 덜 아프더군. 술기운이 올라온 얼굴이 붉어져 매 맞은 곳이 다른 곳보다 별로 두드러지지 않게 되자 나는 집으로 향했다네.

며칠 후 경찰서에서 연락이 오더군. 병원에서 폭력을 휘둘러 의사에게 상해를 입혔고 진료를 방해했으니 그는 내 뜻과 상관없이 형사입건 되었다고 했네. 의사가 된 지 30년이 넘었지만 이런 어처구니없는 일은 처음이었네. 충격을 달래며 두어 달을 보내고 있던 어느 날 퇴근 무렵에 그의 아내가 찾아왔다네. 그녀는 살면서 고생이 심했던지 불과 10여 분 만에 그와 함께한 20여 년 동안의 사연을 마치 여러 번 연습이나 한 듯이 잘 간추려 호소하더군.

그들은 강원도 어느 어촌 초등학교의 동기라고 했네. 결혼 후 지금까지 누구든지 아내를 칭찬하기만 하면 그는 화를 내 왔으며, 때로는 그 일로 폭력을 휘둘러 전과까지 몇 번 있다하더군. 그녀는 내가 그 앞에서 그녀를 칭찬한 것이 이 사건의 발단이라고 하였다네. 무심코 환자의 보호자를 칭찬한 내 말이 문제의 발단이라니 어이가 없었고 무섭기까지 하더군. 그녀는 그의 의처증 치료 기록까지 내보이며 내게 관대히 용서해 줄 것을 간청하였네.

나는 잘못이 있다면 조용히 따지면 될 것을 술에 취해 진료 중인 의사를 폭행했으니 법의 엄중한 심판을 받아야 한다고 하였다네. 그가 내게 직접 찾아와 용서를 빈다면 생각해 볼 여지가 있다고도 했지. 진료 중에 내가 한 말 때문에 나를 폭행했다는 그녀의 언질은 내게 큰 충격이었네. 충격적인 결과를 남겼지만 그와의 첫 만남이 다른 환자와 별로 다르지는 않았다네.

처음 진료를 받던 날 그는 신종독감에 걸려 있었고 폐렴으로까지 발전해 있었지. 그가 당뇨병에다 고혈압 환자라 큰 병원에서 치료받을 것을 권하였으나 가지 않더군. 진료 과정에서 그녀는 내게 그가 담배를 끊도록 도와달라고 했네. 그녀의 부탁대로 나는 "담배는 다 나을 때까지 제가 보관하겠습니다."하며 그의 윗옷주머니에서 담배를 빼앗았다네. "이렇게 착한 부인의 말씀을 안 들으면 안 되지요." 하며, 내가 웃으니 그도 따라 웃더군. 내가 그녀를 칭찬했다는 말은 '이렇게 착한 부인'이라는 바로 이 말이라네. 참 어처구니없지 않은가? 나는 심각하게 자문해 보았네. 마음속 아주 깊은 곳에 독버섯처럼 자리 잡고 있던 환자에 대한 내 우월감이, 마침내 제 모습을 드러내고야 만 것이 아닐까? 부인이 착하다고 하는 말과 담배를 빼앗으며 금연하라고 한 충고가 그렇게 그의 자존심에 상처를 주었을까? 의사가 환자에게 할 수 있는 충고의 한계는 어디까지일까? 그의 말대로 돈 몇 십만

원을 주고 그를 달래는 것이 좋았을까? 그녀가 남편이 금연하도록 도와 달라 했을 때 나는 왜 선뜻 응했을까?

충격적인 이 일을 극복할 방법을 몰라 쩔쩔매고 있는 내게 현명한 철인은 이렇게 말해 주었지. "누군가의 몰상식한 행동 때문에 화가 날 때는 '무례한 자가 없는 세상이 과연 존재할까?'라고 곧바로 자문하라. 물론 그것은 불가능하다. 그렇다면 불가능한 일을 요구하지 말라. 이들도 인간사회에 꼭 있어야만 하는 사람들이라는 것을 깨달으면 그들에게 보다 관대해질 수 있다. 자연은 우리에게 악행뿐만 아니라 그에 반대되는 미덕도 같이 주셨으니, 무례한 사람을 위해서는 친절을, 어리석은 사람을 위해서는 관용을 해독제로 준 것이다."

며칠 후 그녀가 다시 찾아왔네. 곧 재판의 선고가 있을 예정이라더군. 남편은 백수가 아니고 부동산중개업자라고 했네. 나와의 합의서가 없으면 그는 처벌을 받을 것이고, 일을 할 수 없게 되면 아이들과 살길이 막막하니 제발 선고 전에 합의를 해 달라고 하더군. 그녀는 남편이 금연할 수 있게 도와 달라고 할 때처럼 또 간절하게 부탁했네. 그가 내게 와서 직접 용서를 빌지 않았지만 나는 또 그녀의 부탁을 들어주고 말았다네.

그녀의 부탁을 들어주었지만 그를 완전히 용서한 것과는 거리가 있네. 나는 가해자의 변화를 무시한 채 용서자의 우월감과 미덕만을 과시하는 이른바 '영웅적 용서'를 한 것은 결코 아닐세. 가해자가 뉘우친다고 하여 피해자의 고통이 없어지지 않는 것처럼, 뉘우침이 없다 하여 용서의 필요성이 없어지지는 않을 것 같았네. 내가 그녀의 부탁을 들어준 것은, 이 철인의 가르침대로 피해의식을 버리고 홀가분하게 새로운 삶을 시작하고 싶은 내일에 대한 희망 때문이었지. 세상의 희로애락에 달관한 이 철인은 어리석은 나를 이렇게 깨우쳤다네. "누구에게나 불행한 일이 일어날 수 있다. 이런 일이 내게 일어나다니, 어찌 이리 운이 없을까!"라고 하는 대신, "그런 일이 일어나도 고통에 휘둘리지 않고 현재에 압도되거나 미래를 두려워하지 않을 수 있으니 나는 얼마나 행복한가."라고 생각하라.

나는 철인에게 내가 묻고 싶은 것만 물어, 그를 무례한 인간으로 여기고 나를 합리화하였다네. 하지만 내 마음 한구석에는 여전히 이런 생각이 남아 있다네.

"나는 환자를 이해하고 배려하는 노력보다, 보호자를 위한 행동을 한 것은 아닐까?"

수상 소감 중에서 · · ·

의사들은 왜 써야만 할까요? 첫째는 자신을 이해하기 위해서이고, 둘째는 남을 이해하기 위해서입니다. 의학이 인간 육체의 병을 치료한다면 문학은 정신과 영혼을 치료한다는 말이 있습니다. 즉, 보살핌의 의료를 글쓰기를 통해 얻을 수 있습니다. 타인의 병을 치료하는 의사가 문학적인 글을 쓰는 것은 자신의 병을 고쳐 나가는 행위인 것 같습니다. 일렁이는 바다처럼 역동적인 의료 현장의 이야기 속에는 인간의 진실이 있습니다. 인간은 건강을 잃게 되거나 삶과 죽음을 넘나들 때 그 어느 때보다 진실하다고 합니다. 인간의 진실한 목소리보다 더 좋은 문학의 제재는 없을 성싶습니다.

블라디보스토크에서 온 손님

박성근 (강북삼성병원 건강의학본부 조교수)

무더위가 시작되던 6월의 어느 아침, 국제진료팀으로부터 전화가 왔다.

"교수님! 오늘 건강검진을 받으러 러시아에서 고객 한 분이 온다고 연락 왔습니다."

건강검진을 받으러 오는 분은 환자가 아니므로 고객으로 통하곤 한다.

"어디서 연락이 왔나요?"

"러시아 현지 에이전시요. 그 있잖아요? 고려인 3세로 구성된 블라디보스토크 에이전시요."

그러고 보니, 올 초에 잠깐 본원에 내원하여 업무 협조 양해각서를 맺은 러시아 현지 에이전시가 생각났다. 자신들이 돈 많은 분들을 많이 알고 있으며, 많은 환자를 보내 드릴 수 있다던, 그리고 커미션은 안 줘도 된다는 파격적인(?) 조건을 제시하던 사람들이었다.

"근데, 어떤 분이죠?"

아무래도 높은 지위에 있거나 부유한 환자의 경우 좀 더 세심한 응대가 필요했기 때문이었다.

"600만 원이나 되는 검진을 받으러 올 정도니까 엄청 부자겠죠? 농담이구요, 에이전시 말로는 대단한 분이라고 하네요. 스페셜 케어를 부탁한다는……."

"정말 커미션은 안 받겠다고 하나요?"

"커미션은 약속대로 안 받겠다네요."

생각해 보면 너무도 깔끔한 상황이었다. 고가의 검진을 받으러 러시아 부호가 방문하고, 커미션 역시 부담할 필요가 없는…….

"대신 에이전시 부탁이 대단한 분이기 때문에 꼭 높으신 교수님이 직접 공항에서 픽업을 하면서 센터로 돌아오는 차에서 의학적 상담 및 검진 일정을 잡아 달라고 부탁했습니다."

"저 보고 직접 공항으로 가라구요?"

"예, 부탁드립니다. 아무래도 교수님이 검진센터 글로벌 실장님이시잖아요. 그렇게 해 주셔야 자기들 체면이 선다고……. 그 친구들도 교수님이 나가 주셨으면 한다고 해서요."

'가뜩이나 바쁜데…….'

그러나 거절할 수 없었다. 사실 글로벌팀 창설되고 방문하는 최초의 러시아 환자였기 때문에 가급적 고객(?)의 요구를 맞춰 주어야 했다.

"환자 인적 사항은 어떻게 되죠?"

"이O규, 72세, 남성, 저희 직원과 러시아 통역도 같이 나갈 겁니다."

공항 입국장에서 기다리는 동안 그 러시아 고객이 어떤 사람일지 궁금해졌다.

'이름을 보면 한인 교포인 것 같은데……. 누구길래 대단하다고 하는 걸까? 혹시 흔히 말하는 러시아 마피아? 아니면 재벌?'

이런 묘한 기대(?) 속에서 상상의 나래를 펴고 있는 도중에 드디어 입국장 문이 열리며 두 노인이 우리에게 다가왔다. 부부로 보이는 두 노인들 가운데 할아버지 한 분이 어눌한 한국말로 입을 열었다.

"벼…… 병원에서 오신 분들 맞습니까?"

3년이 지난 지금도 선명히 떠오르는 모습. 눈에서부터 손톱까지 샛노란 색에 파르라니 부르튼 입술. 그리고 허름한 옷차림에 힘없이 아내의 옷자락을 붙잡고 있는 떨리던 손. 그 모습은 절대로 대단한 분(?)의 외모는 아니었다. 그리고 더 심각한 문제는 한눈에 보기에도 전신 황달이 너무 심해서 건강검진보다는 바로 입원 치료가 필요해 보이는 분이라는 사실이었다.

검진센터로 돌아오는 차 안에서 나는 몇 가지 정보를 더 얻을 수 있었다. 특별한 통증 없이 한 달 전부터 황달이 시작됐고, 정확히는 표현 못하지만 이미 러시아 병원에서도 심각하다는 이야기를 들었으며, 가장 힘든 것은 가려움과 전신 쇠약감이라는 것을……. 그리고 돌아오는 내내 나는 한 가지 의문을 품게 되었다.

'도대체 왜 검진센터에 온 거지?'

황달의 원인이 대개 간질환, 아니면 담도폐색성 질환이지만 노인의 경우 폐색성 질환의 가능성이 높으며, 게다가 통증이 수반되지 않았다면 더더군다나 담관암과 같은 심각한 질병일 가능성이 높고, 그렇다면 검진이 필요한 게 아니라 즉시 입원 치료가 필요한 상태라는 생각이 들었다. 검진센터에 도착하여 혈액검사를 마친 후 바로 복부초음파검사를 시행했다. 영상의학과 선생님은 "담도가 전반적으로 확장되어 있지만, 특별히 담도가 막혀 있는 소견은 보이지 않는데요."란다. 그렇다면 바터씨 팽대부나 총담관 윗쪽에 문제가 있을 확률이 높았다. 따라서 상부위장관내시경이 중요한 의미를 가질 수 있으며, 내가 직접 검사를 시행하기로 했다.

떨리는 마음으로 내시경을 진입시켜 위를 지나 십이지장 말단부에 도달하자 십이지장 말단부를 이불이 깔리듯 덮은 종괴가 눈앞에 나타났다.

'이거였구나!'

십이지장 말단 부위에 생긴 암 덩어리가 담즙이 배출되는 담관의 끝자락에 위치한 바터씨 팽대부를 막아 버려서 담즙이 배액되지 못하니까 이렇게 심한 황달이 발생한 것이었다. 암 조직으로부터 조직검사를 시행했고, PET—CT 및 폐 CT 등 잔여 검사를 마친 후, 바로 국제클리닉에 연락하여 본원에 입원시켜 드렸다. 본원에 입원시켜 드리면서도 마음 한구석이 불편했던 것은 얼핏 보기에도 PET—CT와 폐 CT상에서 다발성 전이로 보이는 소견이 자명했다는 것이었다. 그것도 복막, 폐, 췌장, 간 같은 중요 장기에 말이다…….

난감했다. 이분은 건강검진이 필요한 분이 아니라 암 중에서도 가장 안 좋다는 담도 폐색과 다발성 장기 전이를 동반한 암환자였다. 어디서부터 시작해야 할까. 원칙대로 하면야 우선 경피적 담도 배액술을 통해 전신 황달을 치료한 후, 수술적 치료 및 항암치료 등을 고려해야 했다. 그러나 문제는 러시아에서 왔다는 점이다. 수술과 항암치료가 시작되면 장기전으로 가야 하는데, 이분들의 상황이 그러할 수 있을지 고민됐다. 그러나 지체할

틈이 없었다. 무엇보다 지금은 황달을 치료하는 것이 급선무였다. 바로 친분이 있는 영상의학과 선생님께 찾아가 부탁을 드리고 다음 날 오전 첫 케이스로 경피적 담도 배액술을 준비했다. 환자 상태를 설명하고 동의서를 받는 일부터 시술에 대해 설명하는 일까지 전공의나 주치의 선생님께 맡길 수는 없었다. 내가 환자를 제일 잘 알고 있었고, 가급적 환자에 대한 설명은 하나의 창구로 단일화하는 것이 낫기 때문이었다. 우선 환자 상태를 보호자인 아내에게 설명할 때, 아내 분은 정말 병동이 떠나가라는 표현이 맞을 정도로 울고 또 울었다.

"한국에 오면 살 수 있다고 했습니더……, 한국에 오면 모든 세 다 된다고……."

"러시아에서 오래 기다려야 하고, 치료도 어렵다고 해서 백방으로 알아봐서 겨우 온 겁니다……."

"집 팔고, 땅 팔아서 온 건데……, 이리 가심 안 됩니더……."

"그분들이 한국에 오면 다 살릴 수 있다고 했습니다. 기술도 좋고 실력도 러시아보다 훨씬 낫다꼬예."

"도대체, 그분들이 누구죠?"

나는 환자에게 무책임하게 말한 그분들이 누군지 궁금했다.

"그 고려 청년들 있지 않습니꺼? 그들이 그랬어요. 다 된다고."

아마도 그 에이전시 사람들을 말하는 것 같았다.

'무책임한 사람들, 미리 알아보고 연락이라도 줬어야지…….'

다음 날 아침 경피적 담도 배액술을 시행하는 동안 나 역시 좌불안석이

었다. '만일 실패하면 어쩌지?', '아예 시술 자체가 불가능할 정도로 완전히 막혀 있으면 어떡하지?'

온갖 잡념에 심란해질 즈음 시술이 끝나고 영상의학과 선생님이 나오셨다.

"다행히 시술이 성공적으로 끝났습니다. 여기 보시면 확장된 담관 안에 튜브가 잘 진입했고, 담관을 통해 십이지장 유두부 밖으로 스텐트가 잘 거치되었습니다. 이제 튜브를 통해 담즙이 빠지면서 스텐트가 완전히 펴지면 튜브를 뺄 수 있을 겁니다."

정말 다행이었다. 환자의 상태도 안정적으로 보였고, 이미 상당량의 담즙이 튜브에 연결된 배액포를 채우고 있었다.

다음 날부터 혈중 빌리루빈의 수치가 눈에 띄게 감소하기 시작했다. 30을 넘었던 수치가 일주일 만에 8 근방까지 줄어들었으며, 환자의 황달 및 전신 쇠약감도 눈에 띄게 좋아졌다. 시술 일주일째, 담즙이 배액되는 튜브를 결찰했음에도 빌리루빈 수치는 계속 감소했고, 스텐트가 제대로 작용하는 것을 확인한 후 튜브를 제거할 수 있었다.

무엇보다 환자와 보호자의 만족도가 높았으며, 환자분의 경우는 다 나았다고 집에 가고 싶다고 말하기도 했다. 그러나 문제는 황달과 증상을 완화시킨 고식적 치료일 뿐, 환자의 암이 치료된 것은 아니며 수술 여부를 결정해야 하는 어려운 과제가 남아 있었다.

그러던 어느 날 회진을 돌고 있는데 보호자분이 나를 잠깐 보자고 했다. 보호자분은 굉장히 미안한 듯 주저하며 말을 꺼냈다.

"저, 병원비 말인데에…….."

"?"

"며칠만 있다가 드리면 안 되겠습니꺼?"

"병원비는 퇴원하시기 전에 내는 건데요?"

"미리 돈을 내놔야 한다고 했어요, 그래야 계속 치료받을 수 있다고요. 지금 내고 퇴원할 때, 두 번 내야 된다고. 죄송합니다. 아직 돈이 안 왔어요."

이상해서 원무과에 알아보니 조금 전에 에이전시 직원들이 와서는 지금까지의 치료비를 물어보고 갔다는 것이었다. 놀라운 것은 그들이 환자에게 요구한 돈이 중간 치료비의 두 배나 된다는 것이며 러시아에서 이미 검진 비용 명목으로 원가보다 훨씬 많은 돈을 걷어 갔다는 사실이다. 나는 보호자에게 이러한 내용을 전한 후 절대로 에이전시에게 돈을 줄 필요가 없으며, 앞으로 치료비 정산도 우리 병원과 직접 하면 된다고 알려 드렸다. 에이전시들의 격렬한 항의가 있었고, 이미 여러 병원에서 이런 방식으로 영업 중이라고 항변했지만 나는 그들의 분노를 병원 법무팀과 경찰에 사기죄로 고발하겠다는 큰목소리의 협박(?)으로 잠재워 버렸다.

착잡했다. 전부는 아니겠지만 상당수의 외국인 환자들이 제한된 정보를 가진 약자라는 이유로 이런 형태의 피해를 보고 있을 것이다. 그리고 상당수 병원 역시 그 책임으로부터 자유로울 수 없다는 점이 마음을 무겁게 했다.

환자의 상태가 나날이 호전되면서 차후 치료에 대한 부담감이 가중됐다.

'수술을 해야 하나, 말아야 하나?'

수술을 한다면 휘플 수술이라고 불리는 췌십이지장 절제술을 시행해야 하는데, 여러 군데로 전이된 상태도 문제지만 수술 후 사망률이 5%에서 많게는 20%까지 보고된 쉽지 않은 수술이다. 게다가 고령에 전신 상태까지 썩 좋지 못하다는 것을 고려한다면 문제가 한두 가지가 아니었다.

수술 후 회복 기간을 생각하면 병원비가 상당히 들 테고 보험 적용을 받지 못하는 환자 가족 입장에서 참으로 난감한 상황이 발생할 수 있었다. 그리고 무엇보다, 수술 및 항암치료가 얼마만큼 효과가 있을지, 속된 말로 얼마나 더 살릴 수 있는지 알 수 없었다. 그러한 와중에 회진 때마다 듣는 환자의 이야기는 더욱 가슴을 울리곤 했다.

"이제는 다 나은 것 같아요, 밥도 잘 먹고, 힘도 나고, 이제 집에 가도 되지요? 뭐 더 남은 치료가 있나요?"

"왜정 때 아버지가 사할린으로 징용 가면서 우리 식구 모두 따라갔습니다. 전쟁 끝나고 사할린이 러시아가 되면서 러시아 사람으로 살았는데, 역시 고국이 좋은 것 같습니다. 의술도 좋고, 기술도 좋고, 이리 맘 좋은 선생님도 있고."

보호자인 아내 역시 다음 치료에 대해 궁금해했고, 나는 조심스런 마음으로 물어보았다.

"혹시, 병원비는 어떻게 해결하세요? 돈 때문에 어렵지는 않으세요?"

다른 때 같으면, 의사가 할 필요 없는 질문이지만 그 순간에는 그런 부분을 생각 안 할 수가 없었다.

"왜 안 어렵겠습니까? 병원비 한다고, 블라디보스토크 집 팔고, 땅 팔고 왔슴더. 아이들 집에서 지내기로 하구요. 그래도 우리 딸이랑 사위가 참 착해요. 그리하고 이제 이천만 원 정도 남았습니다."

원무과에 알아보니, 보험 적용이 안 될 때 휘플수술만 거의 천만 원 이상 들며, 중환자실을 포함한 장기입원 치료, 각종 검사, 그리고 향후 항암치료까지 생각하면 수천만 원의 비용이 예상된다고 했다. 물론 병원비 외에 여러 상황 역시 쉽지 않았다. 러시아 대사관에 문의한 바 러시아 국민이 외국에서 사망하면 어떤 원인이든 일단 변사 처리되며, 러시아 의사의 검안이 필요하고 자칫하면 외교 문제가 될 수 있다고 했다. 게다가 병원의 입장 역시 외국 환자가 본원에서 사망했던 전례가 없고, 의료관광으로 유치한 첫 환자였기 때문에 안 좋은 상황이 발생하는 것을 꺼리고 있었다. 자국 환자였으면 아무 문제가 안 될 것들이 발목을 잡고 있었다. 그저 날로 호전되고 있는 환자 상태를 위안으로 삼을 수밖에 없었다.

결국 차후 치료만 안 받는다면 퇴원해도 될 만큼 환자 상태가 호전된 어느 날, 나는 마음을 정했다. 더 이상 한국에서의 치료는 환자에게도 보호자에게도 좋지 않다는 결론으로 말이다. 확실한 효과를 예측할 수 없는 고가의 치료를 환자에게 제공하는 것이 의료 윤리를 떠나 옳지 않다고 생각했기 때문이었다. 그럼에도 불구하고 한 가지 생각이 머리를 떠나지 않았다.

나 역시 더 이상 환자를 책임지기 싫어서 그러는 것은 아닌가? 단지 이 상황을 벗어나고 싶어서 그러는 것이 아닌가 하는 의문 말이다. 지금도 쉽게 답하지 못하는 질문……. 그러나 답할 수는 없어도 그렇게 해야만 했다고 생각한다. 그리고 그날 밤 늦게까지 잠을 이루지 못하고 뒤척였던 것 같다.

마지막 절차가 남아 있었다. 환자 상태에 대해 보호자인 아내에게 설명한 후 퇴원을 말씀드리는 일 말이다.

보호자를 기다리는 동안 많은 생각이 들었다.

'많이 슬퍼하겠지?'

'원망받지는 않을까?'

'정말 잘하는 일일까?'

보호자 옆에서 그동안의 검사 결과를 보여 드리며 환자의 상태에 대해 설명했다. 어떤 치료를 했는지, 왜 증상이 좋아졌는지, 그리고 단순히 고식적 치료였을 뿐, 환자 몸 안의 암 덩어리는 그대로 남아 있다고 말했다. 환자의 여명은 임상적 경험에 비추어 볼 때 반년 남짓이며, 수술적 치료는 좋은 결과를 예측할 수 없고, 최악의 상황을 만들 수 있기 때문에 여기까지가 우리가 할 수 있는 최선이라고 했다. 물론 항암치료를 시작할 수는 있지만, 얼마를 더 사실지 장담할 수 없으며, 기왕 항암치료를 받고자 하시면 한국보다는 러시아에서 받는 것이 더 좋을 것이라고 말이다.

설명을 끝낸 후 보호자를 힐끗 쳐다보았다. 보호자인 아내분은 아무 말이 없었지만 두 뺨 위로 눈물이 흘러내리고 있었다.

"죄송합니다, 정말 죄송합니다. 더 많은 걸 해 드리지 못해 죄송합니다."

죄송하다는 말 외에는 그 순간에 할 수 있는 말이 떠오르지 않았다.

그러나 보호자분은 나의 손을 꼭 잡아 주며 말했다.

"아닙니다. 아닙니다. 누구보다 애써 주신 걸 아는데, 괜찮습니다. 그래도 저 양반 저렇게까지 좋아진 게 다 선생님 덕입니다. 선생님은 그만하면 할 일 다 하신 겁니다."

오히려 보호자에게 위로받고 있었다.

"환자분의 치료 경과 및 현 상태는 제가 성심껏 작성하여 러시아어로 번

역해 놓겠습니다. 러시아에서도 잘 치료받으실 수 있게요."

이틀 후, 환자는 퇴원했다. 공항으로 떠나기 전 환자분은 나에게 러시아의 전통 목각 인형 '마트료시카'와 전통 과자를 선물해 주었다.

"이거 저 낫게 해 주시는 분께 드리려고 한국 올 때 사 놓은 겁니다. 선생님이 날 이렇게 건강하게 해 주셨으니 당연히 드려야지요."

"……"

"다 압니다. 얼마나 고생하셨는지. 정말 고마웠어요. 앞으로도, 나처럼 아픈 동포들 많이 고쳐 주세요."

아무 말도 할 수 없었다. 고개를 들지 못할 정도로 많이 미안했고, 단지 그분들이 탄 차가 보이지 않을 때까지 그대로 서 있을 뿐이었다.

그분들이 떠난 후, 간간히 환자분의 소식을 전해 들을 수 있었다. 상태가 악화되면 러시아 현지 병원에 입원했다가 퇴원하기를 반복했다고 한다. 점점 쇠약해지셨지만 황달은 재발하지 않았다고 했다. 다행히 스텐트가 협착되지 않고 잘 버텨 주었나 보다. 그리고 8개월 후 댁에서 편하게 눈을 감으셨다는 편지를 받았다. 그리고 돌아가실 때까지 고국에서 치료를 받을 수 있어서 행복해하셨다고 했다.

지금 생각해 봐도 그때의 내 결정이 옳았었는지, 그리고 그분들에게 정말 도움이 되었는지를 가늠하기란 쉽지 않다. 아마도 건강검진이 아닌 중증질환에 대한 치료가 필요했던 분이 고객이라는 이름으로 한국에 도착한 순간부터 모든 문제가 시작되었다고 보는 것이 맞을 것이다. 아니, 한국에 오는 것조차 옳았는지 의문이 들기도 한다. 물론 환자가 만족했다는 사실

하나만으로 충분히 의미 있는 일이었다고 말할 수도 있을 것이다.

그러나 그때나 지금이나 내 마음 한구석에 자리 잡고 있는 감정이 미안함이라는 사실은 어찌할 수 없다.

한 해 20만 명이 넘는 외국인이 의료관광이라는 명목으로 우리나라를 방문하고 있다. 외화 수입을 위해 국가 보건산업 발전이라는 측면에서, 혹은 침체된 한국 의료의 신성장동력이라는 이름으로 의료관광이 각광받고 있다. 그러나 외국인 진료를 담당하게 될 많은 의료 관계자가 잊지 말아야 할 가장 중요한 점은 그분들의 상당수가 바로 환자라는 사실이다. 돈 많고 지위 높은 의료관광의 고객이 아닌 절박한 심정으로 아픈 몸을 이끌고 바다 건너 낯선 곳까지 찾아온, 누구보다 도움과 배려가 필요한 환자라는 사실 말이다.

수상 소감 중에서 · · ·

안타깝게도 이것은 서글픈 이야기입니다. 어쩌면 우리 모두 생각해 봐야 할 부분이 있는 이야기라고 생각합니다. 지금도 그 환자분을 생각하면 눈시울이 뜨거워지고, 미안한 마음이 앞서는 걸 보면 말입니다. 그러나 이러한 경험을 공유할 수 있게 된 것에 진심으로 감사하며, 앞으로도 후회 없는 의사 생활을 할 수 있도록 노력하겠습니다. 그리고 더 많이 환자를 이해하고, 그들의 아픔을 보듬으며, 질병뿐만 아니라 그분들의 모든 것을 바라보고 느낄 수 있도록 노력하겠습니다.

동행사

김동환 (김동환이비인후과의원 원장)

"에고! 나보다 이 불쌍한 할망구가 얼른 먼저 가야 할 텐데……."

10년을 넘게 늘 할머니와 함께 우리 병원에 오시는 92세의 할아버지의
푸념이시다.

벌써 3년이 흘렀네.

할아버지를 3년 전에 마지막으로 뵐 때가 할아버지는 92세, 할머니는 13
세나 어린 79세.

할아버지는 풍채가 건장하고 기골이 장대하며 목소리는 우렁차고 그 연
세에 귀도 잘 들리시고 어떤 날은 지팡이를 짚고 오시고 어느 날은 지팡이
도 없이 할머니를 부축해 오신다.

그에 반해 할머니는 왜소하고 보청기를 끼셨건만 귀는 거의 못 들으셔서
옆에서 고함을 쳐야 겨우 알아들으시고, 안경을 쓰셨건만 눈이 거의 안 보
이셔서 바로 앞 사물만 겨우 분간하시고 또 지병도 많으셔서 우울증에 심
장병, 당뇨, 고혈압, 위장병, 요실금 그리고 한쪽 다리를 절룩거리시며 애
기가 이제 막 걸음마 시작하듯 뒤에서 보면 뒤뚱뒤뚱하며 여간 불안하지 않

게 할아버지의 부축 없이는 혼자 생활을 할 수 없는 분이시다.

할아버지는 일제 강점기 시대의 끝인 해방 직전에 순경으로 경찰 생활을 시작해 정년까지 하시고 퇴임하셔서 현재는 연금으로 생활하면서 큰 아들과 같이 산다고 하신다.

자신은 건강하게 잘 사는데 15년 전부터 점차 건강이 나빠지는 할머니의 손과 발, 그리고 눈과 귀까지 돼 드리며 할머니를 일주일 내내 이곳저곳에 있는 병원으로 모시고 다니는 것이 일상이며 일과라고 하신다.

물리치료를 받으러 통증의학과는 일주일에 세 번, 한의원도 일주일에 세 번, 안과는 한 달에 두 번, 우울증 때문에 정신과는 한 달에 한 번, 요실금으로 비뇨기과는 한 달에 한 번, 당뇨와 혈압으로 내과도 한 달에 한두 번, 위도 안 좋아 소화기내과를 한 달에 한 번 내지 두 번. 이렇게는 늘 정기적으로 다니고 그밖에 어지러움 때문에 대학병원 신경과와 이비인후과를 부정기적으로 다니며 가끔 치과도 가셔야 하고 항상 달고 사는 감기라도 심해지면 우리 병원까지 데리고 오시니, 연예인보다 더 바쁜 할머니의 꽉 찬 병원 스케줄에 대한 매니저 역할을 고령에도 불구하고 톡톡히 잘도 하신다.

우리 병원에 처음 내원했을 때가 할아버지는 79세이고 할머니는 66세이셨는데 그때 처음으로 뵌 할머니께 어떤 지병을 갖고 있냐고 여쭤 봤더니 옆에 계시던 할아버지가 대뜸 "이 사람, 귀가 있어도 못 듣고 눈이 있으면 뭐해. 안경을 써도 겨우 내 얼굴이나 알아보는데. 몸속은 완전 종합병원이유. 암을 빼곤 없는 병이 없지. 앞으로 몇 년이나 살지. 나는 이 할망구가 그 많은 병을 갖고 있는데 도대체 그중에서 어떤 병으로 죽을지 그게 참 궁금하다우." 하고 대답하시던 모습이 선한데, 지금 돌이켜 생각해 보니 이미 우리 병원에 처음 내원하기 전부터 지금보다 상태는 좀 나았으나 그때부터 이미 지금 앓고 계신 병을 다 갖고 계셨으니 오랫동안 할머니를 지극 정성으로 보살핀 할아버지가 정말 대단하다고 느꼈다.

하지만 할아버지는 "이게 다 내 업보지. 젊었을 때 내가 이 사람 속을 엄청 썩였거든요. 늘그막에 이게 웬 고생이야. 이 사람이 이런 식으로 나한테 복수를 하네요."라고 푸념을 하셨다.

그리곤 "이게 어디 제대로 사는 거요? 저 사람이야 산송장이지. 아마 얼마 못 가겠지."

내가 "아직 할머니는 우리나라 평균 수명에도 못 미치시잖아요?" 하니, 할아버지는 "그런 말씀 마시우. 건강하게 오래 살아야지. 이건 정말 재앙이유. 재앙. 나처럼 감기 한 번 안 걸리고 건강해야 사는 의미가 있지. 이렇게 골골해서 언제 자다가 죽을지도 모른다오."

내가 농담 삼아 "골골하신 분이 잔병치레는 많지만 더 오래 사신대요. 할머니가 더 오래 사실지도 모르잖아요." 하면, 할아버지는 "그런 소리는 하지도 마슈. 이 산송장을 내가 치우고 가야지 내 죽고 나면 이 사람 때문에 자식까지 어떻게 고생시켜. 제발 이 사람 죽고 내가 죽어야 하는데. 아니면 차라리 같이 같은 날 죽던가."

늘 오실 때마다 할머니의 증상은 항상 똑같다.

내가 "어디 아파 오셨어요?" 하고 일어나서 할머니 귀에 대고 소리를 치면 옆에 할아버지가 먼저 얘기 하신다. "뭘 물어봐요. 만날 똑같지." 그래도 할머니는 증상을 꼭 자신의 입으로 얘기하신다.

"귀가 안 들리고 어지럽고 입이 말라요. 콧물이 뚝뚝 떨어지고 콧물로 코 앞이 자꾸 헐어요."

여기까지는 항상 똑같은 말씀이시다. 토씨 하나 안 틀려서 컴퓨터 차트에 이전 내원일 증상을 그대로 복사하면 된다. 가끔 거기다가 "오늘은 기침을 콜록하고 열이 나는 기분이에요."가 추가될 뿐이고 열이 난다 하면 체온을 측정해 드리지만 항상 체온 측정 결과는 정상이다.

할아버지가 "원장님. 얼른 좀 낫게 해 줘요. 이 사람은 나보다 감기를 더 사랑하나 봐. 무슨 감기가 1년 내내 떠나지를 않아. 이 사람 죽어야 감기도 떠나는 가 봐."라고 하신다.

내가 할아버지께 "할아버지, 할머께 뽀뽀 좀 해 드리세요. 면역이 향상돼 감기가 뚝 떨어질지 모르잖아요." 하면, 할아버지는 "에이 그 독한 감기 괜히 나한테 붙어 안 떨어질라. 그놈의 감기 이 할망구가 좋으니 거기에나 그냥 붙어 있으라 해. 나한테는 얼씬하지 말구."라신다.

늘 같은 증상의 감기를 핑계 삼아 두 분이 나들이 오시는 모습이 좋아 보였다.

어느 날 할아버지가 "저 여편네가 먼저 죽으면 나는 마음이 놓여 좋겠지만 그러면 나는 쓸쓸하겠지. 혼자 나중에 고독사하는 것보다 같이 동행사 同行死 하면 참 좋겠는데……."라고 말씀하셔서 "사람의 생사가 어찌 우리 마음대로 되겠습니까. 다 하늘의 뜻대로 살아야지요." 하고 말씀드렸다.

10년을 늘 같이 오시던 두 노인께서 어느 날 재개발 때문에 옆 동네로 이사를 하신단다.

그래서 "아, 이제는 여기는 못 오시겠네요. 옆 동네 이비인후과를 다니시면서 건강하게 사세요." 하고 인사를 드리니 두 분이 다 이구동성으로 "가긴 어딜 가. 여길 와야지. 이 사람 감기는 여기 원장님이 10년 넘게 봐 왔으니 여기보다 잘 고치는 곳이 어디 있겠어요. 바로 옆 동네라서 가까워." 라고 하셨다.

하지만 아무래도 거리가 좀 있는지 이사 가서 첫 1년 정도는 봄, 가을만 좀 두 분이 천천히 걸어오셨고 (내가 여기까지 할머니의 불편한 몸을 이끌고 부축하면서 어떻게 걸어오시냐고 하니 실은 옆 동네와 우리 병원 사이에 큰 공원이 있는데 아침부터 출발해 공원에서 쉬다가 쉬엄쉬엄 오셔서 낮 12시 가까이 돼 우리 병원에 도착해 치료받고 다시 공원을 휴게소 삼아 쉬다가 집에 가신다고 나중에 할아버지가 말씀하셨다.) 여름이나 겨울은 큰 아들이 쉬는 토요일에만 차량을 이용하여 오셨다. 전에 비해 방문 횟수는 눈에 띄게 줄었지만 그래도 다달이 두 분이 꾸준히 내원하셨다.

어느 날 갑자기 할아버지가 "혹시 내가 먼저 가거든 이사람 김 원장이 가족이라 생각하고 잘 해 줘요. 불쌍한 사람이야." 하시길래 내가 "에이 할아버지가 더 오래 사실 텐데. 지금도 이렇게 건강하시잖아요" 하니 할아버지가 다시 "전에 김 원장이 나한테 그랬잖우. 골골한 사람이 더 오래 산다구. 내가 더 오래 살겠지만 이제 아흔이 넘으니 갑자기 언제 황천길로 갈지 모른다는 생각이 불현듯 들어 혹시나 해서 말이유."

그리고 갑자기 한동안 안 오셨다.

보통 이사를 가면 젊은 사람은 바로 근처 병원으로 가서 다시 오는 경우가 적으나 연세 드신 어르신은 특성상 이사를 가시면 그 동네에 빨리 적응을 못해 6개월까지는 공짜 지하철을 타시고 다니던 병원에 오시다가 그 후로는 거리 문제와 이제는 자기 동네에 적응을 해 자기 동네 병원을 다니시는 습성이 있다. 이를 우리 의사들은 노인들의 충성도가 젊은 사람에 비해 6개월까지는 간다고 해 "6개월 효과"라고 부르는데 이 두 분도 이런 형태로 생각했다. 6개월도 아니고 1년 동안이나 꾸준히 다니셨으면 나를 생각해 오래 다니신 것이라 생각하고 이제는 거기 근처 병원에서 잘 적응하시리라 생각하고 까맣게 잊어버렸다.

할아버지와의 동행으로 오신 마지막 방문 후 근 6개월 만에 할머니가 웬 중년 여성과 같이 오셨다. 그 처음 본 중년 여성이 "아휴, 어머님이 아니 글쎄 동네 가까운 곳을 다녀도 될 것을 잘 안 낫는다고 꼭 여기를 오겠다고 며칠째 저를 들들 볶네요."라며 푸념을 늘어놓았다.

항상 같이 오시던 할아버지가 안 보여 며느님께 "할아버지가 편찮으신가 봐요?" 하고 옆에 계신 할머니의 병세보다 할아버지의 안부를 먼저 물으니 "아! 아버님은 몇 달 전 갑자기 몸이 떨리고 춥다고 하시면서 심한 몸살과 고열로 밤중에 S대학병원 응급실로 가셨는데 다음 날에도 고열이 떨어지지 않아 일반 병실에 입원 후 그 다음 날 병세가 더 악화돼 중환자실로 옮긴 지 이틀 만에 돌아가셨어요. 너무나 정정하시다가 응급실로 가신 지 사흘 만에 갑자기 돌아가셔서 저희도 아무 준비도 못하고 갑자기 장례 치르느라 혼났어요."라고 하셔서서 갑자기 '어! 한방에 혹 가셨네. (고인에게 이런 표현을 써서 죄송합니다.) 정말로 '9988124'네. (99세까지 팔팔하게 살다가 하루 이틀 앓고 돌아가신다는 뜻. 할아버지는 93세이지만 90세 넘어서 이렇게 돌아가시면 이런 은어를 쓴다.) 할머니처럼 아프지도 않고 한방에 혹 가시니 아 정말 부럽다. 나도 나중에 저렇게 죽어야 할 텐데…….' 하는 생각이 불현듯 들었다.

다시 할머니께 "거기 병원에서 치료 잘 받으시지 뭣하러 여기까지 오셨어요?" 하고 할머니 귀에 대고 여쭈니 "거긴 순 엉터리야. 무슨 의사가 감기도 못 고쳐. 거기선 낫지를 않아. 그래서 내가 애미를 졸라 차 타고 왔어. 얼른 좀 낫게 해 줘." 증상은 늘 똑같이 "귀가 이전보다 더 안 들리고 어지럽고 입이 말라요. 콧물이 늘 뚝뚝 떨어지고 콧물로 코 앞이 자꾸 헐어."라고 10년 동안 내 머리에 각인된 대사를 그대로 읊으신다. 그리고 말씀하신다. "나는 여기를 꼭 와야 나아."

그래, 아무래도 할아버지가 그리우신 게다. 나는 10년이나 감기를 못 고쳤는데 나는 탓하지 않고 이제 겨우 몇 개월 안 다니신 의사를 탓하시는 것을 보니 내가 명의여서 나를 찾아오는 것이 아니고 10년 넘게 할아버지와 같이 왔던 그 장소가 그리우신 것 같다.

치료를 끝내고 할머니께 내가 막 얘기를 하려는 순간 며느님이 갑자기 나한테 "원장님, 어머님께 큰 병이 아니니 이제 다시 여기 올 필요 없다고 얘기 좀 해 주세요. 그냥 이 정도 감기는 치료 안 받아도 된다고 하시고요. 정 힘들면 바로 앞에 병원에 가도 된다고 해 주세요. 제가 너무 힘들어요. 뭐 병이 한두 가지여야죠? 웬만한 병은 다 갖고 계시니 일일이 병원에 다 다닐 수가 없잖아요. 내가 어머님만 돌볼 수도 없는 일이잖아요."

한편으로는 괘씸하지만 다른 한편으로는 맞는 말이다. 며느리 입장도 이해가 된다. 뭐 할머니가 한두 군데 병원을 다녀야지. 할아버지야 은퇴 후 소일거리로 사랑하는 아내를 위해 그 많은 병원 스케줄을 감당해 냈지만 친딸도 못할 텐데 며느리가 무슨 죄가 있어 그 고생을 감내하면서 희생할 리는 만무하다. 오히려 요양원에 보내지 않고 모시고 산다면 기특할 일이다.

나는 할머니 귀에 대고 외쳤다. "할머니! 이번에 제가 지어 드린 약만 잘 드시면 다시 안 오셔도 될 것 같아요. 집에 가셔서 푹 쉬면 잘 나으실 거예요." 그러자 할머니가 섭섭한 듯 "뭐 집에 맨날 들어 박혀 푹 쉬는데 뭘 또 쉬어. 안 나면 또 와야 되는 거 아냐." 하고 나한테 되물으니 며느리가 얼른 "어머님! 의사 선생님이 또 올 필요 없다잖아요. 그냥 집에서 푹 쉬면 되니 얼른 집에 가시죠." 하고 할머니를 끌고 나갔다.

그 후 할머니에 대해 또 잊고 있었다. 한 6개월 지났을까. 할머니가 며느리랑 또 왔다. 며느리가 나를 보자 바로 투덜거렸다.

"아휴 지겨워. 아 글쎄 여기 와야 된다고 몇 날 며칠을 날 들들 볶아 대니 내가 살 수가 있어야지. 아픈 데도 많고 정신도 없는 분이 어떻게 여기는 잘 알고 찾는지 내가 힘들어 죽겠어요. 이렇다가 내가 먼저 죽겠어요, 원장 선생님. 저 지금 바쁘니 빨리 봐 주시고 여기 올 필요 없다고 좀 강력히 얘기해 주세요."

지난번보다 더 신경질적이다. 그래도 나는 할 수 없이 혹 할머니가 불이익을 입을까 봐 (요양병원에 보낸다든지 아니면 집에서 더 구박을 당하실까 봐) 얼른 치료 후 "할머니, 여기에 다시 오실 필요 없고요. 정 안 나시면 편안하게 동네 이비인후과로 가서 치료 받으세요." 하고 또 소리를 질러 드렸다.

다시 6개월이 지난 시점에 며느리와 할머니가 오셨다. 며느리 얼굴 표정만 봐도 불만이 가득하다. 갑자기 돌아가신 할아버지의 생전 말씀이 생각난다. "이래 봬도 이 여편네, 혹 내가 먼저 죽어도 내 연금의 70%는 이 할망구가 죽을 때까지 나오니까, 그래도 돈 있으니 자식에게 큰 구박은 안 받을 거여." 돈 있으면 뭘하나. 그 돈 할머니는 쓰지도 못하고 구박은 구박 대로 받을 텐데. 이번에도 어김없이 며느리가 신경질적으로 나한테 얘기한다. "제발 이제는 여기 다시 올 필요 없다고 신신당부 좀 해 주세요."

그런데 이번에는 며느리가 이전보다 더 괘씸해 보이고 할머니가 불쌍해 보인다. 병을 고치겠다고 오시는 것이 아니고 그리움 때문에 오시는 할머니의 마음을 너무 몰라주는 것이다. "할머니, 이제 다 치료했는데 정말로 집 앞에 있는 이비인후과에서 치료하시다가 마음에 안 들고 혹 제가 꼭 보고 싶거나 할아버지가 그리우시면 그때는 며느님 졸라 다시 오세요." 하고 소리를 질러 드렸다. 할머니는 안경 너머로 눈만 껌뻑이시고 아무 말씀이 없으시고 옆의 며느님은 표정이 좋지 않다.

그 후 다시는 할머니를 못 봤다. 1년이 지난 시점에 갑자기 생각이 나고 궁금해서 공단에 슬쩍 의료보험 조회를 해 봤다. 아직 할머니 이름으로 의료보험이 남아 있다.

'살-아 있네! (영화의 한 대사처럼)' 하고 나 자신이 나도 모르게 속삭였다. 의료보험이 삭제되지 않고 살아 있다는 것은 아직 생존해 계신 증거다. 집에 계실지 요양병원에 계실지 모르겠지만 아직 살아 계시다니 반갑기 그지 없다. 할아버지는 행복하게 떠나셨지만 아마 하늘나라에서 할머니 때문에 아직 편안하지는 않으실 것 같다.

　그날 저녁 나는 집에 와서 아내에게 "여보, 우리는 누가 먼저 갈지 모르겠지만 내가 먼저 죽으면 당신이 쓸쓸할 거고, 당신이 혼자 남는 것이 불쌍해 보여서 내가 더 오래 살면 나는 참으로 외롭고 비참할 것 같아." 하니 아내가 "아들이 두 놈이나 있는데 뭐가 걱정이야. 아들이 번갈아 가면서 잘 봉양하겠지." 하길래 "다 부질없어. 그게 내 자식 맘대로 되나. 며느리라는 변수가 있는데. 그나저나 나는 영화 레미제라블 속 주인공인 장발장처럼 나중에 죽을 때 햇볕이 잘 드는 창가에서 밖을 보며 안락의자에 기대서 조용히 잠을 자듯 편안하게 이 세상을 떠나고 싶어." 하니, "그게 아무나 되는지 알아. 고승이나 도인이 돼야 그렇게 편안하게 죽지." 하고 말하길래 내가, "그래. 그건 도인이나 그렇게 죽는다 치고 우리는 서로 외롭지 않게 동행사하면 좋겠는데……." 하니, "뭐 동행사? 그거 교통사고 나서 같이 죽는 수밖에 없네?" 하고 되받아친다.
　그래 편안하게 가셨지만 하늘나라에서 할머니 걱정을 하시고 계신 할아버지나 뭐 누구는 병에 걸리고 싶어 걸렸나 하고 이승에 남아 괜히 잔병치레에 고생하시는 할머니! 그리고 또 할아버지에게 바통을 넘겨받은 며느리는 또 뭔 죄가 있어 이 고생인가. 할아버지와 함께 가시지 못한 할머니가 불쌍하다. 부부가 한 날 한 시에 죽는 것도 행복한 것이다. 앞으로 더 각박해지는 세상에 자식에게 장례를 한꺼번에 한 번만 치르도록 부담도 덜 주고 좋을 것이다. 갑자기 삼국지의 도원결의가 생각난다. 비록 실현은 안 됐지만 도원결의할 때 "우리가 한 날 한 시에 같이 태어나지는 못 했지만 죽는 날은 같은 해 같은 날에 죽게 하소서."

앞으로 행복한 죽음의 조건이 될 부부의 동행사를 위해.

수상 소감 중에서 · · ·
이제 오십 대에 들어선 제가 평생 처음 쓴 글이 당선된 것은 저로서는 큰 행운과 영광입니다. 혹 향후 이번 수상을 계기로 글 한번 쓴답시고 졸작을 써서 그동안 쌓아 온 한미수필문학상의 명성을 떨어뜨리는 일이 없도록, 이번 기회에 앞으로 좀 더 책을 가까이하고 공부해 다시 펜을 들 수 있게끔 노력하는 모습을 보여 줘야겠다고 다짐합니다. 질병으로 고통 받으시는 모든 환자분들의 빠른 쾌유를 빕니다.

골수 기증기

유문원 (서울아산병원 위장관외과 교수)

"자, 가실 시간이 되었네요. 이 침대로 옮겨 누우세요."

운반아저씨가 수술장으로 가는 침대를 끌고 병실로 들어서자 나는 말 잘 듣는 아이처럼 담당 간호사가 시키는 대로 하고 있었다. 침대에 실려 수술장으로 가는 동안 예상했던 것처럼 병원 천장을 누워서 바라보게 됐다. 영화처럼 복도의 전등이 차례차례 내 눈 앞을 지나간다. 복도의 다른 환자와 그 보호자들이 수술장으로 끌려가는 나를 안쓰럽게 쳐다보고 있다고 느낀다. 속으로 '괜찮아요, 저는 환자가 아니라 단순한 골수 기증자일 뿐이에요.'라고 그들에게 미소를 보낸다. 나는 사실 미지의 세계로 들어갈 때 느끼는 야릇한 흥분과 기대심에 재미를 느끼고 있었다. 그러나 혹시 내 골반 뼈가 부서져 버려 평생 잘 걷지도 못할지도 모르며, 감염이 발생해 골수염에 걸려 꽤 오랫동안 반코마이신 등의 항생제를 맞아야 될지도 모른다는 생각에 침대 끝에서 따라오고 있는 내 아내 C(그는 자기가 모시고 있는 교수님께 어렵게 양해를 구해 출근조차 미루고 있는 상태였다.)의 얼굴이 눈에 밟혔다. 내 딸과 아들의 웃는 얼굴이 떠오르자 잠시 운반아저씨의 얼굴이 시꺼멓게 변

221

하며 저승사자처럼 보이기도 했으나 억지로 '괜찮을 거야.'란 말을 되새기며 겨우 품위를 유지할 수 있었다. 그런데 나는 별일 없을 것이라는 말 한마디와 미소로 얼마나 많은 내 환자들을 수술장으로 막 보내었나를 생각하며 내 죗값을 치르는구나 생각도 들었다.

수술장까지의 여정은 너무나 익숙했다. 12층 복도를 지나 환자용 엘리베이터를 탔다. 7층에서 내 옆에 다른 환자가 침대에 누워 엘리베이터 안으로 실려 왔다. 보호자들이 10여 명은 되고 다들 눈물을 글썽이는 것으로 보아 아마도 눈물의 수술동의서를 받은 흉부외과 환자처럼 느껴졌다. 같은 외과 의사로서 충분히 이해는 한다만……. 흉부외과, 이 나쁜 놈들아.

좁은 엘리베이터 안에서 자리 재배치가 벌어지고 2층이 되자 걱정 가득한 보호자들 사이를 헤치고 나 역시 걱정스런 표정의 C를 뒤로하고 수술장 자동문을 지나 수술장 로비로 들어서게 됐다. 수술장 로비 간호사는 내가 수석전공의 시절 D5번 방 책임간호사였다. 파란색 환자용 모자(나는 항상 이 모자를 볼 때마다 할머니들 뽀글뽀글 파마할 때 뒤집어쓰는 모자가 생각난다.)를 쓴 내가 안녕하세요 하고 인사를 하자 어색하게 인사를 받는다. 허리를 숙여 차트를 집어 들더니 "유문원?" 하며 깜짝 놀라며 반색하여 나를 다시 쳐다본다.

"어머? 유문원 선생님이셨어요?"

"네. 이 모자 제게 안 어울리죠?"

"훗. 잘 어울려요. 금식하고 뭐 이런 거 다 지키셨죠?"

"네. 수술 전 투약은 없었어요."

"네, 수술 잘 받으세요."

"감사합니다."

나는 허튼 환자복과 환자용 모자가 내게 어울린다는 그녀의 말이 내 예상과 달라 약간 당황했었다. 수술장 로비가 첫 수술 전에 얼마나 바쁜지 알고 있으니 당황한 내 맘을 알아차리지 못한 그녀에게 아쉬움을 표현할 수도 없었다. 일상적으로 일어나는 수술장 로비의 체크 사항도 은근슬쩍 다넘어가고 나는 회복실 앞으로 배치되어 수술장 진입을 대기하게 됐다. 내 왼쪽에는 산부인과 환자가 누워 있고 내 오른쪽에는 비뇨기과 환자가 누워 있었다. 그때 외과 후배들이 지나간다.

"어이, 박○우. 반갑다."

"아……형. 수술한다는 말은 들었는데…….."

"응, 오늘이야. 바쁜데 빨리 들어가라."

"네, 안녕히……."

"어이, 김○원, 반가워.(음 외과병동 치프 선생님을 이렇게 불러도 되나?)"

"어? 형."

그리고 간단한 악수. 여전히……. 말없이 조용한 그답다.

동아리 여자 후배도 급히 수술장으로 들어간다. 그녀 전공이 뭐였지 생각하며 안경 안 쓴 내가 확신이 없어 마냥 쳐다보는데 그녀가 날 빤히 쳐다보고 그냥 들어갔다. 그 외 내가 아는 많은 사람들이 나를 한번 흘깃 쳐다보고는 그냥 수술장 안으로 들어갔다.

'음, 역시 이 모자와 환자복이 스타일을 구기는군. 아마 의사 가운을 입었다면 날 쉽게 알아 봤을 텐데…….'

인사를 포기하고 왼쪽을 쳐다보았더니 산부인과 환자가 눈을 꼬옥 감고 울고 있다. 거참……, 안 아픈 놈이 환자복 입고 수술장 들어오니 영 적응 안되네……. 따뜻한 말 한마디 건네려고 하는데 갑자기 내 침대가 움직였다. 역시 얼굴이 시꺼먼 또 다른 저승사자였다.

　"유문원님이시죠?"

　"네."

　"자, 그럼 들어갑니다."

　"네."

　로비를 지나 수술장 안으로 들어갈 때 서서히 추워졌다. 갑자기 목도 좀 말라 오고 화장실에 안 간 것을 후회했다. 척추마취를 하고 난 뒤 소변 못 봐서 고생하는 환자들을 여럿 보았는데 아뿔싸, 제발 별일 없기를 바랄 뿐이었다.

　"아저씨, 여기 좀 춥네요." 나는 마치 처음 와 본 것처럼 이야기를 건넸다.

　"여기는 이 온도가 1년 내내 유지되지요. 세균이 자랄 수 없는 온도예요."

　"아, 네.(아저씨, 세균 자랄 수 있어요.)"

　이런 대화가 오가는 사이에 내 인생의 찬란했던 젊은 4년을 보낸 ○○ 대학교병원 수술장 D 로젯을 지나가고 있었다. 어렵게 목을 들어 바라보니 여전히 인력배치표, 일명 팔림표라 불렸던 당일 외과 수술계획표 앞에 사람들이 모여 있고 각 방마다 인턴 또는 주치의들로 생각되는 이들이 바쁘게 움직이고 있었다. 찰나의 순간에 떠오르는 추억들. 그러나 나는 그

추억을 맛볼 시간이 그렇게 많지 않았다. 어느덧 E 로젯 5번 방으로 들어가게 됐다. 이 방은 내가 레지던트 3년차 때 생긴 방이다. 시설은 좋은데 이 방에서 수술했던 나쁜 기억의 환자들 몇 명이 떠오른다. 여느 환자처럼 나는 많은 사람들이 보는 앞에서 쑥스럽게 수술침대로 건너갔다. 손동작, 발동작 하나하나가 관찰당한다고 생각하니 당혹하기까지 했다. 혈액종양내과의 전임의인 동기 Y가 나타나서 아는 체를 하고 나서야 이런 마음이 좀 가셨다.

반듯하게 누워 있으니 마취과 인턴과 아마도 1년차로 생각되는 전공의 한 명이 모니터링을 하기 시작했다. 심전도 부착을 가슴 쪽에 하길래 '역시 3월이야, 난 곧 뒤집힐 텐데.' 혼잣말을 하는데 마취과 치프 선생이 나타나서 바로 등 쪽으로 바꿔 붙이도록 교정해 주었다. 그 치프 선생은 합창반 후배였던 J였다. 여자 의사인 J와 레지던트 때 잘 알고 지냈던 간호사들 앞에서 몸짱도 아닌 내가 웃통을 벗어젖히는 것은 그리 유쾌한 일은 아니었다. 더군다나 속옷도 없이 바지까지 곧 벗게 될 텐데 거참, 산 너머 산이었다. 너무나도 많이 봐 왔던 척추마취 자세인 우측 측와위를 폼나게 잡아 주었다. J는 말 한마디는커녕 눈 한 번 안 마주치고 휙 밖으로 나가 버린다. 그럼 마취과 치프가 여러 방 보느라 바쁘지. 마취과 1년차 선생이 피부 소독을 한 뒤에 한 차례 바늘로 찔러 왔다.

따끔!

곧 바늘이 빠져나가는 걸로 봐서 마취 기록지에 'clear CSF'란 말이 적히기까지는 아직 멀었나 보다 싶었다. 그러자 그 선생이 마취기록지 작성하느라 바쁜 마취과 인턴에게 지시를 한다. 놀지 말고 환자가 자세 잡기 편하게 좀 잡아 주라고. 음, '놀지 말고'라는 말은 굳이 할 필요가 없는 말이며 놀고도 있지 않았는데 왜 저런 말을 하나 싶었다. 저런 유형의 말을 의사 수련을 받으면서 얼마나 많이 들었던가? 내가 들었던 최악의 말은 '원숭이도 가르치면 너보다 낫겠다.'와 '일도 못하면서 밥은 왜 먹니?'였다. 아, 갑자기 가슴이 아려 온다. 그리고 등줄기도 아려 온다. 이런 상태의 나를 구원해 준 것은 마취과 교수 K였다. 파견 나갔던 YY병원에서 뵈었던 분인데 본원에 계셨다. 마취과 전공의가 벌떡 일어서며 말했다.

"저, 이 환자분은 본원 일반외과 출신 보드맨이십니다."

나는 속으로 '이놈아, 2년 전부터 일반외과가 아니라 외과야.'라고 말하고 있었다.

"아, 그래? 좋은 일 하네. 그럼 내가 바로 해 버리지, 뭐."

마취과 전공의는 마치 지옥에서 부처 만난 듯 너무 좋아하며 다소곳이 자리를 교수님께 양보했다. 나는 전혀 그럴 마음이 없었는데 은근히 내가 그에게 부담을 주긴 주었나 보다. 역시 K는 교수였다. 과감하게 거침없이 찔러 오는데 오오, 나의 등줄기여, 오른쪽 다리에 불쾌한 감각이 생기더니 곧바로 불길한 예감은 적중했다. 벼락치듯 내 오른쪽 다리가 펄떡였다.

"아아악!"

"오오, 이제 괜찮아요?" 바늘을 빼며 물어 오셨다.

"네. 괜찮아요." 물론 다리는 괜찮아졌는데 내 간은 콩알만 해졌다.

"이거 봐, 긴장하고 계신가 봐. 등근육이 spinal needle을 콱 움켜줘서 진행이 안 되네. Paramedial approach를 해야겠군."

잠시의 시간이 지나고 나자 두 다리가 후끈후끈해지고 전기가 통하듯 찌릿찌릿해져 왔다. 아, 이게 척추마취되는 감각이구나. 발가락이 안 움직여지기 시작했다.

"다리 들어 보세요."

"오른쪽 다리는 안 들리구요, 왼쪽 다리는 약간 들려요."

"잘됐다. 조금만 기다렸다가 시작하도록 해."

다시 들어온 마취과 치프 J는 바지를 내리더니 마취 레벨을 체크한다.

"여기 차가워요?"

"네." 그러고는 나는 빤히 J를 쳐다보는데 갑자기 J가 외마디 비명을 지른다.

"어? 문원이 오빠네! 어머. 야, 네가 해라."

그러더니 마취과 1년차 선생에게 지시를 하더니 내 머리맡으로 왔다. 당황스럽기는 나도 마찬가지였다. 상상해 보라, 동아리 여자 후배가 쳐다보는데 바지 내리고 있는 당신을, 그것도 반듯하게 차렷 자세로…….

어느덧 마취레벨이 충분해지자(T6 level까지라고 기억한다.) 사람들은 나를 뒤집을 준비를 했다.

"원래 운반침대에서 마취한 다음에 돌리면 되는데……."

"깔개는 그렇게 깔면 안 돼요. 배가 눌리거든요."

"얼굴 받침 가져 왔니? 그런 건 미리 준비해 둬야지."

3월, 인턴과 1년차가 모두 초보인 시기, 대학병원의 이러한 생리를 너무나도 잘 아는 나이기에 망정이지 일반인들은 저런 소리에 아마도 굉장히 불안해질 거야라고 생각하며 괜히 팔도 잘 안 움직여지는 것처럼 나는 통나무처럼 뒤집혀졌다. 얼굴 앞에 놓인 산소튜브에서 불쾌한 마취냄새가 나서 속이 니글거리기 시작했다. 배도 답답해지고 나는 손을 들어 J에게 말했다.

"나 속이 니글거려, 머리도 좀 어지럽고……."

'Nausea가 있고 dizziness가 생겼어.'라고 말하려다가 괜히 마취과 의사를 자극할 것 같아 비의료인처럼 저렇게 이야기했다. J에게 반말을 해야할까 아님 로젯 치프 선생님인데 높임말을 해 주어야 할까 등 그리 중요할 것 같지 않은 생각에 나는 이상하게 집착하고 있었다. Metoclopramide를 정맥주사할 거라고 예상했는데 이 예상은 빗나갔다.

"엇, BP가 떨어지고 heart rhythm이 늘어졌어요."

1년차의 약간 높은 목소리에 J는 재빨리 모니터 화면을 보더니 IV route를 통해 약물을 주사했다. 나는 J에게 midazolam을 좀 달라고 했다. J는 ephedrine을 주사한 뒤 내 부탁을 들어주었다.

"이제 다 괜찮아요."

"Thank you."

그 말을 끝으로 나는 깊은 잠에 빠져 들고 말았다.

2003년 1월 어느 날, 전문의 시험이 막바지에 달한 때였다. 아내 C는 주로 집에서 공부를 하고 있었고 나는 동료들과 함께 아파트를 하나 빌려 공부방을 만들어 전문의 시험공부를 하고 있을 때였다. 공부를 마치고 집으로 돌아왔더니 한국골수은행협회에서 우편물을 보내왔다. 그냥 간단한 통신문이었고 골수 기증자 및 수혜자들의 수기가 있는 책자였다. 그것을 보는 순간 잊고 있었던 골수 기증이 떠올랐다. 나는 본과 4학년 2학기에 우연히 본원 헌혈실 앞을 지나가다가 한 포스터를 보게 되었다. 골수 기증? 헌혈은 여러 번 해 보았으나 골수 기증에 대한 생각은 없었다. 내가 앞으로 의사가 될 텐데 저기에 등록해 두고 혹 기회가 된다면 골수 기증을 하는 것은 의사로서 뜻깊은 일이 아닌가? 하는 생각에 충동적으로 헌혈실 안으로 들어갔다. 기증 의사를 밝혔더니 혈액 10cc를 뽑아 간다. 간단한 서류를 작성하고 돌아섰다. 그것이 마지막이었다. 그 후로 6년 동안 아무 일 없었고 나는 그동안 까맣게 잊고 살았는데 그 책자를 보는 순간 왠지 올해에 큰일이 있을 것 같다는 생각이 들었다. 그리고 그 예상은 5개월 정도 지난 여름이 되어서야 그대로 들어맞았다. 어느 날 집으로 날아온 한국골수은행 협회 편지에 5세 남자 백혈병 환자가 당신과 matching이 되었고 기증 의사는 여전히 유효하냐고 적혀 있었다. 왠지 모를 섬뜩함. 나는 골수에 대한 기억들을 짜내어 보았다.

1998년 10월, 나는 내과를 도는 인턴이었다. 내 근무지가 101병동이었는데 당시 인턴들 사이에서는 sore병동(할 일이 없어 침대에 누워 있기만 하다가 욕창 생긴다는 병동)으로 유명했고 인턴 스케줄에 걸리려면 삼대가 덕을 쌓아야 된다는 곳이었다. 우리 증조부님, 조부님 그리고 아버지께서 덕을 쌓으신 때문도 있겠지만 내가 그리로 가게 된 것은 아마도 당시 내과 치프셨던 동아리 선배의 배려가 더 컸으리라 생각한다. 그곳에서 일하면서 열정을 가진 주치의 선생님 O를 만나 많이 배웠고 H 선생님께는 골수생검도 받았다. 그 악명 높은 내과의 B 교수님께 칭찬도 들었으니 의사 수련 면에서는 무척 유익했던 병동이었다. 수많은 백혈병 환자들을 보면서 골수이식에 대한 보호자 및 환자들의 간절한 목마름도 옆에서 지켜볼 수 있었다. TV 안에서나 보는 무균실은 이유는 모르지만 영화 에일리언을 연상시켰고 거기서 골수이식 후 한 번도 열나지 않고 잘 퇴원한 정말 운 좋은 환자도 보았다. 그러나 가장 기억에 남는 건 1인실에 입원해 있었던 30세 초반의 한 차분한 여자 환자였다. 지금 나처럼 친족이 아닌 사람에게 골수를 기증한 환자였는데 내가 시술에 참여했던 환자였다. 물론 나는 당시 짐꾼 역할밖에 안 했지만. 나는 시술 후 dressing을 하러 병실로 들어갔다.

"저, 안녕하세요, 상처 소독하러 왔습니다. 많이 아프지는 않으세요?"

"네, 괜찮아요." 환자가 몸을 뒤집으며 날 보고 빙긋 웃는다.

"저, 인턴 선생님, 3월 달에 YY병원에서 일반외과 인턴 도셨죠?"

"어? 어떻게 아셨어요? 절 아시나요?"

"혹시 그때 중환자실에 A라는 환자 기억하세요?"

"물론이죠. 병원에서 처음 일할 때라서 모든 게 서툰데 그때 절 얼마나 힘들게 했던 환자인데……, 하루에도 몇 번이나 피 뽑고……."

"하하하, 제 아버지세요."

"읍……, 결국 돌아가셨는데……. (음, 내가 그때 실수한 게 없던가?)"

"그때 선생님께서 열심히 봐 주셔서 고마웠어요."

"아니 무슨 말을……, 저 때문에 그분이 고생 많이 하셨을 텐데요."

"제가 간호사라서 3월 초보 의사 선생님들을 잘 알아요. 하지만 선생님께는 고마웠어요."

괜히 귀밑이 벌게져서 도망 나오듯 병실 밖으로 나와 버리고 말았다. 문

밖을 나서는데 환자가 뒤돌아 누우면서 끄응 하는 신음소리가 났다. 왜 그리 창피하던지……, 그냥 돌아보지도 않고 달려가서 담배 하나 피어 물었다. 왜 창피하지? 고맙다는 말이 왜 그리 부담스러웠을까? A라는 환자는 80세의 할아버지였는데 혈액 채취가 안될 때 얼마나 짜증 내면서 귀찮아했는지 나는 너무나도 잘 기억하고 있었다. 그 3월에 수많은 환자들에게 내가 얼마나 잘못했는지 내가 아는데……. 의사로서 나는 정말 환자들에게 무언가 해 줄 수 있을까? 다음 날 그 여자 환자가 퇴원할 때 나누었던 악수를 기억한다.

문득 그 10월이 생각났다. 나는 그 골수은행협회의 편지에 동봉돼 있었던 코디네이터의 명함을 보고 전화를 하게 됐다. 골수 기증을 하겠다고 말이다. 그리고 C에게 전화를 걸었다. 자초지종을 설명하자 날카로운 대답이 돌아온다.
"뭐라고? 내가 동의할 거라고 생각했어?

"문원아."
눈을 떠 보니 레지던트 동기인 L형이 마스크를 한 채 서 있었다. 그는 제대한 후 나와 함께 전공의 과정을 보내서 병원 촉탁의로 일하고 있었는데 이런 상황에서 만나니 무척 반가웠다. 약간 정신을 차려 주변 상황을 보니 나는 E로젯 회복실로 옮겨져 있었다. 아직 마취에서 다 회복되지 않아 다리를 내 맘대로 움직일 수 없었다. 시간을 보니 오전 11시가 다 되어 가고 있었다.

"괜찮아?"

"예, 괜찮아요. 형, 촉탁의가 되셨다면서요?"

그 다음 말은 기억이 안 난다. 다시 정신이 들었을 때 병실로 돌아와 있었고 부모님과 C가 나를 바라보고 있었다.

"참내, 문원이 너 참, 훌륭하다." 원망하듯 눈살 찌푸리신 어머니셨다.

"괜찮아?" C가 정겹게 물어 온다.

"응, 괜찮아. 너 출근해야지. 어서 가."

간병인 아줌마께서 와 계셨는데 능숙하게 내 자세를 잡고 피 묻은 옷을 갈아 입혔다. 부모님과 이런저런 이야기를 하다가 부모님께서 쉬라고 하시며 자리를 비켜 주셨다. 이런 일로 부모님 속상하게 해서 정말 죄송했다. 하지만 분명 자랑스러워하시리라는 믿음은 가지고 있었다. 내일은 부모님 건강검진 날인데 별 탈 없었으면 좋겠다는 생각을 하면서 나는 다시 잠에 빠져들었다. 아, 위대할 손 midazolam 약발이여! Short—acting drug 맞아?

허리가 뻐근했다. 압박하기 위해서 모래주머니를 허리 밑에 두었는데 영 자세가 편하지 않았다. 얼른 빼 버리고 싶은 마음에 다섯 시간이 지나자 담당 간호사를 졸라서 빼 버리고 말았다. 마취가 풀려 오고 발가락도 움직이고 허벅지를 꼬집어 보니 감각도 돌아오고 있었다. 그러나 우리우리한 이 느낌은 마치 휘플씨 수술 한바탕 거하게 한 뒤의 양쪽 다리 같이 불편했다. 조혈모세포은행 담당자나 담당 간호사, 주치의 선생님 모두 진통제가 필요하지 않냐고 물어 온다. 데메롤이 준비되어 있으니 필요하면 언제라도 이야기하란다. 버티려고 하는 내게 악마의 속삭임 같은 마약의 유혹이었다. 주치의 선생님께 근육주사 하냐고 물어보고 정맥주사로 천천히 주면 좋겠다고 했더니 그렇게 하시란다. 아, 나는 그만 이 유혹에 굴복해 버렸다.

　잠이 부족해서일까? 데메롤이 내 몸 안으로 들어오자마자 다리 끝에서 밀려오는 노곤함과 전신안마를 받는 듯한 편안함이 내 몸을 감싼다. 기분 좋은 이 느낌. 나는 편안하게 잠들 수 있었다. 중간에 깨서 밥 먹을 때 허리가 좀 아팠으나 밥은 잘 먹었다. 간병인이 군인이라서 밥은 잘 먹네 그런다. '아줌마, 전 군인이라는 게 싫어요. 어서 군복 벗고 싶어요.'

　다시 잠을 자고 있는데 밤 열한 시경에 담당 간호사가 들어온다. 내가 외과 1년차 때 YY병원 외과병동에서 신규 간호사로 일했던 분인데 당시 긴 참머리를 휘날리며 스쿠프를 몰고 다니던 인상 깊던 간호사였다. 지금은 어느덧 경륜이 쌓인 간호사가 되어 특실에서 일하고 계셨다.

　"저, 저 기억나세요?"

　"네. 물론이죠. 불편한 점 없으세요?"

　"허리가 좀 아파요."

　"wound를 좀 볼 수 있을까요?"

　"네."

　나는 자세를 바꿔서 복대를 풀고 엉덩이를 내놓았다. 나는 선생님 앞의 모범생처럼 되어 있었고 그녀에게 고마움까지 느끼고 있었다. 사람들이 왜 간호사를 백의의 천사라고 표현하는지 이해할 수 있게 됐다. Dressing을 끝낸 그녀에게 자정에 데메롤을 하나 더 맞혀 달라고 부탁하고 자세를 편하게 바꿨다. 자정에 그녀는 데메롤을 들고 왔고 나는 다시 편안하게 잠들 수 있었다. 헤죽거리는 내 목소리를 들은 C는 마약중독되지 않도록 주의하란다.

사실 처음 골수를 기증하게 되었을 때 나는 C가 근무하는 병원에서 시술받기를 원했다. 그 병원 사정상 나의 바람은 무너졌지만 C가 시간 날 때 방문하기가 훨씬 편할 것으로 생각했고 지금 내가 혹독하게 겪고 있는, 안면 있는 사람들에게 엉덩이 보여 주기를 안 해도 될 것이라고 생각했기 때문이었다. 이전에 나의 3년 선배가 본원에서 치핵 수술을 받았는데 외과 레지던트들, 수술장 간호사 및 병실 간호사들께 두고두고 회자되던 기억이 있어서 이런 점이 은근히 신경이 쓰였다. 앞으로 환자의 내정의 비밀을 절대 지켜 주자고 다짐하였다. 재벌 병원에 가서 좋은 시설을 누려 볼까 하는 마음도 있었으나 C의 이동거리가 너무 멀어지고 낯선 환경보다는 익숙한 내 수련병원이 더 좋다고 판단하여 비록 속살은 내보여 준다고 하더라도 이 병원에서 시술받는 것으로 정했다. "선생님 엉덩이, 이쁘던데요!" 아, 이런 식으로 내 동료들의 최고의 선처를 기대해 본다.

2004년 3월 23일 나는 원래 퇴원하기로 돼 있었으나 골수 채취한 곳에서 피가 조금씩 계속 나서 퇴원이 보류됐다. 나보다 다른 사람들이 속상해 했다. 나는 솔직히 아프지 않은 채 병원에 입원한다는 것에 대해 은근한 재미를 느끼고 있었기에 그리 답답할 것이 없었다. 오히려 서른을 넘긴 나이에 고즈넉하게 의사로서의 7년을 돌이켜 볼 수 있어 좋았다. 그리고 좋은 일도 하고 미래에 대한 사색도 할 수 있으니 이번 일은 나에게는 꿩 먹고 알 먹는 일이었다. 결국 나는 3월 24일 퇴원했다.

혈액종양내과를 경험한 C를 설득하기는 어찌 보면 쉬웠다. 의사로서 대의명분이 나에게 있으니 더욱 쉬웠다. 군인은 나라 재산이기 때문에 골수도 내 맘대로 못 주었다. 사단장급의 허가가 필요한데 내가 소속되어 있던 군부대인 비룡부대 사단장은 고맙게도 허가해 주셨다. 미안했던 것은 사단 의무대 군의관들이 내 빈자리를 채워 주기 위해 일 많은 신병교육대대로 파견 나와야 된다는 것이었다. 협조가 잘 되어 이 문제도 해결되었다.

이제는 어디 가서나 자신 있게 한마디 할 수 있게 됐다. 의사로서 목에 힘주며 '나 아니었으면 그 환자는 죽었어. 나 땜에 산 거야.'라고 말이다. 적어도 한 명은 확보한 셈이니 이 정도면 의사 생활 7년차에 성공한 것이 아닌가?

수상 소감 중에서 · · ·

그때 기억은 참 좋은 경험이었습니다. 환자가 아니지만 환자처럼 병실, 수술장, 회복실을 거치는 기막히게 좋은 경험 말입니다. 조혈모세포 기증 후에 환자를 대하는 태도가 많이 변했습니다. 수련 기간 동안 환자는 언제나 처리해야 할 '일'이었고, 풀어야 할 '과제'로만 인식되다가 다양한 감정을 지닌 '사람'으로 인식할 수 있게 된 계기가 되었습니다. 지금은 어느덧 학생과 전공의를 가르치고 있는데 수필을 통해 바쁜 후배 의사들에게 제가 느낀 점들을 전할 방법이 생기게 돼 무척 기쁩니다.

사랑을 건네며

홍범식 (서울아산병원 비뇨기과 교수)

사랑은 손길로 전해진다. 피로 범벅된 지독한 사랑도…….

또다시 가을, 아침부터 바람이 불고 낙엽이 뒹군다. 손바닥을 펴고 팔을 벌려 보니 손은 낙엽이 되고 낙엽은 손이 된다. 깨끗해 보이는 은행나무 잎 하나를 주워 드니 손에 단풍이 진다. 잎사귀 다치지 않게 주머니에 넣고 길을 걷는다. 악수 속에 우정이 있고 건넨 한 송이 장미에 사랑이 있다. 살면서 무엇을 건네었는지 내민 나의 손길은 어떤 위로가 되었는지 가늠할 수 없다. 다만 아내의 손을 녹여 줄 때, 오랜만에 만난 친구의 어깨를 쥘 때, 어머니의 아픈 다리를 주무를 때, 조그만 아들의 손을 어루만질 때, 퇴원하는 환자의 등을 두드릴 때, 손에 전해 오는 온도를 느끼며 내 마음도 따뜻해진다.

집중과 열정, 그리고 냉철함을 더해 내 손은 늘 낯선 타인의 피와 섞인다. 나의 손은 상당한 시간 동안 타인의 배 속에 머무른다. 배 속의 온도는 인간의 근원적인 따뜻함을 극명하게 설명한다. 병원 로비 갤러리를 지날 때 짙은 원색의 풍경화들이 눈에 들어오고 온통 붉게 채색된 가을 풍경화 하나에 잠시 사로잡힌다. 어제 복강경 수술 모니터에 보였던 환자의 배 속 핏빛이 풍경화 위로 삽입된 후 이내 스쳐 사라진다. 병원 인테리어는 날로 모던해졌지만 그 속 생로병사의 기쁨과 슬픔, 힘든 치료를 견디고 병과 싸워 내는 소리 없는 전쟁은 늘 변함없이 그대로다.

길게 늘어선 수술장 복도를 걸으며 방방마다 놓인 수술대를 힐끗힐끗 바라보며 그 위에 누운 환자들의 저마다 다른 사연을 떠올려 본다. 모두 이유 있는 수술들, 그리고 오늘 나의 수술 이야기.

몇 년 전 남편에게 간을 떼어 주었던 여인이 이번엔 신장을 떼어 주겠다고 누웠다. 아픈 남편을 위해 멀쩡한 아내가 환자가 되겠다고 또 수술대에 누운 것이다. 신장 이식수술은 마주 본 두 수술방에서 동시에 진행된다. 신장을 주는 사람과 받는 환자가 마주 보고 눕는 셈이다.

오늘 한 부부가 마주 보고 누웠다. 복강경을 위치시키고 여인의 배 속을 들여다보니 간 수술 때의 미미한 유착이 지난 아픔의 흔적이 되어 남아 있다. 수술이 진행되면서 복강경 화면 위로 그간 이 가정을 지나쳐 간 불행과 그것을 극복해 가는 사랑의 과정이 펼쳐진다. 요관을 자르고 모질게 붙어 있던 신장의 동맥과 정맥을 자르니 탱탱한 콩팥이 손에 들어온다. 따뜻하다. 아픈 절개창으로 신장을 꺼내니 외과 이식팀이 성배처럼 엄숙하게 얼음가루 가득한 대야를 들고 기다리고 있다. 손으로 신장을 건넨다. 피로 범벅된 지독한 사랑을 전달한다. 그 사랑은 가늠할 수 없는 깊이와 아픔의 산물이다. 또 멀쩡한 사람을 환자로 만들었으나 내 손이 캐낸 콩팥이 마주 보고 누운 남편의 배 속에 잘 안착될 때 여인과 남편의 상처는 같이 아물고 나눈 사랑은 두 몸속에서 하나가 된다.

손가락을 쥐었다 펴며 환자의 진정한 내면에서 연주를 마친 고단한 손을 위로한다. 상념 따라 나서는 수술장 복도는 유난히 길어 보인다. 침침한 긴 터널의 저 끝에 가을 햇살이 들어차 이 길 힘겹게 돌아 나가는 사람들의 희망을 말해 준다. 유아용 침대에 앉아 수술대를 향하며 울음을 터트린 어린아이의 손에 침대를 밀던 사람이 작은 인형을 건넨다. 내민 그 손길의 위로는 저명하다. 아이는 이내 울음을 멈추고 동그래진 눈을 휘둥그렇게 뜬다.

회진을 돌며 여인의 병실로 향할 때 담당 전공의가 먼저 입을 뗀다.

"교수님, 남편에게 간도 주고 신장도 주고 정말 대단한 것 같습니다"

"그러게 말이야. 우리가 환자한테 배워야 한다니까."

암 그리고 고단한 질병의 환자들 속에 여인은 숱한 사연의 하나가 되어 누웠다.

"수술 잘되었어요." 말을 건네니, "고맙습니다. 그런데 간 수술 때보다 더 아픈 것 같아요." 하며 얼굴을 찡그린다.

진통제를 아끼지 않도록 지시한다. 가족의 아픔은 나의 아픔이다. 그 지독한 아픔이 지금 내 몸을 찢는 통증으로 혼돈될 때 너의 아픔이 나의 아픔이 되는 진정한 사랑의 실체를 본다.

이 여인뿐만이 아니다. 아들이 어머니에게 또 딸이 아버지에게 사랑을 전달한다. 시부모가 며느리에게 신장을 받는 경우는 드물지만 종종 사위가 장인이나 장모를 위해 수술대에 눕는다. "저번에 처가에 갔다가 모두가 울고불고 난리가 났길래 술 한잔 마시고 내가 신장을 드리겠다고 하였습니다." 사위의 말이다.

아버지에게 신장을 주겠다는 여대생 딸에게 수술동의서를 받겠다며 이런저런 수술 관련 합병증을 설명하지만 딸은 아무 일 없이 잘 회복하여 며칠이면 퇴원할 것이다. 그러나 하얀 그녀의 뱃살 위 신장을 꺼낸 수술 자국은 세월이 가도 희미해질 뿐 오래도록 사라지지 않는다. 아버지의 배 속에서 딸의 콩팥이 소변을 내뿜을 때 아버지는 여태 해 오던 투석의 고통에서 벗어나지만 딸의 상처로 인해 더욱 가슴 아파한다.

한 통의 짧은 편지.

"선생님 안녕하세요? 가끔은 제가 신장을 준 것도 잊고 살다가 수술 자국을 보면서 깨닫곤 해요. 그래도 늘 선생님께 감사하고 있다는 사실은 변함이 없어요. 선생님 덕분에 많은 사람들이 감사하며 살아가고 있음을 기억해 주세요."

23세의 미혼이던 그녀는 신장을 언니에게 주었다. 그것도 보험급여 문제로 복강경 수술을 진행하지 못하던 2000년대 중반에 수술대에 누웠다. 당시 콩팥으로 가려면 옆구리의 근육 세 겹을 찢어야 했다. 상처를 작게 내려고 무던히 애쓰고 작은 신장을 보물처럼 언니의 수술방으로 건넨 후 마지막 한 방울 피까지 닦아 내고 그녀의 상처를 꿰맸다. 사연이 상처를 만들고 상처에 사연을 묻고 결국 사랑의 반흔으로 승화되는 꼬리에 꼬리를 문

건넴 속에 길을 나선다.

　나의 손을 거쳐 간 많은 콩팥들이 줄지어 뇌리를 스쳐 지나가고 그 깊이 있는 이동의 대열 속에 서로 마주 보고 누웠던 부모 자식과 형제자매, 숱한 가족의 애타는 심정이 내 마음에도 전해 온다. 내가 전달한 피 묻은 사랑 덩이의 의미를 조금이라도 더 이해할 수 있다면 다음 공여자의 신장을 쥐는 나의 손도 더욱 따뜻해질 것이다. 나의 상념은 가족 간의 사랑과 내 수준의 공감 영역을 초월하여 더 멀리 나아간다. 이내 모두가 마주 보고 누울 때 홀로 고독하게 수술대에 누워 날더러 신장을 떼라고 당당하게 배를 내밀었던 그들에게 다다른다.

　신장 순수 기증자들.

　일전에 수술을 마치고 첫 회진을 돌 때 한 순수 기증자가 아픈 얼굴로 먼저 물었다.

　"받으신 분은 잘되었습니까?"

　"외과 선생님이 아주 잘되었다고 하더군요."

　환자로부터 의사가 배운다는 것은 이미 정설이지만 나는 더 나아가 나의 환자를 존경해야 할 운명 속에 놓인다. '받으신 분은 잘되었습니까?'란 말은 그날 종일 나의 귀를 떠나지 않았다. 일면식도 없는 타인과 나란히 누워 온몸으로 칼을 받아 내는 그들의 고결함 속에 병원과 수술대는 과학과 암의 정복을 넘어선 천국의 계단이 된다.

　퇴근길 백색 수은등 옆 은행나무 아래에 서서, 불빛 받아 더욱 노란 나뭇잎이 시공간을 가리고 떨어진 노란 잎들이 무대 소품이 되어 모든 것이 정지될 때 나는 마치 배우처럼 어두운 객석을 향해 독백을 한다.

'나는 안다. 멀쩡한 몸으로 병원에 걸어 들어와 스스로 환자가 되어 고통을 감내하는 사람이 저 수많은 병실 속 어딘가에 누워 있음을.'

아파트 계단을 오르며 무심코 넣은 주머니 속에 바스락 쥐어지는 은행나무 잎을 꺼내 보며 미소 짓는다. 오늘 나의 손으로 전할 마지막 선물이 무엇인지 안다. 잎을 받아 쥔 아내가 엷은 미소로 답하고 날짜를 그 위에 적어 책갈피로 꽂는다.

수상 소감 중에서···

언니에게 신장을 주었던 여대생이 제게 보냈던 짧은 감사의 편지는 지금도 제 연구실 벽에 걸려 있습니다. 그 편지에 대한 답장을 쓰고 싶은 마음도 있었습니다. 제가 적출해 낸 신장은 가족의 애타는 사랑 그 자체였고 이를 소중히 전달해 내어야 한다는 마음으로 써 내려간 이 글은 어찌 보면 연말에 제 자신에게 띄운 편지였는지도 모르겠습니다. 수술을 함께 했던 전공의들에게 딱딱한 의학적 지식이 아닌 감수성 섞인 언어로 말해 보고 싶었는지도 모릅니다.

아내의 선물, 엄마의 선물

박한선 (성안드레아병원 정신과 과장)

　　화창한 봄날 아침, 진료실에 들어온 50대 중반의 남자는 이렇게 말했다. 낡은 작업복을 입은 남자는 오래된 체념과 의기소침이 표정으로 굳어 버린 듯했다. 더럽지는 않았지만 말쑥한 옷차림은 아니었다. 하지만 그의 나직하고 침착한 말투는 사람의 관심을 모으게 만드는 힘이 있었다. 사실 중년 남성이 혼자서 정신과에 오는 경우는 흔하지 않다. 그리고 흔하지 않다는 것은 주의해야 한다는 의미이기도 하다. 그날따라 외래도 한가했고, 남자가 단지 간단한 불면증 때문에 의사를 찾는 것으로 보이지는 않았기 때문에 좀 더 깊은 면담을 하기로 마음먹었다.

　　"불면이 심하신가요? 정신과까지 오시기는 쉽지 않았을 텐데요."

　　"친구들도 가 보라고 해서……, 딸도 그런 이야기를 하고……."

　　"따님이요? 부인께서는 뭐라고 하시던가요?"

　　"죽었어요. 집사람은."

　　"아, 네……."

　　그는 젊은 시절부터 항구에서 잔뼈가 굵었다. 젊을 때는 부두 건달과 잠시 어울리기도 했었지만 술, 도박 그리고 공연한 허세에 찌든 건달의 삶은 그와 잘 맞지 않았다. 군대를 다녀오고 나서 가까운 친구 몇몇과 뜻을 모아 작은 화물회사를 차렸다. 마침 경기가 호황이었고, 남자는 늘 성실했기 때문에 사업은 금방 자리를 잡았다. 회사에서 경리 일을 봐주던 아름다운 여자와 사랑에 빠졌고, 이내 행복한 결혼 생활이 시작됐다. 아내는 진심으로 자신을 사랑했고 늘 든든한 편이 되어 줬다. 사랑하는 아내가 아이를 가지게 됐고, 남자의 인생에 불행과 슬픔이라는 말은 영영 어울리지 않을 것 같았다.

하지만 난산 끝에 어렵게 아들을 낳은 후부터 조금씩 아내는 힘들어하기 시작했다. 난산의 합병증으로 앞으로 둘째를 가지기 어려울 것이라고 의사는 말했다. 하지만 그러한 사실은 남자에게 그리 중요하지 않았다. 그는 아내가 건강하게 지내기만을 바랐다. 그러나 그 작은 바람은 쉽게 이뤄지지 않았다. 산욕기를 한참 지나고도 아내는 이유 없이 우울해했고 잠을 이루지 못해 뜬눈으로 밤을 새우는 날이 많아졌다. 근원을 알 수 없는 절망감과 공연한 슬픔에 휩싸여 집안일도 육아도 소홀해졌다. 정신과를 다니며 상담과 약물치료를 받았다. 약을 먹으면 잠시 증상이 좋아지는 듯했다. 하지만 계절이 바뀔 때면 우울감이 어김없이 심해졌고 이는 점점 여자를 고통스럽게 했다. 무력한 자신이 남편과 아들에게 짐이 된다는 죄책감이 여자를 더욱 힘들게 했다.

결국 아들이 초등학교 6학년이 되던 해, 그녀는 유서 한 장 없이 어두운 방에서 목을 매달아 세상을 등졌다. 아내가 죽은 후, 남자는 다른 여자에 눈길도 한 번 주지 않고 혼자서 아이들을 키웠다. 여자의 손길이 느껴지지 않은 남자의 낡은 작업복이 먼저 눈에 띈 것은 아마도 고단한 그의 삶 때문이었을 것이다. 나는 부인에 대한 이야기를 끝내고 나서, 다시 현 증상에 대해서 묻기 시작했다.

"언제부터 불면감이 시작되었나요? 혹시 우울한 기분도 같이 들지 않는지요?"

"2년 전부터 그런 것 같습니다. 아마……."

"그때 무슨 일이 있었나요?"

"……아들이 죽었어요."

"……."

아내가 죽은 후 그의 사업도 조금씩 기울기 시작했다. IMF 이후 물류량이 많이 줄었고, 남자의 회사도 많은 어려움을 겪었다. 결국 그는 모든 지분을 동료에게 넘기고서야 회사를 살릴 수 있었다. 다행히도 자신의 명의로 작은 배 두 척을 건질 수 있었기 때문에 겨우 호구지책을 할 수는 있었다. 하지만 아내를 잃고 사업에 실패한 그의 어깨는 점점 처질 수밖에 없었다. 그래도 다행인 것은 자식들이 어머니 없이 잘 커 주었다는 것이다. 그의 아들은 말썽 없이 열심히 공부하여 명문대에 입학했다. 그러나 비극처럼 어머니의 우울증은 아들에게도 찾아왔다. 대학교 1학년 어느 날, 그의 아들은 어머니와 똑같은 방법으로 세상을 떠났다. 너무나도 소설 같은 이야기라서 나는 잠시 말문이 막혔다.

"아드님도 같은 방법으로요?"

"……지 엄마 병이 내려갔는지. 그랬나 봐요……."

244

"……유감입니다."

우울증은 우울한 감정, 비관적인 생각, 불면, 식욕부진, 기력 저하 등의 증상이 2주 이상 지속되는 경우를 말한다. 그러나 이러한 진단 기준에 반론을 제기하는 사람도 많다. 내인성 우울증과 달리 '존재론적' 우울감이란 질병으로 간주할 수 없다는 것이다. 인생의 가치와 근본적인 의미에 대한 깊은 철학적 회의가 존재론적 우울을 유발한다고 한다. 이런 주장에 선뜻 동의하는 것은 아니지만, 아내와 아들을 잃은 이 남자가 경험한 인생에 대한 회의를 뇌 속의 세로토닌 수용체의 민감성 변화로 설명하는 것은 무리일 것 같다는 생각이 들었다. 나는 혹시 이 남자도 자살을 택하려는 것은 아닌가 싶어 내심 걱정이 됐다. 그러다가 남자의 딸이 병원 방문을 권유했다는 말이 생각났다.

"그런데 따님이 있다고 하셨습니다만?"

"아, 네……, 그런데 친딸이 아니에요."

"친딸이 아니라면……."

"네. 입양한 아이에요."

더 이상 아기를 낳을 수 없었던 아내는 어느 날 여자 아이를 입양하겠다고 했다. 철마다 한 번씩 우울증이 재발하던 와중이라 아내의 의견에 남자는 크게 반대를 했다. 그러나 한동안 우울증으로 고생하던 아내는, 잠시 반짝 회복돼 잘 지내더니 갑자기 무슨 힘이 났는지 부득부득 아이를 입양하고 싶다고 했다. 사실 그들은 하나뿐인 아들을 키우기에도 힘이 벅찼다. 하지만 남자의 아내는 입양 기관을 수소문하고 여러 번 찾아간 끝에 귀여운 아기를 찾아냈다. 그 여자아이가 지금 남자의 유일한 가족이었다.

"따님은 별 문제없이 잘 지내는지요?"

"걔는 정말 달라요. 씩씩하게 잘 지냅니다."

혹시 딸도 문제가 있지는 않을까 걱정이 된 나는 물었다. 입양된 청소년이 여러 가지 행동이나 정서상의 문제를 일으키는 경우가 드물지 않다. 그러나 다행히도 남자의 딸은 너무나 명랑하다고 했다. 어머니가 죽은 것을 처음 발견한 것도, 그리고 오빠가 같은 방에서 죽은 것을 처음 본 것도 모두 자신의 딸이었다고 남자는 말했다. 그러나 그럼에도 불구하고 딸은 잘 이겨 내어 명랑하게 잘 지내고 있었다.

하지만 최근에 고등학교에 진학한 딸이 기숙사 생활을 하게 되자 남자는 혼자 술을 마시고 잠을 청하는 날이 많아졌다. 그리고 불면과 우울감에 힘들어하다가 이를 보고 걱정한 동료와 딸이 정신과 방문을 권유한 것이었다. 나는 간단한 약을 처방하고 잠시 병원에 입원해 쉴 것을 권유했다. 집이라고 해 봐야 혼자 사는 썰렁한 아파트에 불과한 곳에서 혼자 지내는 것보다는 오히려 병원이 나을 것 같았다. 정신병원이라 그런지 꺼리는 기색의 남자는 다시 생각해 보고 오겠다고 하고 진료실을 나섰다.

며칠 후 남자는 다시 병원에 와서 입원을 했다. 자살 등의 위험성이 있다면서 병동에서는 우려를 표했지만, 개방병동 입원을 하도록 진행했다. 일반적으로 장기간 우울감을 보인 신환을 처음부터 개방병동에 입원시키는 경우는 거의 없다. 우울감은 종종 자살 사고와 연결되며, 자살 생존자(가까운 사람이 자살한 경우)의 경우에는 더더욱 조심해야 하기 때문이다. 그러나 이 환자는 특별히 개방병동에서 쉬게 해 주고 싶었다. 또 혹시 딸이 찾아온다면 개방병동에 만나게 해 주는 것이 좋을 것 같았다.

남자는 2주 정도 쉬면서 증상이 많이 좋아졌다. 약으로 우울감과 불안감만 조금 조절해 주고는 그냥 병동에서 자유롭게 쉬도록 했다. 거창한 정신치료를 하는 것보다는 그냥 간단한 병동 프로그램에 참여하면서 잔디밭을 산책하고 다른 환자의 모습도 지켜보게 하는 것이 이 남자의 마음에 오히려 치유를 가져올 것이라고 생각했다.

남자는 2주가 얼마 지나지 않아 퇴원을 하겠다고 했다. 딸이 방학이라 집에 오는데 만나러 가겠다는 것이었다. 퇴원하는 그의 표정은 처음보다 많이 밝아져 있었다. 퇴원하는 그에게 앞으로도 주말에는 딸과 시간을 같이 보내기를 당부했다.

그 남자의 딸이 어떤 사연으로 인해 버려졌는지 알 수가 없다. 입양 기관에서도 그런 정보는 잘 알려 주지 않는다고 한다. 하지만 어린 아이를 입양 기관에 맡기는 경우는 대개 미혼모의 아이거나 혹은 경제적인 이유로 부모가 스스로 양육을 포기하는 경우가 대부분이다. 그 아이들은 태어나자마자 부모에게 버림을 받고 세상을 시작하는 것이다. 슬픈 일이다.

남보다 더 행복하게 살겠다면서 자기가 낳은 자식도 버리고, 부부도 남이 되어 헤어지고, 형제들도 서로 등을 돌리는 것이 바로 우리들의 모습들이다. 아마 승승장구하며 성공하고 있을 때는 그렇게 해도 문제없이 괜찮은 것처럼 보일 것이다. 그러나 그렇게 소중한 것을 버리면서까지 결국 얻을 수 있는 마음의 위안과 행복은 없다.

남자의 아내는 심한 우울증을 앓고 있었고 어느 순간 자신의 운명을 예
감했을지도 모른다는 상상을 했다. 그녀가 자신의 아들도 같은 운명을 밟
을지 모른다는 예상을 했다고 하면 너무 무리일까? 알 수 없는 일이다. 하
지만 확실한 것은 여자가 버림받은 한 불쌍한 여자아이에게 든든한 아버
지를 선물해 주었다는 것이다. 그리고 혼자 남겨질 사랑하는 남편에게는
씩씩한 딸을 선물해 주었다. 비록 그녀가 자기 자신의 운명을 구원할 수
는 없었지만, 사랑하는 남편 그리고 어린 딸의 운명을 구원해 줄 수는 있
었던 것이다.

수상 소감 중에서···

저는 정신의학과 인류학이라는 두 가지 학문을 공부하고 있습니다. 그러나 공
부를 하면 할수록 오히려 인간이란 참 설명하기 어려운 존재라는 것을 느낍니
다. 친부모에게 '버림'받은 여자아이, 그녀에게 다시 가족을 선물해 준 '입양',
그리고 다시 엄마와 오빠를 앗아간 2대에 걸친 '우울증', 아내와 아들을 잃은
아빠에게 다시 살아갈 이유가 되어 주는 '피 한 방울 섞이지 않은' 딸. 이것들
은 참 설명하기 어려운 임상의학적 상태이자 인류학적 현상입니다. 어떻게 이
를 설명할 수 있을까요? 진부하게 들리겠지만 저는 인간성과 사랑을 계산에
넣어야 비로소 설명이 가능해진다고 생각합니다.

군의관, 진실과 거짓 사이에서

김장래 (제OO사단 의무대대 정신건강반)

환자를 인솔해 온 간부가 먼저 들어온다.

"지난주 전입한 이 병사는 가정환경이 매우 좋지 못하고 누구와도 어울리지도 못하고 있습니다. 오늘 이렇게 데리고 온 것은 그저께 자살 시도를 한 일 때문인데, 대대장님께서도 특히 관심을 가지고 계시는 병사라서 입실을 시키는 것이 필요할 것 같습니다."

병사가 들어와서 앉는다. 고개는 정수리가 보일 정도로 숙인 상태다.

"그래, 오늘 어떻게 오게 되었지?"

"자꾸 나쁜 생각이 들어서 그렇습니다. 입대하기 전부터 사실 우울끼 (?)가 있었습니다. 신교대(신병교육대) 들어와서부터는 하루 종일 계속 이렇습니다."

그의 양손은 쉬지 않고 서로를 비틀고 있다.

"그래. 방금 너랑 같이 온 간부님한테 들은 것이긴 한데, 네가 자살 시도를 한 적이 있었니?"

"네. 차라리 그냥 제가 없으면 다들 편안해 질 것 같았습니다."

"어떤 방법으로?"

"칼로 여기……." 병사는 전투복을 잡아당겨 왼쪽 손목을 노출한다. 발그스름한 딱지가 가늘게 앉은 3cm 정도의 상흔이다.

그 다음부터 30분에 걸쳐 병사가 내게 해 준 이야기는 그가 모든 단위의 사회에서 소외돼 배신과 좌절로만 점철된 학동기에 대한 것이었다.

자대에서 가져온 생활기록부를 펼쳐 본다. 별 문제 없이 중·고등학교를 졸업하여 4년제 대학을 1학년까지 마쳤다. 대학교 때 성적은 중위권 정도였으며, 밴드 동아리에서 기타를 쳤다. 가장 존경하는 인물이 부모님이고, 취미는 음주와 PC방에서 친구들과 단체로 게임을 즐기는 것이다.

뭔가 맞지 않는다. 이 병사의 말을 어느 정도로 신뢰해야 하는 것일까. 지난주에 제일 친한 친구가 자신의 애인을 가로채서 죽고 싶다고 했던 병사처럼 날 속이려 하는 것인가. 이 또한 사격장에만 가면 과녁 아닌 데를 쏘고 싶어진다는 녀석과 한 무리 아닌가.

어찌됐든 이 병사는 입원의 적응에는 해당하지 않는다. 입대라는 명백한 선행 요인 이후 생긴 증상이고, 치명도 낮은 단회의 자살 시도, 안정된 지지 체계, 과거 위험성 높은 자살 시도력도 없었다.

적절히 용기를 북돋우는 말들을 건네고 2주 후 다시 보자 이야기를 하니, 지금까지 끈적거리던 말투와는 대조적으로 재빠른 동작으로 고개를 들어올린다.

"그럼 저 오늘 다시 돌아가야 하는 겁니까? 어휴, 그럼 군병원은 못 가는 겁니까? 저희 중대장님도 저보고 입원해야 할 상태라고 그랬는데. 아무 처치도 없이 그냥 돌아가라는 말입니까?"

병사는 또 다른 좌절을 경험하고 있는 듯 보였다. 내가 응당 해 주어야 할 것을 해 주지 않고 있다고 느끼나 보다. 앞서 들어왔던 간부가 들어와서 이번엔 다그치듯 이야기를 한다.

"야전에서 이런 애를 어떻게 관리하란 말입니까? 일단 며칠간 증상이 좀 나아질 때까지 만이라도 사단에서 입원을 좀 시켜 주시면 안 됩니까? 또 저렇게 자살 시도하고 그러면 어떡합니까?"

군의관이 된 이래 내 진료실에서 수없이 벌어졌던 장면이다. 사실 돌이켜 보면 처음에는 정신질환에 대해 적절히 '공부'를 했고, 적당한 연기력을 지닌 훈련병들이 여럿 정신과 명찰을 달고 입원해 있기도 했다. 그러나 얼마 지나지 않아 병실에서 내 환자들이 괴성을 질러 대며 블루마블을 즐기고, 티셔츠를 적셔 가며 헬스를 하며 에너지를 발산하고 있는 모습에 난 자책을 했다. 그들을 미워하는 마음이 사실 먼저였지만, 그날 밤 소주에 섞어 마신 내 괴로움은 꾸며 낸 증상을 걸러 내지 못한 내 무능함 때문이었다.

사실 난 꾀병 환자를 만나 본 적이 없었다. 증상을 꾸며 내어 대학병원에 입원하는 환자는 최소한 내가 수련받았던 기간 동안에는 없었다.

10여 년간 '환자―의사 관계'의 중요성을 교육받았고, 임관 전 훈련소에서 두 달 동안 군의관들의 불친절함과 불성실함에 대한 처벌 사례만 인이 박히도록 들은 나로서는 당연히 거쳐야 할 수순이었나 보다.

그래서 선배들을 접촉했다. 군의관들이 모인 온라인 공간에서 서로의 경험을 나누었다. 이런 무력감을 느끼는 정신과 군의관이 나뿐이 아님을 알게 되었다. 징병제의 우리나라에서 군의료라는 무상의료 체제가 불가피하게 만들어 낸 현실이며, 이를 무시하고 내원하는 모든 병사들을 그들이 원하는 방식으로 치료해 주려 해서는 안 된다는 것. 일반적으로 병사들은 별로 '낫고 싶어' 하지 않으며, 열외, 외진, 입원, 병가, 전역 등 각기 원하는 바가 따로 있다는 것.

복무 기피를 위한 온라인 카페와 블로그 등이 수두룩 빽빽하고, 내무반에서는 각 과별로 의병제대 심사, 현역복무부적합 심사로 가는 방법에 대한 개인적인 사사가 이루어지고 있는 현실에 군의관 또한 관련 정보를 수집하고 그들에 맞설 전투력을 길러야 함이 옳은 것이리라.

그리하여 난 7개월 전 임관 때와는 비교할 수 없는 기술을 지니게 됐다. '공익으로 가는 법', '현부심 급하신 분만' 등의 제목으로 인터넷에 게시된 글을 상당수 습득했고 전형적인 그들의 수법을 파악했다. 선배 정신과 군의관들이 경험한 구체적 경험은 번호를 매겨 정리하여 상상 훈련을 했다.

진료 시간이 감소했고, 내 마음은 안정을 찾아 갔다. 새롭게 체계화된 나의 면담법은 정찰기와 같이 날 속이려 하는 자들을 찾아냈고, 뒤따르는 소크라테스식 문답법은 그들을 자기모순의 늪에 빠뜨렸다. 잠시 헤어 나오지 못하고 있으면 그들은 어느덧 진료실을 떠나야 했다.

"그렇게 힘들었는데도 입대 전까지는 어떤 도움도 필요 없었나 보다?"로 혼란을 준 다음, "오늘 여기에 어떤 기대를 가지고 왔지?"로 진의를 꿰뚫고, "네 현재의 상태는 입원을 하면 더 나빠질 것이 명백하구나."로 마무리를 하면서는 묘한 쾌감을 느끼기도 했다.

하루는 병사 한 명이 방독면을 쓰면 숨이 막히고 온몸이 가렵다는 증상을 주소로 내원했다. 화생방 훈련 열외를 목적으로 평소 폐소공포증이 있다는 레퍼토리를 이미 몇 차례나 경험한 적이 있었던 터였다.

폐소공포증은 불안장애의 하위 질병목이기에 일단 평소의 불안 수준을 탐색했다. 명확하지가 않다. 의미 있는 수준의 불안감 없는 폐소공포증? 의심스럽다.

바로 정찰기 면담법을 시작했다. 대중교통수단 이용에 대한 질문이다. 방독면 착용에 의해 유발될 공황발작이라면, 엘리베이터, 버스, 지하철 등의 공간에 의해서도 불안감의 변화가 있어야 한다.

돌아온 대답은 또다시 모호하다.

"탈 수는 있는데 피하고 싶다", "꼭 타야 할 때는 탔다."

원래 정찰기 면담법을 사용하면 금세 진료가 끝나야 하는데 그렇지가 못하다. 방독면 착용 시의 생각, 감정 등에 대해 자세히 묻기 시작했다. 숨이 막혀 버틸 수가 없어서 벗어 버렸다고 대답을 했고, '솔직히 좀 좋았다.'고 대답을 했다.

이미 20분이 경과하고 있었고 더 이상 면담을 지속하기는 곤란했다. 초진 환자 접수가 계속 늘어나고 있었고, 이러다가는 내내 기다리다 다시 자대로 복귀해야 하는 병사들이 생긴다.

숙제를 냈다. 체계적 탈감작systemized desensitization. 10층 높이 건물에 올라가지 못하는 고소공포증 환자에게 2층에 올라가는 것부터 차례로 노출시키는 것과 같이, 이 병사에게는 종이마스크→천 마스크→정화통 빼고, 방독면→정화통 반만 잠그고 방독면의 순서로 하루 5분씩 쓰고 생각과 감정을 기록해 오라 시켰다. 다음 단계로 넘어가기 힘들면 마스크를 두 장씩 써 보라 덧붙였다.

사실 숙제를 내는 것도 거짓을 구별하는 기술 중 하나이다. 실제로 증상이 있는 병사들은 열심히 숙제를 해 오는 반면, 거짓 병사들은 거의 해 오지 않는다. 그럼 왜 숙제를 해 오지 않았냐 묻고 치료에 불성실함을 이유로 담당 간부에게 매일 검사를 맡도록 하여 loading을 부과하는 것이다.

정확히 2주 후 이 병사가 내원했다. 사고, 감정 기록을 적어 와서 내게 보여 준다.

마스크를 끼자마자 가슴이 철렁하고 마스크가 코를 너무 세게 눌러 코가 뭉드러질 것 같아 심장이 두근거리고 땀을 흘렸다고 적혀 있다. 눈물이 나고 슬픔을 느꼈다고 한다. 그의 생각들은 역동적이다. 마스크가 콧속으로 들어가 숨을 못 쉬게 만들 것 같다거나 3km 구보를 한 직후와 같다는 인상적인 표현도 눈에 띈다. 며칠 내로 종이 마스크 두 장을 넘어 천 마스크로 이행한다. 내가 느끼기에도 보급으로 나오는 군용 천마스크는 시중의 마스크보다 더 강하게 얼굴을 감싼다. 천마스크 1일차 견디지 못하고 뿌리치듯 마스크를 벗어 내자마자 울음을 터뜨렸고, 친한 선임과 한참 이야기를 하기도 했다. 마지막 날에는 천마스크 세 장을 겹쳐 끼고 연습을 한 내용도 보인다.

난 처음에는 놀랐고 그 다음으로 뭉클함을 느꼈다. 어디에서 이런 열정이 나오는 것인가. 방독면 쓰는 훈련 빼고는 어느 구석에도 도움이 되지 않을 숙제에 이런 노력을 기울이다니.

눈을 크게 뜨고 그의 노트를 보다가 그를 올려보았다. 싱긋이 웃고 있다.

귀마개와 방탄헬멧 또한 불안감을 올리는 것 같다고 덧붙인다.

거침없이 과거력에 대해 묻기 시작했다. 무언가 있다. 짧은 경험이나마 이 물 속에 커다란 물고기 한 마리 있는 것쯤이야 알 수 있다. 심해수에 돗돔 같이 엷게 더 어두운 그림자 하나 비추인다.

그리고 어김없이 걸려 올라온다.

이 녀석은 성공한 펜션 사업가인 다혈질적인 아버지와, 지나칠 정도로 너그러운 어머니 사이에서 태어났다. 아버지에게 받은 질책을 어머니의 온기로 해소하며 외디팔한_Oedipal 갈등이 해결되지 못한 채 성장했고, 아버지가 어머니를 구타하는 장면에 학동기 전부터 질식감을 느껴 왔다. 자기—변형적인_autoplastic 모습으로 적응하려 해 왔고 아버지와 반목하는 여러 순간에도 단 한 번 자신의 의견을 관철시킨 적이 없었다. 아버지와 화해할 수 있는 유일한 길은 좋은 대학에 가서 아버지를 만족시키는 것이라는 생각에 그는 식사 시간, 화장실에 가는 시간도 아끼려 하며 공부를 했고, 고3 때 모의고사를 본 후 성적을 비관하여 자살 시도를 한 적이 있었다. 학교 화장실에서 교복 넥타이를 이용해 목을 맸고, 못이 부러져 실패했으나 당시 숨이 막혀 오던 느낌을 생생히 떠올리고 있었다. 이후로는 헬멧의 턱 끈을 죄는 것, 심지어 TV 의학드라마에서 산소호흡기를 착용하고 있는 환자의 모습에도 증상이 유발되곤 했다.

미안했다. 더 큰 자책감이 밀려왔다. 정신치료자는 포커페이스를 유지하라 했는데, 나는 그의 어머니가 되어 그에게 미소 짓고 있었다.

서둘러 약물치료를 권유했더니 녀석이 거절한다.

마지막으로 현재 하고 있는 체계적 탈감작에 대한 느낌을 물었다. 수면 아래 이렇게 많은 이야기들이 있는데, 그것도 모르고 단시간에 방독면 못 쓰는 증상만 해결해 보자는 심산으로 거칠게 고생시키고 있는 것 아닌가 후회를 담아서였다.

그는 잠시 질문의 요점을 궁리하며 눈알을 굴리다 대답한다.

"고맙습니다. 모르는 사람인데 이렇게 자세히 물어봐 주고 치료해 주시는 것이."

또다시 싱긋이 웃는 그의 표정에 양쪽 눈물샘이 동시에 한껏 수축한다. 재빨리 나가 보라 외쳤다.

고맙다. 모르는 사람인데 시키는 대로 다 하고 오라는 때 와 줘서.

수상 소감 중에서 · · ·

갓 스무 살을 넘긴 열혈 청년들이 군대에 와도 빼앗긴다는 느낌을 덜 받았으면 좋겠습니다. 잠시 빼앗긴다 하더라도 우리가 성실히 임하면 어떤 형태로든 보상받게 될 것이라는 기대를 할 수 있으면 좋겠습니다. 우리가 하는 건강한 생각이 소명되어지고, 그에 합리적인 피드백이 주어졌으면 좋겠습니다.

(저자는 현재 국군양주병원 정신건강의학과 과장으로 재직 중입니다.)

환자 만났을 때
감정 충실하게 쓴 작품들 돋보여

정호승 · 한창훈 · 홍기돈

대상 1편, 우수상 3편, 장려상 10편 등 총 14편을 선정하는 제13회 한미수필문학상 공모에는 92편이 응모돼 7대 1의 경쟁률을 기록했다. 높은 경쟁률처럼 이번 한미수필문학상 심사 과정은 결코 만만치 않았다.

소설가 한창훈과 평론가 홍기돈이 예심을 담당해 각각 14편의 작품을 선정하고, 여기에서 뽑힌 28편의 작품을 대상으로 해 본심을 진행했다. 응모작들이 대체적으로 완성도가 어느 수준에 올라 있다 보니 예심부터 까다로울 수밖에 없었다.

특히 예심을 통과한 작품들은 나름의 개성을 기반으로 각각 장점을 드러내고 있어 어느 관점에서 보느냐에 따라 심사위원들의 선호가 갈렸다. 그러니 본심에서 치열한 의견 교환이 이뤄진 것은 당연한 귀결이었다.

본심은 심사위원 각자가 여덟 편을 추천하고 그 근거를 밝히는 방식으로 진행했다. 두 표 이상을 획득한 작품을 수상권으로 분류했고, 한 표만 얻은 작품에 대해서는 서로 장단점을 지적하거나 옹호하면서 범위를 좁혀 나갔다. 이렇게 열네 편의 수상작을 정한 후 그 가운데 대상과 우수상을 확정했다. 그 결과 윤석민 전임의의 〈너의 목소리〉가 대상의 영예를 안았다. 김탁용 원장의 〈봄으로 오는 선물〉, 김부경 교수의 〈세상이 너에게 줄 수 있는 것〉, 이창걸 교수의 〈고통의 죽음, 죽음의 고통〉은 우수상에 선정됐다. 모든 수상자들에게 축하의 박수를 보낸다.

대상작인 〈너의 목소리〉는 정갈한 문장을 바탕으로 품격 있는 면모를 드러낸 점이 높게 평가됐다. 또한 지난한 과정을 겪으면서도 환자와의 교감에 도달하고자 하는 노력이 돋보였고, 깊은 성찰을 통해 이뤄지고 있는 내적 성숙이 인상 깊게 다가왔다. 대상을 두고 마지막까지 경합을 벌였던 〈봄으로 오는 선물〉은 경향이 이와는 상반된다. 작품 세계는 생동감이 있어 활기가 넘치며, 몇 개의 에피소드는 글쓴이의 이야기꾼으로서의 자질을 충분히 보여 주고 있다. 특히 반전에 가까운 글의 마지막 처리는 풍속 재현의 수준을 넘어서는 것이어서 높은 점수를 받았다. 두 작품의 명백한 장점 앞에서 심사위원들은 갑론을박하다가 결국 품격 쪽으로 기울었음을 밝힌다.

역시 우수상에 선정된 〈세상이 너에게 줄 수 있는 것〉은 의료 현장에서 벌어진 사건을 통해 우리 사회 어두운 현실의 환기로 나아가는 작품이다.

내용이 만약 사회의 어두운 현실을 비판하는 데로 곧장 이어졌다면 태작에 머물렀을 터이나 아이들에 관한 자신의 선입견이 수정되는 과정이라든가, 동사무소 혹은 사회단체에 책임을 미루려고 했던 태도가 반성되는 등 성찰이 개입함으로써 개성화에 성공하고 있다.

또 다른 우수작 〈고통의 죽음, 죽음의 고통〉은 구강암 치료에 실패해 결국 죽음에 이른 환자를 지켜보는 의사의 얘기다. 환자의 치료를 둘러싸고 드러나는 어머니와 며느리의 갈등, 미신이나 종교에 의지하려던 어머니의 빗나간 모정 등이 강하게 표현돼 있다. 전체적인 구성이 통일성을 유지하면서 세부 사항을 아우르고 있는 점이 긍정적인 평가를 이끌어 냈다.

사별,
잊어야 하는 것이 아닌

[한치호]

사별을 겪은 이들에게 위로가 되었길 바라

올 한 해는 우리를 떠나간 이들이 너무 많아서 지칠 정도로 슬픔이 계속되었던 시간들이었습니다. 세월호 참사, 친구 아들의 사고사, 그리고 이 여성 환자분이 있어 저는 많은 시간을 죽음과 이를 받아들여야 하는 이들의 고통에 대하여 생각해 왔습니다.

그래서 의사들의 글쓰기 장인 한미수필문학상에 마치 의무처럼 우리가 겪은 사별에 대하여 써야 할 것 같았습니다. 이번의 글은 올해 느끼고 생각했던 저의 마음속을 어떻게든 정리를 하고 싶었고, 해야만 했던 의례의 결과입니다. 저에게 이 의례는 어린 천사들에게 바치는 제례의식이기도 했고, 사별을 겪은 이들에게 미약하나마 위로하는 시간들이기도 했습니다.

한미수필문학상을 받은 분들의 좋은 글들을 오래전부터 보며 같이 글을 쓰는 의사로서 부러웠습니다. 감히 도전을 해 보지 않았기에 한미수필문학상은 가지 못했던 길이었습니다. 서울에서 신문 〈청년의사〉로부터 전화가 왔습니다. 이번에 응모한 〈사별, 잊어야 하는 것이 아닌〉이 대상으로 뽑혔다고 했습니다. 많이 놀랐습니다. 슬픔이 느닷없이 덮치듯이 기쁨도 갑자기 닥치는 게 맞는 것 같습니다.

글쓰기를 좋아하는 정신건강의학과 의사로서 저는 거의 대부분의 글 재료를 저에게 가슴을 부여잡고 오는 이들의 사연들에서 얻습니다. 제 글을 읽고 약간의 울림이라도 있다면 이는 온전히 그들의 몫입니다. 세월호 사고와 비슷한 시기에 오기 시작하여 죽은 아들을 마음에 품고 같이 살고 있는 그 여성분이 가장 먼저 떠오릅니다.

'그래요. 우리가 했던 대화처럼 빨리 잊으려고 애쓰지 맙시다. 그냥 마음에 넣고 삽시다. 하지만 이제는 부디 행복해지세요.'

미숙한 글을 영광된 자리로 내어 주신 심사위원들께 깊은 감사를 드립니다. 그리고 신문 〈청년의사〉와 한미약품에도 감사의 말씀을 전합니다.

한치호

사별, 잊어야 하는 것이 아닌

한치호 (마인드닥터의원 원장)

달리듯 다가온 2014 청마의 해는 어떤 시간들로 채워질까 기대감으로 두근거렸다. 연초의 겨울은 순식간에 봄으로 이어졌다. 화사하게 피어난 매화, 벚꽃 등 봄꽃을 사진기에 담는 일은 생활 속 즐거움이었다. 유난히 더워서인지 꽃들은 순서도 없이 앞다투어 피어 예년과 다른 풍경이 그려진 봄이었다.

그런 봄날의 4월 16일, 470여 명을 태우고 인천에서 제주로 가던 세월호가 침몰하였다. 수학여행 가던 단원고등학교 학생들을 포함한 300여 명의 생명들이 고스란히 배에 갇혀 주검이 되어 버렸다. 선원들이나 해양경찰관들 중 누구 하나 제대로 이들을 구하는 모습은 어디에서도 찾아볼 수 없었다. 선사의 무리한 운영과 선원들의 운항 미숙으로 인해 발생한 숨이 막히는 비통한 참사였다. 생생하게 전하는 텔레비전 방송을 보며 우리들은 정신적 외상을 입고 우울의 늪에 빠졌다. 어이없는 미숙한 구조와 국민들의 정서와 괴리된 정부의 태도를 보면서 우리들은 이런 나라에 살고 있다는 것에 대해 비참한 심정이 되었다.

263

여린 꽃잎 같은 아이들에게 참으로 미안했다. 나 또한 팽목항의 시퍼런 바다를 보며 살아서 돌아오길 간절히 기다렸지만 아이들은 참혹한 시신으로 돌아왔다. 지금까지도 시신으로나마 돌아오지 못한 아이들도 있다. 부모들은 천진난만하게 수학여행을 간다며 나갔던 내 아이가 왜 이렇게 죽음을 당해야 하는지 아직도 받아들이지 못하고 있다. 부모들이 통곡하는 팽목항은 오랫동안 비탄에 잠겨 있다.

출근길에 보이는 봄꽃들이 이제는 애처로워 보였다. 배가 기울어 바다로 처박고 있는데도 선실 안에 가만히 있으라는 방송 한마디에 구조해 줄 것을 믿어 의심치 않았던 단원고 아이들은 천사가 되었으리라. 그래서 '슬퍼하지 마세요. 이미 천 개의 바람이 되어 하늘을 자유롭게 날고 꽃들에 머무는 밝은 햇살이 되었으니 제발 날 위해 울지 마세요.'라고 하는 것 같았다. 하지만 그 아이들만 생각하면 저절로 눈물이 흘렀다. 애통하고 미안하다. 도저히 아물기 힘든 깊은 상처가 될 것이다.

'아물기 힘들 것'이라고 표현하는 것은 자식 잃은 어머니를 치료하고 있기 때문이다. 세월호 사고가 일어난 그 즈음의 나에게 우울증으로 치료받기 시작한 사십 대 여성 A씨가 있었다. 1년 전 아이를 잃은 이후 상태는 전혀 호전되지 않고 있었다. 극심한 우울증의 상태로 아무도 만나지 않고 은둔하며 혼자 살고 있다. 특히 자책감이 심한 것은 자신 때문에 아들이 자살을 했다고 믿고 있기 때문이다. 남편의 외도로 이혼을 하게 된 A씨는 18살 아들과 남게 되었고 남편은 다른 여성과 재혼을 하였다. 그런 과정에서 아들은 어머니에 대한 아버지의 폭력과 어머니의 우울하고 불안한 모습을 내내 지켜보아야 했다. 형제도 없이 어릴 때부터 잦은 부모의 다툼을 보며 자란 아이였다. 말수가 더욱 줄어들며 감정기복이 심한 모습을 보이던 아이는 자살을 하고 말았다. '엄마에게 짐이 되지 않겠으니 행복하게 사세요.' 쪽지 하나 달랑 남긴 채였다.

"아이를 제가 죽인 것이나 마찬가지예요. 아이 앞에서 너무 힘들어하며 죽고 싶어 하는 모습을 보인 것이 아이를 죽음으로 몰고 갔어요." A씨가 말했다. 그녀는 아침에 눈을 뜨면 아이가 했던 말과 모습들이 하나하나 떠오르고 자꾸 그 기억들을 되짚어 보며 생각을 멈출 수가 없었다. 아이가 간지 6개월이 넘었지만 단 하루도 쉽게 잠이 든 적이 없었다. 친정식구들의 걱정과 잔소리도 듣기 싫어 피하고 모든 사람들을 보기가 두려워져 집 밖으로 나가지 않게 되었다. 아이를 따라 죽고 싶은데 어머니가 생존해 계시므로 참고 있었다. "어머니 돌아가시면 홀가분하게 아들을 따라갈 것 같아요." A씨는 쓸쓸하게 말한다.

자식을 잃은 어머니를 치료하는 것은 다른 어떤 환자분들보다 어렵고 힘이 든다. 몇 년이 지났는데도 마치 어제의 사별처럼 극도의 슬픔으로 우울증이 호전되지 않는다. 생의 낙이 사라지고 허무만이 들어차 초췌한 모습만 남아 있다. 너무도 안타까워 중립적인 치료자의 자세를 유지하기 어려울 정도이다. 공감보다는 같은 부모로서 동감의 마음이 앞서면서 안타깝고 답답하였다. '어찌 삶에 의욕이 있겠어요. 없는 게 당연하죠. 숨 쉬는 그 순간순간이 절망으로 가득 차겠지요. 아이를 먼저 보내고 부모가 삶의 목표나 의욕을 가질 수 있을까요. 제가 뭘 도울 수 있을까요.' 나는 속으로 소리치고 있었다.

자식을 죽음의 길로 떠나보낸 어머니는 따라 죽는 것만이 능사가 아니다. 매일 기도하는 심정으로라도 살아 있어야 한다. 아이의 이름으로 좋은 일을 하고 아이의 못다 한 삶을 부모로서 대신해 열심히 살아야 되지 않겠느냐고 다독이며 약물치료를 병행하여 열심히 치료하였다. 잠은 조금 자게 되었지만 생의 의욕은 전혀 피어오르지 않았고 A씨는 퀭한 얼굴로 매주 나를 방문하였다. 그 모습을 보는 게 힘이 들어 나는 차라리 오지 않았으면 하고 바랄 때도 있었고 정작 안 오면 걱정이 되어 초조해지기도 했다.

그렇게 무기력해져 있을 때 세월호 참사가 발생한 것이다. 텔레비전 방송을 보면서 A씨의 상태는 악화되었다. 울면서 이런 말도 했다. "그 부모들의 마음은 공감해요. 아이들도 너무 불쌍해요. 그래도 갑자기 당한 사고여서 같이 있던 친구들과 함께 저 세상으로 갔으니 그나마 고통을 나눌 수도 있지 않았을까요. 우리 아이는 혼자 그런 결정을 하면서 얼마나 힘들고 외로웠을까요." 그 순간 난 아무 말도 할 수 없었다. 18살 어린 남자아이의 고통이 새삼 더 아프게 다가왔다. 그리고 아이 엄마에게 화가 났다. 도대체 어떻게 그럴 때까지 아이의 마음을 헤아리지 못했는지.

그러면서 깨달음 같이 생각 하나 꽂혀 왔다. 자식을 잃은 이 엄마에게 나는 처음부터 화가 나고 있었다는 것을. 책망을 절제했지만 표정으로 드러날까 조심하고 있었었구나. 그러면 치료적 공감은 제대로 되지 않은 것이다. 치료가 잘될 리가 없었다. A씨가 진료실을 나간 뒤 자책감이 나를 떠다밀 듯 감쌌다. 마음을 추스르고 그녀가 얼마나 괴로울지 헤아렸다. 더 이상 추락할 곳도 없어 바닥에 주저앉아 있는, 소중한 한 아들의 어머니였던 그 여인을.

몹시도 혼란스럽고 잔인한 봄이었다. A씨로부터 시작된 사별의 고통은 세월호의 충격으로 이어졌다. 부모는 죽으면 앞산에 묻고 자식은 가슴에다 묻는다고 했던가. 자식을 잃는다는 것은 부모형제의 죽음보다 훨씬 더 지독한 슬픔이어서 삶이 달라지는 것이다. 엄마들은 자식을 잃기 전의 그 사람으로 다시는 돌아가지 못할 것이다. 아니, 돌아가지 않을 것이다. 아이는 엄마의 마음에 살아서 삶을 같이 하게 될 것이므로…….

그렇게 봄이 가고 여름이 왔다. A씨는 조금 나아져 자신에게 매일 문자를 보내는 친구를 이제는 피하지 않고 만나며 조금씩 웃기도 한다. 지금도 A씨 안에는 아이의 얼굴과 아이가 했던 말들이 녹화영상처럼 생생하게 되풀이되고 있다. 아이에 대한 미안함은 여전히 가슴에 무겁게 자리하고 있다. 자주 절에 가서 108배를 하며 아이를 위해 빌고 있다. 나는 죄책감이 짓눌러도 자신을 위해 사는 것도 병행해야 한다, 아이가 원할 것이다, 좀 웃어도 되고 맛있는 것을 먹어도 된다는 말들을 했던 것 같다.

태양이 수은주를 올리며 태풍이 지나가기도 했던 여름의 팽목항은 아직 나오지 못하는 아이들을 기다리는 부모들의 간절함 속에 100일을 지나가고 있었다. 그리고 세월호 특별법 제정을 놓고 갈등과 진통이 더욱 심해져 갔다.

이제 편안하게 산책을 할 정도로 나아지던 그녀는 가을이 오자 얼굴이 굳어지며 어두워져 갔다. 다시 잠을 이루지 못하고 먹지 못하며 나락으로 빠졌다.

"아들의 첫 기일이 다가와요. 절에 가기 힘들어지고 납골당의 아들 사진을 보는 게 두려워요. 보고 싶은데 다시 돌아오는 발길이 힘들어서 갈 자신이 없어요. 형부가 폐암 말기라고 듣고 제가 대신 암에 걸린다면 얼마나 좋을까 간절하게 바랬어요. 어머니가 계셔 스스로 죽지는 못하니까요."

처음의 상태로 돌아간 듯하여 나는 허탈감이 밀려들었다. 하지만 치료를 포기하지 않았으며 기제사를 피하지 않고 다녀온 후 A씨는 다시 안정이 되었다. 사랑하는 사람을 잃으면 그 얼굴이 잊힐까 두렵다고 한다. A씨도 아들이 잊힐까 두려웠지만 잊지 못했기에 괴로운 것이다.

이제 하루를 시작할 때 아들의 사진을 보며 힘을 낸다는 A씨를 보며 자식과의 사별은 잊어야 한다고 부탁하는 것이 아님을 다시 깨달았다. 그렇다. 세월호도 우리가 빨리 덮고 가야 할 하나의 참사에 불과한 게 아니다. 오히려 천천히 그 앞에 머무르며 바다에서 들려오는 아이들의 비명소리를 들어야 한다. 우리 안에서 끓어오르는 회한과 자괴감을 똑바로 바라보아야 한다. 제대로 삶을 피워 보지 못하고 떠나야 했던 아이들을 추모하고 사랑하는 방법은 그들의 죽음이 덧없지 않고 의미가 있었음을 밝혀 주는 것이다. 우리 모두는 그 아이들이 얼마나 귀하고 사랑스러운 존재였는지를 기억하고 잊지 않는 것이다.

진정 사랑하는 사람이 죽어 다시는 볼 수 없게 되면 남겨진 사람들은 고통스럽더라도 자기를 더욱 사랑해야 한다. 자아Ego가 아닌 자기self다. 자아의 팽창이 아니고 자신의 확장이다. A씨와 세월호 부모들은 아이의 존재를 마음에 같이 담아야 하기에 이전보다 자기는 더욱 커지고 성숙해질 것이다. 애도와 우울의 시간에서 이런 삶으로 건너가려면 엄청난 노력과 성찰이 필요할 테지만 보다 더 넓고 깊은 삶으로 나아가야 한다.

로고테라피를 창시한 정신의학자인 빅터 프랭클은 "인간은 어떤 최악의 조건이라도 대처하는 능력이 있으며 시련과 삶에 대한 자신의 태도를 결정할 자유와 책임이 있다."고 하였다. A씨는 아들을 잃고 자학과 애통함을 선택하여 왔다. 이제는 다른 태도를 선택할 것임을 그녀의 밝아지고 단단해지는 모습을 보면 알 수 있다. 아직 돌덩이가 그 가슴에 얹혀 있지만 그녀를 믿는다. 지금까지 포기하지 않고 바짝 마른 입술에 부은 얼굴로 찾아오는 이분이 정말 고맙다. 꿈에 나타난 아들의 이야기를 하며 웃고 우는 그녀를 보며 같이 웃다가 애잔해지기도 한다. 이제 사람들의 얼굴을 마주할 수 있기에 일을 해 보려 한다는 조심스런 결심에 박수를 보낸다.

자식을 잃고 매순간 살아 있음에 괴로워하고 무엇을 해야 하는지 치열하게 고민하는 부모들이 마음의 평화를 얻게 되기를 기원한다.

보내지 못한 편지

이상수 (울진군보건소 공중보건의사)

'아직 슬픔과 상실감이 크시리라 생각됩니다.'

소아과 전공의 2년차였던 2011년 9월 말, 안타까운 죽음을 맞은 한 아이의 부모님께 드리기 위하여 이렇게 시작한 편지는 끝내 보내지 못한 채 아직도 그저 내 서랍 속에만 머물러 있다. 도저히 잊힐 것 같지 않던 이 편지가 전공의 생활을 되돌아보며 정리하던 서랍에서 발견되기 전까지 까마득하게 잊혀 있었다는 것이 신기하다.

아름이는 조용하지만 한편으로는 늘 장난기 가득한 눈망울을 가지고 있던 열세 살 소녀였다. 항암치료를 받고 있는 다른 아이들과는 조금 다른 분위기라 한 번씩 눈이 더 가곤 했었다. 항암치료를 하는 동안 퇴행을 보이는 아이들이 흔하다. 그러나 아름이는 백혈병 중에서 상대적으로 강도가 강한 항암치료를 받아야 하는 급성골수성백혈병 환자였기에 항암치료와 뒤따르는 부작용으로 인한 고통이 더 컸음에도 불구하고 담담하게 지내고 틈틈이 학교 공부도 하는 꽤 성숙한 아이였다. 문진이나 항암제 투여를 위해 환아들을 보러 갈 때면 잘하진 못해도 밝고 재미있게 이야기하고자 노력하던 나는 겉보기에 너무 조용한 그 아이를 찾아갈 때마다 무슨 말을 해야 할지 몰라 마음 한편으로 부담을 갖곤 했었다. 그래도 막상 말을 붙이고 나면 늘 장난기 가득한 눈으로 밝게 대답해 주고 한 번씩은 싱거운 이야기로 오히려 나를 웃겨 주기도 하는 그 아이가 좋았다.

백혈병 환아들의 항암치료가 쉬운 과정은 아니지만 힘든 관해치료가 끝나 상대적으로 덜 힘든 유지치료를 한창 받으며 겉보기에 순탄한 치료가 지속되던 어느 날, 아름이의 말초혈액에서 모세포가 다시 보이기 시작했다. 재발이었다. 아름이의 가족과 의료진 모두에게 소리 없이 한바탕 소동이 일었다. 항암치료 중에 재발이라니! 이제 효과가 증명된 남은 방법은 더욱 강력한 화학요법에 이은 조혈모세포 이식뿐이었으나 처음부터 적합한 공여자가 없어 이식이 불가능해서 항암치료만 받고 있었던 터라 새로운 공여자가 나타날지가 의문이었다. 그래도 최선을 다하기 위해 공여자가 나타나길 기다리며 새로운 약제로 다시 한번 항암치료를 시도했다. 그러나 기존의 항암제에 내성을 가지고 증식을 시작한 암세포들은 이후의 치료에는 그리 큰 반응을 보이지 않아 급속도로 증식해 나갔고 얼마 지나지 않아 더 이상의 적극적인 치료를 포기하게 되었다.

"이 선생, 바쁘지 않으면 당직 날 나랑 같이 아름이를 찾아가서 기타 좀 쳐 주지 않을래?"

그러던 어느 날, 선배가 내게 부탁을 해 왔다. 아름이가 할아버지께 하는 이야기를 우연히 들었다고 한다. '누구나 다 내려야만 하는 버스에서 제가 조금 일찍 내리는 것뿐이에요. 천오백 년 후, 우주에서 만나요.'라고 말하며 슬픔에 잠긴 할아버지를 위로하는 아름이를 보며 다들 눈물을 훔쳤다고 했다. 아름이의 이야기를 들은 후 자꾸 마음이 쓰여 선물을 해 주고 싶은데 노래를 선물해 주면 좋겠다며 내게 부탁을 한 것이었다. 그때 나는 혈액종양파트가 아닌 다른 파트를 수련 중이었다. 그래서 당직 때마다 아름이에 대한 인계를 받은 후 필요한 조치를 해 줘야 했지만 어차피 호스피스 환자들에게 필요한 조치들은 정해져 있기에 임종을 앞두고 있는 병실에 자주 들어가 봐야 하는 부담이 없어 다행이라고 생각하면서도 죽음을 준비하는 그 아이의 소식에는 귀를 기울이고 있었다. 기타를 갖고 싶어 한 딸에게 부모님이 선물해 주셔서 병실에 기타가 있다는 이야기는 들었던 터였다. 선배의 부탁에 큰 망설임 없이 그러겠다고 했으나 막상 집에 가서는 무슨 노래를 하면 좋을지 몰라 한참을 고민한 후에 마음속으로 몇 곡을 준비했다. 특히 슬픔에 잠겨있을 아름이의 부모님께 시인과 촌장의 '좋은 나라'를 꼭 들려 드리고 싶었다.

'당신과 내가 좋은 나라에서 그곳에서 만난다면, 슬프던 지난 서로의 모습들을 까맣게 잊고 다시 인사할지도 몰라요.'

반드시 천국에서 딸을 다시 만나실 것이라는 위로를 해 드리고 싶었다.
드디어 완화병동으로 찾아갔던 어느 밤, 예상과는 달리 너무 밝은 분위기에 당황한 나는 어색한 모양새로 자리에 앉았다. 이미 소아환자의 임종을 여러 차례 지켜봤기에 슬프고 무거운 공기가 병실을 가득 채우고 있을 것이라 생각하며 문을 열었는데 예상과 달리 너무나도 밝고 건강한 모습의 아름이가 나를 반갑게 맞아 준 것이다. 슬픔에 빠져 있을 가족들도 웃으며 반갑게 맞아 주셨다. 잠시 대화를 나누고 준비해 간 노래를 시작했다. 첫 곡은 나의 십팔번인 '날아라 병아리'였다. 멋들어진 전주 후에 노래를 시작했으나 이내 목소리가 작아지기 시작했다. 애써 밝아진 병실 분위기를 죽음과 관련된 노래로 흐리고 싶지 않았다. 후렴 부분을 계속해서 부를 자신이 없어 결국 코드가 잘 기억이 나지 않는다며 노래를 얼버무리며 마쳤다. 가장 열심히 준비해 간 '좋은 나라' 역시 차마 부르지 못했다. 아름이에게 연주를 해 주겠다고는 했으나 사실은 부모님을 위해 선곡을 한 것이 후회가 되었다. 결국 아름이의 기타 가방에 들어 있던 연습곡집을 펼쳐 들었고 아이가 고른 신나고 밝은 노래들을 박수하며 불렀다. 엄마가 좋아하겠다고 고른 트로트도 몇 곡 함께 했다. 그렇게 웃고 손뼉을 치며 노래하는 사이 밤이 늦어져 내심 아쉬워하며 인사를 나누고 나왔다. 혹 옆 병실의 환자가 불편했을지도 모르겠다며 병동 간호사에게 사과를 하긴 했지만 내 마음은 그저 좋았다.

다음 날 두 가지 소식을 전해 들었다. 하나는 아름이의 증상이 거짓말처럼 급격히 나빠지기 시작했다는 것이고, 또 하나는 그 일 후에 그 아이가 했다는 말이었다.

'상수쌤이 그 귀한 시간을 쪼개서 절 위해 한 시간이나 들여 기타를 쳐 주

섰어요. 너무 기뻐요.'

듣는 순간 가슴이 떨려오고 숨이 막힐 것만 같았다. 누군가 몸속에 있던 징을 세게 한대 친 것 같았다. 귀한 나의 한 시간이라니! 아니다. 아름이의 감사 인사를 전해 듣는 순간 그 한 시간이 귀한 나의 시간들 중 일부가 아니라 그때까지의 내 삶 속에서 가장 귀했던 한 시간이었다는 확신이 들었다. 내가 살면서 온전히 누군가를 위해 시간을 들여 본 일이 있긴 있었던가? 심지어 그날 밤을 위해 준비한 선곡이 마음에 들지 않아 나를 위한 준비였는지 아름이를 위한 준비였는지도 확신이 서지 않고 후회스러운 지경이었다. 그런데 그 시간을 아름이가 가치 있었던 시간으로 만들어 준 것이다. 비록 내가 생각한 모습대로 일이 진행되진 않았지만 그 노력의 가치를 인정받은 기분이었다. 마치 내게 귀중한 시간의 진정한 의미를 가르치고자 남아 있는 자신의 생명의 불꽃을 한꺼번에 다 태워 버린 듯 느껴져 죄책감이 들었다. 그렇지만 소심한 나는 다시 아름이를 찾아가지는 않았고 그렇게 며칠이 지나 다시 당직 날이 되었다.

"아름이는 오늘도 특별히 다른 것은 없어요. 현재 완화병동에서 호스피스 중이고 점점 더 안 좋아지고 있어요. '심폐소생술을 하지 않음'에 대한 동의는 받았고요, 너무 힘들어하지 않게 그때그때 필요한 도움을 주시면 됩니다."

담당의로부터 그렇게 인계를 받았던 그날은 이유 모를 의무감에 아랫년차에게 가야 하는 아름이에 대한 호출을 내가 받겠다고 했다. 아름이는 이

274

미 대화를 할 수 없는 상태였다. 모든 증상과 징후가 죽음을 향해 가던 그 날 밤 나는 몇 번이나 혼자 병실 입구에서 서성이다 당직실로 돌아가기를 반복했다. 새벽에 아름이는 세상을 떠났다. 아름이의 사망 선고를 결국에 는 내가 하게 되었다. 치밀어 오르는 뜨거운 것들을 애써 삼키며 담담히 선 고를 했다. 뭔지 모를 엄숙한 감정을 잃어버리기 싫어 아랫년차를 부르지 않고 직접 정맥도관들을 정리한 후 봉합이 필요한 자리는 봉합을 했다. 마 지막으로 아버지의 얼굴을 보며 굳은 표정으로 목례를 한 후 병실을 나왔 다. 아이들의 죽음을 선언하는 일은 언제나 마음 한구석에 어색한 감정을 남겨 놓는 것이었다. 임종의 자리에 설 때마다 가족들을 위한 위로의 말도 함께 하리라고 몇 번이나 다짐했으면서도 끝내 기계적인 말만 하고 돌아서 나와 버린 나를 원망했다.

몇 시간이 지나 책상에 앉아 아름이를 생각하며 일기장을 펼쳤다.

'올해 들어 네 번째 사망 선고를 했다. 일종의 의사의 특권이라고 할 수도 있는 행위. 과연 난 얼마나 많은 것들을 이해하면서 그 아이들의 죽음을 선 고했는가? 아직은 내가 그저 현상을 읽는 데 불과한 사람이라는 것이 두렵 다. 항상 긍정적이었던 아름이의 모습과 상냥했던 부모님의 모습을 잊지 못할 것 같다. 아이에게는 차마 감사 인사를 못했지만 오히려 감사를 해야 하는 사람은 나이니 부모님께라도 감사 인사를 전해야겠다.'

며칠 후 편지를 썼다.

아름이 부모님께,

아직 슬픔과 상실감이 크시리라 생각됩니다. 아니, 어쩌면 그런 시간이 지속될지도 모르겠습니다. 그러나 아름이를 통해 느낀 저희의 기쁨이 부모님께 위안이 되고 불러 드리지 못했던 한 노래가 위로가 되길 기대하며 이렇게 펜을 들었습니다.

이 땅 위에서의 생명이 마지막으로 꽃을 피우던 마지막 며칠간, 아름이의 이야기를 들은 모두가 크게 기뻐하고 감동을 받았었습니다. 어린 줄로만 알았던 마음이 어찌 그리 아름답고 성숙했던지요? 사실 그날 밤에 제가 준비해 간 노래가 따로 있었습니다. 얼핏 아름이가 어머니를 위해 기타를 가지고 싶어 했다는 이야기를 들었던 터라 어머께 들려 드리면 좋겠다고 생각해 준비했으나 다소 구슬픈 노래이기에 예상치 못했던 그날의 밝은 분위기를 망칠까 두려워 결국 마음에만 담아 두었었는데요. 이렇게 글로나마 전해 드리고자 합니다. '가시나무'로 유명한 시인과 촌장의 '좋은 나라'란 노래입니다. 가사가 다음과 같습니다.

> 당신과 내가 좋은 나라에서 그곳에서 만난다면 슬프던 지난 서로의
> 모습들을 까맣게 잊고 다시 인사할지도 몰라요
>
> 당신과 내가 좋은 나라에서 그 푸른 강가에서 만난다면 서로 하고프
> 던 말 한마디 하지 못하고 그냥 마주 보며 좋아서 웃기만 할 거예요

그곳 무지개 속 물방울들처럼 행복한 거기로 들어가 아무 눈물 없이

슬픈 헤아림도 없이 그렇게 만날 수 있다면…… 있다면……

당신과 내가 좋은 나라에서 그곳에서 만난다면 슬프던 지난 서로의

모습들을 까맣게 잊고 다시 만날 수 있다면

어쩌면 저 가사처럼 슬프던 일을 모두 잊은 채 우리 모두가 좋은 나라에서 다시 만날 수 있지 않을까 하는 생각을 해 봤습니다. 그날 밤 일이 있은 후 '상수쌤이 그 귀한 시간 중에 나를 위해 한 시간이나 써 주셨다.'는 인사를 했다고 전해 들었습니다. 그러나 시간이 지나 아름이를 다시 만난다면 그날 밤의 그 시간이 오히려 제 평생에 있어 가장 귀한 한 시간 중 하나였다고, 아름이가 없었다면 아무것도 아니었을 그 시간이 그 아이가 있어 너무나도 값진 시간이 되었다고 감사의 인사를 꼭 전하고 싶습니다. 그 전에 부모님께 이렇게나마 먼저 감사를 드립니다. 이미 천국에서 웃으며 우리를 보고 있을지도 모를 아름이를 생각함으로 부모님의 마음에 위안이 있기를 바라며 앞으로의 삶에 새로운 기쁨이 채워지기를 소망합니다. 그리고 시간이 흘러 좋은 나라에서 다 함께 만나 마주 보고 웃을 수 있길 감히 바라 봅니다.

한창 아픈 마음을 추스르고 있을 부모님께 폐가 되지 않기를 바라며 편지를 드립니다.

277

그러나 이 편지는 몇 번의 망설임 끝에 용기가 나지 않아 결국 보내 드리지 못했고 보내지 못한 편지는 바쁘고 힘든 일상이란 핑계 아래 잊혀 버렸다. 몇 해가 지나 일기장을 훑어보다 우연히 발견하기 전까지.

아름이의 죽음 이후에도 다른 아이들과의 이별은 반복되었다. 그러는 동안 3년차, 수석전공의가 되었고 지금은 전문의가 되었다. 윗년차가 지시하는 대로 움직이며 현상만 읽던 내가 치열한 고민과 몇 날 며칠의 수고로 회복한 환자를 보면서 기쁨을 누릴 줄도 알게 되었다. 그러나 내 마음과는 달리 죽음을 선언해야 하는 일은 잊을 만하면 일어났고 아름이의 죽음 앞에서는 끝내 하지 못한 위로의 말을 다른 가족에게는 전할 수 있게 되어 죽음의 소식을 전하는 주제에 감사의 인사를 받아 보기도 했다. 그리고 되돌아보니 성취로 인한 기쁨뿐 아니라 성찰에 의한 기쁨도 차곡차곡 쌓여 갔음을 알게 되었다. 아름이와의 경험처럼.

그런데 잊지 못할 것 같던 기억이 이처럼 잊혀 버린 빈자리에는 어떤 기억이 자리를 차지하고 있었을까? 그동안 여기저기 끄적여 놓은 글들을 통해 내 기억을 되짚어 본다. 내 실수로 인해 여러 사람들 앞에서 사과했던 기억과 행여나 원망에 그치지 않고 소송에 휘말리지 않을까 했던 불안감, 다른 의료진들과의 다툼, 고성이 오가고 멱살잡이까지 갔던 한 보호자와의 다툼, 환경에 대한 불만. 좋은 기억보다는 그렇지 않은 기억이 더 많이 남아 있는 것 같다. 풋내기의 투정일까? 나름대로는 최선을 다하기 위해 노력하지만 내 마음과 노력을 보상받지 못한 환경과 관계에 대한 원망이 기쁨의 기억을 좀먹고 있었던 것 같다. 그러나 한편으로는 의사와 환자 모두에게 좋은 환경과 관계를 만들기 위해, 내 자리에서 나름대로 노력했던 기억들을 되새기면서 그래도 원망으로 점철된 지난날이 아니었음을 확인하는 기쁨은 위안이 된다. 착한 의사, 좋은 의사에 대한 막연한 느낌만 가지고 의사로서의 삶을 살기에는 참 벅차다는 것을 해가 갈수록 절실히 느낀다. 그리고 외부로부터 무미건조한 관계를 통해 그저 최고의 노력과 최상의 결과만을 보여 주기를 강요받고 있는 것 같다. 그러나 무미건조한 관계 이상의 무엇을 느끼고 싶고 최고와 최상도 좋지만 최선을 다했음에 대한 인정을 받고 싶은 나는 참 답답하다. 동료들이, 환자들이 이런 나의 마음을 몰라주면 어쩌나 불안하다.

한편으로는 나와의 만남을 통해 소외감을 느끼는 환자가 있지는 않을까 궁금하다. 어쩌면 인정받고 싶은 욕구만큼이나 큰 소외감을 환자들에게 주어 온 것은 아닌지 걱정된다. 그러나 아름이의 인사를 통해 가치를 인정받은 그 시간을 생각해 본다. 환자들을 만나며 매번 확인하지는 못하지만 그래도 지금까지 잘해 왔으니 앞으로도 잘하라고 격려해 주고 싶다. 이제야 수련의 신분에서 벗어나 진정한 '내 환자'를 진료하고 있는 풋내기지만 나에게 하는 격려를 통해 힘을 내어 나의 진료 현장에서 온전히 한 사람, 한 사람을 위해 나를 나눠 줄 수 있기를 바라 본다. 슬플지언정 서로 감사할 수 있는 곳이 되었으면 좋겠다. 누군가의 인생에 큰 위로가 될 수 있다면 감사하지 못할 이유가 무엇이겠는가?
어쩌면 원망과 아쉬움으로 가득 차 있었던 우리들의 마음이 멋쩍어져 서로 마주 보고 씩 웃으며, 뒤통수를 긁으며 인사할 날이 오지 않을까?

아름이*의 인사처럼.

"천오백 년 후, 우주에서 만나요!"

수상 소감 중에서···

앞으로 몇 년이 지나 공중보건의사 복무가 끝나면 또 다른 환경에서 의사 생활을 하게 됩니다. 어떤 곳, 어떤 환경에서 일할지는 모르지만 아마도 대부분의 다른 의사들처럼 진료 시간에 쫓기고 실적과 수익 때문에 머리를 싸매고 고민하게 될 것입니다. 그렇게 현실에 치여 살다 보면 의사—환자 관계 따위는 배부른 소리로 치부되고 뒷전이 되는 일이 또다시 생길지도 모릅니다. 그러나 부족한 제 글이 공감을 얻어 이렇게 귀한 상을 받게 된 것은 어쩌면 사치스러운 꿈이 되어 버린 '좋은 의사'에 대해 앞으로도 끊임없이 돌아보고 고민하라고 주신 기회이자 격려라고 생각합니다.

---

* 글 속의 아름이는 가명임을 밝힙니다.

17일의 약속

김탁용 (엘지부속의원 내과 과장)

1. 돈내코

"칸바레!(힘내라!) 하야꾸!(빨리!)"

한여름의 뜨거운 공기가 소금기 물든 얼굴을 빠르게 스쳐 가고 있었다. 일본 사람으로 여겼는지 길가의 사람들이 나를 보고 응원의 소리를 크게 질렀다. 습하고 더운 기운에 몽롱했던 정신이 순간 제자리를 찾는다. 얼마나 왔던 것일까. 제주 국제 아이언맨대회. 3.9km 수영을 시작으로 180km 사이클과 마지막으로 42.195km의 마라톤 코스를 17시간 내에 마치는 경기다. 슬쩍 손목시계를 쳐다보았다. 수영을 마치고 자전거에 몸을 싣고 달린 지 네 시간이 훌쩍 넘었다. 시간상 90km 지점쯤 왔나 보다. 사이클 최대 난코스인 돈내코 언덕길이 나타날 시점이었다. 몸에서는 슬슬 한계의 소리가 들려오기 시작했다. 숨이 턱까지 차오르고 전신은 땀에 젖어 납덩이처럼 무거웠다. 다리에 힘이 전해지지 않는다. 열심히 페달을 돌리지만 쉬이 나아가는 느낌이 들지 않았다.

'마음의 준비를 하는 편이 좋겠어.'

281

선배의 이야기가 다시 떠올랐다. 동시에 노랗게 물든 아기의 힘겨운 가슴이 겹쳐졌다. 갑자기 시야가 뿌옇게 흐려졌다. 고글 안에 눈물인지 땀방울인지 모를 말간 액체가 맺혔다.

의사로서 나는 무기력했다. 자기 자식이 죽는데도 아무것도 해 주지 못했다. 원인도 병명도 몰랐다. 그래 그것이 정해진 운명이라면 어쩔 수 없지, 이런 생각만으로 스스로를 위로했었다.

수차례의 시험관으로 삼 년여 만에 겨우 얻은 아기였다. 눈물 나게 기다린 순간에 대한 스승의 배려였을까. 아내를 격려하던 교수님이 예정도 없이 나에게 분만실로 들어오라고 했다. 자식이 태어나는 기쁨을 부부가 같이 나누라는 것이었다. 새벽의 분만실에서 교수님으로부터 조심스레 아기를 받아 안았다. 묘한 느낌이 들었다. 시간이 멈추고 광활한 우주 속에 나와 아이만이 존재하는 것 같은 황홀한 고요. 그 고요의 중심으로부터 감격이 스멀스멀 피어오르는데 갑자기 아기의 울음이 잦아들었다. 동시에 몸이 늘어지고 호흡음이 얕아졌다. 분만실이 순식간에 어수선해졌다. 간호사가 아기를 내 품에서 뺏다시피 해서 소아 중환자실로 황급히 데려갔다. 긴박한 짧은 순간에도 멀어지는 아기의 왼쪽 발가락이 내 눈에 들어왔다. 육발! 다지증多指症이었다. 새 생명의 감동에 부풀었던 심장이 오그라들며 덜컥 바닥으로 내려앉았다.

감격의 여운이 채 가시기도 전에 나는 현실로 돌아와야 했다. 중환자실 창문 틈으로 힘겹게 들숨 날숨을 쉬어 대는 아기의 여린 가슴이 보였다. 산과와 소아과 의료진이 부산하게 움직였다.

"리플렉스(반사)가 많이 약해요……."

아기의 상태를 걱정하는 내게 후배 레지던트는 고개를 떨구며 말했다. 약하다는 것은 나를 위로하려는 완곡한 표현일지도 모른다. 리플렉스가 없다는 건 신경근육계가 정상 상태가 아니라는 것이다. 거기다 기형적인 발. 아기에게 무슨 문제가 있는 것이 틀림없었다.

"손가락 발가락만 제대로 붙어 있으면 뭐 별일이야 있을라고. 걱정 마라."

친지 어른들은 나를 위로한다고 속도 모르는 말씀을 하셨다. 아내에게는 아기가 숨 쉬는 게 약해 중환자실에서 당분간 보아야 한다고 말했지만 아는 게 병이라고 불안은 숨길 수 없었다.

"우리 아기 별 문제없는 거지? 당신 의사잖아……. 선생님들이 뭐라고 그러는데, 응?"

채근하는 아내에게 흔히 있는 일이라고 얼버무렸다. 곧 괜찮아질 거라고.

중환자실 앞에서 안절부절 못하며 꼬박 밤을 새웠다. 비몽사몽으로 오전 진료를 보는데 전화벨이 울렸다. 아내의 울음 섞인 당황한 말투가 머릿속을 왕왕 울려 댔다.

여보……, 튼튼이가 젖을 안 빨아……, 물려도 물려도 안 빨아……, 아니 못 빨아…….

"우측! 우측!"

요란한 외침이 귓전을 때렸다. 고개를 돌려 보니 진행 요원이 코스를 벗어났다고 손으로 방향을 일러 주고 있었다. 상념에 빠져 계속 앞으로만 내달린 것이다. 되돌아 좌측으로 자전거의 핸들을 돌렸다.

돈내코의 거대한 언덕이 나타났다. 말로만 듣던 높은 경사와 끝이 안 보이는 오르막. 대부분의 선수들은 지레 겁을 먹고 자전거를 끌며 걸어가고 있었다.

'너는 흐름을 거슬러 거꾸로 오를 수 있겠느냐. 올 수 있으면 올라와 봐라.'

2.8km의 오름길은 이렇게 말하듯 나를 내려다보고 있었다. 거만한 그 모습에 괜한 오기가 생겼다. 여기서 힘을 다 쏟으면 남은 거리를 완주하지 못할 수도 있었다. 하지만 절대 타협하며 걸어가고 싶지 않았다.

기어를 최대한 가볍게 놓고 엉덩이를 들었다. 페달을 밟은 다리에 불끈 힘을 주었다. 근육을 쥐어짤 때마다 종아리에 심한 경련이 일었다.

2. 중문

이 물속에서 나는 어디로 흘러가는 것인가. 어쩌자고 이런 극한 경기에 자신을 내던진 것일까.

3.9km 바다 수영은 만만치 않았다. 잔잔한 수영장과 넘실대는 바다는 전혀 다른 환경이었다. 시작 총소리와 함께 힘차게 입수하였지만 어설픈 수영장 실력으로는 허우적댈 뿐이었다. 앞 선수들의 발에 치이고 짠물을

몇 번이나 먹었다. 선수들 대부분은 벌써 저만치 멀어져 갔다. 파이팅을 같이 외쳤던 클럽 동료들도 보이지 않았다.

결국 이런 것이다. 인생의 물살에서 혼자 견디고 나아가는 것. 지금의 상황을 받아들이고 최선을 다하는 것. 앞서거나 뒤서는 것은 중요치 않다. 포기하지 않고 나아가는 것. 그것이 내게 중요했다.

중문 앞바다의 넘실대는 파도를 헤쳐 드넓은 물의 공간으로 나아가니 무아로 빠져드는 느낌이었다. 문득 경쟁의 무리에서 벗어나 물결이 흐르는 대로 나를 맡기고 싶은 욕망이 들었다. 은빛으로 반짝이는 수평선 저 멀리에 사유로운 누군가가 있을 것만 같았다.

바닷속에서 노란 물고기 떼가 나를 따라 유유히 유영하는 모습이 보였다.

3. 병원

"과장님. 김 할아버지 호흡이 안 좋아요."

새벽 한 시. 수화기 너머 간호사의 다급한 목소리가 울렸다. 병원에 뛰어들어서니 황달로 노란 몸의 김 할아버지가 침상에 늘어져 있었다. 기도를 유지하고 심장 상태를 확인했다. 간성 혼수 발작이었다. 요 며칠 새 밤마다 이런 상황의 반복이었다. 간암 말기의 환자에게 더 해 줄 것은 없었다. 고통을 덜어 드리는 일 외에는. 암 통증이 심하여 마약성 진통제를 사용하다 보면 잦은 간성 혼수가 나타났다.

"혼수가 오더라도 아프지만 않게 해 주세요. 마지막 가시는 길 편안히 보내 드리고 싶습니다."

가족들의 마음이 간절했다. 긴 병에 효자 없다는 말이 있지만 오랫동안 본 그들의 정성은 남달랐다. 병원장님은 아들이 지역 유지니 힘들더라도 잘 좀 해 주라고 은근한 부탁을 했다. 쉬운 삶, 쉬운 운명이 어디 있겠는가. 모두가 소중하고 연민스러운 것이다. 하지만 죽음이 예정된 환자들을 대할 때마다 나는 의료라는 우울한 과학의 한계를 절감했다.

김 할아버지의 몸을 보자 아기의 얼굴이 떠올랐다. 태어난 지 이틀째, 아기는 전신에 황달이 생겼다. 힘이 드는지 노란 가슴을 급하게 오목거리며 가쁜 숨을 헐떡이고 있었다. 사지에는 작은 생명을 삶과 연결시키는 줄이 주렁주렁 매달려 있었다. 젖을 빨지 못해 튜브를 코로 넣어 위까지 영양을 공급한다 했다.

"내가 할게."

소아과 레지던트에게 튜브를 건네받았다. 어른들의 튜브 삽입은 곧잘 했지만 이런 핏덩어리는 처음이었다. 하지만 뭐라도 해 주고 싶었다. 아비로서 자식에게 무엇이라도 말이다.

유축된 모유를 조금씩 코로 넣어 주었다. 무슨 말을 하려는 것일까. 입을 쫑긋거리며 앙증맞은 손발을 옴지락거렸다. "튼튼아~" 하고 부르니 감숭한 귀밑털이 파르르 떨렸다. '저 작은 것도 살려고 저리 애쓰고 있구나.' 하는 생각에 가슴이 뭉클했다. 그래 살아야 한다. 살아야 한다. 무슨 일이 있어도 견디고 살아야 한다.

상황도 모르고 아내는 딸아이를 볼 때마다 너무너무 예쁘고 사랑스럽다고 함박웃음이었다.

다음 날. 소아과 교수님이 나를 불렀다.

"김 선생. 안됐지만 아기가 듣지를 못하는 것 같아. 자세한 건 더 검사를 해 봐야겠지만 말이야……."

어느 정도 나쁜 상황은 짐작하고 예상했지만 훨씬 더 심한 충격파였다. 창가의 화분이 잠깐 흔들렸다 멈췄다.

늦은 밤. 아내를 병실에 재워 두고 친척 어른들과 포장마차에 들렀다. 이틀을 거의 먹지 못했다. 그때까지 아기의 상태를 모르는 어른들은 별일 아닐 거라며 술잔을 따라 주었다. 서너 잔을 안주도 없이 넘겼다. 빈속에 알코올을 부으니 취기가 확 올라왔다. 간호사의 다급한 전화는 그때 울렸다. 환자가 안 좋아 먼저 병원에 들어가 봐야겠다고 자리를 일어서는데 등 뒤로 혀를 차는 소리가 들렸다.

"사람이 산다는 게 참 모질다……. 지 새끼 아픈데도 환자 보러 간다는 게……."

술기운이었을까 아니면 자격지심이었을까. 분명 안타까움에 하는 소리인지 알면서도 모질다란 말에 마음이 욱했다. 태어나자마자 중환자실에 누워 있는 아기의 생이 모질다는 것인지, 자식을 놔두고 다른 사람을 돌보러 가는 아비가 모질다는 것인지, 아니면 제대로 한번 안고 젖도 물려 보지 못한 아내의 삶이 모질다는 것인지……. 마치 지 새끼도 못 고치면서 남을 치료한다고 나서는 나를 욕하는 것 같았다.

그래. 난 내 새끼의 의사가 아니다. 난 저들의 의사다. 어쩌겠는가. 그것이 내 일임을.

자식의 아픔도 어쩌지 못하면서 타인을 치료한답시고 흰 가운을 입고 있다는 것이 가식처럼 느껴졌다.

김 할아버지의 혼수는 쉽게 나아지지 않았다. 호흡의 안정을 나타내는 산소포화도가 점점 떨어졌다. 연락을 받은 보호자들이 우르르 몰려왔다. 환자의 상태를 설명하고 이제 마지막에 다다른 것 같다고 얘기했다. 보호자들은 "마지막까지 잘 부탁합니다."라고 공손히 상황을 받아들였다. 마지막까지 잘 부탁합니다……. 그 말이 언제 어떻게 될지 모르니 환자 옆을 끝까지 지켜 달라는 말로 들렸다. 내 사정을 모르는 그들이 야속했다.

4. 46번 도로

악명 높은 돈내코 언덕길을 한 번도 쉬지 않고 올랐다. 오르는 내내 고통스러웠던 다리가 갑자기 가벼워졌다. 자신과의 싸움에서 물러서지 않았다. 스스로가 대견스러웠다.

앞으로 20km는 소위 낙타등 구간이라고 불리는 오르막과 내리막의 연속이었다. 코스 설명회에서 돈내코 언덕보다 이 구간이 더 고통스럽다는 말을 들었다. 오르고 내려가고……. 문득 인생의 흐름과 닮았다는 생각이 들었다. 즐거운 날이 있으면 슬픈 날도 있고 맑은 날이 있으면 흐린 날도 있는 법. 누가 그랬던가. 내 앞에 언제나 창창한 햇살만을 바라는 것은 욕심이라고. 어쨌든 이만큼 왔다는 것이 중요했다. 길이 앞에 놓여 있으니 가는 수밖에 없었다.

"이런 케이스는 나도 처음 보는 거라⋯⋯. 어쨌든 김 선생, 마음의 준비를 하는 편이 좋겠어."

하루가 지나면 지금보다는 조금 나아지겠지, 아마 나아지겠지 하고 기도했었다. 입으로 못 먹으면 콧줄로 먹으면 된다. 들리지 않아도 볼 수만 있으면 된다. 아니 볼 수 없어도 살아가기만 하면 된다. 간절히 구하면 들어준다는 말을 믿고 싶었다. 처음으로 온 마음을 다하여 절절하게 하느님을 찾았다.

MRI에서 아기의 뇌가 거의 형성되지 않았다고 했다. 병명을 붙이기도 힘든 케이스라고 했다. 병원을 나서는 순간, 생명 장치의 수많은 줄을 떼는 순간 죽을 거라고 했다.

'마음의 준비를 하는 편이 좋겠어.'

선배의 말은 간단하고 간결했다. 오히려 무미건조하여 담담하기까지 했다. 시한부 환자들의 보호자에게 내가 얼마나 많이 했던 말인가. 연민의 눈빛을 약간 실어서 무감하게 말이다. 어제 김 할아버지 가족들에게 꺼낸 말이 내게 다시 돌아와 폐부를 찌르고 있었다.

눈물이 가슴 밑바닥부터 끓어오르는데 이상하게 쏟아지지가 않았다. 갑자기 선배의 냉정한 판단에 화가 치밀었다. 이런 케이스라니. 내 새끼 보고 케이스라니. 애타는 보호자의 마음도 모르고 함부로 말하는 너 같은 게 의사라니. 죄도 없는 선배에게 괜한 억하심정이 들었다.

내가 줏대잡이가 되어야 했다. 가족들을 모아 놓고 내 입으로 말하는 편이 나왔다. 아내는 오열했다. 자기가 무슨 죄를 지었냐고, 대놓고 하느님한테 욕을 해 대며 울부짖었다. 의사라며 당신은 대체 뭐하느냐고 아기를 살려 내라고 소리쳤다.

한바탕 감정의 폭풍이 휘몰아쳤다.

5. 서귀포

멀리 사이클 도착 지점이 보였다. 제한 시간이 얼마 남지 않았다. 오후 다섯 시까지이니 가까스로 들어갈 듯싶었다. 돈내코에 도착하기 전 경기를 포기할 거 같았는데, 정상을 밟고 오르막 내리막의 굴곡을 연속으로 건넜다. 뜨거운 남도의 아스팔트를 거의 한 바퀴 돈 것이다. 몇몇 선수들은 벌써 마라톤을 시작하고 있었다. 아침 일곱 시에 수영으로 출발한 여정이 끝을 향해 달려가고 있었다.

아내와 나와 아기도 끝이 정해진 여행을 보내고 있었다. 슬퍼할 틈은 없었다. 언제 이별이 올지 몰랐으니까. 주어진 시간 안에서 견디고 나아가는 것. 지금의 상황을 받아들이고 최선을 다해야 한다는 사실만이 내게 오롯이 남겨졌다. 면회 시간마다 녀석을 만져 주고 쓰다듬고 부모의 체취를 전해 주고 돌아왔다. 아내가 '엄마 딸로 와 줘서 고마워. 정말 고마워' 하면 녀석도 어미를 느끼는 듯 더욱 배냇짓을 하는 것 같았다. 듣지도 보지도 못하지만 적어도 내가 보기에는 분명 그랬다.
"당신은 가서 환자 봐요……. 여기는 내가 있을게."

아내의 말이 차갑게 들렸다. 그 순간, 나는 처음으로 내가 하는 일에 회의가 들었다. 의사란 업이 한없이 무서웠다. 그랬다. 그 업으로부터 벗어나고 싶었다. 내 속도 모르고 야속하게만 구는 환자들로부터, 죽음이 예정된 시간을 그저 바라보기만 하는 타성으로부터, 의사라면서 죽어 가는 자식에게 아무것도 해 주지 못하는 무능한 아비로부터 도망치고 싶었다. 할 수만 있다면 육체의 극한 고통까지 나를 밀어붙여 아기와 같이 아프고 싶었다.

　김 할아버지가 돌아가신 다음 날, 아내에게서 연락이 왔다.
　"지금 튼튼이 퇴원시켰어."
　울먹이는 목소리에 아무 대답을 할 수 없었다. 결국 아기의 마지막도 제대로 지켜보지 못했다. 그 사랑만큼은 정말 제대로 값을 치르고 싶었는데…….
　슬픔으로 흐느적흐느적 병원 문을 나서는데 신부님, 수녀님이 서 계셨다. 내 사정을 듣고 기도하러 오셨다고 했다. 수녀님은 '웃는 예수님'이라는 성화를 위로의 선물로 주셨다. 말없이 성화를 바라보았다. 예수님은 세상엔 아무 일도 없었다는 듯 평화롭게 웃고 있었다. 수녀님이 이럴수록 더 믿음을 가지라고 눈물을 글썽였다. 아무 소리도 귀에 들어오지 않았다. 무심한 내 표정이 맘에 걸렸는지 신부님이 가만히 나를 껴안았다. 신부님이 울먹이며 말씀하셨다.
　"요셉 형제님 맘껏 욕하세요. 맘껏 하느님 원망하세요. 그리고 편안해지면 서서히 하느님과 화해하세요."
　신부님의 품에서 나는 무너지고 말았다.

"제가 언제 하느님하고 싸웠다고 그래요. 저는 일방적으로 쥐어 터졌다고요. 화해는 하느님한테나 먼저 말하세요……."

그렇게 한참을 엉엉대며 울고만 서 있었다.

6. 마라톤

시간은 흐를 것이고 모든 것은 희미해질 것이다. 하지만 딸아이와의 첫 만남은 평생 간직할 것이다.

태어나서 17일 뒤에야 아기는 집으로 갈 수 있었다. 중환자실의 수많은 주사와 생명줄과 고통으로부터 해방되어 자유롭게 날아갔다. 짧은 만남이었지만 나는 아기와 보냈던 소중한 시간을 기억한다. 그 시간 동안 내가 되뇌었던 약속을 기억한다. 의사와 남편, 아비란 내 자리에서 절대 포기하지 않고 시간 한 점 한 점을 핏방울처럼 진하게 살겠다는 다짐을 기억한다.*

노을빛에 붉게 물든 서귀포 월드컵 경기장이 환하게 불을 밝혔다. 자전거를 거치대에 놓고 러닝복을 갈아입기 위해 탈의실에 들렀다. 먼저 온 동료들이 반갑게 맞아 주며 에너지 음료를 내게 건넸다. 모두들 '9시 뉴스 전에는 들어와야지?' 하며 힘차게 웃고 있었다.

불가능할 것 같은 도전이 완성되고 있었다. 하지만 아직 끝난 게 아니다.

---

* 최인훈의 《광장》에서 인용.

292

42.195km가 남았다. 시간은 충분하다. 뛰다가 힘들면 걷고, 걷다가 지치면 쉬고, 그리고 또다시 나는 뛸 것이다.

운동화 끈을 힘껏 조여 매고 나는 마지막 남은 길을 향해 뛰어가고 있었다.

수상 소감 중에서···

한동안 제 과거의 시간 속에서 풀지 않던, 아니 애써 외면했던 기억의 보따리를 조심스레 풀어 봅니다. 트라우마 치료의 시작은 타인의 공감과 이해도 필요하지만 무엇보다 그 사실을 외면하지 않아야 함을 인지하면서도 의사인 저 역시 그러지 못하였습니다. 이제 무거웠던 금단의 시간을 똑바로 바라보며 내려놓으렵니다. 그때의 슬픔을 생각하면서 고통 받고 아파하는 사람들을 조금 더 사랑하도록 노력하겠습니다. 그리고 기억하겠습니다.

아이스버킷 챌린지에 부쳐

남궁인 (충청남도 소방본부 공중보건의사)

1.

　때는 아이스버킷 챌린지라는 것이 유행이었다. 루게릭 환자를 돕는다는 취지 아래 사람들은 서로 경쟁이라도 하듯이 각자의 머리에 얼음물을 쏟아 붓고 그것을 여기저기에 자랑했다. 그 광경을 TV로 보며 나는 이전에 내가 진료했던, 흔한 루게릭 환자의 이야기를 떠올렸다.

2.

　루게릭은 진단 후 약 3년에 걸쳐 근육이 마르고 비틀어지는 병이다. 처음엔 물 잔을 떨어뜨리는 것에서 시작하여 점차 문고리가 돌아가지 않고, 걸어 다닐 수가 없게 되다가 서지도 앉지도 못하게 되면 눕는다. 이 상태에서 사지의 기능을 상실하면 대소변을 받아야 하고, 먹고 삼키는 능력을 잃으면 실낱같은 유동식에 의지하다 호흡 능력을 잃는 순간 죽는다. 가장 참혹한 점은 죽는 순간까지 맨 정신을 유지할 수가 있다는 거다. 머릿속에서 째깍거리는 3년의 시간, 진행되는 사지의 마비, 인간으로의 존엄이 벗겨지고 있다는 것이 환자를 조인다. 세상은 사라질 것이 뻔한 자에게 그리

294

우호적이지 않으므로 죽음을 앞둔 가까운 이들의 동정, 측은한 눈빛과 홀연한 배신도 견뎌야 한다. 3년간 인간이 경험할 수 있는 모든 종류의 공포와 두려움이 온다. 사람들은 이런 이야기를 짧은 영화 한 편으로 만들고, 슬프다고 짧게 말한다. 무례한 일이다. 3년을 나누어서 매일 자기와 주변인에게 배달되어 오는 죽음이라는 오열을, 곁에서 경험하지 않고는 짐작조차 하지 못한다.

3.

　흔한 루게릭 환자였다. 흔한 딸 둘을 키운 오십 대의 주부였다. 3년 전 피곤한 기분에 찾아간 병원에서 루게릭이 진단된다. 그 후론 명쾌히 차도가 없는 죽음의 외길뿐이었다. 본인의 육체는 명멸하고, 온 가족이 위약해지는 어머니를 떠안았다. 자신의 아내와 어머니가 죽어 가는 꼴을, 어떤 날은 침울하고 어떤 날은 오열하고 하루쯤은 스스로 목숨을 끊으려고도 하는 광경을 3년간 지탱하고 묵도한다. 괴물 같은 불행이 온 가족을 휩쓴 막바지엔 병의 경과로 어머니는 30kg짜리 뼈다귀가 되어 자리에서 일어나지 못하게 된다. 자리보전 뒤 한 차례 호흡근 마비가 있어 기적적으로 생환한 이후 어머니는 공식적으로 죽었다. 그녀는 미리 다시 호흡근 마비가 올 경우에는 어떠한 생존 노력을 하지 않겠다는 동의서에 사인을 하고, 죽음만을 기다리고 있었다. 언제 올지 모를 죽음을 기다리며 그녀는, 지긋지긋한 삶을 끝내게 해 달라고, 자기와 자기 가족들에게 펼쳐진 불행을 지금이라도 없애 달라고 남은 기력을 모아 매일 중얼거렸다. 이것이 그녀가 죽기 전에 마지막으로 애써 한 일이다.

4.

　시신과 다름없이 지내던 며칠이 지나고 그녀는 간호사인 딸 앞에서 두 번째의 호흡부전을 겪는다. 공식적으로 죽은 어머니지만, 어떤 딸이 눈앞에서 숨이 멎은 어머니를 방치할 수가 있는가. 순간 동의서의 내용을 까맣게 잊은 딸은 곧장 심폐소생술을 해서 어머니를 다시 세상으로 데려온다. 그래서 호흡과 의식이 없는 30kg의 육신은 응급실로 내원해 내 눈앞에 던져지게 된다. 난처한 상황이었다. 나는 일단 살아난 환자이니 환자를 포기할 수도 없었고, 그렇다고 치료되는 병이 아니므로 치료할 명분도 없었다. 어쩔 도리가 없어 가족들에게 이 병원에서 또 심정지가 발생하면 심폐소생술을 하지 않겠다는 동의서를 다시 받았다. 그리고 치료하지 않을 수가 없었으므로 살아나면 죽을 것이 자명한 이 환자를 살리기 위해 중환자실에서 며칠간을 치료했다. 이것은 일정한 타협의 결론이었다. 그리고 일시적인 마비였으므로 공식적으로 죽은 그녀는 다시 세상에 돌아온다. 그녀가 입을 열게 되어 한 말은 자신을 집에 보내 달라고, 그리고 죽게 해 달라는 것이었다.

5.

　세 번째 호흡부전은 예상보다 일찍 찾아왔다. 이틀 뒤, 집으로 한 발자국도 옮기기 전, 중환자실 퇴원 수속 중에 그녀의 호흡근은 다시 멎었다. 어떤 의사가 숨이 멎은 사람을 방치할 수 있는가, 회진을 돌다 심정지를 발견한 사정 모르는 내과 의사는 그녀의 갈비뼈를 부수고 심박을 돌려놓았다. 허나, 호흡은 여전히 없었다. 나는 달려가 마스크 한 개로 그녀의 생명을 부지하고 보호자를 급하게 불러 모으고 그들에게 설명했다. '마지막 결정의 순간입니다. 이를 떼면 영원히 잠에 빠져들 것이고, 치료한다면 이전 일들의 반복이 될 것입니다.' 그리고 주저할 이유가 없었다. 저 멀리서 뛰어오는 가족은 이미 어서 이 지옥과도 같은 고통과 불행을 끝내 달라고 소리치며 달려왔으니까. 나는 마스크를 떼고 환자가 5분 후에 사망할 것이라고 선언했다.

공식적으로 죽었고, 의학적으로 아직 죽지 않은 그녀의 사망 선고를 위해서 나는 머리맡에서 심장이 멈추기를 기다렸다. 만일의 일을 대비하기 위한 것이기도 했다. (그녀는 죽어야 함으로 만일의 일은 그녀가 살아나는 것이다. 나는 죽음을 대비함이 아닌, 삶을 대비해서 그 자리에 있었다.) 그것은 아직까지 기억에 생생한 큰 실수였다.

6.

평생을 사랑했고, 5분 뒤에 죽을 자신의 어머니와 아내, 언니에게 마지막으로 할 수 있는 말이 있는가? 몇 년간, 그리고 평생 쌓인 슬픔이 터져 나올 순간을 생각할 수 있는가? 그런 상황에서 그런 말들이 머릿속에서 정리되어 나올 것이라고 생각하는가? 가족들은 환자의 한 부분씩을 점거하고 한 명은 머리를 박고, 한 명은 머리를 쥐어뜯고, 한 명은 목을 맨 채로 다른 이들은 아랑곳하지 않고 오열하기 시작했다. 무조건 사랑한다고 사랑했다고 엄마 평생을 사랑했었노라고. 중대하건, 사소한 일이건 전부 사랑했다고 고래고래 소리치는 소리와 미안하다고 대신 죽지 못해서, 자기가 준 고통에 있어 엄마가 받은 고통은 내 것이어야 한다고, 모든 것이 미안하다고. 제발 미안한 마음이 조금이라도 전해진다면 죽을 수도 있다고. 자기는 어려서도, 커서도 너무 미안했다고 소리치는 소리와 당신을 만난 순간부터 행복했고 깊이 사랑했다고, 그러지 않을 수가 없었다고, 자신의 아내로도 사랑했고, 두 아이의 엄마로도 사랑했고, 그냥 존재로도 사랑했다고, 제발 사랑했다고. 제발 이 병을, 어서 눈을 감고 저주받은 병을 버려, 행복하게 살라고.

나는 알몸으로 날카로운 창 앞에 선 기분이었다. 시린 바닥에 널린 깨진 유리조각 위를 구르는 느낌으로 온 전신이 따가웠다. 아니, 차라리 그런 것이 나을 것이라고 생각했다. 이 거대한 슬픔에 나는 헐벗은 무방비였다. 항거할 힘도, 의지도 없었다. 이 압도적인 오열은 수없는 비수가 되어 나의 전신을 꿰었다. 관통된 자리에서 선혈이 흘러 발밑에 고였다. 아아, 나는 슬픔 앞에 너무 무력했다.

7.

5분 후 약속대로 그녀의 불행은 끝났다. 심박은 평행선을 보였고, 나는 사망 선언을 해야만 했다. 하지만 무엇인가 가슴을 찌르고 있어 말이 입 밖으로 나오질 못했다. 나는 간신히 입모양만으로 사망을 선언했다. 그리곤 사체를 유족들에게 넘기고 서둘러 빈 곳에 숨어들었다. 그곳에서 나는 한동안 눈앞에서 겪은 실제하는 비극에 대해서 마음이 안정될 때까지 울어야 했다. 울고 있는 것조차도 너무 보잘것없어 죄송한 마음으로 울었다.

8.

    TV에서 얼음물을 뒤집어쓴 사람들은 차가워 죽겠다는 표정으로 깔깔대며 밝게 웃었고, 그 다음 참가자가 될 친구들의 이름을 약 올리듯이 불렀다. 그곳에는, 마치 슬픔이란 것은 존재하지 않아 보였다. 나는 리모컨을 들어 웃음소리가 들리던 TV를 끄고, 내가 겪었던 슬픔에 대해서 생각했다. 그리고 지금 이 순간에도 고통 받는 그들에 대해서 깊게 기도했다.

수상 소감 중에서···

추위가 몰아치는 길거리에서 수상 소식을 들었습니다. 그 소식은 제가 마음을 쏟았던 슬픔이 다른 사람에게도 전해졌다는 내용으로 들렸습니다. 그리고 제가 괴로워한 것들이 결코 헛되지 않았다고, 그것은 필요한 일이었다고 말하는 듯했습니다. 그래서, 써야겠다고, 써야 한다고 생각했습니다. 마음속에 있는 어떤 것도 두려워하지 않은 채. 그리고 그것이 제가 할 일이었다고 이 상이 말해 주고 있습니다. 나약한 제 마음을 다잡게 해 준 한미수필문학상 관계자 여러분들께 심심한 감사를 전합니다.

어떤 죽음

김부경 (고신대복음병원 내분비내과 조교수)

"우짜겠습니꺼, 그기 다아 운명인기지요."

환자의 누나가 남긴 마지막 그 한마디는 오랫동안 내 머릿속을 떠나지 않았다. 그러나 그 말의 의미를 새겨 보기에는 내 일상이 너무나 바빴다. 학회 참석을 위해 올라탄 비행기 안에서야 비로소 그 죽음에 대해 생각해 보았다. 아무도 없는 시간, 아무와도 대화하지 않아도 되는 시간, 아무도 모르는 시간, 나는 아무도 모르게 어떤 죽음에 대해 눈물을 흘렸다.

"왜 이제야 오셨어요?"

그때부터 환자의 가족에 대한 나의 비난은 이미 시작됐던 것이다. 그 환자의 가족은 처음 응급실에서부터 이상했다. 환자와 같은 집에 산다면서, 환자에 대해 물어보는 것마다 잘 모른다고 했다. 보통 그런 대답을 하는 보호자의 유형은 정해져 있다. 환자는 정신없이 누워 있는데 보호자는 달랑 하나, 알바를 하다 뛰어온 미성년자이거나 소매 끝이 시커먼 잠바를 입은 술 취한 아저씨, 비릿한 생선냄새가 손톱 끝까지 밴 아줌마이거나, 수소문

끝에 찾아낸 멀리 사는 동생이거나, 목소리가 커서 가족인 줄 알았는데 옆집 사는 사람이거나……. 환자에 대해 잘 모르는 보호자의 유형들이다. 대게 이런 보호자들에게는 안쓰러운 마음이 들어 나도 모르게 더 친절해진다. 그런데 이 환자의 가족들은 멀쩡했다. 키가 훤칠하고 잘생긴 아들에, 세련된 스카프를 두른 미인형의 딸, 흔히 볼 수 있는 현모양처형의 어머니였다. 그런데 이 사람들의 대답은 마치 앞서 열거한 보호자들에게서나 들을 수 있는 대답들이었다. 내 마음엔 이미 '이렇게 멀쩡한 사람들이 환자를 이렇게 방치하면 안 되죠.'라는 비난이 들어 있었던 것이다.

"당뇨는 언제부터 있으셨어요? 치료는 어떻게 받고 계셨어요?"

"당뇨는 한 10년 된 것 같은데, 병원에 한 번도 가 본 적이 없어요."

"환자분이 지금 말을 못하는데 언제부터 이러셨어요?"

"어……, 그건 오래됐어요. 일 년 전부터 말도 좀 못했던 것 같고……. 이상하기 시작한 건 오래됐어요."

"네? 일 년 전이요? 그런데 왜 이제 오셨어요? 이 다리는 언제 처음 상처가 났어요?"

"아, 그건……, 한 일주일쯤 된 것 같은데……."

"그럼 다리는 어떻게 다치신 거예요?"

"잘 모르겠어요."

환자의 상태는 심각했다. 왼쪽발의 복사뼈 위부터 시작된 염증은 이미 발목까지 괴사되었고, 종아리까지 염증이 올라와 있었다. 환자 본인은 말을 못하고, 가족들은 잘 모르니 자세하게 물어볼 수도 없었다. 응급처치를 한 후 중환자실로 옮겼다. 중환자실에서 한차례 경련을 했지만 신경과와 협진을 하며 집중 치료를 한 결과, 며칠 후 환자의 상태는 많이 회복됐다. 염증 수치도 호전되고, 대화도 할 수 있게 됐다.

이제는 안심이다 싶었는데, 결국 첫 번째 큰일이 벌어지고 말았다. 다리쪽 혈관 상태를 알아보기 위해 CT를 찍었는데, 조영제 쇼크로 심정지가 일어났던 것이다. 물론 그 시간은 5분도 채 되지 않은, 길지는 않았지만 그동안 겨우 회복해 둔 환자의 컨디션을 다시 원점으로 돌려놓는 계기가 되기에는 충분했을 것이다. 나는 CT를 찍기로 했던 내 결정을 몇 번이나 후회했는지 모른다. 아니나 다를까 며칠 후 환자는 폐렴이 생겨 인공호흡기 신세를 져야 했다. 보호자들은 환자를 요양병원으로 옮기겠다고 했다.

"선생님, 저희가 사정이 있어서 그래요. 그냥 요양병원으로 옮기려고요."

지금 요양병원으로 가시면 제대로 된 치료가 어렵고, 아마 상태가 안 좋아지실 거라 설명을 했지만 집안 사정이 있다는데 별 도리가 없었다. 환자는 젊은 시절 가족들 속을 꽤나 썩여 온 듯하고, 마지막에 사업을 정리하면서 빚까지 남긴 모양이었다. 시집간 딸이 병원비를 보태는데 딸도 남편과 시댁에 눈치가 보이니 언제까지 손 벌릴 수는 없는 모양이었다.

"사정이 정 그러시다면 어쩔 수 없죠. 그런데, 인공호흡기를 하고 있는 환자를 받아 줄 병원이 있나요?"

"네, 제가 아는 요양병원에서 확실히 오라고 했어요."

아주머니는 자신 있게 말했지만, 역시 인공호흡기를 하고 있는 중환자를 받아 줄 요양병원은 없었다. 사정이 있다는 보호자들은 애가 타고, 나는 그런 보호자들을 위해서라도 환자를 빨리 회복시켜야겠다고 더 애를 썼다.

일주일 후 환자는 인공호흡기를 뗴었고, 컨디션이 회복되어 다리 수술에 들어갔다. 그런데 보호자들이 다리를 절단하는 것에 대해 동의를 해 주지 않아 괴사된 부분을 긁어내기만 하고 나왔다. 환자의 다리 상태는 좋지 않았다. 마치 해부학 책에서 보듯 환자의 다리는 종아리까지 어떤 부분은 뼈, 어떤 부분은 근육, 어떤 부분은 인대가 노출되어 있었다. 일반 병실로 옮기자 보호자들은 또 요양병원으로 가겠다고 사정을 했다. 나는 이런 다리를 드레싱이라도 해 줄 수 있는 병원이 있을까 싶었지만, 보호자들이 알아 둔 병원이 있다고 사정하는 통에 또다시 소견서를 적어 주었다. 이번에는 환자가 앰뷸런스를 타고 해당 병원에까지 갔다. 그런데 앰뷸런스를 타고 출발한 지 얼마 되지 않아 해당 병원의 선생님이 우리 전공의에게 전화를 했다. 어떻게 이런 상태의 환자를 보낼 수가 있냐며 우리 전공의 선생만 그 선생님에게 혼쭐이 났다. 환자 보호자는 괜히 앰뷸런스 값만 20만 원이나 날렸다며 한숨을 쉬었다.

이렇게 된 이상 나도 어쩔 수가 없었다. 내가 할 수 있는 최선은 이 보호자들의 경제적 사정을 생각해서라도 환자를 가능한 한 빨리 회복시켜 퇴원을 시키는 것이었다. 환자의 보호자들에게 오염된 다리를 절단해서 원인을 제거하는 것이 최선이라고 설명했다.

"저희는 저 사람 다리 자르면 감당 못해요."

"네, 그런데 뭘 감당을 못한다는 말씀이세요?"

"사람들이 그러더라고요. 다리를 잘라도 자른 부위에 또 감염이 생겨서 또 잘라 내고, 또 병원에 오고, 그러다가 고생고생하다 결국 죽는다고요."

"아니, 그건 나중 일이고, 그렇게 다시 감염이 안 생기도록 관리를 잘하셔야죠. 지금 저 다리를 저대로 놔두시면 다시 중환자실로 가시게 될 수도 있어요."

"아이고, 우리는 돈 없어서 중환자실 안 돼요."

"그러니까 그렇게 되기 전에 원인을 제거해야 된다고요."

"아무튼 우리는 다리 못 잘라요."

"저 다리를 안 잘라 내고 살리려면 근육과 함께 피부이식을 몇 번을 해야 할지 몰라요."

"아이고, 저렇게 마른 사람을 피부이식 할 데가 어디 있어요?"

"그러니까 피부이식은 힘들어요. 이식해도 생착이 어려울 것 같고, 돈도 많이 든다고요. 그래서 원인을 빨리 제거하고 빨리 회복해서 퇴원하는 것이 제일 돈이 적게 드는 해결책이에요."

"아이고, 그렇게 저사람 다리 잘라가지고 집에 오면 우리는 감당 못 해요."

그렇게 며칠을 아주머니와 실갱이를 벌였는지 모른다. 다리를 절단도 안 하겠다, 이식도 안 하겠다, 돈도 없다, 퇴원해서 집에 가도 못 돌본다, 도대체 어쩌라는 건지 답답했다.

'그렇게 환자가 죽기를 기다린다고 환자가 언제 죽을지 모른다고요, 일 년이 될지, 이 년이 될지, 그렇게 아까워하는 돈이 언제까지 들어갈지 모른다고요.'라고 소리라도 질러 주고 싶었지만 차마 그렇게는 말하지 못했다. '도대체 이 가족은 어디부터 어디까지 병든 걸까? 문제가 있으면 해결을 해

야지 이렇게 끌어안고 있으면 해결이 되냔 말이야.'

　그렇게 아주머니와의 대화에 몇 번 실패하고, 결국 아들과 면담을 하기로 했다. 그런데 그날 아침 환자는 다시 경련을 하고 의식을 잃고 말았다. 아들에게 빨리 다리를 절단해서 해결해 보자고 요청했던 면담은 결국 더 이상 가망이 없을 가능성이 높겠다는 경고가 되고 말았다.

　"이제 다시 의식을 회복하고, 수술을 할 만큼 컨디션이 회복되기는 힘들 것 같아요."

　"네, 그럼 이제 가능성이 없단 말입니까?"

　"네, 아마 이제는 돌아오지 않을 가능성이 높아요."

　거기까지 했었어야 했다. 내 설명은 거기까지로 마무리되어야 했다. 그 다음 말은 하지 말았어야 했다.

　"그런데 만약에 환자가 회복된다면 그때는 빨리 원인이 되는 다리를 제거합시다."

　"네에? 다시 돌아온다고요?"

　"아니요. 그럴 가능성은 거의 없지만 만약을 말씀드리는 거예요."

　"선생님, 저는 이제 더 감당이 안 됩니다. 병원비가 너무 많이 나왔어요."

　"네, 알고 있어요. 그러니까 빨리 해결을 하자는 겁니다."

　나는 왜 보호자에게 쓸데없는 희망을 주었을까? 그 희망은 이 보호자들에게는 사형선고와 다름없는 절망이었다는 것을 진작 몰랐단 말인가?

다음 날 저녁 나는 어처구니가 없는 소식을 들었다. 환자의 아들이 자살했다는 것이었다. 심포지엄 참석을 위해 호텔로 가던 길에 머릿속은 엉망이 되었다. '병원으로 가 봐야 하나? 지금 병원에는 의식 없는 환자 말고 아무도 없지. 아들 장례식장에 가야 하나? 미쳤구나. 너 장례식장에 가면 가족들이 뭐라 하겠냐? 아, 어제 그 마지막 말 때문인가? 내가 그 얘길 왜 했을까? 아마 내가 하는 말들이 비난으로 들렸을 거야.'

심포지엄을 마치고 나는 밤늦게 병원으로 돌아갔다. 병실에는 아무것도 모르는 환자가 누워 있고, 생체징후를 확인하는 모니터만 삑삑거리고 있었다. 그 생체징후가 그렇게 원망스러울 수가 없었다. 내과 의사를 하면서 환자를 살린 것이 그렇게 원망스러웠던 적은 없었다. 그때까지는 '내가 그때 CT만 찍지 않았어도 조영제 쇼크는 없었고, 그랬다면 더 빨리 회복했을지도 몰라.'라며 자책해 왔다. 그런데 그 순간 나는 지금까지 후회해 왔던 그 다음 순간을 후회하고 있었다. '그때 심정지가 왔을 때 살려 내지 말걸. 그때 조금만 늦게 뛰어갈 걸, 그때 스테로이드와 항히스타민을 주지 말걸, 그때 그렇게 하지 말 걸.' 병실에는 내 후회와 함께 공허한 모니터의 맥박 소리만 가득했다.

며칠 후 회진 시간에 전공의가 조심스레 말했다.

"교수님, 이 상황에 이런 말씀드리기는 뭐하지만, 어제 사회사업실에서 전화가 왔는데요, 원래 아들이 공무원이라서 수입이 있어서 혜택을 받을 수가 없었는데요, 이제 아들이 없어서 혜택을 받을 수 있답니다."

'이런, 이제 와서 그게 다 무슨 소용이람.'

"휴우~ 알겠어요. 그거라도 해 주세요."

보호자들이 그렇게 소원이던 사회복지혜택을 이제는 받을 수 있다니 그렇게 허망할 수가 없었다. 병실에는 아주머니가 돌아와 있었고, 환자의 누군가가 울고 있었다.

"아이고, 죽으란 인간은 안 죽고, 엄한 아들만 죽었네."

차마 입에 담지 못했던 그 말을 고모가 내뱉어 주었다. 내 탓인 것만 같아 미안했다. 정작 아주머니는 눈물 한 방울 없이 무표정한 얼굴이었다.

"안녕하세요. 제가 뭐라 드릴 말씀이 없네요."

"빚이 삼천만 원 있었어요. 이자만 내고 있었는데, 이제 이 인간 죽으면 그거 자기 빚이 되니까, 그래서 그랬는지 유서 하나 안 남기고 갑자기 뛰어내렸어요."

마치 남 이야기하듯 말하는 그분의 손을 한 번 잡아 드리고는 병실을 나왔다.

생명은 참으로 끈질긴 것이라 그러고도 환자는 꽤 오래 버텼다. 아무것도 하지 않고 환자가 죽기만을 기다리는 의료진과 보호자가 세상에 다 있을까? 그건 참으로 모두에게 고통스런 일이었다. 나는 늘 환자에게 아직 내가 할 수 있는 것이 남아 있는 한 최선을 다했다. 그렇지만 그 환자에게는 최선을 다해 아무것도 하지 않아야 했다. 항생제를 바꾸지 말고, 수액을 줄이고, 생체징후를 유지하는 데 도움이 되는 것은 피했다.

'교수님, ○○님 방금 사망하셨습니다.' 전공의 선생이 문자를 보내 주었다. 나는 가운을 갈아입고, 환자의 병실에 올라갔다. 환자의 누나는 또 울고 있었고, 아주머니는 무표정하게 앉아 있었다.

"그동안 고생 많으셨어요. 죄송합니다."

"선생님이 뭐가 죄송하대요. 그동안 애 많이 쓰셨어요."

"아닙니다. 제가 뭐라 드릴 말씀이 없습니다."

"뭐, 우짜겠습니꺼, 그기 다아 운명인기지요."

그 말을 뒤로하고 돌아선 지가 며칠, 몇 주가 지났다. 나는 언니에게 전화를 했다.

"부경아, 너가 잘못한 건 하나도 없어. 그건 그 사람의 문제였겠지. 그런데 너가 왜 괴로워하는지 이해는 돼. 가끔 너가 이렇게 하면 좋다고 애를 태워 말할 때 그게 그렇게 하지 못하는 사람한테는 비난처럼 들릴 때도 있거든. 물론 너가 왜 그렇게 말하는지도 알아. 너는 그렇게 하면 좋다는 걸 알기 때문에 상대방이 진짜 그렇게 했으면 좋겠다고 애를 써 가며 말하지. 물론 너가 말한 방법이 옳은 것도 알아. 그렇게 하면 좋지. 그렇지만 부경아, 그게 옳은지 알면서도 그게 안되는 사람도 있는 거야. 너는 그게 되니까 거기까지 간 거고, 그게 안되는 사람도 있는 거야."

학회는 미국 샌디에이고의 코로나도 섬에서 있었다. 그곳은 마치 거짓말처럼 아름다웠다. 그곳의 아름다운 바닷가에 서 있으니 내가 떠나온 현실이 오히려 실제가 아닌 듯했다. 나는 무슨 자격으로 이런 곳에 와 있는가? 나는 무슨 자격으로 이렇게 좋은 것을 누리는가? 나는 그 사람보다 무엇을 더 잘했길래 그 사람은 그렇게 죽고, 나는 이런 것들을 누리고 사는 걸까?

사실 내 마음속에는 이런 생각이 있었다. '그렇게 멀쩡하게 생긴 젊은 남자가 고작 삼천만 원 때문에 죽은 거야? 삼 억도 아니고……. 그게 죽을 만한 이유가 되는 거야?' 언니의 말대로 내 속에 비난을 멈추기로 했다. 나는 무슨 자격으로 그 가족들과 그 사람을 비난하는가? 운명을 개척할 수 있는 능력까지도 내가 노력해서 얻은 것이 아니다. 내가 무언가를 누리는 것은 내가 그럴 만한 자격이 있어서도 아니고, 내가 고통을 당하는 것은 내가 그만큼 잘못했기 때문도 아니다. 그러니 내가 그럴 수 있었던 것에 그저 감사하고, 내가 그럴 수 없었던 것에 그리 자책하지 않기로 했다. 설령 운명을 개척할 수 있는 능력을 갖지 못한 사람들에게도 죽는 것보다는 행복한 세상이라면 그럴 수 있지 않겠는가.

수상 소감 중에서 · · ·

저 때문에 누군가는 '다시 살고 싶은' 마음이 들 수 있는 그런 삶을 살고 싶습니다. 한두 사람이라도, 제 가족이라도 서로가 서로에게 존재만으로도 행복할 수 있는 그런 2015년이 되었으면 좋겠습니다. 마지막으로 전문의 시험을 일주일 앞두고 간암으로 쓰러져 생사의 고비를 넘나들고 있는 후배가 일어나는 것을 꼭 보았으면 좋겠습니다.

아기가 날아왔습니다

김승연 (을지대병원 소아청소년과 부교수)

"교수님, 분만실에서 아기가 날아왔는데요."

우리는 예정에 없던 아기의 출생을 '날아왔다'라고 한다. 위중한 아기가 날아온 날이면 신생아 중환자실은 정신없이 부산하다.

아기는 24주 3일, 600g으로 세상에 나오자마자 가늘고 약하게 울어 댔다. 분만실에서는 사산인 줄 알고 아기 몸 크기만 한 신발 상자 하나만 준비했다가 소스라치게 놀라 아기를 신발 상자에 넣고는 신생아 중환자실로 뛰어왔다. 우리 병원은 분만실과 신생아 중환자실이 10미터 남짓 되는 거리라 다행스럽게도 아기는 큰 문제없이 처치를 받을 수 있었다. 아기에게 기관 삽관을 하고 폐를 펴 주는 약을 쓰고 인공호흡기를 달아 아기가 기운을 내어 버틸 수 있도록 도와줬다. 기특하게도 아기는 약에, 기계에 유순하게 따라와 주었다. 심장박동수는 정상으로 돌아왔고 간간히 숨도 쉰다. 모든 처치가 다 순조로운데도 다들 마음이 무거웠다. 왜냐하면 아기는 왼쪽 팔을 제외하곤 성한 사지가 없었기 때문이다. 오른쪽 다리는 무릎까지밖에 만들어지지 않았고 왼쪽다리는 발가락이 없는 발마저 안쪽으로 돌아가 있었으며 오른손에는 손가락이 하나 더 달려 있었다.

　상담실로 들어가 인사를 하고 앉았다. 아기의 모습을 이미 본 할머니와 아빠가 나를 물끄러미 쳐다본다. 나는 아기의 상태에 대해서 설명하기 시작했다. 그리고 동의서를 한 장, 두 장, 세 장……. 참 설명할 것들이 많다. 우리가 아기를 치료하고 키우기 위해서 아기의 부모에게 위임을 받기 위한 중요한 과정이다. 설명을 하면서도 속으로 생각한다.

　'아빠와 할머니는 지금 아무 소리도 귀에 들어오지 않을 것이다.'

　긴 설명이 끝날 때까지 멍하니 듣고 있던 아빠에게 사인을 부탁한다. 아기 아빠는 볼펜을 손에 쥔 채 고개만 떨구고 있는데 옆에 있던 할머니가 입을 떼신다.

　"의사 선생님, 우리 아들 좀 살려 주소. 내 자식 살아야 하지 않겠소? 저 아이를 어떻게 키우냔 말이오? 돈은 얼마나 들 것이며 사람 구실 못할 게 뻔한데."

　채 말을 못 잇고 우신다. 머리가 허연 노인이 내 앞에서 우는데 나도 참 모질다.

　"생명인데 어떻게 합니까? 저는 의사지 하나님이 아닙니다."

　여러 번 겪었던 일이라 영혼 없이 나오는 말이지만 뱉어 놓곤 나도 참 재수 없다. 누군가 나에게 저 아이를 기르라면 나는 어떨까? 속으로 물어본다. 답이 없으니 생각하기도 싫다. 그래서 또 맘과는 다르게 말을 뱉는다.

　"사인해 주세요."

아기 부모는 치료를 하지 않겠다며 사인을 하지 않고 돌아간 그날 이후로 연락도 받지 않고 면회도 오지 않는다. 아기는 하루하루 힘든 과정을 겪어 내며 버티고 있는데 힘내라고 도와주는 엄마도, 아빠도 없다. 그래도 참 대견하게 잘 견뎌 낸다. 안쓰런 맘에 우리는 사랑이라고 이름을 붙여 주고 '사랑아, 사랑아' 부른다. 부모에게 허락받고 써야 하는 약과 처치가 있다. 허락을 받지 못했지만 살리려고 애를 쓰는 아기를 놓을 수는 없기에, 다른 아기들에게 쓰고 남은 약들을 모아서 준다. 틀어진 발에 보조기도 끼워 주고 영양제도 먹인다. 그러면 안 되는 걸 다들 알고 있지만 암묵적인 동의하에 그렇게 아기는 자라고 있었다. 하루, 이틀, 사흘, 그리고 한 달, 두 달, 세 달.

아기는 인공호흡기도 거진 다 떼어졌고 아직은 튜브로 먹지만 우유도 잘 먹는다. 이때쯤이면 다른 부모들은 가족사진도 가져오고 카드도 써 주고 목소리도 들려주는데 사랑이 인큐베이터는 썰렁하다. 어느 날 사랑이의 인큐베이터 안에 사진이 붙어 있다. 파아란 하늘에 흰 구름이 떠 있는 사진이다. 태어나 세 달이 넘도록 하늘을 보지 못한 사랑이에게 하늘을 선물한 참 예쁜 간호사들이다. 인큐베이터 안에 작은 모빌도 동동 걸어지고 앙증맞은 새 옷이 번갈아가며 사랑이에게 입혀진다. 늘 그렇듯이 또 간호사들이 엄마가 되었다.

아기는 건강한 여느 신생아들처럼 분유병을 힘차게 빨고 울어 대는 소리도 꽤 우렁차졌다. 아직 간간히 새파래지면 산소가 필요하고 먹어야 하는 약들이 몇 가지 있지만 이제는 집에 돌아갈 때다. 아기 부모님들에게 아기는 더 이상 병원에 있을 필요가 없으니 데려가라고 연락을 했다. 아기를 낳고 처음으로 엄마가 왔다. 첫아이란다. 그 고통스런 진통 속에 아기를 낳고는 세 달 만에 처음으로 아기를 만났다. 엄마도 지난 세 달 동안 아기만큼 힘들었을까? 눈이 사슴처럼 선한 젊지 않은 엄마는 근심 가득한 얼굴로 아기를 바라보고는 눈물을 글썽인다. 아기의 불편한 사지는 긴 옷에 가려져 있지만 엄마의 눈에는 그것만 보이는 것 같다. 얼마 전부터 눈을 맞추기 시작한 아기는 엄마를 뚫어져라 쳐다본다. 참 영리한 눈빛이다. 다행히도 사랑이의 머리와 눈은 건강하다.

"어머니, 이 녀석 공부시킵시다. 눈빛이 예사롭지 않아요."

나도 모르게 튀어나온 말이 엄마를 미소 짓게 했다. 버리려고 했던 아기다. 보지도 않으려고 했던 아기다. 그러나 숨어 있던 엄마는 사랑이와 눈을 맞추는 순간 사랑이의 엄마인 걸 깨달았다. 사랑이는 그렇게 집으로 돌아갔다.

나는 사랑이를 꼭 품고 진료실로 들어오는 엄마와 아빠의 얼굴에 깊게 드리운 그늘을 읽을 수가 있다. 아이가 짊어져야 할 삶의 무게를 가늠조차 할 수 없기에 드리워진 그늘이리라. 나는 사랑이가 백일이 넘는 긴 여정에서 어떻게 견디고 이겨내 왔는지를 알기에, 믿으시라고 걱정 말라고 이야기하고 싶지만 나도 확신이 없다. 많은 아이들을 잃어 보면서 끈질긴 생명력만큼이나 꺼지기 쉬운 불꽃들이란 것도 알고 있기 때문이다. 사랑이가 자라는 동안에도 두 명의 아이들을 떠나보냈다. 아무것도 할 수 없었던 내 자신이 또 그렇게 초라해졌었다.

그러나 나는 안다. 사랑이의 부모님이 훨씬 강하다는 것을……. 내가 굳이 용기를 주지 않더라도 사랑이를 보면서 더 용감하고 더 훌륭해질 것이다. 여태껏 내가 보아 온 숱한 엄마와 아빠들처럼 말이다. 그들은 절대로 포기하지 않았으며 절대로 무릎 꿇지 않았다. 난 그분들을 생각만 해도 가슴이 먹먹해진다.

요즘은 사랑이가 날 보고 웃는다. 여린 손으로 내 뺨도 어루만져 준다. 난 종교가 없지만 세례를 받는 느낌이 이런 게 아닐까란 생각을 해 본다. 내게 올 때마다 조금씩 조금씩 커 가는 사랑이를 보면서 언젠가 저 녀석이 내 진료실로 아장아장 걸어 들어오는 날을 상상한다. 그날이 오면 나는 "사랑아, 사랑아" 하면서 뛰어가 번쩍 들어 올려 안아 줄 것이다. 정말 그런 날이 올까 의심하지 말자.

"교수님, 아기가 날아왔는데요……."

오늘도 또 신생아 중환자실은 정신없이 부산하고 우리는 힘이 드는지 생각할 여유도 없다. 상담실로 향하는 맘이 무겁다. 또 영혼 없이 말을 내뱉겠지만 가슴으로는 또 하나의 아기를 품을 것이다.

 수상 소감 중에서 · · ·

사랑이 같은 아기들은 우리에겐 기적 같은 일입니다. 제가 손 내밀면 힘겹게 나마 잡아 주고 따라와 주는 기특한 녀석들, 그 아기들은 모두 신생아 중환자실의 사랑이가 됩니다. 앞으로 우리에게 날아올 아기들이 어느 병원 못지않은 사랑과 치료를 받게 되기를 간절히 기원합니다.

두 인연

이효석 (전남대병원 안과 전임의)

　오늘도 그의 손에는 어김없이 무언가가 들려 있다. 몸에 좋은 거니깐 꼭 챙겨 먹으라고 말하며 순박하게 웃는 그에게, 오늘은 무얼 또 이리도 들고 왔냐고 물어보니 아는 동생에게서 좋은 고사리를 받아서 가지고 온 거란다. 외래로 올 때마다 이런 거 가지고 오지 않아도 된다고 손사래를 쳐도, 씩 웃으면서 알았다고 할 뿐 다음에 올 때도 그는 무언가를 들고 올 것이다.

　돌이켜 보면, 만나지 않는 게 어쩌면 차라리 좋았을 인연이었다. 내가 K를 처음으로 만난 것은 3년 전 이맘 때, 한낮의 뙤약볕이 뜨겁게 달구어 놓은 병원 앞 아스팔트가 채 식지 않아 열기를 내뿜던 일요일 저녁이었다. 시골에서 부모님을 모시고 농사를 짓던 그는 주말에 부업으로 벌초 일을 간간히 했었는데, 예초기를 돌리다가 그만 돌조각이 오른 눈에 튀고 말았다. 한창 농사일로 바쁜 시기여서 그는 눈 한번 쓱 훔치고 작업을 계속했었는데, 그날 저녁부터 시작된 눈의 통증은 시간이 갈수록 조금씩 더해 갔고, 며칠이 지나도 가라앉는 기미가 보이지 않자 덜컥 겁을 먹은 그는 무작정 막차를 타고 응급실로 찾아왔다. 어렸을 때 왼쪽 눈을 제대로 치료받지 못해 실

315

명한 이후 남은 오른쪽 눈으로만 세상을 보아 왔던 그이기에, 오른 눈의 이상 신호에 대한 두려움은 더 컸으리라. 응급실에 환자가 있다는 말을 듣고 응급실로 내려간 나를 보자마자 K는 손을 덥석 잡으며 하나 남아 있는 눈이 너무 아프다고, 이제는 잘 보이지도 않는 거 같다며 닭똥 같은 눈물을 뚝뚝 흘렸다. 잘 좀 봐 달라며 허리춤을 붙드는 그를 겨우 달래어 진정시키고 검사 기계 앞에 앉혔는데, 아뿔싸 현미경을 통해 들여다본 그의 오른 눈에는, 이미 각막 중심부에 하얗게 염증이 생겨 있었다. 바로 입원시켜서 항생제 치료를 시작했지만 치료는 순탄치 않았다. 항생제 치료는 상태가 호전되더라도 꾸준히 해야 재발을 막을 수 있는데 병변이 좀 사그라들고 통증이 잦아들 만하면 K는 키우던 돼지며 닭, 들판에 자라고 있을 벼 생각에 몸이 달았고, 아침 진통제랑 항생제 주사 시간이 끝나면 말도 없이 병동을 비우기 일쑤였다. 환자가 또 나간 거 같다는 간호사의 말에 전화를 해 보면 어김없이 그는 축사에서 사료를 주고, 똥을 치우고 김매기를 하고 있었다. 안약이라도 가지고 가서 잘 넣으면 좋으련만, 시골에 내려갈 동안에는 마음이 온통 들로 나가 있는 듯했다. 안약은 언제나 침대 머리맡에 뒹굴고 있었으니 말이다. 이러다 하나 남은 눈 버리면 어떻게 할 거냐고, 눈은 안중에도 없냐고 호통을 치면 저녁쯤에 쭈뼛쭈뼛 하면서 병동으로 돌아와 "아이고~ 샘님, 어짜쓰까라? 허벌나게 지송하구만요. 시방 사료가 떨어진 거 같아서 쌩하니 다녀온다는 것이 좀 늦었구만이라." 하면서 싱겁게 웃는 그였다. 그 순한 얼굴을 보고 있자면 K를 혼내기 위해 준비했던 이런저런 뾰족한 말들이 스르르 녹아버렸지만, 심통이 난 척 하고 있으면 미안한 마음 때문이라도 K가 시골로 좀 덜 내려갈까 싶어서 짐짓 굳은 얼굴로 앉아 있으면 그는 어느새 내 옆으로 와서 갓 나온 달걀을 삶아 왔다고 내밀곤 했다.

"환자분, 이런 거 안 가지고 와도 되니깐 제발 좀 병원에 붙어 있으세요. 살려 달라고 눈물 질질 짜던 사람이 이러기에요?"라고 한마디하고 병실로 돌려보내지만 역시나 병동에 며칠 잘 머무르고 있다 싶으면 다시 나갔다 오기 일쑤였다.

하지만 이렇게 불규칙하게 치료를 받으면서 항생제에 내성이라도 생겼는지, 점차로 K의 눈은 항생제에 반응하지 않고 악화되어 갔다. 그도 이제 상황이 좋지 않다는 걸 알았는지 마음을 다잡고 치료에 전념하는 듯했지만, 이미 눈 안쪽에 고름이 차고, 각막이 조금씩 녹아내리기 시작했다. 그 정도 상태가 되면 고통은 진통제로도 달래지지 않는다. 눈을 칼로 베어 내는 고통으로 신음하는 그를 바라보는 것은 내게도 너무나 가슴이 아팠다. 손을 잡아 주는 것 말고 내가 그의 고통을 달래 주기 위해서 달리 해 줄 것이 없다는 것이 얼마나 날 좌절케 했는지 모른다.

내가 J의 얼굴을 처음 보게 된 것은 K가 처음 수술을 받던 날이었다. 항생제 안약의 점안만으로는 효과가 없자, 수술방에서 직접 눈의 고름을 씻어 내고 항생제를 눈에다가 주사하기로 결정된 것이다. 불안해하는 그를 다독이며 수술방으로 올려 보냈는데 신경외과에 있는 주치의 친구로부터 전화가 왔다. 뇌출혈로 중환자실에 입원해 있는 환자 눈 상태가 아무래도 안 좋은 거 같은데 한번 좀 봐 달라고 말이다. 그렇게 해서 만나게 된 J의 모습은 아직도 잊히지가 않는다. 물론 침대에 누워서 수액을 주렁주렁 매달고 있는 것은 여느 중환자실 환자들과 다를 바 없었지만 무엇보다 인상적이었던 것은 불끈 쥔 그의 두 주먹이었다. J는 내가 볼 때마다 주먹을 꽉 쥐고 있었는데, 그가 입원해 있는 이유를 담당 간호사로부터 들은 뒤, 내 눈에 그의 꼭 쥐어진 주먹은 단순한 손가락의 웅크림이 아니라 한시라도 빨리 자리를 털고 일어나기 위한 그의 의지로 보였다. 담당 간호사는 그가 신혼이라고 했다. 회사 회식 자리가 파한 뒤 집으로 돌아가던 중, 횡단보도를 건너던 그를 미처 보지 못한 취객이 그대로 그를 들이받아 사고가 난 것이란다. 뇌출혈로 응급수술을 받았지만, 경과가 좋지 않아 한 달째 인공호흡기의 신세를 지고 있던 차였다. 내가 갔을 때는 마침 중환자실의 면회 시간이었는데, J의 아내가 그의 앞에 앉아서 그의 주먹을 감싼 채로 우두커니 앉아 있는 모습을 볼 수 있었다. 그녀에게 양해를 구하고 현미경을 통해 들여다본 그의 오른 눈에는 그동안 눈이 제대로 감기지 않아서인지, 자그마한 염증이 눈동자 위에 생겨 있었다. 안약을 처방하고 나오는 길, 그녀는 나를 따라 나오면서 몇 번이나 잘 부탁한다고 고개를 숙였다. 그녀에게 마주 고개를 숙이던 날, J와 K는 모두 내 환자가 되었다.

누군가는 "아플 수도 없는 마흔이다."라고 했던가. 나와 J는 말 한마디 나누어 본 적 없지만 서른일곱이 되기 전까지의 그의 인생을, 그의 투병으로 인해 일부나마 엿본 거 같았다. 굳은살이 올올이 박힌 J의 손가락, 그를 보는 아내의 애틋한 눈빛만으로도 가슴이 뭉클해졌다. 그를 보러 갈 때, 가끔씩 면회 시간이랑 겹치면 그를 걱정하는 수많은 보호자들이 찾아와서 순서대로 중환자실에 들어와 멍하니 누워 있는 J의 손을 잡고, 그의 아내를 위로하는 모습을 볼 수 있었다. 더러는 지나가는 의사를 붙잡고 그의 용태를 확인해 보고, 무슨 수가 없겠냐고 간절하게 묻곤 했다. 하지만 그의 회복을 원하는 수많은 사람들의 바람에도 불구하고 그의 상태는 점점 나빠져 감을 굳이 차트를 보지 않아도 알 수 있었다. 약물치료로 오른 눈의 각막 상태는 잘 조절되고 있었지만, 그는 여전히 의식 없는 상태로 인공호흡기에 의존하고 있었고, 그의 몸은 점점 부종으로 부풀었으며, 그의 몸에 달려 있는 약물과 기계의 개수도 늘어만 가고 J의 아내의 두 눈에 어린 수심도 깊어져만 갔다.

그즈음 이미 K의 오른 눈은 각막의 주변부를 제외하고 중심부는 거의 전부 균에 의해서 먹혀 들어간 상태였다. 균이 밤낮없이 자라니 통증도 밤낮이 없고, 그는 잠조차 편히 자지 못한 채 계속 고통으로 신음하고 있었다. 이제 남은 것은 안내용물제거술, 즉 눈알의 가장 겉가죽만 남긴 채 나머지를 전부 제거하고 의안을 끼우던지, 아니면 세균에 잠식된 각막을 절제하고, 건강한 각막으로 갈아 끼우는 각막이식술뿐이었다. K의 젊은 나이와 감염된 눈이 시력을 가지고 있는 눈이라는 점을 생각해 보면 각막이식을 받는 게 제일 좋겠지만, 그러기 위해서는 기적과도 같은 각막 기증을 기다릴 수밖에 없었다. 그러려면 균이 주변까지 침범하기 전에 기증자가 나타나야 할 텐데, 그러리라는 보장이 어디 있겠는가. 그에게 더 이상의 다른 수술적 치료는 힘들고 눈을 제거하든지, 아니면 각막이식을 기다릴 수밖에 없다고 말하던 날 저녁, 그는 내 손을 꺼안고 펑펑 울었다. 아직은 눈을 잃을 수는 없다고, 포기하지 말아 달라고 말이다. 자기는 해야 할 것들이, 돌봐야 할 것들이 너무나 많아서 세상을 보아야만 한다고, 고통스럽더라도 좀 더 참아보겠다고, 기다리겠다고 그는 흐느끼면서 말했다. 내가 할 수 있는 것은 그저 그의 손을 맞잡으며, 기증자가 있다는 연락이 오기만을 기다리는 것 밖에 없었다.

그에게 기다려 보자 말한 지 이틀 후, 병원에 뇌사자 장기기증이 있다는 통보를 장기기증 코디네이터로부터 받았다. 윗년차 전공의와 함께 한달음에 뛰어갔는데, 수술방 입구에 J의 아내가 울고 있는 것이 보였다. 설마 하면서 들어간 수술방. 수술대 위에는 J가 누워 있었다. 간과 신장을 적출하기 위해서 수많은 의료진이 분주하게 움직이고 있었지만 내 눈에는 그의 주먹과 눈밖에 보이지 않았다. 오른 눈 밑에 있는 자그마한 하얀 병변, 왼눈 한구석의 조그만 점……. 그는 J가 틀림없었다. 언제나 꼭 쥐고 있었던 두 주먹은 힘없이 펴진 채로 수술대 위에 늘어져 있었다. 윗년차 전공의를 도와 그의 왼쪽 눈을 적출하면서, 내 눈에서는 나도 모르게 눈물이 주르르 흘렀다. 그의 꼭 쥔 두 주먹, 부릅뜬 두 눈과 함께 입구에서 하염없이 울고 있던 J의 아내의 모습이 모두 뒤섞여서 내 눈앞에 어른거렸다. 적출을 모두 마치고 수술방을 나오던 때, 일가친척에 둘러싸여 흐느끼는 그녀의 모습이 눈에 들어왔다. 내가 어떤 말을 건넬 수가 있을까, 나는 마치 도망치듯이 수술실을 빠져나올 수밖에 없었다.

그날 저녁, K는 오른 눈의 각막이식술을 시행받았다. 균이 가득한 각막을 도려내고 건강한 각막을 이식받은 이후, 그의 회복은 순조로웠다. 2주일 후, 그는 건강한 눈과 세상을 다 얻은 듯 행복한 얼굴로 퇴원할 수 있었고, 3년이 지난 지금까지 특별한 합병증 없이 열심히 고향에서 가축들을 돌

320

보고, 밭일을 하고 부모님을 봉양하면서 지내고 있다.

"샘님, 그럼 또 담에 올 텐 게, 고것 꼭 챙겨서 드시랑께요."

K가 꾸벅 인사를 한다. 그의 눈동자가 반짝인다. 생의 의지로 반짝이는, 그의 것이되 그의 것이 아닌 눈동자. 나는 그를 바라보며, 동시에 J의 불끈 쥐고 있던 두 주먹과 부릅뜬 눈, 수술방 입구에서 하염없이 울던 그의 아내를 떠올린다.

"그래요, 안약 잘 쓰시고, 예초기 작업하실 때는 꼭 보호안경 쓰시고, 농사일 하실 때 잡티 들어가지 않게 조심하고, 다음에 또 뵙겠습니다."

못다 핀 J의 삶이, 그의 의지가 각막 기증을 통해서 K에게 전달되었기를, 그래서 J가 저세상에서나마 편히 쉴 수 있기를 빌고 또 빈다.

 수상 소감 중에서・・・

K의 순박함과 삶에 대한 한결같음, 그리고 J의 생에 대한 열정과 그의 아내의 눈물은 저로 하여금 환자를 대하는 마음과 의업에 대한 인식을 새롭게 하도록 했습니다. 또한 환자에 대한 사랑과 사람의 아름다움에 대한 경탄을 다시 찾을 수 있는 계기가 되었습니다. 제가 그때 느꼈던 감정이 글을 통해 조금이나마 독자분들께 전해질 수 있다면 더할 나위가 없겠습니다. 미숙한 젊은 의사에게 본인의 눈을 진료할 수 있도록 허락해 준 수많은 환자들에게 진 빚을 기억하고, 환자를 사랑하는 마음과 환자의 불편을 해결할 수 있는 실력을 갖춘 의사가 되어 보답하겠습니다.

갈림길에서 길을 잃다

박관석 (신제일병원 원장)

잠시 시간이 멈춘 듯 고요한 정적 속에서 모두의 눈동자는 나를 향하고 있었다. 숨소리마저 그 무서운 정적 속으로 묻혀 버릴 것 같은 시간 동안, 나는 갈등을 하고 있었다. 아니 오히려 제발 이 시간이 빨리 끝났으면 하고 바라고 또 바랐다. 아래로 향한 내 시선 안으로 책상 위에 놓인 두 장의 종이가 들어왔다. 이미 수십 번을 읽어 머릿속에 마치 정으로라도 새겨 놓은 듯 뚜렷하게 각인된 활자, 긴 숨을 한번 들이마신 후 다시 한번 종이 위의 글자들을 따라 눈동자를 천천히 움직이기 시작했다.

'squamous cell carcinoma, esophagus.'

마지막 줄에 선명히 찍힌 글자, 그것은 환자가 식도암이라는 것을 말해 주고 있었다. 다음 장을 넘기던 내 손이 가늘게 떨렸다. 애써 태연하려 했지만, 활자가 주는 두려움이 이미 내 몸의 구석구석을 지배해 버리고 말았다. 그곳에는 암이 식도를 넘어 폐와 간을 침범하고 있다는 영상의학과 의사의 짧은 소견이 적혀 있었다.

모두가 내 대답을 기다리고 있는 이 순간, 차라리 나는 아무 말도 전해 주지 않아도 될 영상의학과 의사가 부러워졌다. 아무리 노력해도 도저히 익숙해지지도, 익숙할 수도 없는 순간, 피하고 싶고 도망쳐 버리고 싶은 순간에 나는 또 입을 굳게 닫아 버렸다.

결국 갈림길에서 나는 길을 잃고 만 것이다. 아니, 하필 머릿속에서 1년 전의 고통스런 기억이 스멀스멀 기어 나왔기 때문이었을 것이다.

부슬부슬 내리는 가을비에 나무를 붉게 물들였던 단풍이 하나둘씩 떨어져 길바닥을 뒹굴던 1년 전 늦가을의 어느 날이었다. 환자를 진료하고 있던 사이 조용히 응급실 앞으로 장례식장에서 온 하얀 운구차가 멈춰 섰다.

"또 왔네, 며칠 사이로 왜 이렇게 돌아가신 분이 많은 거지?"

간호사의 중얼거림을 흘려듣는 사이 운구차에서 하얀 천에 쌓인 한 구의 시신이 내려졌다. 인구 10만의 작은 도시에 변변한 대학병원조차 없던 터라 가끔씩 사체검안 의뢰가 들어오곤 했는데, 찬바람이 불면서 부쩍 늘어난 것이다.

시신을 감싼 천을 풀어헤치자 왠지 낯익은 듯 보이는 젊은 사내의 얼굴이 나타났다. 자세히 들여다본 사체는 마지막 숨이 넘어갈 때의 고통으로 일그러진 얼굴에 사지는 이미 강직이 와 마치 통나무처럼 딱딱하게 굳어 있었다. 이리저리 살펴보고 있던 나를 경찰이 물끄러미 바라보더니 한마디 툭 내던진다.

"오늘아침 아파트 뒷산에 목을 매고 있는 것을 등산객이 발견해서 신고를 했어요!"

손으로 제쳐 올린 목에는 선명한 밧줄 자국이 뚜렷이 남아 있었다. 목을 한 바퀴 돌아 뒷덜미까지 이어진 그것은 마치 뱀이 똬리를 틀고 앉아 있는 듯 보였다. 몸에 한기가 느껴졌다. 사체검안은 그리 드문 일도 아니건만, 늦가을 검안실의 찬 공기 탓이었으리란 생각은 간호사가 들고 들어온 차트를 본 순간 이유를 알 수 있었다.

차트를 한 장 한 장 넘기던 나는 갑자기 망치로 머리를 세게 맞은 것 같은 충격을 느끼며 하마터면 들고 있던 차트를 바닥에 떨어뜨릴 뻔했다. 왠지 낯익은 느낌이 나던 사체는 바로 한 달 전쯤 내가 말기 위암으로 진단했던 환자였다.

한 달 전쯤, 그날은 일주일 전 검사한 이 남자의 검사 결과를 보기로 한 날이었다. 초조한 듯 남자의 손은 뒤에 아기를 안고 있는 젊은 여자의 손을 꼭 잡고 있었다.

나는 책상 위에 있는 남자의 검사 보고서와 컴퓨터 화면에 띄워져 있는 사진을 번갈아 보면서 망설이고 있었다. '말기 위암', 서른을 갓 넘긴 젊은 남자에 어린 아이를 안고 있는 그의 아내를 본 순간, 차마 사실을 말하기가 어려웠다.

내 머릿속은 복잡해지기 시작했다. 벌써 20년이 가까운 의사 생활에 이만하면 익숙해질 법도 할 터인데 환자가 암으로 죽어 가고 있다는 말만큼은 항상 입 속에서만 맴돌 뿐 여간 뱉어 내기 힘든 것이 아니었다. 하지만 역시 결정을 내려야만 했다. 보통은 환자의 보호자에게만 먼저 말을 하곤 했던 것을, 젊은 나이에 항암치료라도 받게 하고 싶은 요량으로 환자에게 직접 알리는 것을 선택했다. 부디 내 결정이 올바른 것이기를 마음속으로 빌고 또 빌면서, 힘없는 목소리로 사실을 천천히 설명하기 시작했다.

"결과가 나왔습니다. 그게 저……위암입니다."

작은 파도 하나를 넘었다. 내 눈에는 작은 파도에도 휘청거리며 언제라도 바닷속으로 빠져 버릴 듯 위태로운 배 한 척이 보였다. 하지만 나는 더 큰 파도가 배를 덮칠 것이라는 것을 예고해야만 했다.

"위암이 이미 다른 장기까지 많이 퍼져 버렸습니다. 수술을 하기에는 너무 늦……."

말을 끝내기도 전에 나는 마치 껍질을 벗는 뱀의 허물이 힘없이 땅에 떨어지듯 무너져 내리는 한 남자의 모습을 볼 수 있었다. 그 상황에서 무슨 말을 해야 조금이라도 힘든 이 남자를 위로할 수 있을까? 그래도 항상 해왔던 가장 무난한 말을 선택할 수밖에 없었다.

"그래도 요즈음엔 항암제가 효과가 좋은 것들이 많이 나와 있어요. 그쪽으로 치료를 받아 보시는 것이 어떨까요?"

뚜렷한 치료의 확신을 주기 위해 꺼낸 말이라기보다, 어쩌면 위로를 겸한 말이었기에 자연 내 눈은 환자의 눈을 피해 바닥을 향할 수밖에 없었다.

"항암치료를 받으면 완치 될 수도 있다는 건가요?"

"……"

"설마 제가 얼마 못 산다는 말씀을 하려는 것은 아니겠지요?"

"그게, 저⋯⋯."

"그럼 제가 얼마나 더 살 수 있나요?"

아! 어찌한단 말인가? 이 젊은 남자에게 자신의 생명이 얼마 남지 않았다는 것을 어찌 솔직히 말해 줄 수 있단 말인가? 신은 왜 나에게 이런 가혹한 시간을 허락한 것일까? 아무 말도 못하고 바닥만을 내려다보고 있던 순간, 내 머릿속에 15년 전 그 녀석의 울부짖던 소리가 메아리치듯 울려오기 시작했다.

그래! 그때 그 녀석도 그랬었다. 갑작스럽게 위암 3기 진단을 받았던 의대 동기는 수술과 항암치료를 했지만 불행히 얼마 후 재발하여 다른 장기까지 전이가 돼 버렸다.

기껏 몇 개월 남지 않은 시간, 자신의 통증이 치료에도 호전이 없던 그때 그 녀석은 병동 주치의였던 나에게 지금 이 남자처럼 똑같은 질문을 던졌었다. 하지만 차마 몇 개월 살지 못할 것이란 사실을 알려 줄 용기가 나질 않았다.

세상을 떠나기 며칠 전, 자신의 죽음을 갑자기 받아들여야 했던 친구는 나에게 원망의 말을 쏟아 붓기 시작했다.

"왜 좀 더 일찍 사실대로 말해 주지 않았어? 최소한 내가 삶을 정리할 시간은 줘야 했던 것 아냐?"

울부짖으며 고함을 지르던 그 녀석의 얼굴이 불현 듯 머리를 스쳐 지나간 것은 우연이 아니었을 것이다. 눈을 들어 그 남자를 보았고, 뒤에 엄마 품에 안겨 있는 초랑초랑한 아기의 눈동자를 보았다. 차마 입이 떨어지지 않았지만, 불현듯 내 머리를 스쳐 지나간 친구, 그 친구의 마지막 말이 결국 내 입을 열게 하고야 말았다.

"치료를 하지 않을 경우 6개월을 넘기지 못할 겁니다. 아니 어쩌면 그보다 더 빠를 수도⋯⋯."

잠시 후, 아무 말이 없던 그들은 내 진료실을 떠났다. 그리고 다시 나를 찾지 않았던 그 남자의 얼굴을 마주하게 된 것은 그로부터 한 달 후, 사체를 검안하면서였다.

"남편은 대학병원엘 가지 않았어요. 어차피 치료가 안 될 텐데 돈만 쓰면 뭐하겠냐고, 그 후부터 남편은 하루도 편히 잠들지 못했어요. 수면제를 몇 알을 먹었는데⋯⋯. 남편은 하루 종일 울고만 있었어요."

남편의 시신을 따라왔던 여자가 흐느끼면서 마지막으로 나에게 남긴 말이었다.

1년도 더 지난 지금, 하필 이 순간 내 눈앞에 자살했던 그 남자 얼굴이 또렷이 떠오르고 있었다. 그의 아내가 마지막 남긴 말까지 귓가를 맴돌며 생각에 생각이 꼬리를 물고 떠오르기 시작했다.

'1년 전 그날, 내가 환자에게 직접 그 말을 하지 않았었더라면 어땠을까? 아니, 그 남자가 다른 의사를 만났더라면 그는 좀 더 가족 곁에 오래 머물 수 있지 않았을까? 어쩌면 항암치료로 좋아졌을지도 몰라!'

시계 초침 소리만이 정적을 깨고 있을 그 시간, 나는 다시 눈을 들어 모두의 얼굴을 바라보았다.

"아무래도 식도에 염증이 심한 것 같습니다. 대학병원에 가셔서 정밀 검사를 다시 받아 보시는 것이 좋을 듯합니다."

결국 나는 내 앞에 놓인 독배毒杯를 옮기고 말았다. 환자가 말기 식도암이며 더 이상 치료가 불가능하다는 사실을 알아 버린 순간, 나는 그 진실을 말해야만 하는 고통스러운 시간을 떠올려야 했다. 그리고 어떻게든 그 순간을 피하고 싶었을 뿐이다. 어쩌면 1년 전 기억 속의 남자를 떠올린 것도 내스스로의 행동을 정당화시키기 위한 하나의 시도였을지도 모르겠다.

하얀 가운을 입고 의사가 된 첫날부터 내게 닥쳐 왔던 많은 선택의 순간, 항상 내 선택이 최선의 결과를 가져올 것이란 자신감에 차 있던 햇병아리 시절 그 결정은 빨랐고 한 치의 망설임도 없었다.

하지만 시간이 지날수록 예상치 못한 결과에 좌절하고 힘들어지면서, 그리고 환자에게 점점 다가가면서 그들의 고통을 느끼기 시작하는 어느 순간부터 망설임이 시작되었고 내가 한 선택이 최선이 아닐지도 모른다는 불안감이 엄습해 왔다.

어떤 의사는 그것이 이제 진짜 의사가 되어 가기 때문이라고도 한다. 환자의 고통을 이해하고 그들의 생명에 대한 무게를 좀 더 느껴 가기 때문이라고…….

하지만 순간순간 힘든 선택의 시간과 마주칠 때마다 그곳으로부터의 탈출을 꿈꾸는 나는 아직 진짜 의사가 되지 못한 탓일 것이다.

가족들이 다 나간 후 오랫동안, 난 텅 빈 진료실에 혼자 남아 있었다. 열어 둔 창문 틈 사이로 차가운 바람이 휘돌아 들어왔다. 바람에 헝클어진 머리를 빗으며 바라본 거울 속엔, 아침보다 훨씬 수척해진 낯선 얼굴이 물끄러미 나를 내려다보고 있었다.

 수상 소감 중에서 · · ·

의사가 되기 이전 그 선택의 결과는 오로지 제 몫이었습니다. 하지만 하얀 가운이 제 몸에 덧입혀지던 순간부터 그 선택의 결과가 제가 아닌 다른 이의 삶에 영향을 준다는 것을 깨닫게 된 그 어느 날부터 그 무게가 감당할 수 없는 정도로 제 몸을 짓눌러 오는 때가 종종 있었습니다. 먼 훗날 제가 의사의 길을 떠나는 그 시간까지 고민은 계속되겠지만, 그래도 그때까지는 숙명으로 받아들이며 매 순간 최선을 다하는 것이 저를 버틸 수 있게 해 준, 또 저를 찾아오는 환자들에 대한 보답이라 생각합니다.

어느 의사의 아픔

이정희 (알로이시오기념병원 소아청소년과 과장)

"밤새 뒤척이다 동이 틀 무렵, 낮에 들었던 날벼락 같은 소리가 귓전을 맴돌더라. 오후 늦게 회진 왔던 냉정한 의사는 몇 번을 망설이다 무겁게 입을 열었다. 앞으로 길면 6개월……. 무슨 연속극에서나 듣던 대화가 꿈결같이 들렸다. 죽음을 통보하는 의사의 목소리가 끔찍하고 원망스러웠다. 첨단 장비로 검사했으니 믿어야겠지만 사실로 인정하기에는 너무 억울했다."

형님은 가픈 숨을 잠시 고르며 힘들게 말을 이었다.

"강 건너 아파트 불빛을 보니 살아온 세월이 주마등처럼 지나가더라. 정신없이 살 때는 병원이 어디 있는지도 몰랐는데 병실 창문으로 바라보는 바깥세상은 너무 가까웠다. 여명이 서서히 밝아 오고 있었다. 그대로 어두웠으면 이대로 시간이 멈추었으면 하는데 날은 차츰 밝아 오고 시간도 흘렀다."

말을 멈춘 형님의 핼쑥한 얼굴이 점점 어두워졌다.

형님이 간암치료를 받고 퇴원했다는 급보를 받고 허겁지겁 고향집을 찾았다. 휘어진 등과 심한 복수로 숨이 차 말을 잇지 못하는 형님의 야윈 손을 쥐었다.

"가끔 소화불량에 식욕이 없을 때는 나이 들면 으레 그렇다고 대수롭지 않게 생각했다. 작년 겨울부터 자주 피로하고 체중이 줄어 읍내 작은 병원을 찾았다. 진찰하던 의사의 표정이 굳어지며 얼른 서울로 가라고 하더라."

"왜 저한테 먼저 알리지 않았어요?"

까맣게 몰랐던 나는 소외된 것 같아 섭섭했다. 환자에 시달린다는 핑계로 가족의 건강 상태에 무심하거나 소홀했던 게 후회스러웠다.

"알리면 머하겠니. 박사들도 모두 어렵다던데. 알면 네 마음만 아플 테고."

"예측은 가끔 빗나가지요. 간혹 기적이라는 것도 일어날 수 있고요. 간암은 오진할 가능성이 많은 질환이래요. 처음에는 임상적 소견으로 간암을 진단하기에 나중에 조직검사로 악성이 아닌 것으로 확진될 수도 있고요."

허튼소리라는 걸 눈치챘는지 형님은 말없이 눈을 감았다.

살고자 하는 환자에게 절망을 선고하는 의사 심정인들 편할까. 진행된 간암치료라며 의사는 항암제 투여와 간동맥색전술을 권했다. 지시대로 따랐으나 그로 인한 부작용은 또 다른 고통만 줄 뿐, 효과는 별로 없었다.

"박사님, 다른 방법은 없을까요?"

"마지막으로 수술하는 방법 밖에는……."

"간 이식수술 말입니까?"

의사의 난감한 표정이 아니라도 이식수술이 그렇게 쉽지 않다는 걸 형님은 알고 있었다. 어려운 수술과 만만찮은 의료비, 자칫 사람 잃고 돈 잃는다는 부정적인 이야기를. 안전성이 우선인 생체공여자 구하기도 어렵다는 걸. 아버지에게 이식할 간을 주기로 약속한 아들은 수술 전날 밤, 병실을 몰래 탈출했다는 슬픈 코미디 같은 사연도. 여기까지 생각이 미치자 간 이식 수술은 불가능하고, 수술이 불가능하면 한 가닥 희망도 기대할 수 없다는 결론을 얻었다. 하기야 자신의 간을 떼어 아버지께 준 딸이 있는가 하면, 동생이 준 간으로 형을 살린 경우도 들었지만 그게 어디 쉬운 일인가.

"아주 드물게는 포기한 말기환자가 살아난 적도 있다는데……."

소신 없는 말로 나 혼자 중얼거렸다. 죽음을 앞둔 형제 간에 무슨 할 말이 그리 많을까. 잠시 대화가 끊긴 무거운 침묵 속에 나는 애써 고향집 마당으로 멍하니 눈을 돌렸다. 뜰 곳곳에 잡초가 자라고 있었다. 형님의 간을 괴롭히는 암세포처럼 무섭게 번지고 있었다. 부지런한 형님의 정상적인 건강 상태라면 어림없는 잡초였다.

왈칵 옛 생각이 났다. 우리는 그때 장맛비로 물이 불어난 개울을 건너는 중이었다.

"형, 나 겁쟁이지?" 물살이 두려워 나는 물가에 주저앉았다.

"아니야, 용감해. 너는 성격이 신중해서 그렇지 겁쟁이가 아니야."

"그래?"

"겁쟁이는 꼭 필요할 때 나서지 않는 사람이고, 용기 있는 사람은 옳은 일을 위해 자신을 희생할 줄 아는 사람이야."

나를 업고 개울을 건너던 형의 등이 너무 편하고 봄볕처럼 따뜻했다. 형에게 간을 제공한 어느 동생의 용기가 갑자기 그 시절을 회상한 나를 더 아프게 했다. 공유자의 위험성이 그리 크지 않다는 걸 의사인 나는 너무 잘 알면서도.

형님은 60대 중반을 갓 넘겼으니 한창 삶을 즐길 시기였다. 평소에 가족을 극진히 챙기던 형님은 자신의 건강도 소홀함이 없었다. 술·담배를 멀리하고 규칙적인 운동으로 자기 관리가 철저했다. 빈틈없던 형님에게 이런 몹쓸 병은 상상도 못했다.

식도정맥류가 파열되어 지방의 대학병원에 갑자기 입원했다고 연락 온 것은 고향집에서 만난 지 한 달 후였다. 간질환 후유증으로 식도정맥류가 터졌다면 그만큼 상태가 악화됐을 것이다. 전번보다 더 초췌한 형님을 병실에서 만났다. 차라리 죽고 싶을 만큼 아픈 복통, 통증을 참는 옆 환자의 신음소리, 죽음에 대한 공포, 그리고 이런저런 허망스런 상상으로 간밤에 잠을 못 잤다며 피로한 기색이 역력했다. 파리한 얼굴이 출혈로 더 창백해 보였다. 죽음의 어두운 그림자가 점점 가까워지는 것 같았다.

"죽음은 누군들 피해 갈 수 없는 운명 아닌가. 우린 언젠가는 아쉽지만 헤어져야 해. 세상에 미련 없이 떠나는 사람이 어디 있어. 처음 시한부 6개월은 순간처럼 느껴졌으나 결코 짧은 시간도 아니더라. 갑작스런 사고로 졸지에 말 한마디 없이 숨지는 사람들에 비하면 짧지만 삶을 정리할 수 있는 시간을 갖는다는 것이 얼마나 다행인가."

죽음에 대한 두려움으로 겁먹고 있는 나를 보고 형님은 덤덤하게 말했다.

병실 창문으로 초가을의 파란 하늘이 보였다. 어두운 침상에서 절망 속에 누워 있는 형님이 불쌍하고 야속했다.

"형님, 무엇이 하고 싶은데요?"

어쩌면 마지막이 될 형님의 소원 하나는 들어 주고 싶었다.

"아버지 산소나 한번 가 볼까."

떨리는 가는 목소리로 뜬금없이 말했다.

"그 몸으로 갈 수 있겠어요?"

"그래 힘들겠지. 얼마 있으면 만날 수도 있을 텐데……."

내색은 하지 않았으나 형님의 말 못 할 고민이 수척한 얼굴에 훤히 들어나 보였다. 아직 시집 못 간 나이든 막내가 마음에 걸리는 게 분명했다. 그러나 형님의 절박한 희망 사항은 남은 기일을 고려하면 그건 불가능할 것 같았다. 또 하나의 소원은 이왕 가는 인생 마지막 길을 가족 손잡고 집에서 편하게 눈을 감는 것, 어쩌면 그것은 가능할 것 같았다.

형님은 "성묘도 하고 이번 추석 보름달을 고향집에서 보고 싶다."며 이젠 출혈도 멎었으니 며칠 후 퇴원하려 했다. 아직 안정이 필요하니 더 입원해야겠다고 만류하고 병실을 나섰다.

그날 병실에서의 짧은 만남, 그게 우리의 마지막이었다는 걸 그때는 예상하지 못했다. 형님은 명절을 쉬기 위해 퇴원하여 고향집에 돌아왔다. 그러나 추석 전날, 새벽부터 식도정맥류가 다시 터졌다. 택시로 병원을 향했으나 귀성객이 붐비는 고속도로 정체로 차 속에서 운명했다. 고향집에서 명절 보름달을 보고 싶다던 소망도, 집에서 편하게 이승을 하직하고 싶었던 소원도 이루지 못하고 떠났다.

형님은 생전의 소신대로 육신은 한 순간에 재가 되어 사라졌다.

장례를 치루고 나니 태풍을 동반한 비가 쏟아지기 시작했다. 형님 얼굴이 빗속에 얼른거렸다. 그리고 가픈 숨을 몰아쉬며 중얼거리던 소리가 들렸다.

'현대의학이란 게 별것도 아니네. 첨단 장비로 병을 정확하게 집어내면 무얼 해. 치료가 불가능하다면 진단이 무슨 의미가 있어.'

눈물인지 빗물인지 감았던 눈에서 뜨거운 물이 흘러내렸다.

수상 소감 중에서 · · ·

형님을 떠나보내면서 쓴 소설 같은 이 글이 애석하게 느껴지는 것은 가족이 아프면 의사는 사실 별 도움이 안 된다는 것을 알았기 때문입니다. 평소에 환자 진료에 지치고 바쁘다는 핑계로 가족의 건강 상태에 무심하거나 소홀했던 게 마음에 걸립니다. 현대 의학이 날로 발전하고 있다는 것은 엄연한 사실입니다. 그러나 진단은 뛰어가며 발전하는데 치료는 걸어간다면 별 의미가 없다는 사실도 알았습니다. 글에 관심을 가져 주셔서 감사합니다.

의사 양반, 지금 장난하자는 거요?!

이해 (고흥군 도화면 보건지소 공중보건의사)

"이빨 뽑으러 왔는데, 지금 장난하자는 거요?!"

2년 전 겨울 어느 날 보건지소에 고함이 울려 퍼졌다. 공중보건의사로 고흥군 도화면으로 발령이 나고 6개월이 지날 무렵이었다. 같이 치과 의사로 근무하던 정씨 형이 환자를 보다가 사단이 난 것이다. 내과 진료실에서 졸고 있던 나는 정신이 번쩍 들면서 밖의 상황에 귀를 쫑긋 세웠다. 사건의 발단은 이랬다. 환자는 심혈관계 질환으로 약을 복용 중이었다. 정씨 형이 약을 끊은 상태에서만 이빨을 뽑을 수 있다고 하자, 환자가 화가 난 것이다. 그분은 막무가내였다. 정씨 형이 지금 이빨을 뽑을 수 없는 이유를 설명할수록 환자의 목소리는 더 커져만 갔다. 급기야 민원에 민감한 여사님들이 달래기 시작했다.

"○○씨, 정 그러시면 지금 치료받고 있는 병원에 전화해 보세요. 의사 선생님께 문의를 드려 보세요."

결국, 환자는 치료를 받고 있는 병원에 전화를 하고 나서야 화가 누그러졌다. 담당했던 의사가 이빨을 뽑을 수 없다고 얘기한 모양이다. 화를 낸 자신의 모습이 민망했는지 환자는 정씨 형한테 죄송하다면서 보건지소를 급하게 나갔다. 보건지소에서 한바탕 소란이 벌어지고 나서 나는 여사님들과 이상한 환자라면서 환자를 욕했다. 치과 진료실에 조용히 있는 정씨 형의 기분이 많이 상한 것 같아서 괜찮은지 물어봤고, 형은 어색한 웃음을 보이면서 괜찮다고 했다. 나는 그때 그 환자가 괘씸했다. 평소에도 환자들에게 친절한 정씨 형이 많이 참는 모습을 보고 지금 상황이 부당하다고 느꼈다. 의사의 전문적 소견이 환자에게 의심받는 모습을 보면서 같은 전문직 종사자끼리 느끼는 동지애 같은 것을 느꼈다.

그런데 몇 주 후 그때 그분이 감기 때문에 내과 진료실로 들어오는 것이 아닌가? 진료가 끝날 즈음 이때다 싶어서 그분에게 마음속의 말을 꺼냈다.

"그나저나 저번에 이빨 뽑으러 오셨을 때 왜 이렇게 성을 내셨습니까?"

나는 따지듯이 물었다.

"그러게. 허허. 그때는 정말 미안했네. 다 나를 생각해 줘서 그런 것이네. 그 치과 선생님께 많이 미안허지. 허허허."

의외로 빠르게 사과를 하자 나도 마음이 누그러졌다.

"근데 여기 보건지소 위치가 잘못됐어. 여기까지 걸어오기가 영 쉬운 일이 아니란 말이야."

그분의 목소리에는 약간의 분노가 서려 있었다. 나는 과거에 보건지소의 위치가 지금과 다르다는 것을 알고 있었다.

"맞아요. 5년 전에는 버스터미널 바로 앞에 있었다면서요?"

그러자 그분은 목소리를 높이면서 당시 보건지소가 현재의 위치로 옮겨지게 된 배경을 분노에 차서 설명해 줬다. 그때서야 나는 몇 주 전에 있었던 그분의 이상 행동을 이해할 수 있게 됐다.

2007년 6월 도화면 보건지소가 현재의 위치로 신축 이전되기 전에 보건지소는 면의 중심지에 있었다. 면사무소, 시장, 버스터미널, 농협과의 거리는 불과 50~100m 정도였다. 하지만 지금의 보건지소는 중심지에서 외곽으로 빠져 버린 것이다. 사람이 없는 휑한 곳에 덩그라니 보건지소가 세워진 것이다. 그리고 중심지와의 거리는 무려 1km로 10~20배로 늘어났다. 시골의 교통체계를 생각하면 중심지에서 보건지소까지 걸어올 수밖에 없으며, 무릎과 허리가 성치 않은 나이 많으신 분들을 생각하면 굉장히 먼 거리였다. 결국 하루 평균 30명이던 환자 수는 5명 미만으로 줄어들었다. 더 큰 문제는 신축 과정에서 있었던 비리였다. 현재 보건지소가 지어진 땅의 주인은 당시에 마을 부녀회장이기도 했기에 꽤나 정치력을 행사할 수 있었나 보다. 그는 마을 이장들에게 뇌물을 주고, 부녀회와 이장단을 돈으로 묶어서 정치력을 발휘했던 것이다. 정치력을 발휘해서 고흥군에 자신의 땅을 팔아먹을 생각이었던 것이다. 그들은 당시 면장에게 가서 이곳에 보건지소를 지을 것을 종용했고, 면장이 머뭇거리자 군수에게까지 가서 면장을 곤란하게 만들었나 보다. 면민의 생활에 별로 관심이 없던 군수는 보건지소의 위치가 중요하지 않았던 것 같다.

"그러면 그때 마을 주민들은 가만히 있었나요?"

"가만히 있긴. 거기는 안 된다고 군수한테 얘기도 했지. 근데 그때 군수가 태기 높은 사람이었어. 우리한테 관심도 없었지."

"태기 높은 사람이요?"

"응~ 우리 같은 사람들은 쳐다보지도 않고 높은 양반들만 신경 쓴다 그 말이여. 그래서 어찌어찌하다가 땅 주인은 땅 팔아서 돈 먹고, 지금 보건지소가 여기에 지어진 거라고. 새끼들이 보건지소 가지고 장난질을 친 거라고."

그분의 분노를 이해하자 동시에 씁쓸함도 밀려왔다. 나 또한 철저히 개인적인 편의성을 위해서 도화면 보건지소를 근무지로 선택했기 때문이다. 여러 선택지 중에서 도화면 보건지소를 선택했던 이유 중 하나는 환자를 하루에 5명 본다는 사실 때문이었다. 그렇게 보건지소의 신축 이전에 영향을 미쳤던 사람들과 보건지소에 근무하는 의사조차도 자아로만 팽팽해진 사람들이었던 것이다. 다른 사람을 배려하는 마음은 눈곱만큼도 없었고 자기 자신밖에 모르는 그런 사람 말이다. 부녀회와 이장단은 돈으로 자신을 채우려고 했고, 군수는 중앙정치만 바라보면서 자신을 채우려고 했다. 면장과 면사무소 직원들은 옳지 못한 정치력 앞에서 자신의 몸만 생각했고, 심지어 뒤늦게 보건지소에 발을 들인 나조차도 예외는 아니었다. 과연 우리들에게는 도화면민들을 위한 자리가 마음속에 있었을까?

안타깝지만 현재 우리나라의 공공의료는 5%밖에 되지 않는다. 나머지 95%는 민간의료이며, 이는 철저히 시장에 노출되어 있다. 의사의 진료권은 국가를 통해서 보호받지 못하고 있는 것이 현실이다. 조금이라도 환자를 유치하기 위해 개인병원의 의사들은 서로 경쟁을 해야 한다. 이런 경쟁은 건강이라는 명목하에 환자들에게 불안을 심어 주고 비의학적 치료를 환자들에게 강요한다. 문제는 5%밖에 남지 않았고 그나마 지켜야 할 공공의료도 이렇게 쉽게 무너진다는 것이다. 공공의료 내에서의 의사는 공무원이기에 경쟁이 없다. 오히려 의학적 치료를 할 가능성이 더 높다. 하지만 의료의 공공성을 위한 제도가 분명히 작게나마 있음에도 보건지소가 신축되는 과정에서 제도조차도 무용지물이 되어 버린 것이다. 공공의료 내의 의사와 환자의 물리적 거리는 그렇게 멀어져 버렸다. 일각에서는 복지를 위해서, 공공성을 위해서 제도의 도입이 시급하다고 주장한다. 하지만, 도화면에 있었던 일련의 사건을 바라볼 때 제도보다 중요한 것은 우리들의 마음이 아닐까? 이 작은 시골의 사례를 한국 사회로 과감하게 일반화를 해 봤을 때, 우리들의 마음속에는 정말 다른 사람을 위한 자리가 있을까? 다른 사람을 생각할 수 있는 빈 공간이 있기나 할까?

그렇게 2년이 흘렀다. 여전히 환자는 하루 평균 다섯 명 온다. 가끔 다른 환자분들도 보건지소까지 걸어오기가 너무 힘들다며 불만을 표출하신다. 그렇게 불편한 다리를 이끌고 오실 때마다 몇몇 할머니들은 여사님들에게 보건지소 사람들이랑 먹으라고 고구마랑 떡이랑 김치를 주고 가시기도 한다. 정말 고맙다. 그리고 그때마다 나는 가끔 보건지소가 중심지에 위치해 있는 장면을 생각해 본다. 버스에서 내려서 바로 앞에 있는 농협에서 은행일도 보고, 시장도 갔다 오고, 가끔 몸이 불편하면 보건지소를 찾아오는 그런 장면을 상상한다. 보건지소는 아침마다 번잡스러울 것이다. 하지만 번

잡한 공간 속에는 의사로 살아간다는 의미가 가득 찰 것이다.

그때 그 환자분의 외침은 더 이상 울리지 않는다. 우리 도화면 보건지소
는 그렇게 지금도 공허하다. 공허해진 진료실에서 나는 컴퓨터나 휴대폰으
로 페이스북을 들여다본다. 그곳에서 가끔 씁쓸하게 의료의 영리법인화에
대한 기사나 글을 읽고 있는 것이다. 그래도 아직 마음속에는 그분의 외침
이 있다. 그분은 아직도 나에게 고함을 치시는 것 같다.

'의사 양반, 지금 장난하자는 거요?!'

수상 소감 중에서···

우연이 사라진 시대. 우연을 붙잡기 위해서 우리 자신을 지우고 마음을 비워
야 하겠습니다. 마치 손님을 맞이하기 위해 집안을 청소하고 정리하듯이 말입
니다. 그때 경계 없는 친절함이 마음속에 가득 찰 것이기 때문입니다. 친절한
의사가 될 수 있도록 항상 마음을 닦고자 애쓰고 있습니다. 훗날 더 좋은 글로
다시 찾아뵐 수 있기를 바랍니다.

(저자는 현재 신촌세브란스병원에서 인턴으로 재직 중입니다.)

"어떻게 좀 안될까요?"

강창구 (성가롤로병원 산부인과 과장)

"개업을 하게 되면 부딪힐 문제인데, 자넨 낙태(인공임신중절)수술에 대해 어떻게 생각하나?"

"……"

전공의 선발 면접 날, 난 내게 던져진 질문에 대해 한마디도 말하지 못했다. 떨리기도 한 데다 이전에 별로 고민해 본 적이 없었던 문제이다 보니 머릿속이 하얘진 것이다. 그렇게 낙태라는 화두話頭가 내게 떨어졌다. 내과를 원했지만 고배를 마셨다. 응급실을 전전하며 환자들의 고통과 신음 속에서 일하는 동안 언제부턴가 산부인과는 새 생명 탄생의 환희와 함께하는 매력적인 과라는 생각에 사로잡혔다.

산부인과 학생 실습 때, 진통 중인 산모의 머리를 받쳐 주며 같이 가슴을 졸였던 기억이 되살아났다. 교과서에서 그림으로만 봤던 분만의 과정을 직접 목도하는 순간이었다. 산고 끝에 신생아가 첫 울음을 터트렸을 때 느꼈던 벅찬 감동과 가슴 떨림. 고민 끝에 난 인생의 항로를 바꿨다. '생명의 탄생'을 생각하며 선택했던 길에서 처음 마주친 질문이 '죽음'이었다. 아니

342

'죽임'이라는 게 더 맞을 것 같다. 당시 난 산부인과 개원가의 현실에 대해서 너무 몰랐었다. 머지않은 미래의 일조차 제대로 건져 올리지 못할 만큼, 내 생각의 그물은 엉성했었나 보다.

그렇게 시작한 산부인과 전공의 시절부터 현재까지 우연찮게 종교재단이 운영하는 병원들에서 근무하다 보니 자의 반 타의 반 낙태수술과는 거리를 두게 되었다. 많지 않은 세상 경험이 전부였던 젊은 의사는 깊은 고민도 없이 낙태수술 불가를 원칙으로 삼았다. 어떤 선배는 '너만 깨끗한 척 하면 다냐?'며 농담을 했었다. 그렇게 한 걸음 비켜나 있기는 했지만, 가지가지 이유로 낙태수술을 원하는 여성들을 계속 접하면서 난 이 문제에 대해서 자유로울 수 없음을 깨달았다. 게다가 그리 쉽게 옳고 그름을 판단할 수 없는 문제라는 것도 큰 고민거리가 되어 갔다. 교과서에는 언급되지도 않은 실생활 속의 문제였다. 선배들에게서도 속 시원한 해답은커녕 현답조차도 들을 수가 없었다. 다들 뜨거운 감자라도 되는 양 건드리려 하지 않았다. 어느 사회든 속내를 내비치기 곤란한 금기 사항들이 있기 마련이다.

과학은 지구상 모든 생명체의 시발점이 우주의 빅뱅임을 밝혀냈다. 그럼 빅뱅 이전은 무엇이었을까? 아무도 모른다. 36억 년의 유구한 지구 역사 속에서 단순한 원소가 더 복잡한 분자가 되고 궁극적으로 자가 증식이 가능한 생명체가 될 때까지 진화에 진화를 거듭했다. 그 결과 현재의 다양한 생명체들로서 살아가고 있다. 지구상의 모든 생명체들이 한 뿌리에서 나온 것이다. 이런 관점에서 보자면 내 자신이 소중하고 내 가족이 소중하듯 우리가 사는 공동체 구성원들 모두가 소중하고, 나아가 지구상에서 우리와 함께 살아가는 모든 생명체가 소중하다. 이론적으로는 소중함에 있어 경중輕重이 있을 수 없다. 물론 과학은 영구불변의 진리가 아니며 과학의 주장을 모든 사람이 다 받아들이는 것도 아니다. 하지만 과학적 지식이 미약했던 시절에도 많은 현인들과 철학자들이 이성의 합리적 추론만으로도 우주 삼라만상이 하나로부터 유래했으며 모두가 같은 뿌리를 가졌음을 가르치고 있었다.

리처드 도킨스는《이기적 유전자》에서 생명체는 자신의 유전자를 많이 남기기 위해 어느 몸을 빌려 있건 간에 자신의 생존에만 신경을 쓰는 이기적인 존재라고 주장했었다. 그의 주장처럼 인간 또한 생존을 위해 동식물을 포함한 대부분의 타 생명체에 대해 엄청난 영향력을 행사해 왔다. 앞으로도 멸종 위기의 동식물은 계속 늘어 갈 것이다. 세계사를 들여다보면 인간들끼리의 살육의 역사도 장난 아니다. 우리나라도 비교적 근대까지 인간 생명의 존엄성이 동일하게 취급받지 못했다. 지금은 절대 그렇지 않다고 말할 자신도 없다. 그런고로 낙태 문제는 언제부터인지 정확하게 집어낼 수는 없지만 모든 인간의 평등과 자유가 당연하게 받아들여지는 시대의 문제이다.

낙태 합법화 여부 논쟁은 여성의 건강과 자기결정권 문제, 태내 생명체에 대한 인격 부여 문제 등 적지 않은 쟁점들로 얽혀 있다. 다른 복잡한 사회문제들과 다름없이 이견異見들의 충돌로 좀처럼 해결의 실마리가 보이지 않고, 한철 부각되는 이슈이기를 반복한다. 문명화된 시대에 공동체 일원으로 살아가는 현대인으로서 의도적으로 살인을 하려는 사람이 과연 몇이나 되겠는가. 그런 면에서 낙태수술을 하려고 하는 사람들은 작은 세포덩어리인 배 속의 생명체를 인간으로서 간주하지 않음을 전제로 하지 않을까 싶다. 불가피한 상황에서 신체 일부를 절제해 내는 경우처럼 말이다. 진화과정에서 자연스럽게 습득한 본능일지는 모르나, 그렇다고 인간이 인간을 포함한 다른 생명체를 마음대로 할 수 있는 권리를 가지고 있는 것은 아니다. 이는 당연히 인간으로서 대우받지 못하는 어린 생명체도 포함한다. 만약 그런 권리가 있다면 누구에게서 혹은 어디에서 오는 것이란 말인가? 공동체 구성원들이 합의를 한다고 해서 그런 권리가 만들어질 수는 있는 것인가? 만약 낙태를 허용한다 해도 언제부터를 인간으로 규정할 것인지 결정하는 것도 쉽지 않을 것이다.

인간을 다른 생명체와 구별 지을 결정적인 요소는 무엇일까? 낙태 문제를 고민하다 보면 인간에 대한 더 나아가 생명체에 대한 사회적 정의定意나 합의가 얼마나 부실한지 깨닫게 된다. 생명체와 낙태에 대한 나의 고민은 언제나처럼 미궁을 헤맨다.

현재 우리나라에서 낙태수술은 모자보건법상의 몇 가지 허용 사유를 제외하고는 형법에 규정되어 있는 엄연한 불법행위다. 강간에 의한 임신 등 낙태 허용 사유를 살펴보면 경우에 따라선 생명의 가치도 달라진다고 규정해 놓은 것 같다. 낙태에 대한 입장은 나라마다 혹은 공동체마다 때론 상황에 따라 다르다. 개개인의 입장 또한 가지각색이다. 베이비 붐 세대를 지나 산아 제한을 장려하던 시절엔 유별났던 우리나라의 남아 선호 사상 때문에 낙태수술들이 암암리에 많이 시행됐었다. 공동체 내의 필요악으로 인정되었는지 별다른 제재도 없었다. 난 한때 우리나라가 선진국에 진입하지 못하는 건 미래에 우리나라를 책임지도록 운명 지어진 많은 인재들이 낙태수술로 사라져서이지 않을까 하는 실없는 생각도 했었다. 하지만, 저출산 시대가 도래하고 낙태에 대한 제재가 강화된 요즘은 낙태수술이 천덕꾸러기가 되어 음지로 숨어들고 있다.

얼마 전 낙태수술을 결심하고 찾아온 20대 초반의 젊은 여성이 내 마음을 불편하게 했던 오래전 일 몇 가지를 떠올리게 했다.

한번은 임신 중반기쯤 되었던 지인을 초음파 하는 도중에 언청이가 있음을 발견한 일이다.

"성형수술하면 나중엔 거의 흔적이 보일까 말까 할 겁니다."

"……"

당연히 말 몇 마디로 위안이 될 일이 아니었다. 아니나 다를까 두 부부는 몇 개월이 지난 어느 날 새로운 임신을 하여 나타났다. 낙태를 선택했던 것이다. 공감할 수 있는 부분이 없진 않지만 심적으로는 적지 않은 충격이 왔었다. 선진국들을 여행하다 보면 사회구성원들이 동정이 아닌 장애우들과 같이 생활하려는 마인드가 갖추어져 있음을 느낄 때가 많다. 그에 비하면 아직까지 우린 복지정책도 한참 미흡하고 사회구성원들의 받아들임도 넉넉지 않다. 우리 사회는 외모를 중시하는 사회이다. 그렇게 장애를 가지고 태어난 아이가 초超경쟁사회에서 살아남을 수 있을까. 주변인들이 겪게될 고초들이나 일파만파들도 고려해야 한다. 과연 이 부부의 결정을 무작

정 비난할 수 있을까? 현행법상 강간으로 인한 임신에 낙태수술을 허용하는 것이 어떤 의미이겠는가? 역지사지易地思之로 고민해 볼 때 난 절대 그러지 않았을 것이라고 스스로 확신을 가질 수 없었다. 표정 관리가 안 되는 나를 느꼈다. 아마도 현실에 순응하려는 나약함에 대한 부끄러움의 다른 모습이었을 것이다. 한참 동안 어색한 분위기가 떠다녔었다.

또 다른 일은 상당히 오래전 일이다. 젊은 부부가 한창 까부는 아들 녀석과 함께 진료실로 들어왔었다. 자궁근종이 있어 부인과 상담차 같이 온 것이었다. 남편이 아들을 가리키며 장난스럽게 얘기를 했다.

"선생님 덕에 살아난 아들이네요.(웃음)"

"그래요?"

내가 기억하지 못하는 일이 자초지종 설명 없이 툭 던져졌다. '분만할 때 위험한 일이 있었나.' 하는 생각으로 부지런히 과거의 진료기록을 뒤져 봤다. 임신 초기에 약물을 복용하고 내원했었는지 약물 이름과 분류 등급 등이 진료기록지에 적혀져 있을 뿐 분만은 다른 병원에서 한 것 같았다. 어리둥절한 눈초리로 쳐다보자 남편이 미소를 띠며 얘기했다. 민감한 시기에 약물을 복용해 고민 끝에 유산시키는 쪽으로 작정을 하고 왔었는데, 나와의 상담 과정에서 마음을 고쳐먹었다는 것이다. 당시엔 약물 복용 후 임신 사실을 알게 되면 혹시나 기형아가 태어나지 않을까 하는 걱정에 낙태수술을 하는 경우가 무척 많았다. 형편이 넉넉지 않다는 이유만으로도 낙태를 선택하던 시기였다. 하지만, 기형을 가진 아이가 태어났을 때 약물과의 인과관계를 명확히 밝히는 것은 불가능하다. 기형아가 생기는 원인은 수도 없이 많으며 우리가 인지하지 못하는 미시적인 세계 안에서 벌어지는 일이기 때문이다. 그때의 난 복용 약물을 교과서에서 찾아 객관적인 데이터만을 제시하며 상담을 했을 것이고, 두 부부가 고민 끝에 결정했을 것이다. 은연중에 태아는 괜찮을 거라는 뉘앙스를 풍겼을까? 남편의 말을 바꾸어 생각하면, 만에 하나 이 아이가 어떤 문제를 안고 태어났다면 내 탓이 될 수도 있다는 얘기다. 그런 연유로 비슷한 경우의 상담 시 낙태수술을 권유하는 의사도 있었던 것으로 안다. 만약 기형을 안고 아이가 태어난다면, 그로 인해 그 가정이 겪게 될 문제들이 결코 가볍지 않을 테니까 말이다. 감사하게도 이 아이는 별 탈 없이 커 준 것 같다. 과정이야 어찌 됐든 눈앞에서 펄떡이는 생명력을 발산하고 있는 이 아이는 자신이 과거에 흔적도 없이 사라질 뻔했음을 상상이나 할 수 있을까?

"어떻게 좀 안될까요?"

어떻게 한다는 게 무엇을 해 달라는 건지 젊은 여성은 정확하게 말을 하지 않았다.

"현재로서는 어떻게 해 볼 여지가 없네요."

이제 갓 스물을 넘긴 앳된 여성의 얼굴에 어느새 굵은 눈물방울이 흘러내린다. 한두 번 겪는 일도 아니건만 측은지심의 울컥함에 황망히 화장지를 건넸다. 생리가 건너뛰자 개인병원을 찾았던 이 여성은 자신이 원치 않는 임신을 했음을 알았고, 다시 내가 근무하는 병원으로 온 것이었다. 간호사 말이 같이 따라온 남자친구는 껌을 질겅질겅 씹어 대며 어찌나 밉상으로 구는지 아주 가관이란다. 한 대 쥐어박고 싶더라나?

"난소에 혹이 있어서 그 원장님은 수술을 해 줄 수가 없대요."

임신주수가 얼마 되지 않아 작은 임신 낭밖에 보이지 않는 상태였다. 난소의 혹도 그리 크지 않았다. 난소의 혹 얘기는 낙태수술을 하지 않으려는 핑계거리였을 거라 짐작됐다. 이 여성이 낙태를 결심한 건 수없이 많은 자문과 고민 끝에 내려진 것일 게다. 당사자가 아닌 한 그 마음을 어찌다 알 것인가?

"초기 임신 중 일부는 자연유산이 되기도 하는데 조금 기다려 보는게……."

별 의미 없는 말이었다. 준비되지 않은 생리학적 부모로부터 태어난 아이들과 미혼모들이 살아가기엔 우리나라는 너무 척박한 환경임을 성인이라면 누구나 알 것이다. 실수라고 여겨지는 일들은 기억 속에서 지워 버리고 싶은 게 인지상정이다. 이 여성은 이미 마음속으로 결정을 내렸고, 다른 누군가를 또 찾아갈 것이다. 열 사람이 모이면 열 개의 합리적으로 보이는 자기주장들이 충돌하는 가치관 혼돈의 시대에 내 생각과 다른 누군가를 찾는 건 그리 어렵지 않을 것이다. 난 학교에서 '황금보기를 돌같이 하라.'는 부친의 유언에 따라 평생 청렴결백하게 살다간 최영 장군의 삶을 소중한 본보기로서 배우며 자랐던 세대이다.

그러나 자본주의는 이미 국가를 지배했고, 많은 이들이 돈을 수단이 아닌 목적으로 여기고 있다. 아무리 물질만능의 패러다임이 우리를 옥죄어 온다 해도 변치 않아야 할 가치들은 있을 것이다. 하지만, 어떤 것이 변하지 않아야 할 가치인지를 어느 누가 판단해 줄 수 있단 말인가? 어느 틈엔가 순수했던 이상은 삭막한 현실 속에 매몰되고 삭혀져 있었다. 물신주의의 광풍이 쓸데없는 고민일랑 접으라며 유혹한다. 서로 먹고 먹히는 자본주의 사회에서 같잖은 도덕군자 행색일랑 꿈도 꾸지 말라고 한다. 살아가는 날들이 쌓여 삶의 먼지가 두터워질수록 현실과 이상 사이에서 올바른 해답을 찾기가 더욱더 어려워지는 느낌이다. 내 눈앞에서 울고 있는 이 여성은 괴로움과 자괴감이 뒤섞인 복잡한 감정으로 '어떻게 좀' 하며 애원하고 있을 것이다.

의사로서 아니 인생의 선배로서 나는 어떻게 해 줘야 하는 걸까? 문득 학생 시절 딱딱한 수업 방식으로 정평이 나 있던 내과 교수님이 해맑게 웃으며 하시던 말씀이 기억난다.

"지난 수십 년간 찾고 있었던 질문의 답을 드디어 얼마 전에 찾아냈습니다."

질문과 답이 무엇이었는지에 대해서는 말씀을 하지 않으셨다. 대부분의 수업 시간에 그랬듯이, 많은 양의 공부에 짓눌려 학생들은 듣고만 있을 뿐 그 질문과 답이 무엇이었는가에 대해서 아무도 묻지 않았다. 지금 생각하면, 암기식 공부에 길들여진 학생들에게 끊임없이 의문을 품고 답을 찾으며 공부하라는 취지의 말씀을 하고 싶으셨던 것 같다. 증명할 수 없다면 진리가 아니라고 했던가? 세상엔 아직 밝혀지지 않은 비밀들이 많다. 무엇이 진리인지 알 수 없는 것들도 많다. 그렇기에 우린 어떤 것이 진정 옳은 것인지 의심하고 동요하면서도 찾고 추구하기를 멈추지 않아야 한다. 최선의 답 대신 '최소한 환자에게 해는 끼치지 말자.'는 비겁한 타협안을 슬그머니 내 자신에게 들이밀고 있지는 않는지 돌아보게 된다. 언젠간 나도 그 교수님처럼 내 화두에 대한 답을 찾을 수 있을까?

수상 소감 중에서 · · ·

하나의 글을 퇴고해 가며 느끼는 즐거움은 적지 않았습니다. 잠깐이라 생각했는데 한 시간이 훌쩍 지나가 있곤 했으니까요. 자신이 쓴 글을 응모하면서 당선에 대한 기대가 없었다 한다면 거짓이겠지요. 누군가는 10년 뒤에 읽어도 부끄러움이 없는 글만을 세상에 내놓아야 한다고 했는데, 막상 당선이 되고 부족한 글이 누군가에게 읽힌다는 생각에 부담스러운 마음도 듭니다. 더 나은 글을 위한 채찍질로 생각하고 더 열심히 정진하겠습니다.

스페인 신부님의 기도

강혜민 (가톨릭관동대 국제성모병원 안과 조교수)

올해, 나는 의과대학 시절부터 몸담고 있던 병원을 떠나 인천 서구에 새로 개원한 국제성모병원에 오게 되었다. 새로 개원한 병원에서 안과를 이끌어 나가야 하는 설레임과 부담감이 뒤섞인 3월의 어느 날, 예약환자 명단에 외국인 이름이 있는 것을 보게 되었다. '개원한 지 얼마 안 되었는데 벌써 외국인 환자가 오나 보다.'라는 생각을 하며 진료를 보려는데, 진료실로 들어서는 것은 나이가 지긋하신 칠십 대 초반의 외국인 신부님이었다. 젊은 신부님의 도움을 받으면서 진료실로 들어오는 노 신부님은 스페인 분으로, 젊은 시절부터 지금까지 한국에서 지내신 덕에 한국어를 매우 유창하게 구사하셨다.

"신부님, 어떤 게 제일 불편하세요?"

"잘 안 보여요. 이제는 성경책도 보기가 많이 힘들어요."

신부님의 시력은 한쪽 눈이 안전 수동, 다른 눈은 최대한 교정해도 0.2 정도였다. 즉, 한쪽 눈은 눈앞에서 손이 흔들리는 정도만 구분할 수 있고 다른 눈은 큰 물체만 식별할 수 있는 정도였다. 이 정도면 정말 성경책을 읽는 정도가 아니라 일상생활에도 많이 불편하셨을 거라는 생각이 들었다. 일단 원인을 알아보기 위해 정밀 검사를 시행하기로 하였다. 산동제를 양안에 점안하고 산동을 한 다음 세극등 현미경으로 확인한 신부님의 눈은, 백내장이 심하게 진행된 상태였다. 안전 수동인 눈은 정말 말 그대로 백내장이 너무 진행돼서 문자 그대로 '하얗게' 수정체가 변한 상태였고, 조금 시력이 나은 눈도 백내장이 많이 진행된 상태였다. 어떻게 지금까지 버티셨을지, 그 불편함이 나에게도 전해지는 것 같았다.

"아니 지금까지 불편해서 어떻게 지내셨어요?!"

백내장 수술은 최근에는 개인병원에서도 많이 하는 수술이라 이렇게까지 진행된 상태에서 오는 것은 근래에 그리 흔한 일이 아니다. 너무 안타까운 마음에 여쭤 보니, 노 신부님은 올해 5월에 1년간 안식년을 갖게 되셔서 오랜만에 고향 스페인에도 가시고, 예루살렘 성지순례도 다녀오실 계획이라고 하셨다. 그런데 눈이 너무 안 보여서 갈 수는 있을지, 가서 잘 볼 수는 있을지 걱정이 되어 안과에 오셨다고 하는 것이었다. 그러면서 노 신부님은 덜컥 당신의 눈을 나에게 맡기겠다고 하셨다. 일반적인 백내장 수술보다는 난이도가 높기 때문에 수술 시간도 오래 걸리고, 수술 중 합병증 발생의 위험도 높은 상황. 노 신부님과 보호자로 동행하신 젊은 신부님께 수술 과정 및 합병증, 주의 사항 등에 대한 설명을 드린 다음 더 안 좋은 눈부터 수술을 시행하기로 하였다.

수술을 하는 사람들 사이에는 일종의 'VIP 신드롬'이라는 것이 있다. 모든 환자에게 다 똑같이 주의 깊게 수술을 하기는 하지만, 그래도 좀 더 마음이 쓰이는 지인 등을 수술할 때 하필이면 평소에 안 생기던 문제가 생길 수 있다는 것이다. 백내장 수술을 하는 방법과 과정은 동일하지만, 그래도 노 신부님의 수술을 앞두고 조금 더 긴장되는 것은 어찌할 방도가 없었다. 수술 당일, 신앙심 깊은 신자는 아니지만 신부님의 수술을 무사히 끝낼 수 있기를 바라는 짧은 기도를 하고 수술실에 들어갔다. 언제부턴가 나는 수술방에 들어온 환자분들에게 '어제 잘 주무셨어요?'라고 묻는 습관이 있는데, 노 신부님은 나의 인사 겸 질문에 이렇게 말씀하셨다.

"의사 선생님이 좋은 마음으로 수술할 수 있게 기도하고 왔어요."

이역만리에 와서 항상 타인을 위해 기도하셨을 신부님의 기도. 한결 마음이 따뜻해지는 것을 느끼면서 수술을 준비하고 시작하였다. 돌덩어리 같이 딱딱하게 변한 수정체를 제거하느라 시간이 조금 오래 걸리기는 했지만, 신부님의 기도 덕분인지 수술은 성공적으로 마무리가 되었다.

"고생하셨어요. 힘드셨을 텐데 잘 도와주셔서 백내장 수술은 성공적으로 잘 끝났습니다."라고 말씀을 드리면서 수술포를 걷어 내려는데, 신부님이 갑자기 눈물을 흘리셨다.

'너무 힘드셔서 많이 아프셨나 보다.'라며 죄송한 마음이 들려는 찰나, 갑자기 신부님께서 말씀하셨다.

"세상이 너무 환해요. 이쪽 눈으로 의사 선생님 얼굴도 보이는데, 너무 예뻐 보여요."

정말 내가 예뻤으랴. 하지만 어둡게 보이던 세상이 환해지면서 느끼는 기쁨을 그렇게 표현하셨으리라.

수술이 워낙 어려웠던 탓에 회복에는 조금 시간이 걸리기는 했지만, 신부님은 시간이 지나면서 최고 시력인 1.0까지 볼 수 있는 정도로 회복이 되었다. 눈이 회복되면서 이제는 보호자로 오시는 젊은 신부님의 도움을 받지 않고도 진료실에 성큼성큼 들어서시게 된 신부님은 스페인으로 가실 날짜가 다가오면서 (원래는 더 잘 보이던 눈이었지만 전세가 역전되어 상대적으로 더 잘 안 보이게 된) 반대편 눈도 수술을 마치고 가기를 원하셨다. 신부님의 기도 덕분인지 상대적으로 첫 번째 눈보다 덜 하다 뿐이지 딱딱하게 굳어 있는 반대편 눈의 백내장도 무사히 수술을 마치게 되었다. 마지막 눈까지 수술을 마치고 2주 뒤, 신부님은 출국을 며칠 앞두고 마지막으로 안과를 방문하셨다.

양쪽 눈 모두 최대 시력인 1.0까지 회복이 되었고, 조금 빠르기는 하지만 임시로 착용하실 돋보기를 맞춰 드렸다. 그리고 스페인에 가시면 안과에 언제 가시고, 안경 검사는 언제쯤 받아 보시도록 진료소견서도 작성해 드렸다.

"신부님, 이제 안식년 가시면 1년 동안 뭘 하실 계획이신가요?"
"고향집에 가서 내 방에도 가 보고, 형제, 자매들도 만나고, 고향에서 시간을 좀 보내려고 해요. 그러고 나서 예루살렘에 가서 성지순례도 하려고요. 갔다 오면 내년에 선생님 보러 올게요."

정정하시기는 하지만, 그래도 칠십 세가 훌쩍 넘으신 신부님이시라 조금 걱정도 되었다. 건강히 잘 다녀오시고, 내년에 뵙겠다고 인사를 전하는 나에게 신부님이 외래방을 나서시다 다시 돌아서셨다.

"선생님은 종교가 있나요?"

독실하지는 않지만 어릴 때 세례를 받은 가톨릭 신자라고 말씀드리자 신부님은 나의 세례명을 물으시더니, 환한 웃음을 지으시며 축복의 기도를 해 주셨다. 나를 통해 많은 환자들이 당신이 누린 개안의 기쁨을 얻게 되기를, 나를 통해서 보다 더 좋아지기를.

신부님이 가시는 뒷모습을 바라보면서 마음 한 켠이 뭉클해지면서 눈시울이 뜨거워졌다. 새로운 병원에서 새로운 환자들을 만나고 병을 진단하고 치료를 하면서 오롯이 나 혼자만의 힘으로 서야 하는, 허허벌판에 혼자 서서 비바람을 맞고 있는 나에게 누군가 다가와서 조용히 우산을 씌워 주고 비바람을 막아 주는 따스한 위로를 느꼈다.

내가 안과에서 하는 전공 분야는 망막 질환으로, 나의 조부모님 또는 부모님뻘 되는 환자분들이 많이 내원하신다. 당신들의 연배도 있거니와 상대적으로 딸이나 손녀뻘 정도가 되어 보이는 나에게, 가끔 '아이구, 우리 선생님은 참 어려보인다.'라고 하시는 분들도 있다. 내가 아주 어린 것은 아니지만, 그분들 입장에서는 상대적으로 어린 것이 맞으니 웃으며 넘어가고는 하는데, 한편으로는 그럼에도 불구하고 나에게 당신의 눈을 맡기는 환자들에게 항상 감사한 마음이 든다. 그래서 나를 믿고 당신들의 눈을 맡기는 환자들을 볼 때마다 '이 환자들이 내가 아니라 다른 의사에게 갔더라면 고생을 덜 하지 않을까?' 하는 생각을 하면서 성심을 다해 진료를 하고, 또 치료를 하려고 한다.

오늘 레이저 시술을 받으러 온 육십 대 환자가 "우리 선생님은 항상 볼 때마다 기운이 넘쳐서 내가 병원 올 때마다 기운을 얻어 가요. 자주 오고 싶어요." 하신다.

"어이쿠, 큰일 나실 말씀을. 감사하긴 한데, 저는 환자분들이 좋아져서 병원에 자주 안 오셨으면 좋겠어요." 하니 웃으면서 다음을 기약하면서 가셨다.

환자를 보다 보면 어찌 좋은 일들만 있겠는가. 나의 작은 손을 통해서 개안의 기쁨을 얻는 분들도 있지만, 병이 위중하다 보면 아무리 치료를 해도 시력이 많이 좋아지지 않을 때도 있다. 또, 나의 말 한마디에 웃고 우는 환자들을 볼 때마다 마음이 무거워질 때도 있다. 심란해하던 어느 날, 한 선배가 나에게 이런 말을 한 적이 있다.

"우리는 Healer가 아니라 Helper다."

그 말을 듣는 순간, 내가 잠시나마 내가 모든 걸 치료할 수 있다고 우쭐하지 않았는지 반성하게 되었다. 내년 봄에, 노신부님이 밝아진 눈으로 보고 오신 세상에 대한 이야기를 꼭 들을 수 있기를 바란다. 또 신부님의 기도에 어긋나지 않게, 나를 믿고 오시는 환자분들에게 조금이라도 도움이 될 수 있도록 해야겠다.

"신부님, 신부님께서는 저를 통해 빛을 얻으셨다고 하셨지만, 저는 더 큰 위로와 용기를 받았습니다. 제 작은 손으로 눈이 안 보이는 환자들을 돕기 위해 더 열심히 노력하도록 하겠습니다."

 수상 소감 중에서···

매일 진료를 하고 수술을 할 때 느끼는 생각의 단상들을 주변 가까운 이들과 나누곤 했었는데, 저에게 많은 힘이 되어 주었던 스페인 신부님과의 특별한 만남을 보다 많은 분들과 나눌 수 있는 기회를 주셔서 기쁘고, 또 감사합니다. 돌아오는 봄, 스페인 신부님께서 안식년을 마치시고 내원하시면 이 기쁜 소식을 같이 나누며 감사하다는 말씀을 전하고 싶습니다. 앞으로도 환자분들과 웃고 울었던 소중한 시간들을 글로 풀어내어 거창하지는 않더라도 많은 분들과 교감하고 나눌 수 있었으면 좋겠습니다.

회복탄력성

이선화 (화정병원 정신건강의학과 과장)

"내 아들이 죽었는데도 기차가 달리고 계절이 바뀌고 아이들이 유치원 가
려고 버스를 기다리고 있다는 것까지는 참아 줬지만 88올림픽이 여전히 열
리리라는 건 도저히 참을 수 없을 것 같다. 내 자식이 죽었는데도 고을마다
성화가 도착했다고 잔치를 벌이고 춤들을 추는 걸 어찌 견디랴. 아아, 내가
만일 독재자라면 88년 내내 아무도 웃지도 못하게 하련만."

— 박완서,《한 말씀만 하소서》중에서 —

전문의 시험을 네 달 앞둔 상황에서, 아빠가 말기암 진단을 받고 한 달여
만에 돌아가셨을 때 느꼈던 나의 심정이 이러했을까? 세상을 성실히 착하
게만 사시던 분이 그렇게 허무하게 가시는 일은 일어나서는 안 될 일이었
다. 이해할 수 없는 사건이 일어난 것에 나는 분노했고 그 분노는 한동안
방향성을 잃고 쉴 새 없이 튀었으며, 그 당시는 살아야 하는 이유를 열심히
찾아야만 살아갈 수 있는 시절이었다.

육십여 년을 행복하고 의미 있게 살다가 가족들이 지켜보는 가운데 평안히 가신 아빠의 죽음에 대해서도 딸로서 이렇게 받아들이기 어려웠건만, 이 세상에서 제대로 활짝 꽃피지도 못한 자식을 하루아침에 허망하게 보낸 부모의 마음이 어떠했을지 나는 짐작하기도 어렵다. 그리고 또래 친구들이 죽어 가는 모습을 TV 생중계로 봐야 했던 학생들의 마음을 생각하면 도저히 가만히 있을 수가 없어 무작정 단원고등학교를 찾게 된 것이 나의 움직임에 대한 첫 동기라면 동기였다. 우연인지 필연인지 사고가 일어났던 4월 중순, 마침 일을 쉬고 있던 중이라 나는 지난 한 달여 동안 아침 일찍부터 밤늦게까지 단원고등학교와 함께 동고동락할 수 있었다.

안산에 도착한 나는 무사귀환이나 명복을 비는 즐비한 플래카드와 국화꽃들에 몹시 압도당했지만 곧 너무 바쁘고 정신없는 일정에 파묻혔다. 사고 소식 후 곧바로 단원고로 달려온 수많은 소아청소년 정신과 의사 선생님들과 함께 우리는 혹시 모를 위험한 상황이 벌어지고 있지는 않는지 교내 순찰을 돌고, 상담실을 찾아오는 재학생들과 교사들 및 학부모들을 상담하고, 약물치료가 필요한 경우 지역 병원과 연계하는 일 등을 했다. 그리고 고대안산병원에 입원한 구조된 학생들을 대상으로 단기 집단 상담을 하고, 유가족인 형제자매 학생들을 개별 상담했다. 학교가 다시 열리고 나서 1, 3학년 수업 첫 준비를 하고, 수학여행에 참여하지 않았던 학생들을 집중 상담했으며, 트라우마 상황에서 흔히 일어나는 '루머'에 대처하고 '분열splitting' 문제를 다루는 일 등을 했다. 또한, 유품 정리를 하러 학교에 들른 유가족들의 손을 잡고 위로하다 같이 울고, 그러다가 가끔씩 해리 증세나 전

환 증세를 보이는 분들에 대해서 긴급 대처했으며, 온갖 과중한 업무에 지친 교사들을 찾아가 위로하고 함께 있어 주는 일 등을 했다.

마치 전쟁터와 같았던 안산은 하루하루 매시간마다 분위기와 상황이 바뀌었다. 시신이 발견되면서 본격적으로 장례식이 열리기 시작했고 많은 학생들이 학교와 장례식장을 오고 가면서 운동장과 강당, 교실 곳곳에 삼삼오오 모여서 이야기하는 모습이 눈에 띄었다. 잠시 동요하는 듯했지만, 우려했던 바와는 달리 아이들은 자신들끼리 환기ventilation하면서 서로를 격려하고 위로하는 것 같았다. 어느 날에는, 학생들의 무사귀환을 바라는 촛불집회가 단원고 학생들의 자발적인 주관으로 열리기도 했다. 처음에는 '촛불집회'라길래 나는 '아이들이 혹시나 감정이 격양되어서 사고라도 나면 어쩌나.'라고 걱정했던 게 사실이다. 하지만 실제로는 전혀 그렇지 않았고 도리어 집회를 지켜보며 엉엉 우는 몇몇 어른들보다 어린 학생들의 모습이 훨씬 침착해 보였다. 아이들은 자신들 스스로 식순을 정하고, 희망 메시지를 담은 동영상을 만들고, 정숙한 분위기에서 학생회장의 안내를 따라 친구들을 그리는 모습이었다. 학생회장이 촛불을 점화하는 것으로 식이 시작되었고, 수백 명의 학생들이 운동장에서 나란히 줄을 맞추어서 질서정연하게 서 있었는데 맨 앞 학생부터 촛불을 켜고, 뒤로 차례로 불꽃을 전달하며, 마지막 학생까지……. 그렇게 모든 아이들의 촛불이 환하게 밝혀졌다. 학생들은 중간에 선서를 하기도 했다.

1) 감정적으로 격해지지 않는다.

2) 우리는 끝까지 희망을 버리지 않는다.

3) 우리는 다시 밝고 명랑한 단원인으로 돌아간다.

대략 이런 내용들이었는데 어른도 아닌 아이들이 어쩜 저렇게 훌륭할까 싶었다. 마지막에 촛불 끄는 장면은 나에게 특히나 인상적이었다. 친구들의 무사귀환을 간절히 바라는 묵념을 한 후, 학생회장이 "이제 우리 모임을 마무리하고 촛불을 끕시다."라고 하는데 "하나, 둘, 셋" 이렇게 동시에 끄는 게 아니었다. 조용히 기다리고 있노라니, 아이들은 각자 자기 마음이 정리되는 대로 하나둘씩 촛불을 끄기 시작했다. 몇백 명이 수분에 걸쳐서 촛불을 하나둘씩 끄기 시작했는데, 어느 누구도 재촉하지 않았고, 어느 누구도 끝까지 버티는 일 없이 조용히, 묵묵히 그리고 눈물을 꿀꺽꿀꺽 삼키며 마지막 한 명의 학생이 촛불을 끌 때까지 다들 서로서로를 기다려 주었다. 아! 어찌나 상징적인지! 이것은 아이들이 현실을 받아들이기로 한 것을 의미하기도 했고, 일상으로의 복귀를 의미하기도 했으며, 깊은 슬픔을 인정하는 의미이기도 하다는 생각이 들었다. 이런 게 바로 '회복력'이라는 생각이 들었고, 어른들보다 아이들에게 희망이 있고, 그래서 대한민국의 미래가 생각보다 그렇게 어둡지만은 않겠구나 이런 생각들이 들어 아이들에게 정말 고맙고 감사했다.

처음 이곳에 달려올 때는 '봉사'하러 온다고 생각했는데 점점 그게 아닌 것 같은 생각이 들었다. 의사가 환자를 치료한다는 명제는 "적어도 이곳"에서는 별로 어울리지 않는 말처럼 느껴졌다. 학생들을 만나고 유가족들을 만나고 교사들을 만나며 느꼈던 바는, 사람들에게는 그 내면에 아주 강력한 고유의 치유적 힘이 있다는 점이다. 그 힘을 바라보면서 진심으로 공감하고 감탄하는 것, 마음과 생각을 겸손하게 경청하는 것. 적어도 이곳에서는 그 말이 더 적합하다는 생각이 들었다. 그렇게 모든 사람들의 협력으로 어느새 잔인했던 4월이 가고 5월도 훌쩍 지나가고 있었다.

그렇게 따뜻해진 날씨만큼이나 학생들의 깔깔대는 웃음소리, 운동장에서 고함치며 공차는 모습, 그리고 밤을 밝히며 야간자율학습에 힘쓰는 모습 등으로, 온기가 느껴지는 단원고의 풍경을 보면서 많은 생각에 잠기게 된다. 6주간의 자원봉사가 나에겐 어떤 의미가 있었을까? 무엇보다도 정말 인상적이었던 것은 인간이 가지고 있는 회복탄력성resilience의 힘에 대한 깨달음이었다. 무지막지하게 폭력적이었던 재앙을 아주 가까이서 경험했던 단원고의 학생, 교사, 부모들은 지난 한 달여의 시간 동안 누군가에게 화를 내거나 깊은 좌절감에 빠지거나, 더욱 강박적으로 일상에 몰입하는 등의 여러 다양한 모습을 보였다. 하지만 이 모든 모양들은 상처 받은 자들이 치유와 회복을 향해 각자 나름대로 노력하고 대응하는 방식인 듯했고, 나는 그들을 통해 인간에게 내재된 놀라운 치유력을 존중하고 수용하는 것이 가장 기본적인 치료자의 자세임을 깨달았다.

또한, 그동안의 내 삶 중에 경험했던 크고 작은 트라우마와 상실이 상처 받은 사람들을 이해하고 돕는 데 도움이 되는 것을 느꼈다. 물론 이 세상의 모든 불행한 일들은 일어나지 않았더라면 가장 좋았을 것이고, 게다가 사랑하는 사람을 이렇게 끔찍하게 잃는 일은 일어나서는 안 되었지만, 어차피 이미 일어난 일이고 또 인생이 원래 고해라는 게 진실이라면, 단원고 한가운데에서 그들과 함께 급성기를 보냄으로써 나는 숭고한 교훈을 얻었다. 내가 그들에게 전문적인 지식과 술기로 도움을 준 것도 사실이겠지만 상처받은 이들을 통해 나는 스스로를 돌아보았고 내 안의 생채기들을 수용하고 보듬어 주는 계기가 되면서 그들과 깊이 연결되어 있다는 느낌을 받았다.

단원고가 아니었더라면 만나지 못했을 여러 소아청소년 정신과 의사 선생님들을 알게 된 것 또한 감사한 일이었다. 사실 그동안 나는 단원고에서 있으면서 좌절을 느끼고 깊은 슬픔에 헤매고 의구심과 혼란을 느꼈던 적도 있었다. 하지만 그럴 때마다 인생의 지혜를 몸으로 터득한 선배 선생님들의 생생한 경험과 조언을 들을 수 있었기에, 그리고 단원고에 오실 때마다 큰 격려를 해 주셨기에 이 힘든 일을 지속할 수 있었다. 그리고 여러 선생님들을 보면서, 십 년 후, 이십 년 후, 심지어 사십 년 후에 내가 환자들 앞에서 품고 있을 마음과 희망을 상상하며 오늘 하루 지금 이 시간을 진실하고 정직하게 보내야겠다는 다짐을 할 수 있었다.

아직도 세월호 참사 사건은 오리무중에 빠져 있는 듯하고 대책 방안 역시 난항을 거듭하고 있지만 결국 문제 해결의 열쇠는 자신을 돋보이기 위해 남을 깎아내리는 자나 자신의 이득을 위해서라면 수단과 방법을 가리지 않는 자, 또는 실수를 모르는 완벽한 자에게 있지 아니하다는 것을 믿는다. 그리고 몹시도 진부한 말이겠지만 사람에게는 고통을 마침내 감내할 힘이 있다는 것을 굳게 믿는 자, 가끔 실수를 하더라도 매 순간 진심과 진실을 추구하는 자들에게 세상을 근본적으로 치유하는 힘이 있다고 믿는다. 그러한 희망을 품고 나는 오늘도 유가족, 구조 학생 및 그 가족, 단원고등학교, 그리고 온 국민의 모든 상처의 치유와 평안의 회복을 위해 조용히 두 손 모아 기도하는 마음으로 상담을 시작한다.

수상 소감 중에서 · · ·

4월의 단상이 불현듯 떠올라 힘겹지만 조각조각들을 모아 보았습니다. 이번 입상 소식을 듣고 며칠 지나지 않아, 단원고에서 눈물의 졸업식이 열렸다는 소식을 들었습니다. 무슨 다른 할 말이 있겠습니까. 이 세상 모든 아픈 분들이 덜 아팠으면 좋겠고, 모든 우는 분들이 덜 눈물 흘릴 수 있었으면 좋겠습니다. 그리고 마지막으로 아버지. 아버지가 많이 보고 싶습니다.

운명

김민철 (노원을지병원 영상의학과 전공의)

코끼리를 냉장고에 집어넣는 방법을 아는가? 그 정답은 '인턴에게 시키면 된다.'라는 우스갯소리가 있다. 그렇다, 나는 갓 의사 면허를 받은 새내기 의사이자 바로 그 인턴이다. 코끼리를 냉장고에 넣는 대신 오늘도 산더미 같은 드레싱을 하며 하루를 시작한다. 드레싱이란 환자의 상처나 도관 등에 감염이 생기지 않도록 소독하고 덮어 주는 것인데, 특히 소화기계통 암환자들은 여러 도관을 가지고 있는 경우가 많아 드레싱도 오래 걸린다. 병간호를 해 본 사람은 알지만, 으레 살갗에 박힌 도관 주위로 습기가 차서 피부는 물러진다. 그래서 드레싱을 새로 할 때 물러진 겉 피부가 떨어지는 경우가 허다하다. 드레싱을 하다 피부가 헐어 있는 환자와 아직 남은 일거리를 보며 나는 나도 모르게 지난 6개월간의 기억 속으로 빨려 들어간다.

푸르게 녹음이 짙은 팔월은 졸업을 앞둔 의과대학 본과 4학년 학생들이 의사가 되기 위한 면허시험 공부를 시작하는 달이기도 하다. 시험이 많이 남아 풀어진 마음으로 열람실을 나와 가족과 함께 외식을 한 날, 나는 어머니께 자신이 췌장암 진단을 받으셨단 이야기를 들었다. 최근 몇 번 속이 쓰리시다고 말씀하셨던 것이 그런 병일 줄은 꿈에도 몰랐다.

일개 학생인 나는 단지 강의록 귀퉁이를 뒤져 '평균 생존 기간 6개월'을 찾았을 뿐, 그것이 무엇을 뜻하는지 지금부터 어떤 일이 일어날지 알지 못했다. 그리고 (너무나 건강하셨기에 도저히 믿을 수 없었지만, 내가 믿든 믿지 않든 간에) '평균 생존 기간 6개월'의 카운트다운은 그날로부터 시작됐다. 그때까지 의학을 공부로만 대했고, 이제 의료의 공급자로 일할 준비를 하던 나는 전혀 예상하지 못한 바인 의료 소비자로 맨 처음 병원을 접하게 됐다.

건강하게 일상을 영위하던 사람은, 그가 몇 살이든 간에 '당신의 생명줄이 얼마 남지 않았소.'라는 이야기를 쉽게 받아들일 수 없다. 당사자인 어머니 그리고 가족 모두 또한 닥친 운명을 믿기 힘들었다. 그리고 믿기 힘든 만큼 강렬한 의지로 투병을 시작했다. 먼저 병을 이기기 위해서 가장 큰 관건은 수술이었다. 췌장암은 무서운 질병이지만 수술을 받으면 그나마 완치의 희망을 가질 수 있다. 검사 결과 수술이 어려울 만큼 병이 진행됐다고 하여 먼저 항암치료를 하면서 병의 기세가 누그러지면 수술을 하기로 했다.

어머니께선 부작용이 심한 항암치료도 씩씩하게 받으셨고 수술을 위한 기초체력 만들기도 열심이셨다. 모범생으로만 살아오셨던지라, 의사 선생님의 말을 메모해서 꼬박꼬박 지키셨다. 석 달간의 항암치료 후 마지막 보루인 수술을 받게 됐다. 췌장암 수술은 '휘플씨 수술'로 명명되어 있는데 절개도 많이 하고 시간도 오래 걸리는 대수술이다. 안타깝게도 수술 중 암이 다른 곳에 전이된 것이 발견됐다. 전이가 되면 이미 말기로 생각한다. 수술적으로 치료할 수 있는 단계를 넘어선 것이었다. 그렇게 수술은 제대로 해 보지도 못하고 종료됐다. 남겨진 것은 복부의 큰 절개 자국과 그 크기에 비례하는 통증, 그리고 병을 이겨 낼 수 없다는 절망이었다. 육체적 고통과 정신적 좌절감 속에 힘든 시간이 지나가고 있었다. 병세는 빠르게 악화됐다.

췌장암 수술을 진행하기 위해서는 중심정맥도관이라는 큰 주사를 목 주변에 맞았는데, 가끔 드레싱을 해 주어야 했다. 지친 인턴 선생님이었을 것이다. 오랫동안 붙이고 있던 드레싱을 교환하기 위해 떼어 내는데 너무 오래 붙어 있어서였나, 그만 피부가 좀 벗겨지고 말았다. 어머니께선 아쉬운 소리를 하셨다. 모성애가 강하셨던 어머니는 당신 아들이 곧 의사가 된다는 이유로 좀처럼 의료진에게 불만을 이야기하시는 법이 없었다. 그런 만큼 그날은 그 조심스럽지 못한 드레싱이 못내 섭섭하셨던 것이다.

"그것 좀 조심해서 떼지 그랬어요."

"아주머니, 지금 이런 게 문제가 아니잖아요." 하고 지친 인턴 선생님은 갔다. 무슨 뜻인지 안다. 지금 이 드레싱을 어떻게 하든 간에 남은 시간의 길이는 변하지 않는다. 아니, 심지어 지금 이 드레싱을 갈지 않더라도 '6개월의 대세'에는 영향이 없다. 매일 코끼리를 냉장고에 넣어야 하는 인턴으로서, 요즘 말로 '영혼 없이' 스쳐 지나갈 법도 한 것이다. 그러나 어머니께선 그때 나중에 상처에 흉이 질 걱정을 하셨다. 자식인 나도 생각하지 못한 바였다. 비록 링거를 여럿 달고 누운 환자이셨으나 그 모습 안에 계신 어머니는 몇 달 전 어머니 그대로셨다. 겉모습은 말기환자이시되, 그 안에는 남들을 대할 때 목에 흉터가 보일까 걱정하는 한 여인이 있었다. 그러므로 환자를 지금 현재의 모습으로만 볼 것이 아닌 것이다.

또한 암환자는 '파손주의'다. 이미 '암'이라는 이야기를 듣는 순간 짓이겨진 마음은 그 후로도 의료진의 지나가는 말 하나에도 쉬이 다친다. 오전과 오후에 한 번씩 선생님이 회진을 왔다. 어떤 선생님은 염세적인 느낌을 주었다. '치료를 해도 6개월, 안 해도 6개월'이라는 이야기는 자신이 겪은 경험에서 우러나오는 충고였을 것이다. 돌이켜 생각해 보면 병원에서 고생하지 말고 집에서 잘 마무리하라는 경험에서 나오는 조언일 거라 생각된다. 그러나 그 경험이 처음이던 우리에겐 희망을 접으라는 이야기로 들렸다. '의사로서 어떻게 그럴 수 있는가?', '포기한 것이 아닌가?' 하며 원망을 했다. 때론 맞는 말조차 그렇게 상처를 줄 수 있다는 것, 특히 늘 죽음을 곁에 두고 사투하는 암환자에게는 더 그렇다는 것을 깨달았다. 6개월은 통계일 뿐, 환자분 본인이 얼마나 사느냐는 각자에게 달려 있다고 손잡고 이야기해 주시는 선생님도 있었다. 결과가 보임에도 불구하고 그 선생님은 우리와 2인 3각으로 같이 달렸다. 구태여 희망을 심지도 않았고 절망감도 주지 않았다. 그렇게 나는 택배배달부가 노하우를 쌓듯이 '파손주의'를 대하는 방법을 느꼈다.

아쉬운 6개월은 속절없이 흘렀고 나는 의대를 졸업하고 바쁜 인턴이 되었다. 어느 일요일 아침 막 새로운 생명이 태어나던 제왕절개 수술실에서 일하던 중 전화가 울렸다. 전화 속엔 동생의 울먹임뿐. 내 눈엔 새 생명이 보였고, 내 귀엔 울음이 들렸다. 나는 의사가 되는 바람에 그렇게 어머니를 보내 드렸다. 기구한 나의 운명이다.

일본 초밥 장인을 다룬 다큐멘터리인 〈지로의 꿈〉을 보면, 견습생은 들어와서 초밥을 만들기까지 10년간 잡일만 한다. 마치 그 견습생처럼 인턴은 하달되는 일을 할 뿐이다. 예를 들면 코끼리를 그저 냉장고에 넣는 것이 중요하지, 이 코끼리는 어디서 왔는가, 어떻게 넣는가는 중요하지 않았다. 인턴으로 살며, 일은 늘 쌓여 있었고 잠을 편히 자기 어려웠다. 그리고 일이 바쁜 만큼 나는 점점 환자와의 관계를 형성하기보다 환자를 객체화시켜 대하고 있었다. 채혈을 할 때면 환자가 느낄 주삿바늘의 따끔함과 두려움을 걱정하지 못하고 빨리 피를 뽑기 위해 깊숙한 곳의 큰 혈관을 찌르기 시작했다. 콧줄을 넣을 때에 헛구역질을 하며 나를 힘들게 하는 환자가 야속해지기 시작했다.

인턴은 매달 근무 부서를 바꾼다. 다시 부서를 바꾸는 날, 나는 어머니께서 입원해 계셨던 '평균 생존 기간 6개월'의 병동에 우연히 배치받았다. 200명이 넘는 인턴 중 단 한 명이 배치받는 자리였다. 출근한 첫날, 그날도 병동에는 수십 명의 환자들이 저마다 6개월의 어느 한 페이지를 넘기고 있었다. 환자와 보호자의 모습 속에 불과 얼마 전 어머니와 내 모습이 겹쳐졌다. 아프신 어머니를 곁에서 지켜보며 일희일비하던 그 시간들. 지금의 그들도 나와 다르지 않으리라. 피곤을 핑계로 되려 상처 주고 있는 나를 돌아본다. 공자님은 《중용》에서 "자기에 베풀어지기를 원치 않는 것은 또한 다른 사람에게 베풀지 말라施諸 己而不願 亦勿施於人"고 하셨다고 한다. 나는 참 이기적이라 읽은 뒤에 까마득히 잊고 있다가 나와 같은 고통을 겪는 사람들을 보고서야 그 말뜻을 곱씹는다.

페이드인_{Fade in.} 짧은 회상의 끝에 내 눈엔 지금 드레싱을 하던 아주머니 배에 선명한 수술 자국이 들어온다. 나는 그런 수술 자국을 본 적이 있다. 그리고 나는 안다, 그 자국은 휩쓸듯 밀려오는 죽음의 파도에 맞서 싸우던 전투의 상흔이고, 커다란 고통을 감내한 투지가 남긴 훈장이란 것을. 비록 승리하진 못하여서 지금 누워 있어도 한때 누구보다 생의 의지를 보였을 그분을 위해 나는 일어섰다. 다시 물품실로 가서 식염수를 가지고 와 마치 상이용사에게 경의를 표하듯 드레싱 테이프를 적셨다. 적셔져 물에 불은 테이프를 살살 떼어 내었다. 시간이 걸렸고 나는 피곤했다. 내가 지금 드레싱을 이렇게 적셔서 떼어 내는 행위는 '6개월'로 대표되는 평균 생존 기간에 전혀 기여할 수 없다. 단지 드레싱을 함부로 떼어 내지 못하게 된 것은 나의 운명인 것이다.

힘든 한 달이 거의 다 흘렀다. 어느 날 내 책상에 놓인 익명의 보호자가 남긴 편지와 커피를 보았다. 많이들 받는 편지 그리고 간단한 선물이었으나 내겐 예사롭지 않았다. 마치 "민철아, 한 달간 상처 주지 않고 잘 돌보았다. 수고했다."고 어머니께서 말씀하시는 것만 같다. 이렇게 피곤에 메말라 가던 나는, 운명의 병동에서 인간성 회복의 졸업장을 받아들었다.

 수상 소감 중에서 · · ·
제가 이렇게나마 글로 생각을 정리할 수 있었던 것은 국어선생님이셨던 어머니께 물려받은 것이라 생각합니다. 또한 동감하는 법을 배울 수 있었습니다. 수상의 영광을 제 어머니께 바칩니다.

내려놓기 아까울 정도로
질적으로 성장한 작품들 많아

정호승 · 한창훈 · 홍기돈

　이번에 응모된 작품은 모두 94편이었다. 예년과 비교했을 때 응모작 편수가 크게 늘었다고 할 수는 없으나 질의 측면에서 본다면 내려놓기 아까운 작품들의 팽창이 뚜렷했다고 정리할 만하다. 그런 까닭에 대상작은 물론 우수작, 장려 작품을 추려 내는 과정 전체가 여간 고역이 아니었다. 즐거운 비명이란 상투어는 이러한 상황에서 탄생했을 터이다.

　응모작의 전체 수준에 대한 감탄 속에서 심사자들이 탁월하다고 가려 뽑은 작품은 다섯 편이었다. 응모된 차례대로 밝히면 〈두 인연〉, 〈보내지 못한 편지〉, 〈17일의 약속〉, 〈아이스버킷 챌린지에 부쳐〉, 〈사별, 잊어야 하는 것이 아닌〉이 이에 해당한다. 작품 각각의 장점이 워낙 뚜렷하여 심사자들은 각각의 장단점에 대해 난상토론을 벌였다. 그 내용은 대략 다음과 같다.

먼저 〈두 인연〉. 인물의 특징을 포착하여 그려 내는 솜씨가 있고, 각막을 기증하는 사람과 기증받는 사람의 환부(患部)를 대하는 자세가 그 위에서 효과를 거두고 있다. 또한 삶과 죽음의 교차가 긴장감 있게 제시되기도 했다. 그런데 두 인물을 매개하는 과정에서 의사로서 필자의 역할 및 세계가 다소 미약하지 않은가 싶다.

　　다음은 〈보내지 못한 편지〉. 전체 분위기를 하나의 문장으로 집약하여 제시하는 능력이 탁월하다. "천오백 년 후, 우주에서 만나요."라는 문장은 깊은 울림을 자아낸다. 또한 '시인과 촌장'의 '좋은 나라'라는 곡 가사도 이와 호응하며 절절함을 더하고 있다. 완성도로만 따질 경우 최고 수준이다.

　　세 번째는 〈17일의 약속〉. 의사의 인간적인 면모를 탁월하게 살려 내고 있다. '아이언맨 대회'에서 감당하는 고통 및 노력이 자신이 겪은 아픔을 극복하려는 몸부림의 상징으로 표현돼 있다. 다만 대회에서의 기술이 다소 장황한 측면이 있고, 원고의 분량이 응모 기준의 두 배에 달하는 것은 감점 요인이 됐다.

　　네 번째는 〈아이스버킷 챌린지에 부쳐〉. 유행이란 무분별한 모방 심리 위에서 펼쳐지는 까닭에 자칫 경박해지기 십상이다. 루게릭 환자를 돕는다는 취지 아래서 전개됐으나 유행으로 번지면서 오히려 희화화되고 만 아이스버킷 챌린지의 단면을 날카롭게 비판하고 있다. 루게릭의 고통을 차가운 문체로 기술함으로써 현실 비판의 효과가 배가됐다.

마지막으로 〈사별, 잊어야 하는 것이 아닌〉. 우리 시대의 화두를 의사의 입장에서는 어떻게 끌어안을 수 있는가를 보여 주는 가작이다. 자식을 먼저 보낸 부모의 마음을 끌어안는 데 억지가 없고 사유가 깊다. 또한 치료하는 환자(개인)와 세월호 참사로 빚어진 충격·아픔(사회)을 이어 나가는 과정이 퍽 자연스럽다. 다만, 크게 부각되지는 않으나 마지막 처리 방식은 흠집으로 남는다. 반성, 다짐, 교훈으로 나아가는 결말은 완성도를 떨어트린다.

　이러한 논의를 거쳐 대상작, 우수작에 해당하는 작품이 선정됐으며, 그 가운데 〈보내지 못한 편지〉, 〈사별, 잊어야 하는 것이 아닌〉을 대상으로 대상작 논의에 들어갔다. 둘 다 개성이 뚜렷하고 탁월한 작품이나 우리가 살고 있는 시대 현실과 호흡하고 끌어안는 자세가 대상의 품위에 보다 부합한다고 판단하여 〈사별, 잊어야 하는 것이 아닌〉을 대상작으로 정했다.

정호승은 **시인이다.** 1950년 하동 출생으로 경희대 국문과와 대학원 졸업했다. 1972년 〈한국일보〉 신춘문예 동시 '석굴암을 오르는 영희', 1973년 〈대한일보〉 신춘문예 시 '첨성대', 1982년 〈조선일보〉 신춘문예 단편소설 '위령제'가 당선됐다. 《슬픔이 기쁨에게》, 《별들은 따뜻하다》, 《외로우니까 사람이다》, 《포옹》 등 다수의 시집을 냈다. 소월시문학상, 동서문학상, 정지용문학상, 상화시인상, 공초문학상 등을 수상했다.

한창훈은 **소설가다.** 1963년 여수시 삼산면 거문도에서 출생했다. 음악실 디제이, 트럭 운전사, 커피숍 주방장, 건설 현장 막노동꾼 등의 이력을 얻은 후 전업작가의 길로 들어섰다. 1992년 〈대전일보〉 신춘문예에 단편소설 '닻'으로 당선된 후, 《바다가 아름다운 이유》, 《세상의 끝으로 간 사람》, 《홍합》, 《꽃의 나라》 등 다수의 소설집을 냈다. 1998년 한겨레문학상, 2008년 제비꽃서민소설상 등을 수상했다.

홍기돈은 **문학비평가다.** 1970년 제주에서 출생했다. 1999년 '작가세계' 신인상을 수상하면서 문학비평가로 등단했다. 《페르세우스의 방패》, 《인공낙원의 뒷골목》, 《문학권력 논쟁, 이후》 등 다수의 평론집을 냈다. '김동리 연구', '작가세계' 등의 편집위원을 역임했다. 현재 가톨릭대 국어국문학과 교수로 재직 중이다.